AF136882

EDI GRAF

Nashornfieber

VERSCHOLLEN IN AFRIKA Claudia Roloff erhält ein geheimnisvolles Päckchen aus Kenia von ihrem Bruder Rob, der in Afrika für eine Naturschutzorganisation gegen Nashornwilderei kämpft. Wenige Stunden später ist sie tot – vergewaltigt und ermordet auf einem Waldparkplatz in Tübingen. Alle Spuren deuten auf ein Sexualdelikt hin. Nur Robs Exfrau, die Journalistin Linda Roloff, glaubt nicht daran. Sie vermutet einen Zusammenhang zwischen Robs Arbeit und dem Mord. Auf eigene Faust macht sie sich in Afrika auf die gefährliche Suche nach den Drahtziehern des Verbrechens ...

© Veronika Wieland

Edi Graf, Jahrgang 1962, studierte Literaturwissenschaft in Tübingen und arbeitet als Moderator und Redakteur bei einem Sender der ARD. Zuhause ist er in Rottenburg am Neckar. Seit über 30 Jahren bereist der Autor den afrikanischen Kontinent und lässt neben seinen Protagonisten, der Journalistin Linda Roloff und ihrer Fernliebschaft, dem Safariführer Alan Scott, die gemeinsam zwischen Schwarzwald, Neckar und Afrika ermitteln, auch Tierwelt und Natur tragende Rollen zukommen. Er greift aktuelle und bewegende Themen auf und liefert dazu detailliert recherchierte Hintergründe, die er geschickt in den Plot integriert. Durch authentisch beschriebene reale Handlungsorte haucht er seinen Krimis Echtheit und Leben ein.

EDI GRAF

Nashornfieber

EIN AFRIKA-KRIMI

GMEINER

Die automatisierte Analyse des Werkes, um daraus
Informationen insbesondere über Muster, Trends und
Korrelationen gemäß § 44b UrhG (»Text und Data
Mining«) zu gewinnen, ist untersagt.

Bei Fragen zur Produktsicherheit gemäß der Verordnung
über die allgemeine Produktsicherheit (GPSR) wenden Sie
sich bitte an den Verlag.

Gefällt mir!

Facebook: @Gmeiner.Verlag
Instagram: @gmeinerverlag
Twitter: @GmeinerVerlag

Besuchen Sie uns im Internet:
www.gmeiner-verlag.de

© 2005 – Gmeiner-Verlag GmbH
Im Ehnried 5, 88605 Meßkirch
Telefon 07575/2095-0
info@gmeiner-verlag.de
Alle Rechte vorbehalten

Lektorat: Claudia Senghaas, Kirchardt
Umschlaggestaltung: U.O.R.G. Lutz Eberle, Stuttgart
unter Vernwednung eines Fotos von photocase.de
Druck: Libri Plureos GmbH, Friedensallee 273,
22763 Hamburg
Printed in Germany
ISBN 978-3-89977-634-8

Für meinen Vater in Erinnerung
an den Tag der Nashörner in Nakuru

Alles was ich jetzt noch wollte, war, nach Afrika zurück-
zukommen. Wir hatten es noch nicht verlassen, aber wenn
ich nachts aufwachte, lag ich lauschend da, bereits voller
Heimweh danach.

Ernest Hemingway,
Die grünen Hügel Afrikas

VORWORT

Ich bin dem Schwarzen Nashorn zum ersten Mal vor fast 30 Jahren in den Aberdares in Kenya begegnet, nur wenige Tage nachdem Wilderer den berühmten Löwenforscher George Adamson ermordet hatten. In Meru erzählte man von gewilderten Breitmaulnashörnern, die man aus Südafrika in der Gegend angesiedelt hatte. Schon damals gingen mir diese Geschichten nicht mehr aus dem Kopf. Trotzdem sind der vorliegende Roman und die handelnden Personen frei erfunden.

Wilderer, denen es in erster Linie um das in der traditionellen asiatischen Medizin begehrte Horn geht, haben die Nashörner weltweit an den Rand der Ausrottung getrieben. Im Dezember 2016 schrieb der WWF über Nashornwilderei in Südafrika: »Während 2007 nur 13 Tiere der unrechtmäßigen Jagd zum Opfer fielen, waren es im Jahr 2008 schon 83. Es folgten weitere Rekordzahlen: 122, 333, 448, 668, 1.004 und 1.215.«

Ich widme dieses Buch dem Nashorn und den Menschen, die sich weltweit für seinen Schutz einsetzen, in der Hoffnung, dass es für diese herrlichen Tiere weiterhin eine sichere Zukunft in Afrika gibt. Auch wenn 2015 laut WWF als »neues, blutiges Rekordjahr für die afrikaweiten Wildereizahlen« gilt.

Februar 2017, der Autor

PROLOG

Der weiße Mann hielt den Atem an und bewegte sich nicht. Ein Moskito saugte gierig an seinem Hals, doch er biss die Zähne zusammen. Für einen Moment dachte er an die fünfstellige Summe, die das große Doppelhorn auf dem Schwarzmarkt in Ostasien leicht einbringen könnte. Bis zu fünfzehntausend Dollar für ein Kilogramm! Der Lauf des Gewehrs richtete sich auf den Körper des Bullen, der Zeigefinger krümmte sich um den Abzug. Ruhig äsend stand ihm das imposante Tier gegenüber.

Doch dann drehte sich der Wind und das Schwarze Nashorn hob schnaubend den massigen Kopf, nahm die Witterung auf und ein leichtes Zittern ging durch den grauen, von Striemen und Narben überzogenen Körper. Das Mahlen der gewaltigen Backenzähne hörte auf, die spitze Oberlippe, mit der es geschickt die kleinsten saftigen Blätter aus dem dornigen Akaziengestrüpp pflücken konnte, verzog sich zu einem Flehmen und für einen kurzen Augenblick wurde das rosige Fleisch der Innenseite sichtbar. Auf diese Weise kontrollierte das Tier unter normalen Umständen das Geschlecht und die Paarungsbereitschaft eines anderen Nashorns. Doch jetzt war es verunsichert und bediente sich aller Sinne, um die Gefahr zu orten. Es blähte seine Nüstern und gleichzeitig hatten seine Ohren den warnenden Go-away-Ruf des Graulärmvogels wahrgenommen.

Es gab keine natürlichen Feinde, die dem alten Nashornbullen gefährlich werden konnten. Er war mit seinen eineinhalb Tonnen Gewicht und einer Widerristhöhe von fast zwei Metern selbst für ein Rudel ausgewachsener hungriger

Löwinnen ein zu großer Brocken. Schon in seiner Jugend hatte er gelernt, sich gegen die listigen Angriffe der Rudeljäger zu verteidigen und sein Horn war eine gefürchtete und todbringende Waffe. Nur zwei Kämpfe in seinem Leben hatte er verloren.

Instinktiv war er damals, vor vielen Jahren, geflohen, nach diesem ohrenbetäubenden Knall, das kreischende Schnauben seiner sterbenden Mutter in den Ohren, die ihn auf diese Weise warnte, nicht zu ihr zurück zu kommen. Erst im Schutz der Nacht hatte er sich aus seinem Versteck im Dornbuschdickicht hervor gewagt und neben dem Kadaver gewacht, den beißenden Geruch des Todes in seiner feinen Nase. Fliegenschwärme umschwirrten, schwarzen Unheil bringenden Wolken gleich, den blutigen Fleischklumpen, den die Äxte der Männer im Schädel seiner Mutter zurück gelassen hatten. Er verteidigte sie gegen die herumstreifenden Hyänen und Schakale, die in immer größeren Rudeln kamen, angelockt vom Modergestank des Kadavers, enger und enger zogen die nächtlichen Jäger ihre Kreise, feige winselnd und jaulend, kläffend und gefährlich knurrend.

Am nächsten Morgen, kurz nachdem die Sonne ihre ersten Strahlen auf die schaurige Szenerie sandte, erschienen die Löwen und verbündeten sich, was ungewöhnlich war, mit den krummbuckligen Hyänen. Es war eine einfache Taktik, mit der sie von nun an gemeinsam gegen den jungen Bullen vorgingen: nachts, wenn der Mond mit seiner fahlen Sichel durch die Regenwolken gedrungen war, funkelten die Augen der Hyänen wie rote Blitze aus allen Himmelsrichtungen, überall ertönte ihr gackerndes Kichern und es gelang ihnen zweimal, blutige Fleischfetzen aus dem Kadaver zu reißen. Kaum war die Sonne aufgegangen, zogen sich die Hyänen zurück und überließen den Löwen das Feld. Vier, fünf Weibchen näherten sich von verschiedenen Seiten, und während der junge Bulle sich den einen zuwandte, griffen die nächsten von hinten an und schlitzten der Nashornkuh den Bauch auf. Geschwächt von der langen Wache, während der er kaum Nahrung zu sich genommen hatte, überließ er seine Mutter schließlich der Übermacht der Feinde. Es war sein erster Kampf gewesen, und er war besiegt worden.

Vier Jahre war er damals alt gewesen, gerade alt genug, um seine eigenen Wege zu gehen, doch noch zu jung, um sich den Artgenossen gegenüber zu behaupten. Der Kampf gegen einen älteren Bullen kostete ihn fast das Leben. Die tiefe Wunde an seiner Schulter war zwar bald verheilt, doch die klaffende Narbe blieb das eindrucksvollste Mal an seinem ganzen geschundenen Körper.

Doch mit der Zeit, hatte er gelernt, die Kämpfe zu gewinnen. Sein Revier wuchs, bald war es größer als das seiner Konkurrenten. Überall in der Savanne markierten seine Dunghaufen die Grenzen seines Hoheitsgebiets. Mit seinen Hinterbeinen nahm er den eigenen Duft auf, indem er die breiten Sohlen in den Exkrementen rieb. So verteilte er seine Markierungen auf Schritt und Tritt und hielt sich die wenigen anderen Bullen vom Leib, die es in den weiten Savannen noch gab. Eigentlich hatte er niemand mehr zu fürchten. Niemand außer den Mördern seiner Mutter.

Sein mächtiges, fast meterlanges Horn zeigte senkrecht zum wolkenlosen Himmel über den grünen Hügeln der Masai Mara. Die kleinen schwarzen Augen suchten nach der vermeintlichen Gefahr, die beweglichen Ohren lauschten in Richtung der Akazie, in deren Schatten der weiße Mann mit dem Gewehr im Anschlag lauerte.

Rob Roloff wusste, dass ihn das Nashorn mit seinen schlechten, von Hautfalten fast versteckten Augen nicht entdecken konnte, aber der warme Wind der Savanne hatte dem Tier seinen Schweißgeruch zugetragen und es war auf der Hut. Nervös scharrte es mit seinem rechten Vorderfuß, wie ein gereizter Stier während der Corrida, unruhig schnaubend versuchte es, seine Umgebung mit all seinen Sinnen zu erfassen, den unsichtbaren Feind zu entdecken.

Das Schwarze Nashorn schwankte zwischen Angriff und Flucht.

Auf dem Zeigefinger des Jägers ließ sich ein Moskito nieder. Vorsichtig versuchte er, das lästige Insekt wegzublasen. Es misslang. Er nahm den Finger langsam vom Abzug und streifte den Moskito an seiner Hose ab. Alsbald zierte Blut den hellen, schmutzigen Stoff.

Die sengende Hitze Ostafrikas ließ die Luft am Horizont flimmern. Rob schwitzte und hätte sich gerne den breitkrempigen Hut weiter in die Stirn geschoben. Vor den grünen Hügeln im Osten glaubte er, einen See zu erkennen, das Wasser einer Fata Morgana. Seine Augen brannten, Schweiß bedeckte sein glatt rasiertes Gesicht und der feine graue Sand der Marasteppe knirschte zwischen seinen Zähnen.

Er hatte über eine Stunde benötigt, um sich zu Fuß gegen den Wind an das Nashorn heranzupirschen. Zwei Tage lang hatte er die Spuren des Tieres verfolgt. Es gab nur noch wenige Schwarze Nashörner in diesem Teil Kenias. Und nur eines mit so prächtigem Horn. Jetzt kauerte er seit einer Viertelstunde hier im Gras zwischen Dornbüschen, um auf eine günstige Gelegenheit zu warten. Ringsum war es still. Der Schuss musste absolut sicher sein!

Mit dem Nachlassen des Windes hatte sich die Witterung des Feindes verflüchtigt und das Nashorn begann wieder zu äsen. Verspielt fummelte es mit seiner spitzen Greiflippe zwischen den dornigen Akazienzweigen. Der rotschnabelige, drosselgroße Madenhacker auf seinem gewölbten

Rücken, Parasitenjäger und Wächter zugleich, pickte wie ein Specht unbekümmert nach den Plagegeistern auf der rauen Haut. Das Nashorn drehte Rob jetzt seine Breitseite zu. ›Schieß!‹ befahl ihm eine innere Stimme. ›Wenn du das Tier willst, dann schieß! Jetzt!‹

Erneut glitt sein Finger zum Abzug. Rob zielte genau. Wieder hörte er den Warnruf des grauen Go-away-Vogels und im selben Augenblick knackten hinter ihm trockene Äste am Boden. Das Nashorn hob den Kopf, Rob hatte keine Zeit, sich nach dem Geräusch umzusehen. Wilde Gedanken schossen ihm durch den Kopf: ein Löwe? Ein Leopard? Nein! Kein Raubtier schlich bei dieser sengenden Hitze durch den Busch. Außerdem, Raubkatzen kamen leise, unhörbar, heimlich. Das Geräusch wiederholte sich. Das muss Lebosso sein, dachte Rob. Er hatte den Massai beim Jeep zurückgelassen, dort sollte er auf ihn warten. Verdammt! Was trieb den Kerl ausgerechnet jetzt hierher?

Rob konzentrierte sich auf sein Ziel, hielt den Atem an und drückte ab. Der Schuss klang wie ein harter Trommelschlag. Lärmend erhoben sich die Vögel aus den umliegenden Bäumen, der Madenhacker flüchtete und die Paviane stoben kreischend auf eine Akazie. Im selben Moment bemerkte Rob den Schatten neben sich. Er wandte sich um, hörte ein Rauschen und sah etwas durch die Luft auf sich niederfahren. Dann spürte er nur noch einen rasenden Schmerz im Kopf und fiel in einen gähnenden Abgrund, eine Tiefe, ein Nichts.

Dreißig Meter vor ihm unterbrach der getroffene Nashornbulle schnaubend seinen kurzen Fluchttrab. Er fühlte sich geschwächt und müde, doch sammelte er seine letzten Kräfte für einen Angriff, denn seine Nase signalisierte ihm, dass es die Mörder seiner Mutter waren, die er undeutlich und verschwommen vor sich im Gebüsch sah. Wieder zeterte der Graulärmvögel sein »Go away«, als der zweite Schuss krachte. Diesmal glich er einer Detonation. Das Nashorn ging in die Knie, dann fiel der massige graue Körper mit einem dumpfen Geräusch in das Gras.

Die Hitze war mit einem Mal unerträglich geworden. Rob fühlte, dass sein Kopf glühte. Das Nashorn stand mit weit geöffnetem Rachen über ihm und schnaubte. Es roch entsetzlich nach einer Mischung aus verfaultem Fleisch und ausgelaufenem Benzin. Das Schnauben dröhnte in Robs Kopf und wurde ständig lauter, knatterte wie die nicht enden wollende Salve eines Maschinengewehrs. Das Nashorn senkte langsam seinen Kopf und Rob spürte das spitze Horn auf seiner Brust. Gleich würde es ihn durchbohren und aufspießen. An seinem eigenen Schrei wachte er auf.

Was er sah, verschwamm sofort wieder vor seinen Augen. Sein Kopf tat höllisch weh. Albtraum und Realität begannen nur langsam, sich voneinander zu trennen. Dann begriff er allmählich, wo er war: Die Salve des Maschinengewehrs war der ratternde Propeller eines Flugzeugs und das Horn entpuppte sich als langer Dolch, den ihm ein widerlich grinsender Schwarzer an die Brust hielt. Rob schloss für einen Moment die Augen und versuchte, ganz zu sich zu kommen. Sein Rachen schmerzte vor Trockenheit und in seinem dröhnenden Kopf fühlte er das Blut pochen. Er bemühte sich, den rechten Arm zu heben, um die Wunde an seinem Kopf zu betasten, aber man hatte ihm seine Hände auf den Rücken gebunden. Der Schwarze hielt jede von seinen Bewegungen mit dem Dolch in Schach.

Rob sah sich um. Er lag auf dem Boden, die Luft war mies und stickig. Und was so höllisch stank, lag direkt neben ihm: es war das brutal ausgerissene Doppelhorn des Nashornbullen. Man hatte sich nicht die Mühe gemacht, es abzusägen, sondern es einfach mit einer Axt aus dem Schädel heraus geschlagen. Blutige Fleischmassen und graue Hautfetzen hingen noch daran. Rob spürte, wie ihm übel wurde. Er wandte sich ab und übergab sich. Angewidert zog sich der Schwarze mit seinem Dolch einen halben Meter zurück.

Rob fühlte sich etwas besser, atmete tief durch und legte sich mit geschlossenen Augen zurück. Hundert Gedanken jagten auf einmal durch seinen Kopf. Was war geschehen? Wohin brachten sie ihn? Was hatte man mit ihm vor? Wo war Lebosso, der Massai, sein Begleiter und Freund?

Er versuchte, sich an das zu erinnern, was geschehen war, aber sein Gedächtnis arbeitete nur lückenhaft. Er wusste nicht, wie er in dieses Flugzeug gekommen war. Da war das Nashorn in der Masai Mara, ... der Schuss ... und dann? Rob inspizierte mit den Augen das Flugzeug. Eine alte, zweimotorige Maschine, die sicher schon bessere Tage gesehen hatte. Die Passagiersitze waren ausgebaut worden, um einen größeren Laderaum zur Verfügung zu haben. Durch die verdreckten Fenster sah er den wolkigen Himmel. Die Sonne versank bereits im Nordwesten, lange Schatten spielten an der Decke und an den linken Wänden des Flugzeugs und er schloss daraus, dass die Maschine südwärts flog. Bald würde die kurze Dämmerung der tiefschwarzen afrikanischen Nacht weichen und Rob sah einem ungewissen Morgen entgegen.

Er betrachtete seinen Wächter. Er war von langer und hagerer Gestalt, seine Backenknochen standen markant hervor, ein dünner schwarzer Bartflaum bedeckte sein Kinn. Eine alte ausgebleichte Baskenmütze, weit ins Genick zurückgeschoben, saß auf seinem Kopf und die hohe Stirn glänzte im Schein der untergehenden Sonne. Seine Haut war tiefschwarz, die Lippen aber schmal, fast ohne Wulst. Kein Ohrschmuck und keine Halskette zierten ihn, er trug eine zerschlissene Jeans, die früher einmal blau gewesen sein mochte und ein durchgeschwitztes T-Shirt. Seine braunen Augen waren starr auf Rob gerichtet und ein Grinsen, das etwas Hämisches hatte, lag um seinen fest geschlossenen Mund.

Rob versuchte, ins Cockpit zu sehen. Er konnte zwei Gestalten erkennen, sonst war außer seinem Wächter und ihm niemand an Bord der Maschine. Der Schwarze hatte bisher jede von Robs Bewegungen stumm beobachtet. Jetzt rief er in gebrochenem Englisch in Richtung Cockpit:

»Mann jetzt wach!«

Einer der beiden Männer drehte sich nach hinten um und grinste Rob an. Ein gelbes, rundes Gesicht, schwarze Fetthaare, braune Zähne, Schlitzaugen. Und eine krächzende Stimme, die einen Toten aufgeweckt hätte.

»Na, du lebst ja noch, Bürschchen! Hoffe, du hattest süße Träume!«

Ein klirrendes Lachen folgte, der Chinese verschwand wieder hinter dem Copilotensitz. Rob wollte etwas entgegnen, als er merkte, dass die Maschine sank. Setzte sie zur Landung an? Wo brachten sie ihn hin? Wie lange war er überhaupt besinnungslos gewesen? Er versuchte, auf seine Armbanduhr zu sehen, um das Datum festzustellen, aber er brachte die Hand nicht hinter seinem Rücken hervor. Vergebens verdrehte er seinen Kopf bis ihm der Hals wehtat. Seine ausgetrocknete Kehle verlangte nach Wasser, aber er wollte nicht darum bitten. Im selben Moment, als ob er seine Gedanken lesen konnte, reichte der Chinese dem Schwarzen eine staubige Feldflasche.

»Theba, gib ihm was davon! Nicht dass er uns noch abkratzt. Der Boss will ihn lebend haben.«

Gierig trank Rob das fahle, lauwarme Wasser, als Theba ihm die Flasche an den Mund setzte. Es schmeckte nach

Aluminium und Staub. Während er noch sog, ließ er seinen Kopf nach hinten fallen und fühlte, wie die Flüssigkeit wohltuend über Kinn und Hals tropfte. Durch eine rasche Bewegung seines Gesichts bekamen auch die Augen und seine blutige Stirn ein paar Spritzer ab, ehe Theba ihm die Flasche entriss. Rob leckte sich die rauen Lippen ab und spürte, wie die Lebensgeister langsam wieder in ihm aufstiegen. Der Schädel brummte immer noch, aber seine Sinne waren jetzt wach.

Im letzten Sonnenlicht dieses Tages sah er durch die Fenster die breiten Gipfel einzelner Akazien vorüberfliegen, immer schneller und immer mehr. Gelbfieberbäume glaubte er zu erkennen und einige Baobabs. Er spürte zwei, drei heftige Stöße von unten und ein langes Holpern und Rütteln. Das Flugzeug hatte auf einer der einfachen grasbewachsenen Buschpisten aufgesetzt. Irgendwo in Afrika. Draußen war es mit einem Mal dunkel. Die afrikanische Nacht hatte ihren schwarzen Mantel über diese für Rob noch unbekannte Landschaft gebreitet. Die Maschine ratterte noch ein paar Meter über das holprige Gelände, dann blieb sie stehen.

»Wir sind da«, sagte der Chinese. Der Motor erstarb, jemand öffnete von außen die Tür. Rob atmete tief die laue Luft ein, die in den stickigen Flugzeugraum drang. Am Rand der Piste sah er ein Feuer lodern, irgendwo lachte eine Hyäne.

»Los, raus mit dem Kerl!« befahl die krächzende Stimme des Chinesen. »Wir haben hier ein paar Wochen Erholungsurlaub für dich gebucht.«

Rob kletterte vorsichtig aus dem Flugzeug, die Fesseln an seinen Beinen waren locker genug, um ihm kleine Schritte zu erlauben. Die Hitze des Tages lag noch in der Luft, ein leichter Wind bewegte das trockene, dürre Steppengras auf der Buschpiste.

Wo war er? Was hatte man mit ihm vor? Rob dachte an Lebosso und an seine Freunde in Kenia. An Ben Hunter, den rotbärtigen Freund in den Aberdares und an Georgia Marsh auf der Shamba Kifaru. Es würde lange dauern, bis ihn jemand vermisste. Zu oft schon war er wochenlang allein im Busch unterwegs gewesen. Konnten sie wissen, was mit ihm geschehen war? Würden sie ihm überhaupt helfen können?

Und dann dachte er an Sarah, seine kleine Tochter, die daheim in Deutschland bei seiner Exfrau Linda lebte, von der er sich vor zwei Jahren getrennt hatte. Und er dachte an seine Schwester Claudia, die er gerne immer »meine Kleine« nannte. Hatte sie den Brief bekommen, den er ihr vor seinem Aufbruch in die Masai Mara geschrieben hatte? Und würde sie etwas mit den Fotos anfangen können, die er ihr mitgeschickt hatte, Beweise gegen die Nashornwilderer in den Aberdares?

Rob Roloff konnte nicht ahnen, dass seine Schwester zu diesem Zeitpunkt ihrem Mörder schon begegnet war …

TEIL I: LEBENSZEICHEN

1

Am Tag zuvor, Deutschland.

Claudia Roloff war wieder einmal zu spät dran, als sie aus dem Haus ging. Kurz nach zehn Uhr zeigte ihre Swatch, als sie im Treppenhaus rasch einen Blick darauf warf. Eigentlich begann das Seminar eine Viertelstunde nach zehn, doch sie brauchte mit dem Fahrrad gut fünf Minuten vom Studentenwohnheim ins Neuphilologikum oder den Brecht-Bau, wie das Gebäude der Literatur- und Sprachwissenschaftler im Tübinger Studentenjargon genannt wurde. Sie liebte diese morgendliche Radtour durch die Stadt, gönnte sich manchmal sogar noch einen Abstecher zu Fuß zum Marktplatz, besonders wenn vor der Kulisse des herrlich bemalten Rathauses die grünweiß gestreiften Markisen der Marktbeschicker leuchteten und sich der Duft von frischem Gemüse und würzigen Kräutern zwischen Neptunbrunnen und den Fachwerkhäusern ausbreitete.

An Tagen, an denen die Vorlesung später begann, gönnte sie sich bei schönem Wetter einen Cappuccino in einem der Straßencafés und beobachtete die Touristen beim Versuch, die einmalige Atmosphäre des Platzes mit ihren Kameras einzufangen. Sie wartete, bis die Uhr im Giebel des Rathauses Elf zeigte und machte sich dann auf den kurzen Weg zur Universität. Die angehende Literaturwissenschaftlerin genoss es, den selben Weg zu gehen, den Hermann Hesse einst von seiner Wohnung zu der Buchhandlung am Holzmarkt, wo er als Sortimentsgehilfe arbeitete, gegangen war, dort Kaffee zu trinken, wo die Dichterin Isolde Kurz einen Teil ihrer Jugend verbracht hatte und auch auf vielen anderen Wegen durch die Universitätsstadt auf den Spuren eines Friedrich Hölderlin oder Justinus Kerner zu wandeln.

Heute jedoch war dafür keine Zeit. Sie musste sogar kräftig in die Pedale treten, um nicht zu spät zu kommen. Unter der Tür prallte sie fast mit dem Postboten zusammen, einem netten blonden Mittdreißiger, mit dem sie gelegentlich auch mal ein paar Worte wechselte und der gerade dabei war, Briefe und Wurfsendungen in die Briefkästen des Wohnblocks zu stecken. Im Vorbeihasten griff sie nach dem kleinen Kuvert, das er ihr entgegenhielt, bedankte sich flüchtig und eilte die flachen Treppenstufen zur Straße hinunter, wo ihr Rad in einem der Fahrradständer auf sie wartete. Hastig warf sie einen Blick auf den Absender des Umschlags und blieb abrupt stehen, als sie die Handschrift ihres Bruders erkannte. Post von Rob! Endlich mal wieder ein Lebenszeichen! Der Gedanke durchzuckte sie und sie dachte für eine Sekunde daran, einfach stehen zu bleiben, den Umschlag aufzureißen und den Brief zu lesen. Nein! befahl sie sich. Du wirst den Zeitplan für deine Magisterprüfung nie einhalten können, wenn du dich ständig ablenken lässt. Jetzt rief die Uni, in eineinhalb Stunden hatte sie alle Zeit der Welt, um Robs Brief in Ruhe lesen zu können.

Das Seminar schien sich endlos hinzuziehen. Doch endlich nahm Professor Stuvermann die Brille ab, und beendete wie immer mit einem stummen Nicken in Richtung des referierenden Studenten das Seminar. Claudia ging auf kürzestem Weg zu ihrem Spind, fischte ihren ledernen Rucksack zwischen den Ringbindern und ausgeliehenen Büchern hervor und nestelte an den Schnüren. Vorsichtig wie ein Heiligtum hielt sie den Umschlag in der Hand und suchte sich einen freien Platz in der Pausenhalle des Unigebäudes, wo sie ungestört lesen konnte. Sie lehnte sich an einen der gepolsterten Pfeiler und öffnete das Kuvert. Es war nur eine Seite, die Rob geschrieben hatte, doch noch irgendetwas anderes steckte in dem Umschlag, eingewickelt in ein schmutziggraues Papier. Sie hatte keine Zeit, darüber nachzudenken, ob es vielleicht ein kleines Souvenir aus Afrika war, ein Medaillon oder ein Massaiohrring, denn als ihre Augen über die ersten Zeilen glitten, stockte ihr fast der Atem.

Die Handschrift Robs verschwamm vor ihren Augen, nachdem sie die Worte Wilderei und Verrat gelesen hatte, und noch ehe sie imstande war, die Kritzeleien wieder klar zu entziffern spürte sie den Druck auf ihrer Schulter. Gleichzeitig hörte sie eine Stimme an ihrem Ohr und fuhr erschrocken herum.

»Interessante Lektüre«, sagte ein langhaariger Student und verzog sein Gesicht zu einem breiten Grinsen. Sie überlegte kurz und kam zu dem Schluss, ihn noch nie in einer der Vorlesungen oder einem Seminar gesehen zu haben. Reflexartig versteckte sie den Brief vor seinen Augen und sorgte auch dafür, dass er den Umschlag nicht zu sehen bekam.

»Was soll das?« fauchte sie. »Hast du sie noch alle?«

Sein Grinsen verschwand und gleichzeitig spürte sie, wie etwas wie Angst in ihr aufkam.

»Pst!« hauchte der Unbekannte. »Nicht so laut. Ich glaube nicht, dass Rob möchte, dass alle Welt erfährt, was er dir schreibt!«

Claudia starrte ihn an. Hatte er ›Rob‹ gesagt? Aber woher wusste er –? Verwirrt versuchte sie aufzustehen, doch der Langhaarige hielt sie zurück.

»Ganz cool bleiben, bitte«, sagte er leise und bückte sich, bis sein Gesicht in Augenhöhe mit ihr war. »Ich bin ein Freund von Rob und er hat mir mitgeteilt, dass er ein paar wichtige Informationen für mich hat. Er hat gesagt, ich soll mich an seine Schwester wenden, und das bist du doch?«

»Rob? Du ein Freund von Rob? Aber ich kenne dich ja gar nicht.«

»Ist ja auch schlecht möglich. Bin schließlich auch das ganze Jahr in Afrika, so wie er.«

So blass wie der ist, durchfuhr es Claudia und laut sagte sie: »Und was willst du von mir?«

»Na eben diese Informationen. Rob hat mich angerufen und mir gesagt, er hätte endlich den Kerl, der hinter den Nashörnern her ist. Und er hätte dir Beweise geschickt. Wie ich sehe, hat er mich nicht angelogen.«

»Kann schon sein«, meinte sie, nachdem sie sich endlich gefasst hatte. »Aber so einfach geht das nicht. Ich meine, es kann ja jeder kommen und sich für Robs Freund ausgeben.«

»Was willst du? Meinen Ausweis, eine Urkunde?« Er fischte ein Handy aus der Jackentasche und hielt es ihr entgegen.

»Hier«, sagte er, »ruf ihn an! Frag' ihn selbst!«

»Das ist doch totaler Quatsch!« zischte Claudia. Rob hatte ihr selbst gesagt, dass er im Busch kaum mal ein Netz hatte und es so gut wie unmöglich war, ihn zu erreichen.

»Mag schon sein«, meinte Robs angeblicher Freund, als sie ihn darauf ansprach, »aber trotzdem habe ich gestern mit ihm telefoniert. Sonst wäre ich ja wohl nicht auf den Gedanken gekommen, dich hier auf den Brief anzusprechen, oder?«

Claudia war verunsichert. Was sollte sie tun? Sie hatte ja den Brief noch nicht einmal selbst ganz gelesen. Am besten war es, Zeit zu gewinnen.

»Also gut«, sagte sie, »ich werde Rob anrufen. Aber allein.«

Der Fremde nickte und trat einen Schritt zurück.

»Einverstanden«, sagte er. »Du versuchst Rob zu erreichen. Aber bitte beeil' dich, es ist wirklich wichtig.«

»Und wer bist du?«

»Sag' Rob nur einen Gruß von … Jamie. Mehr ist gar

nicht nötig. Du wirst schon sehen, dass das alles in Ordnung geht.«

Claudia nickte und stand auf. Dann zögerte sie.

»Und dann möchte ich den Brief erst mal selbst lesen«, fügte sie hinzu. »Wenn das stimmt, was du sagst, ich meine das mit den Nashörnern und so, dann muss das ja da drin stehen.«

»Kann ich dir nicht verbieten. Obwohl es nicht ganz ungefährlich ist. Die Sache ist brisant, ehrlich, und je weniger du davon weißt, desto besser für dich.«

»Dann hätte Rob mir den Brief nicht schicken dürfen. – Genau!« – sie blickte ihn forsch an und fuhr fort: »Warum hat er ihn nicht direkt an dich geschickt?«

»Weil – « er stockte und flüsterte schließlich geheimnisvoll: »– weil er nicht wollte, dass ihn der falsche Mann in die Hände bekommt. Ich habe als Postadresse nur die Anschrift unserer Organisation hier in Deutschland, und wenn Robs Verdacht stimmt, sitzt der Verräter mitten unter uns.«

»Und wenn du es selbst bist?«

»Nun ruf ihn einfach an, vielleicht glaubst du mir ja dann«, antwortete er ausweichend.

Claudia wandte sich zum Gehen.

»Noch eines«, sagte er und sein Tonfall war plötzlich ein anderer. »Tut mir echt Leid, wenn ich dich vielleicht erschreckt habe. Aber Manieren bleiben im Busch leider manchmal auf der Strecke. Es ist einfach wichtig für Rob und mich, dass wir der Schweinerei ein Ende machen können, verstehst du? Wir treffen uns hier in zwanzig Minuten wieder.«

Draußen vor dem schiefergrauen Betongebäude schaltete sie ihr Handy ein und wählte Robs Nummer. Doch es war wie immer, wenn er in Afrika war: »The number you've called is not available« sagte die Frauenstimme. Claudia rannte zu ihrem Fahrrad, schloss es auf und raste davon. Nach dreihundert Metern überquerte sie die Wilhelmstraße und stellte das Fahrrad im alten botanischen Garten an einen Baum. Diesen komischen Typ war sie zunächst einmal los, sie suchte sich eine saubere Bank und setzte sich, um endlich diesen geheimnisvollen und so wichtigen Brief zu lesen. Heute hatte sie keinen Blick für die Schönheit der Umgebung. Nach der Lektüre war sie endgültig verwirrt. Der Unbekannte hatte tatsächlich Recht mit seiner Behauptung, dass es um gewilderte Nashörner und um einen Verräter in Robs Team ging. Und Rob schrieb ihr sogar den Namen! Doch das Verwirrendste war, er beschwor sie am Ende des Briefes, mit niemandem darüber zu reden und den Brief einfach aufzubewahren, bis er demnächst nach Deutschland zurückkehrte.

Während sie darüber nachdachte, fiel ihr der eingepackte Gegenstand ein, den ihr Bruder mitgeschickt hatte und sie fischte ihn aus dem Umschlag. Es war ein belichteter Film, eingepackt in einen Papierfetzen, auf den Rob in wohl großer Eile gekritzelt hatte: ›bitte entwickeln u. Abz. aufbew.! Niemand zeigen! Kann noch nichts beweisen!!! Melde mich bald! Rob.‹

Claudia holte Luft. Ein Film mit Beweisfotos! Das Ganze erschien ihr nun doch fast eine Nummer zu groß. War es nicht besser, einfach diesem Jamie zu vertrauen und ihm den Brief zu geben? Unterdessen konnte sie die Bilder entwickeln lassen, von denen er nichts zu wissen schien. Sie sah auf die Uhr. Noch zehn Minuten. Das würde reichen, um den Film beim Fotocenter abzugeben und im Copyshop neben dem Brechtbau eine Kopie des Briefes zu machen. Dann würde sie diesem Jamie das Original überlassen und abwarten, bis Rob sich melden würde. *Melde mich bald! Rob.*

Nein! durchfuhr es sie. *Rede mit keinem Menschen darüber!* stand in dem Brief. Es kam ihr wie Verrat vor, wenn sie ihn diesem Jamie überließ. Nein, er musste warten, bis sich Rob bei ihr gemeldet hatte. *Melde mich bald.* Dafür musste er Verständnis haben, wenn er wirklich Robs Freund war. Erleichtert über diese Entscheidung stieg sie auf ihr Fahrrad und brachte den Film zum Fotocenter. Mit drei Minuten Verspätung war sie wieder im Brechtbau, doch Jamie war nirgends zu sehen. Irritiert wartete sie fünf Minuten, zehn Minuten, eine halbe Stunde, dann schloss sie ihren Rucksack wieder in den Spind, suchte die kleine Cafeteria im Erdgeschoss auf und ließ sich einen Cappuccino aus dem Automaten. Ständig fixierte sie die aus-und eingehenden Studenten, doch Jamie war nicht unter ihnen.

Verdammt! schoss es ihr durch den Kopf. Was sollte sie jetzt bloß tun? Nervös rührte sie in ihrem Pappbecher, als ihr plötzlich Linda einfiel. Linda Roloff, Robs Exfrau. Sie hatte zwar seit Rob von ihr geschieden war keinen Kontakt mehr zu ihr, doch das war unter diesen Umständen unwichtig. Linda arbeitete als Journalistin bei einem Radiosender, wohnte in Tübingen und kannte Robs Arbeit. Natürlich, warum war sie nicht gleich darauf gekommen? Sie musste doch auch Robs Freunde kennen, vielleicht sagte ihr der Name Jamie etwas? Entschlossen eilte sie zu ihrem Spind und fischte das Handy aus dem Rucksack. Sie ließ sich von der Auskunft direkt mit Linda Roloffs Anschluss verbinden, zögerte kurz, als sie auf den Anrufbeantworter stieß. Dann sprach sie, entgegen ihrer sonstigen Gewohnheiten eine Meldung auf:

»Claudia hier, Robs Schwester. Ich muss dringend mit dir sprechen, es geht um Rob. Ich hab' da so einen komischen Brief von ihm bekommen mit merkwürdigen Informationen. Eigentlich soll ich ja mit niemand darüber sprechen –

und da ist noch ein voller Film, den hab' ich gleich zum Fotocenter gebracht. Warte, da hat Rob noch was dazugeschrieben, hier: ›*bitte entwickeln u. Abz. aufbew.! Niemand zeigen! Kann noch nichts beweisen!!! Melde mich bald! Rob.*‹ Verstehst du das? Können wir uns treffen? Heute Abend um acht im Restaurant beim Reitstall? Bitte, ich glaube es ist echt wichtig.«

Linda Roloff wartete fast eine Dreiviertelstunde im Restaurant. Sie hatte sich schon früher einmal mit Claudia, die Pferde über alles liebte, hier getroffen und war sich sicher, dass sie richtig war. Als ihre Exschwägerin um Viertel vor neun noch immer nicht erschienen war, versuchte sie mehrmals, sie über ihr Handy zu erreichen, doch sie meldete sich nicht. Auch in der Gaststätte hatte sie keine Nachricht hinterlassen. Linda bestellte sich noch eine kleine Cola und fragte sich, was das alles zu bedeuten hatte. Monatelang hatte sie nichts von Rob oder seiner Schwester Claudia gehört und jetzt dieser geheimnisvolle Anruf. Ein merkwürdiger Brief von Rob, ein unentwickelter Film, den man niemand zeigen sollte und ein kurzfristiges Treffen, zu dem die Ex-Schwägerin jetzt nicht einmal erschien.

Linda hatte eine Fete im Foyer platzen lassen und Daniel war ziemlich sauer wegen ihrer kurzfristigen Absage. Er war gerade erst von einer Auslandsreise zurückgekommen und hatte sich auf den gemeinsamen Abend mit ihr gefreut. Obwohl ihre Beziehung seit einem Streit vor einigen Wochen ohnehin in die Brüche zu gehen drohte, tat es ihr Leid, doch er zeigte keinerlei Interesse an ihrer Begründung. »Claudia war auf dem Anrufbeantworter. Es scheint irgend etwas nicht zu stimmen mit Rob«, hatte sie nur gesagt, doch schon allein der Name ›Rob‹ löste in ihm Aggressionen aus, als befürchte er, ihr Ex könne eines Tages zurückkehren und sie wieder für sich gewinnen. Erst als sie ihm erzählt hatte, dass sie sich mit Robs Schwester Claudia treffen wollte, hörte Daniel für einen Augenblick aufmerksam zu, ohne sie gleich wieder zu unterbrechen.

»Sie macht sich Sorgen wegen Rob. Es scheint ihr wichtig zu sein, mich allein zu sprechen.«

»Wann trefft ihr euch denn? Kannst du nicht danach noch ins Foyer kommen?«, versuchte Daniel sie zu überreden.

»Ich kann dir nichts versprechen. Wir sind um acht beim Reitstall, und ich habe keine Ahnung wie lange es dauert.«

»Na prima«, zischte er. »Du gehst mit der Schwester von deinem Ex nett essen und ich schau' wieder in den Mond!«

»Du bist ungerecht!« rief sie. »Du hast mir überhaupt nicht zugehört. Wenn es sich nicht so wichtig anhören würde –«

»Mach doch was du willst!« unterbrach er sie rüde und riss seine Lederjacke von der Garderobe. »Du kannst mich mal«, hatte sie gerade noch gehört, als auch die Tür schon mit einem lauten Knall ins Schloss gefallen war.

Nach einem letzten Versuch, Claudia über Handy zu erreichen gab sie auf. Sie fragte noch einmal die Bedienung, ob Claudia denn nicht doch schon früher da gewesen sei, doch als die Kellnerin verneinte, bezahlte sie und verließ das Lokal. Es regnete mal wieder. Sie hatte schon den Autoschlüssel in der Hand, als sie im diffusen Licht etwas am Rand des schmalen Fußgängerweges funkeln sah. Aus irgendeinem Grund zog das Fahrrad, das dort auf dem Boden lag, ihre Aufmerksamkeit auf sich. Wie von einer unsichtbaren Kraft gezogen schritt sie darauf zu. Diese unförmigen Radtaschen mit den katzenkopfförmigen Leuchtaugen und der Sattel mit dem hellen gehäkelten Überzug, das war doch Claudias Rad! Mehr als einmal war

sie früher neben ihr hergegangen, als sie es durch die Fußgängerzone geschoben hatte. Linda erschauderte.

Wenn das Fahrrad da war, wo war Claudia? Zaghaft rief
sie ihren Namen. Ein ungutes Gefühl beschlich sie, als sie
den Straßenrand Richtung Wald entlang ging. Der Regen
fiel gleichmäßig, und ein leichter Wind ließ die Schatten
der Bäume im schummrigen Schein der Straßenbeleuch-
tung über den nassen Asphalt tanzen. Auf einmal hatte
Linda Angst. Sie rannte zurück zu ihrem Wagen, stieg ein
und legte im Schritttempo die dreihundert Meter bis zum
Waldrand zurück. Manchmal war im Winter die Schranke
geschlossen, doch heute war die Durchfahrt der schmalen Straße, die abschüssig auf kurvenreicher Strecke zum
Kloster Bebenhausen führte, frei. Was, verdammt noch mal,
suchst du eigentlich hier? fragte sie sich, während sich die
Scheinwerfer ihres Alfa Romeo der bedrohlichen Nacht
des Waldes näherten. Da draußen lag Claudias Fahrrad, na
und? Vielleicht hatte sie Freunde getroffen und – vergiss
es! Claudia wollte sich mit dir treffen und es war ihr wichtig. W-i-c-h-t-i-g!

Lindas rechter Fuß trat auf die Bremse. Die Einfahrt
zu dem Jogger-Parkplatz. In sportlicheren Zeiten war sie
auch schon von hier aus losgetrabt. Los, reinfahren! Um-
sehen, und wieder weg! Und dann nach Hause, Claudia
wird sich morgen schon melden! Die Wagenlichter fraßen
sich in die bedrohliche Dunkelheit, Regentropfen behinderten die Sicht und Linda kurbelte das Fenster herunter,
um besser sehen zu können. Der Parkplatz war leer. Nur
ein schrottreifer, schon vor Wochen oder Monaten hier ab-
gestellter Käfer ohne Kennzeichen parkte hinter einem der
Bäume, die den Platz aufteilten. Der Schein ihrer Halogenlampen ließ in all dem Schwarz und Grau ein paar matte
Farbnuancen erkennen. Wo der Schatten des Käfers wich,

glänzte das feuchte Laub in morschem Braun und fahlem Blau. Blau? Blau!

Die Jeans waren nicht zu übersehen. Linda bremste und ließ den Wagen langsam rückwärts rollen, bis die Scheinwerfer die ganze grausige Szenerie erfassten. Aus dem Schatten des Käfers ragten zunächst nur zwei schlanke Beine hervor, Frauenbeine in schwarzweißen Turnschuhen und seltsam geformten blauen Jeans. Die Hose ist herabgestreift! durchfuhr es sie. Man hat sie vergewaltigt! Dann beleuchteten die Lichter grell einen hellen Bauch und fleischige Oberschenkel, einen offenen dunklen Anorak und schließlich die starr zur Seite ausgestreckten Arme.

Als Linda das Gesicht der Toten erkannte, stieß sie einen Schrei aus.

Das Wasser in den Pfützen spritzte nach allen Seiten, kreischend flogen die hydraulischen Türen des letzten Wagens zu und öffneten sich noch einmal zischend, als Linda den abgegriffenen Knopf drückte. Sie war die letzten Meter gerannt, um den Regionalexpress nach Stuttgart noch zu erreichen. Erleichtert suchte sie sich einen Platz im Nichtraucherabteil der zweiten Klasse und setzte sich in Fahrtrichtung direkt ans Fenster, während sich die Bahn mit einem leichten Ruck in Bewegung setzte. Ein Hauch herben Coco-Chanels mischte sich in die ölig-stickige Zugluft. Sie hatte den Kragen ihrer anthrazitfarbenen Lederjacke hochgeschlagen und zupfte sich die Regentropfen aus den nassen Ponyfransen. Ihre langen samtschwarzen Haare waren unter einem eleganten Hut versteckt, der jedoch im Regen seine Form verloren hatte und wie ein nasser Sack auf ihrem Kopf hing.

Sie fluchte, weil sie ohne Schirm aus dem Haus gegangen war, dabei hielt das nasskalte Schmuddelwetter nun schon seit Wochen an. Ihre kniehohen Winterstiefel, die sie wieder aus dem Schrank hervorgezogen hatte, zeigten dunkle Wasserflecken und sie fror an den Füßen. Es war zu kalt für die Jahreszeit und Linda sehnte sich nach sonnigen Tagen, die in diesem Frühjahr so rar waren wie nur selten zuvor.

Linda war auffallend gut geschminkt, drei goldene Fingerringe glitzerten an jeder Hand, um den Hals trug sie Modeschmuck, wie er bei gutem Wetter in der Fußgängerzone der Tübinger Altstadt von südamerikanischen Folkloregruppen verkauft wurde. Sie öffnete den Reißverschluss ihrer eleganten Lederjacke. »I love Lanzarote« war auf dem weißen Sweatshirt in roten Buchstaben zu lesen. Ihr Blick, der die draußen vorbeihuschenden Häuser, Baustellen und Fahrzeuge gar nicht wahrzunehmen schien, hatte etwas nervös Angespanntes.

In Metzingen ließ sich ein pausbackiger alter Mann ihr gegenüber auf die freie Sitzbank fallen. Er atmete schwer, als hätte er erst einen Dreitausender bezwungen und strömte einen starken Schweißgeruch aus. Lindas braune Augen funkelten für einen Sekundenbruchteil und ihre Pupillen vergrößerten sich zu einem schwarzen Kristall. Der Pausbäckige starrte sie an wie ein seltenes Tier, Regentropfen oder Schweiß standen in Perlen auf seiner runzeligen Stirn und etwas Speichel troff aus seinem hechelnden Mund. Sein Grinsen hatte etwas Aufdringliches.

Linda stellte sich angewidert seine Gedanken vor und sah wieder zwischen den herabrinnenden Regentropfen zum Fenster hinaus. Die Welt, die jetzt da draußen wieder an ihr vorüber glitt, lag in einem dunkelgrauen Schleier. In Nürtingen hielt der Zug erneut, Menschen, die sie noch nie gesehen hatte, kamen und gingen, liefen am Fenster vorbei, stiegen ein, stiegen aus, setzten sich, tauchten im Abteil auf und verschwanden wieder. Wie Figuren in einem Spiel,

dachte Linda, eingesetzt und hinausgeworfen. Mensch-är-
ger-dich-nicht.

Dann waren ihre Gedanken wieder bei Claudia. Robs
Schwester war tot. Ermordet von irgendeinem dieser
Schweine, einem Triebtäter, der ihr aufgelauert, sie vergewaltigt und danach brutal erwürgt hatte. An dem Abend,
als sie sich mit ihr treffen wollte, um ihr irgendetwas Wichtiges mitzuteilen. Linda erschauderte bei dem Gedanken,
dass die Tat geschehen war, während sie im Restaurant seel-
lenruhig ihre Cola getrunken hatte. Vielleicht hätte sie ihre
Schreie gehört, wenn sie vor dem Restaurant gewartet hätte.
Vielleicht hätte der Mörder gar nicht zugeschlagen, wenn
Claudia nicht da draußen allein mit ihrem Fahrrad angekommen wäre. Vielleicht, vielleicht, vielleicht. Linda zer-
marterte sich das Hirn darüber, was gewesen wäre, wenn …
aber wie hätte sie denn ahnen können …

Und die Polizei? Von einem eindeutigen Sexualdelikt
hatte der Kommissar gesprochen, der sie als Zeugin vernommen hatte, und ob ihr denn nichts aufgefallen sei. Sie
erzählte dem Polizisten von dem geplanten Treffen mit
Claudia und wie sie sie im Wald gefunden hatte. Instinktiv hatte sie beschlossen, den Grund für Claudias Anruf
zu verschweigen, immerhin hatte Rob ja auch von seiner
Schwester Stillschweigen verlangt. Dann, in der Nacht, als
sie nicht schlafen konnte, war sie aufgestanden und hatte
sich noch einmal die Nachricht auf ihrem Anrufbeantworter angehört: »*Und da ist noch ein voller Film, den hab' ich
gleich zum Fotocenter gebracht. Warte, da hat Rob noch was
dazugeschrieben, hier: bitte entwickeln u. Abz. aufbew.!
Niemand zeigen! Kann noch nichts beweisen!!!*«

Die letzten Worte der Toten kamen ihr vor wie aus einer
anderen Welt. Es war Claudias Vermächtnis, hatte sie sich
gedacht und am nächsten Morgen die Filialen des Fotocen-

ters in Tübingen aufgesucht. An den Selbstbedienungsthe-
ken konnte man sich die alphabetisch sortierten Papierta-
schen mit den entwickelten Bildern selbst heraussuchen und
dann mit dem Coupon zur Kasse gehen. Schon im zweiten
Geschäft war sie fündig geworden und hielt Robs Bilder in
einem Umschlag, der mit Claudias Anschrift versehen war,
zitternd in der Hand, als sie zur Kasse ging. Die Kassiere-
rin quittierte ihre Entschuldigung, den Coupon zur Abho-
lung der Bilder vergessen zu haben mit einem Schulterzu-
cken, nahm den Geldbetrag entgegen und Linda stand mit
ihrer Beute vor dem Geschäft.

Von den sechsunddreißig Aufnahmen waren nur drei-
zehn belichtet worden. Acht Bilder zeigten, teilweise
verschwommen und unterbelichtet, den verstümmelten
Kadaver eines Nashorns, auf drei Bildern waren menschliche Fußabdrücke in schlammigem Untergrund zu erkennen, und die letzten beiden Bilder waren Aufnahmen eines
ihr unbekannten Mannes in Safarikleidung, wobei auf der
ersten Aufnahme der Typ vollständig, auf dem letzten Bild
aber nur seine Beine zu sehen waren. Linda hatte sich die
Bilder wieder und wieder angesehen, doch sie konnte nichts
damit anfangen. Der Kopf des Mannes lag zu sehr im Schatten seines Safarihuts, als dass sie sein Gesicht hätte erkennen können. Wer war er?

Wieder und wieder ging ihr durch den Kopf, was Rob
zu den Bildern geschrieben hatte: *Niemand zeigen! Kann
noch nichts beweisen!!!* Inzwischen kannte sie es auswendig,
sooft hatte sie sich Claudias letzte Nachricht angehört. Welchen Verdacht hatte Rob? Was wollte er mit diesen Fotos
aufzeigen? Sollte sie mit den Bildern und der Aufzeich-
nung zur Polizei gehen? Was würde es bringen? Oder gab
es sogar einen Zusammenhang zwischen diesen Bildern und
Claudias Tod? Diese Gedanken ließen sie nicht mehr los,

und je mehr sie darüber nach dachte, desto klarer wurde ihr, dass nur Rob selbst diese Frage beantworten konnte.

Sie musste versuchen, ihn zu erreichen, schon um ihn über Claudias Tod zu informieren. Vielleicht schaffte er es irgendwie, zu ihrer Beerdigung nach Deutschland zu kommen. Doch alle Versuche, ihn telefonisch oder über eine der ihr bekannten Adressen in Nairobi, Mombasa oder Harare zu erreichen, waren vergebens gewesen. Deshalb saß sie jetzt in diesem Zug und fuhr nach Stuttgart zum Büro seiner Organisation.

Linda sah wieder zum Fenster hinaus und versuchte, endlich klare Gedanken zu fassen. Nächster Halt Plochingen. Ein dicker Herr mit grauem Karoanzug drückte sich auf ihren Sitz. Sie spürte deutlich sein nasses Hosenbein an ihrem Oberschenkel. Er kramte eine Zeitung aus seiner Jackentasche und nahm ihr beim Lesen soviel Sicht weg, dass der Pausbäckige fast ganz hinter dem Blatt verschwand.

Draußen hinter den Bahnschranken stauten sich die Autos, dort irgendwo musste Daniel auch stecken, in ihrem roten Alfa Romeo. Immer wieder lieh sie ihm den Wagen, obwohl sie ihn selbst dringend brauchte. Und jetzt saß sie in diesem stickigen Waggon, eingepfercht zwischen dickwanstigen und muffelnden Menschen, unbequem und unfrei.

Ohne es zu registrieren, schüttelte sie den Kopf über sich selbst. Daniel Feller. Warum hatte sie sich überhaupt mit diesem Typen eingelassen? Ja, sie hatte Angst gehabt, für immer mit Sarah allein zu bleiben, aber war Daniel wirklich der Mann, der zu ihr passte? Was hatte er ihr wirklich geben können in den wenigen Monaten, die sie sich kannten? Schon seit Wochen spürte sie, wie wenig ihr an dieser Beziehung lag. Zweifel kamen ihr, ihn je richtig geliebt zu haben, mehr von ihm gewollt zu haben, als aufregende Nächte im Bett. Dann stand er wieder vor ihr, strahlte sie an und sie war ihm ausgeliefert. Er wusste, wie er alles von ihr bekommen konnte. Er spielte mit ihr, das wusste sie, er kam und ging wie es ihm passte, schlief tagelang in seiner kleinen Mietwohnung und quartierte sich dann wieder für fünf Nächte bei ihr ein. Er war ein berechnender Schmeichler, der es verstand, ihre Gutmütigkeit auszunutzen.

»Ich brauche deinen Wagen, nimm du den Zug«, hatte er ihr an diesem Morgen vorgeschlagen. Wieder einmal war sie nicht in der Lage gewesen, ihm zu widersprechen. Sie spürte, wie sehr sie sich von ihm abhängig gemacht hatte und doch hatte sie nicht die Kraft, etwas an dieser Situation zu ändern. »Danke«, hatte Daniel gerade noch gesagt, hatte den Schlüssel genommen und war gegangen. Als sie im Sender angerufen hatte, war Babs, ihre Kollegin und Freundin gerade dabei, einen Beitrag über den Mord zu produzieren. »Ich muss versuchen, Rob ausfindig zu machen«, hatte Linda ihr am Telefon gesagt, »von irgend jemandem muss er es doch erfahren. Kannst du für mich den Redaktionsdienst übernehmen, falls ich es nicht rechtzeitig schaffe?«

Und jetzt saß sie schon über eine halbe Stunde in diesem Regionalexpress. Es zog durch die schräg gestellten Fenster und das Rattern der Räder auf den Schienen wurde zum ohrenbetäubenden Lärm, als ein entgegenkommender Zug auf der linken Seite vorbei donnerte. Und doch empfand Linda etwas Rhythmisches und damit schon wieder Beruhigendes in diesem Rattern und Dröhnen. Beruhigend dumpf und monoton. Fast wie mein Leben, dachte sie.

Der Funk, sie war mit ihm verwachsen, seit sie sich schon vor Jahren nach einem Volontariat bei der Zeitung für die in ihren Augen viel interessantere Arbeit am Mikrofon entschieden hatte. Eigentlich hatte ihr der Wechsel nie Leid getan, die Arbeit machte Spaß, das Team war eine klasse Mannschaft und die Redaktion ihr Leben. Tage und Nächte ihres Lebens, Stunden und Minuten. Reportagen, Beiträge, Moderationen. Und doch hatte sich mit der Routine auch eine gewisse Monotonie eingeschlichen. Gut, sie hatte Verantwortung für eine eigene Sendung und konnte dabei bis zu einem gewissen Grad ihre Ideen umsetzen. Doch auf der anderen Seite hatte sie ihre Freiheit und Ungebundenheit für den Job aufgegeben. Nicht mehr und nicht weniger. Keine Zeit für sich oder für ihre Tochter. Vergnügen? Oh nein.

Und dann kam, an einem der wenigen freien Abende, wenn sie sich mit Daniel im aufgewühlten Bett räkelte, ein dringender Anruf ihrer Redaktion mit einem unaufschiebbaren Termin, sie war die einzige, die zu erreichen war, schnappte sich ihren Recorder und machte ihren Job. Wenn sie dann vom Sender wieder zurück in ihre Tübinger Wohnung kam, begegnete ihr Daniel angetrunken unter der Tür. Auf dem Weg in die Kneipe, um seinen »Frust« wegzuspülen. Sie blieb allein zurück. Ihre Beziehung war eine Farce. So hatte sich Linda ihr Leben nicht vorgestellt.

Nach Redaktionsschluss sah sie sich im Spiegel an, für Sekunden nur, das reichte. Stress im Blick und Falten im Gesicht, gut kaschiert zwar, aber unübersehbar vorhanden. Kannte sie Schonung? Gönnte sie sich Ruhe? Ein freies Wochenende? Ausspannen, nur für ein paar Tage? Dem Job zuliebe schon wieder auf die lang ersehnte Reise nach Rom verzichtet. Letzter Urlaub? – »I love Lanzarote« – muss vor Jahrhunderten gewesen sein, dachte sie.

Lanzarote. Die Insel der Feuerberge. Aufregende Wellenbäder am Strand von Famara. Aufregende Liebesspiele in den weißen Dünen der Playa Blanca, wohin sie mit ihrem Suzuki fast an jedem Abend gefahren waren, um den Sonnenuntergang zu genießen. Einsame Abende mit Rob. Der schaukelnde Ritt auf den grunzenden Dromedaren durch die Vulkanlandschaft des Timanfaya; Josés Restaurant in

Orzola, wo man den besten Sancocho bekam und sich die
Fische frisch vom Fang in der Küche selbst aussuchen konnte; der kleine Markt in Teguise mit seinen Stickereien, den
Masken und Schnitzereien, die von der westafrikanischen
Küste kamen. Hier hatte Rob wieder begonnen, von Afrika
zu schwärmen. Es war der letzte gemeinsame Urlaub mit
ihm gewesen.

Die Bahn schob sich in den Bad Cannstatter Bahnhof.
Der Pausbäckige stand auf, wünschte freundlich einen schönen Tag und ging zur Tür. Der Dicke wechselte jetzt seinen Platz und setzte Linda gegenüber seine Zeitungslektüre
fort. Ein kleines Mädchen mit blaugrünem Kindergarten-
täschchen und buntem Anorak kam den Gang entlang und
blieb unentschlossen stehen. Linda lächelte und wies mit
der Hand auf den freien Platz neben sich. Die Kleine schüttelte verlegen den Kopf und drehte sich um.

Sie würde Sarah in diesem Alter nie allein mit dem Zug
fahren lassen, obwohl auch sie viel zu wenig Zeit für ihre
Tochter hatte. Fünf Jahre war Sarah jetzt alt, im September
würde sie sechs werden. Im gleichen September waren es
zwei Jahre, seit Linda sich von Sarahs Vater getrennt hatte.

Zwei lange Jahre ohne Rob, dachte sie, und davor über
vier Jahre mit ihm. Teilweise. Eine richtige Ehe hatten sie
eigentlich nie geführt. Ihre Hoffnung, Rob durch die Hei-
rat und das Kind fester an sich binden zu können, hatte
sich nicht erfüllt. Ihr Mann blieb der verwegene Abenteu-
rer und Wissenschaftler, rastlos, risikofreudig und ehrgeizig. Seine Projekte bedeuteten ihm mehr als seine Familie, größer als die Liebe zu Linda war die Liebe zu seinem
Beruf. Und seine Liebe zu diesem Afrika!

Afrika. Er konnte einfach nicht begreifen, dass sie mit
diesem Land nichts anfangen konnte. Sein Traum war dort
mit ihr zu leben. Nur einmal hatten sie einen vierwöchi-

gen Urlaub in Kenia verbracht, kurz nachdem Linda ihn bei einer Pressekonferenz kennen gelernt hatte. Er hatte ihr vorgeschwärmt von einem herrlichen Land mit netten Menschen, vielen Tieren und einem wunderbaren Klima. Was konnte sie schon dafür, dass sie sich am ersten Tag einen Sonnenbrand holte, dass ausgerechnet vor ihrem Zelt eine (wenn auch ungiftige) Schlange lag und dass sie vor Schreck fast tot umfiel, als dieser Affe (war es ein Pavian?) plötzlich in den offenen Wagen geklettert war, um sich eine Banane zu holen. Der böse Krach folgte, als sie eine Woche früher wieder nach Hause wollte, was Rob nun überhaupt nicht verstand. Linda hatte sich daraufhin alleine in ein Flugzeug gesetzt und war nach Deutschland zurückgeflogen. Nach der Reise hatte sie von Afrika ein für allemal genug.

Die Spannung zwischen ihr und Rob hielt noch lange an. Dass sie sich nicht damals schon trennten, erschien Linda heute als großer Fehler, aber ohne Afrika war Rob ein ganz anderer Mann. Und genau diesen Mann liebte Linda. Niemals hatte sie geglaubt, den Kampf um Rob verlieren zu können. Aber dieses Land war stärker.

Nach der Hochzeit war Rob zunächst wie verwandelt gewesen und Linda erlebte mit ihm die schönsten Monate ihres Lebens. Dann musste er erneut nach Afrika. Nur für zwei Wochen. Linda war im sechsten Monat schwanger und weigerte sich, ihn zu begleiten. Rob blieb länger in Zimbabwe, als er ursprünglich beabsichtigt hatte. Aus den zwei Wochen wurden vier, aus dem Monat ein Vierteljahr. Nicht einmal zu Sarahs Geburt kam er zurück.

Auch Sarah änderte nichts an der Situation. Rob liebte zwar seine kleine Tochter und beanspruchte sie ganz für sich, wenn er einmal für ein paar Wochen zu Hause war, doch dann zog es ihn wieder für Monate nach Afrika zurück. Drei Jahre nach Sarahs Geburt reichte Linda die Scheidung ein. Rob erfuhr es über ihren Anwalt, als er nach acht Monaten aus Namibia zurückkehrte. Er drängte auf eine Aussprache unter vier Augen und schwor, nach Abschluss des derzeitigen Projekts, das noch zwei Jahre laufen sollte, für immer in Europa zu bleiben. Aber Linda konnte nicht mehr – nein, sie wollte nicht mehr darauf eingehen.

Nach der Scheidung kehrte Rob nach Afrika zurück. Fast jeden Monat kam ein Brief und in unregelmäßigen Abständen überwies er Geld für Sarah. Später, als ihn seine Arbeit immer mehr beanspruchte und ihn in die entlegensten Gebiete des Landes führte, kam die Post nur noch sporadisch und gewöhnlich aus Nairobi.

Der Zug verlangsamte erneut seine Fahrt und rollte in den Sackbahnhof der Landeshauptstadt ein. Massen von Menschen auf dem Bahnsteig und mit ihr auf dem Weg in die belebte Königsstraße, wo zu jeder Tageszeit Hektik und Betriebsamkeit herrschte. Zwischen zwei Kaufhäusern mit ihren übergroßen Schaufenstern bog sie in eine der Nebenstraßen und stand nach wenigen Metern vor einem grauen Bürogebäude, an dessen Eingangssäule kleine Metallschilder auf eine Anwaltspraxis, mehrere Ärzte und zwei Dienstleistungsfirmen hinwiesen. Und sie las: SAFE WILDLIFE SOCIETY. 3. Stock.

2

Linda sah in ein glattrasiertes bleiches Gesicht hinter einem
wuchtigen Schreibtisch aus schwarzem Holz. Professor
Kuhns schien über fünfzig zu sein und seine weißen, glat-
ten Haare, die ihm fast bis auf die Schultern fielen, glänzten silbern im Licht der Halogenlampen, die das Büro im
dritten Stock in langweiliger Gleichmäßigkeit ausleuchteten.
Seine spitze Nase, auf der eine verschmierte Hornbrille saß,
zuckte nervös. Er versuchte, es zu vertuschen, indem er die
Finger beider Hände aneinander legte, und sich die Zeigefinger nachdenklich an die Nasenflügel hielt. Seine mattgrauen Augen waren bis auf einen Schlitz geschlossen, aber
Linda spürte, dass er sie fixierte. Er strömte einen intensiven Knoblauchgeruch aus und sie schielte instinktiv nach
den Fenstern. Alle waren verschlossen, doch sie traute sich
nicht, einfach eines zu öffnen.

»Ich fürchte, ich kann Ihnen nur wenig helfen, mein
Kind«, sagte Kuhns jetzt. Der väterliche Ton in seiner sono-
ren Stimme störte sie.

»Aber Sie müssen doch wissen, wo sich die Mitarbeiter
Ihrer Gesellschaft aufhalten? Es geht, wie ich schon sagte,
immerhin um den Tod seiner Schwester, da muss Rob doch
zu benachrichtigen sein.«

»Das ist nicht so leicht, wie Sie glauben. Sehen Sie –«, und
seine Augen öffneten sich für einen Moment, »– die SAFE
WILDLIFE SOCIETY hat eine ganze Reihe von Projekten in aller Welt laufen. Die afrikanischen werden in Nairobi koordiniert.« Beim letzten Wort fiel ihr deutlich sein
rollendes »R« auf, das den Franken verriet.

»Dann rufen Sie doch dort an und fragen Sie nach!« Lindas Ungeduld rief ein mitleidiges Lächeln auf seinen schmalen Lippen hervor.

»Meine Liebe, Sie kennen Afrika nicht! Ich kann nicht, wie bei uns, einfach dort unten anrufen und fragen, wo gerade Rob Roloff steckt, als ob es sich um eine Geschäftsreise in die Schweiz oder nach Frankfurt handelte.«

Lindas Ungeduld verwandelte sich in leichten Zorn. In scharfem Ton fuhr sie ihn an:

»Es handelt sich in diesem Fall um meinen geschiedenen Mann, der sich für Ihre Gesellschaft seit über vier Jahren in Afrika aufhält und den wir in einer Familienangelegenheit dringend erreichen müssen. Außerdem hat er sich seit ewigen Zeiten nicht mehr gemeldet und ich habe doch wohl das Recht, zu wissen, wo er steckt und wie es ihm geht!«

Für einen Augenblick spielte Linda mit dem Gedanken, ihm von den Bildern und von Robs Notiz für Claudia zu berichten, doch Sie war sich zum einen nicht sicher, wie er darauf reagieren würde und zum anderen hatte Rob ausdrücklich darum gebeten, sie niemandem zu zeigen.

»Mal sehen, was wir auf die Schnelle herausfinden«, sagte der Weißhaarige jetzt, »aber ich glaube kaum, dass es viel bringen wird.«

Er wandte sich dem Bildschirm auf seinem Schreibtisch zu und Linda wartete gespannt.

»Ro-loff –« dehnte er und arbeitet an der Tastatur. »Robert. Ist das der vollständige Name Ihres Ma- eeh … Ex-Mannes?«

Linda nickte.

Kuhns gab den Namen ein und blickte starr auf den Bildschirm.

»Aha. Da haben wir ihn: geboren am 20. Mai 1962 in Bad Soden?«

Linda nickte und Kuhns las weiter, was der Bildschirm ihm verriet:

»Geschieden. Keine Kinder –«

»Nein – wieso denn das?« Linda war aufgesprungen und beugte sich zum Monitor. »Das stimmt nicht!« Sie deutete auf den Bildschirm. »Wir haben eine Tochter, Sarah. Sie wird im September sechs Jahre alt.«

Überrascht sah Kuhns sie an.

»Tut mir Leid. Das ist in seiner Personalakte nicht registriert. Bitte nehmen Sie doch wieder Platz.« Es schien ihn nervös zu machen, wie sie sich zu ihm über den Schreibtisch beugte. Linda setzte sich und atmete tief durch.

»Also eine Tochter?«

»Ich weiß nicht, warum er das verschwiegen hat.«

»Nun, es gibt Aufgaben, mit denen wir nur unabhängige Mitarbeiter betrauen, die keinerlei Bindungen und Verpflichtungen haben. Es ist manchmal nicht ungefährlich, sich für den Schutz wilder Tiere einzusetzen. Vielleicht befürchtete er –«

Kuhns unterbrach sich und überließ es Linda, seinen Gedanken fortzuführen.

»Hat Rob einen solchen Auftrag bekommen?«

Linda hatte wieder Platz genommen, Kuhns sah zum Bildschirm und nickte stumm.

»Es sieht so aus«, meinte er dann, »ihr Mann war vor allem in Kenia für uns tätig. Das Land ist groß und wir haben selbst schon seit –« er blickte sie abwesend an und sah dann wieder auf den Monitor – »seit einigen Monaten nichts mehr von ihm gehört. Seine letzte Mitteilung ging Anfang des Jahres bei uns ein, sagt jedenfalls der Computer. Er kann sie schon Wochen vorher verfasst haben. Sonst haben wir nichts. Keine Berichte, keine Forschungsergebnisse. Auch die Leute, die bei ihm waren, haben sich seither nicht gemeldet.«

»Kann ich diese Mitteilung sehen?«

»Das wird nicht gehen«, entgegnete er rasch und schaltete unvermittelt den Computer aus. »Viele unserer Forschungen unterliegen der Geheimhaltung. Und die Mitteilung ist kodiert. Sie könnten nichts damit anfangen.«

Linda musste sich wohl oder übel damit zufrieden geben. Trotzdem bohrte sie weiter.

»Sie haben monatelang nichts von meinem Mann gehört, sagten Sie. Und was bitte haben Sie da unternommen?«

Der Professor verzog den Mund und schüttelte den Kopf.

»Wie ich schon sagte ... Sie kennen Afrika nicht. Es ist durchaus nichts Ungewöhnliches, dass unsere Mitarbeiter Tage, Wochen oder sogar für Monate von jeder Zivilisation abgeschnitten in irgend einem abgelegenen Teil Afrikas unterwegs sind. Wir betreiben Feldforschungen im Busch, in der Kalahari, am Ruwenzori, in der Karoo, in Gebieten, die vorher noch nie ein Mensch betreten hat. Wir sind überall im Land tätig, von der Sahara bis zum Kap, wir können nicht jedem Team einen Aufpasser mitgeben, oder verlangen, dass in regelmäßigen Abständen Kontakt zur Zentrale besteht. Das würde die Kosten extrem in die Höhe schnellen lassen. Es ist aber durchaus möglich, dass wir in den nächsten Tagen etwas von Ihrem Mann hören werden. Wenn wir ihn erreichen, melden wir uns unverzüglich bei Ihnen. Mehr ist leider nicht zu machen.«

Verdammt, dachte sie, warum sagst Du ihm nicht einfach, was passiert ist. Dass er irgendeiner Gemeinheit auf die Schliche gekommen ist, seine Schwester davon unterrichtet hat und dass er einfach wissen muss, dass sie tot ist. Doch ein anderer Gedanke hielt sie davon zurück. Warum hatte sich Rob mit seinen Informationen an Claudia und nicht gleich an seine Organisation gewandt? Warum hatte er sie gebeten, die Bilder niemandem zu zeigen? Welchen Verdacht hatte er?

Doch laut sagte sie: »Verstehen Sie denn nicht, dass ich mir langsam Sorgen mache? Er ist immerhin der Vater meiner Tochter. Gibt es denn kein Büro, keine Dienststelle in Nairobi, die uns weiterhelfen kann?«

Kuhns sah verlegen an ihr vorbei, griff schließlich nach einem kleinen Karteikasten auf dem Schreibtisch und blätterte darin.

»Wir haben da einen Mann in Nairobi, den wir nur in dringenden Fällen einschalten. Wenn es Sie beruhigt, werde ich ihn informieren. Aber er ist sehr oft unterwegs und es kann Tage dauern, bis wir ihn erreichen.«

»Kennt er Rob?«

Kuhns zögerte. Fast schien es, als täte es ihm Leid, diesen Mann überhaupt erwähnt hatte.

»Wahrscheinlich würde er uns gar nichts nützen.«

»Aber sagen Sie mir doch, wer er ist!«

»Ich glaube nicht, dass es einen Sinn hat.« Diese Worte hatten etwas Endgültiges, doch Linda gab nicht auf: »Wie kann ich ihn erreichen?« Sie kramte in ihrer Tasche nach Notizblock und Kugelschreiber. Wenn dieser Laden hier nicht in der Lage ist, Rob zu finden, dann muss ich es eben selbst tun. Dieser Gedanke schoss ihr in diesem Moment zum ersten Mal durch den Kopf. Und das Komische war, dass sie ihn gar nicht so abwegig fand.

»Es nützt nichts«, sagte Kuhns jetzt mit Nachdruck, seine Augen verengten sich wieder zu zwei Sehschlitzen und aus seinem Gesicht war jedes Lächeln verschwunden. Linda hatte Mühe, sich in Zaum zu halten. Es musste doch eine Möglichkeit geben, Robs Aufenthaltsort herauszufinden. Zorn stieg in ihr auf und ihre schwarzen Augen blitzten den Professor an. Ich geh' zur Polizei, dachte sie.

»Überlassen Sie die Sache uns«, sagte er jetzt bestimmt, »Sie haben von hier aus keine Chance. Das ist leider so. Wir werden schon eine Lösung finden. Und außerdem – ich betone das noch einmal – «, sagte er, als ob er ihre Gedanken erraten hätte und senkte die Stimme zu einem Flüstern, »unterliegen viele unserer Projekte der wissenschaftlichen Geheimhaltung. Die Polizei oder gar die Öffentlichkeit zu informieren wäre für alle Beteiligten unter Umständen sehr gefährlich. Auch für Ihren ... ääh ... Mann.«

»Gut«, zischte Linda. »Dann finden Sie Rob, und zwar schnell –«, es fing an, in ihr zu kochen, »bevor ich Ihnen Schwierigkeiten mache!«

Kuhns Augen blitzten sie an. Sie spürte, dass sie jetzt seinen empfindlichen Nerv getroffen hatte. Schwierigkeiten, dass war ihr mit einem Mal klar, wollte er unter allen Umständen vermeiden. Er öffnete behutsam eine Schublade an seinem großen Schreibtisch und zog ein Scheckformular hervor.

»Wie viel bekommen Sie im Monat von Ihrem geschiedenen Mann?« fragte er sachlich. Linda verschlug es eine Sekunde lang die Sprache.

»Bitte verstehen Sie mich nicht falsch –«, er schien ihre Gedanken gelesen zu haben und kam einem Wutausbruch geschickt zuvor: »Ich will Sie nicht mit Geld vertrösten. Wir werden alles tun, um Ihren Mann so schnell wie möglich zu finden, obwohl es wirklich noch keinen Grund für irgendwelche Befürchtungen gibt. Er hat sicher nur einfach sehr viel zu tun. Immerhin arbeitet er an einem unserer wichtigsten Projekte und ist unser bester Mann auf diesem Gebiet. Es liegt schon auch in unserem Interesse, dass ihm nichts zustößt.«

Kuhns holte Luft, um Lindas Reaktion abzuwarten. Sie hatte sich in der Gewalt und kein Mienenspiel verriet, was sie gerade dachte.

»Bitte sagen Sie mir jetzt«, fuhr er fort, »was Sie von ihm zu bekommen haben und wir geben Ihnen das Geld. Wir ziehen ihm den Betrag von seinem nächsten Honorar ab und der Fall ist erledigt.«

Linda schluckte trocken. Wenn sie das Geld nahm, würde Kuhns sich sicher ernsthafter bemühen, Rob zu finden. Trotzdem fand sie die Situation recht merkwürdig. Warum weigerte er sich, ihr den Namen des Mannes in Nairobi mitzuteilen? Warum wollte er verhindern, dass sie selbst nach Rob forschte? Diese Idee ließ sie nicht mehr los. Entschlossen stand sie auf und wandte sich wortlos zum Gehen. Professor Kuhns blickte ihr mit offen stehendem Mund nach.

»Es geht hier nicht ums Geld, Professor«, sagte sie schließlich, als sie an der Tür stand und sich umdrehte, »auch wenn Sie das nicht glauben können. Ich gebe Ihnen einen Tag Zeit, herauszufinden, wo Rob sich aufhält und mir seinen Aufenthaltsort mitzuteilen. Wenn Sie es nicht schaffen, ich traue mir das zu. Falls ich es noch nicht erwähnt habe, ich bin Journalistin und weiß sehr wohl, wie man recherchiert. Ich werde Sie morgen anrufen, Professor, und dann möchte ich entweder eine Auskunft über Rob oder die Adresse Ihres Mannes in Nairobi!« Sie lächelte charmant und zwinkerte ihm zu. »Und eines sollten Sie noch wissen, bevor Sie mir einen Bären aufbinden: ich kenne Afrika! Rob selbst hat mir seine große Liebe gezeigt.« Beim Wort Afrika rollte sie ganz bewusst das »R«, öffnete die Tür und verließ den Raum.

Kuhns zerknüllte den Scheck und warf ihn in den Papierkorb. Dann griff er zum Telefon. Seine Sekretärin wunderte sich nicht über seinen unwirschen Ton, als er eine Verbindung mit Joe Looman in Nairobi verlangte.

Die Redaktionsbüros waren schon abgeschlossen, als Linda zum Sender kam. Nur im Konferenzraum hatten sie mal wieder das Licht brennen lassen und die Lampen warfen einen sanften Lichtstrahl auf den violetten Boden im kahlen Flur. Linda schaute rasch in ihr Büro und warf einen flüchtigen Blick auf den Bildschirm. Babs hatte die Beiträge für die Morgennachrichten schon abgenommen und den Newsplayer bestückt, darunter ein vorproduziertes Statement des Polizeisprechers zum aktuellen Stand der Ermittlungen im Mordfall der Tübinger Studentin. Sie hörte den kurzen O-Ton ab und wusste dann, dass es keine neuen Erkenntnisse gab. So würden es auch am nächsten Morgen ihre Hörer erfahren.

Über dem Bildschirm klebte ein Haftnotizzettel: »Hole Sarah im Kindergarten ab. Sie übernachtet bei mir. Babs.« Linda lächelte beruhigt. Es war einfach rührend, wie sich Babs um ihre Tochter kümmerte. Ohne Babs, die nur halbtags arbeitete, hätte sie niemals den Fulltimejob in der Redaktion übernehmen können. In Tübingen, wo sie in der Altstadt ihre kleine Wohnung hatte, nahm sie sich noch die Zeit für einen kleinen Bummel und spazierte allein zum Anlagensee, dann am Uhlanddenkmal vorbei über die kleine Fußgängerbrücke zurück auf die Platanenallee, eine lang gestreckte Insel im Neckar, mit uraltem Baumbestand. Noch waren die graugelb gemaserten Äste der Baumriesen kahl und der Neckar floss träge vor der auf der alten Stadtmauer sitzenden Häuserfront vorbei. Noch lagen die Stocherkähne verlassen und teilweise mit Wasser gefüllt an ihrer Anlegestelle, die trauernden Äste der Weide vor dem Hölderlinturm berührten fast die Wasseroberfläche und Linda beobachtete für einen Augenblick ein paar Stockenten, die sich um einen Schlafplatz am Ufer zankten. Nach wenigen Minuten erreichte sie über die verwinkelten Gassen der Altstadt ihre Wohnung am Holzmarkt, von deren Küchenfenster aus sie den Blick auf die Stiftskirche genießen konnte.

46

Heute allerdings konnte sie sich des Anblicks nicht erfreuen. Claudia Roloff ging ihr nicht aus dem Kopf, und dann dachte sie an diesen Professor Kuhns. Irgendwie war sie aus diesem Mann nicht schlau geworden. War es richtig gewesen, ihm die Fotos vorzuenthalten? »Niemand zeigen«, hatte Rob ausdrücklich geschrieben. Galt das auch für Professor Kuhns, seinen Auftraggeber? Wusste er tatsächlich nicht mehr über Rob oder log er? Doch wenn ja, aus welchem Grund? Was unternahm er wohl wirklich, um Rob zu finden? Und was konnte sie tun? Was musste sie tun?

Daniel war nicht zu Hause und sie war froh, mit ihren Gedanken allein zu sein. Sie nahm sich eine Flasche Pils aus dem Kühlschrank und ging damit ins Wohnzimmer. Linda genoss es, abends ein kaltes Pils zu trinken und einfach nichts zu tun. Sie ließ sich auf die bequeme Couch fallen und knipste den Deckenfluter an.

Der Lichtschein aus der Halbschale zauberte die tanzenden Schatten des Glaskugelmobile in feinen Hell-dunkel-Nuancen an die weiße Zimmerwand. Linda liebte es, das Mobile mit einem heftigen Lufthauch in Bewegung zu bringen. Das Klirren der kleinen Glaskugeln und die springenden Schatten hatten eine ungemein beruhigende Wirkung. Sie sah den tanzenden Schatten zu und dachte an Rob. Sie dachte an ihn, nicht an Daniel. Rob war in Afrika. In Kenia. Irgendwo.

Linda griff in den Stapel Zeitschriften, der neben ihr auf dem gläsernen Couchtisch lag. In einer der letzten Ausgaben des Reisejournals für das sie ab und zu schrieb, gab es einen großen Farbbericht über Nordkenia. Sie fand ihn auf Anhieb, blätterte die Fotos durch und begann dann, den Artikel zu lesen: *Samburuland … Halbwüste … Paradies für Grevyzebras (die mit den feinen Streifen und den gro-*

ßen Ohren), Netzgiraffen und Gerenuks (das waren die
langhalsigen Gazellen, die zum Äsen auf den Hinterbei-
nen stehen konnten) ... Meru-Nationalpark – Heimat der
Löwin Elsa (»Frei geboren« hatte sie als Kind immer gese-
hen) ... die letzten Breitmaulnashörner gewildert ... August
1989 George Adamson kaltblütig von Wilderern ermor-
det ... neues Refugium für Spitzmaulnashörner auf priva-
tem Farmgelände ...

Linda legte das Heft zur Seite. Wenn sie nur etwas mehr
über Robs Arbeit in Afrika wüsste! Hatte sie sich überhaupt jemals wirklich für seine Arbeit interessiert? Afrika.
Linda schloss die Augen. Das Pils war kühl und tat ihr gut.
Das Glaskugelspiel klimperte leise bei jedem Lufthauch.
Sie brauchte keine Musik. Die dröhnte ihr bei der Arbeit
rund um die Uhr in den Ohren. Sie genoss die Ruhe. Und
das Alleinsein. Ab und zu öffnete sie die Augen und blinzelte zur Decke. Ihre Gedanken tanzten wie die Schatten
des Glaskugelspiels. Sie drehten sich um Rob, um die Fotos,
die er Claudia geschickt hatte und um den Verdacht, dass
irgendetwas an der Sache faul war. Ich komme nicht davon
los. Ist da nicht doch ein Zusammenhang zwischen Robs
Nachricht an Claudia und ihrem Tod? Aber man hat sie
doch vergewaltigt! Kurz nachdem sie von Robs Entdeckung erfahren hat ... Zufall, oder vielleicht doch nicht?
Diese Frage kann nur Rob beantworten. Was habe ich diesem Kuhns gesagt: ich würde mir zutrauen, Rob in Afrika
zu finden? Ein bisschen hoch gepokert, oder nicht? Ich
allein in Afrika mit seinen fremden Menschen, dem heißen Klima und der Wildnis, vor der ich wenn auch nicht
Angst, so doch einen gehörigen Respekt habe? Vergiss es!

Ihre Gedanken wanderten in die Ferne. Wie weit ist
Afrika ... achttausend Kilometer Luftlinie? Flugzeit acht
Stunden? Ihr Herz klopfte. Doch was dann? Kenia ist groß.

Etwa so groß wie Spanien und Portugal zusammen. Such'
mal einen Vermissten auf der Iberischen Halbinsel!

Es ist verrückt. Ich kann da nicht einfach hinfliegen und
glauben, ich finde Rob! Es ist nicht nur aussichtslos, es ist
ganz einfach zu gefährlich. Es ist irrsinnig! Ja, verdammt
noch mal, es ist irrsinnig gefährlich für eine Frau, die allein
reist. Und die Afrika nicht mal besonders mag.

Linda überlegte sich, mit Daniel in aller Ruhe über die
Sache zu reden. Vielleicht hatte er eine Idee. Manchmal
hatte Daniel ganz gute Ideen. Manchmal konnte er wie ein
guter Freund sein. Aber meistens – das wurde Linda mehr
und mehr bewusst – meistens war Daniel ein Ekel. Ihn zu
fragen war ein Risiko. Sie wusste, dass er auf Rob nicht
besonders gut zu sprechen war.

Sie blies sanft in das Glaskugelspiel, doch die tanzenden Schatten konnten sie nicht mehr ablenken. Sie musste
noch zu einer Entscheidung kommen in dieser Nacht.
Einen klaren Gedanken fassen. Dazu musste sie sich entspannen. Ruhig werden. Die Schatten hüpften und schwebten. Gleichmäßig und immer ruhiger. Leise wie Glöckchen
klimperten die Glaskugeln. Dann immer leiser. Zweimal
noch. Einmal. Stille.

Mitten in diese Ruhe polterte Daniel.

Linda schreckte hoch. Die Tür war krachend ins Schloss
gefallen. Dann sah sie seinen Schatten an der Wand und Daniel Feller stand im Zimmer. Er hatte wieder einmal seinen
»Frust weggespült«, wie er es nannte, fühlte sich besonders
stark, wenn er getrunken hatte. Linda wusste, was jetzt pas-
sieren würde, sie hatte es oft genug mitgemacht. Der Geruch
nach Alkohol und kaltem Rauch, wenn er sie zu küssen versuchte, ordinäres und gelalltes Vokabular, das ihn in seinem
Zustand antörnte, zitternde Finger, die den Reißverschluss
seiner Hose nicht öffnen konnten, gierige Hände überall

an ihrem Körper. Es konnte wunderschön sein, mit Daniel zu schlafen, wenn er nüchtern war. Am Anfang hatte sie es auch geil gefunden, wenn er etwas getrunken hatte und alles mit sich geschehen ließ. Sie lachten viel und spielten mit sich, ein heißer und verspielter Sex. Früher.

Mit der Zeit empfand sie das anders. Daniel war grob, egoistisch und gemein. Davor hatte sie Angst, als er jetzt vor ihr stand. Sie roch seine Alkoholfahne sofort und erhob sich. Er kam zum Tisch, kippte auf die Couch, wo Linda eben noch gelegen hatte und stieß im Fallen ihr Pilsglas um. Linda sprang zur Seite, um der Bierlache auszuweichen und stieß mit dem Kopf gegen das Glaskugelspiel. Die Kugeln schlugen wild aneinander und die Fäden verhedderten sich. Die Schatten sprangen unkontrolliert und nervös über Wand und Decke. Das Mobile glich einem Kettenkarussell, das in voller Fahrt ausgebremst wurde. Ein Faden riss und die Kugel zerbarst beim Aufprall auf die Tischkante. »Bleib ganz ruhig, Baby«, lallte er und griff nach ihrem Arm. Linda wich aus und starrte ihn wütend an. Ihr Blick fiel auf seinen Hausschlüssel, der ihm aus der Hosentasche gerutscht und auf die Couch gefallen war. Mit einer raschen Bewegung verschwand er in dem Schlitz unter der Lehne.

»Komm zu mir, kleine Wildkatze, und vorher: hol mir was zu trinken!«

Daniel hing schief auf der Couch, nur mühevoll konnte er seine Augen offen halten. Erneut versuchte er, Linda anzufassen und packte diesmal mit beiden Händen zu. Linda reagierte zu spät und landete unsanft neben ihm. Unbeholfen zog er sie an sich und sie spürte die rauen Bartstoppeln an ihrer Wange, die sie eigentlich liebte, wenn es Dreitagebärte, gepflegte Dreitagebärte waren. Sie hatten dann etwas Männliches, Prickelndes, Erotisches. Daniel hatte sich seit fünf Tagen nicht mehr rasiert und sein Bart wuchs nur langsam und ungleichmäßig. Er fühlte sich an wie ein borstiger Teppich.

Seine langen, braunen Haare, die er eigentlich zu einem Pferdeschwanz gebunden hatte, hingen ihm wirr vom Kopf und ins Gesicht. Sie glänzten fett und er kam Linda vor wie ein wildes Tier. Doch jedes wilde Tier in Afrika hatte mehr Anmut als dieser angesoffene Kerl, dachte sie. Du hättest ihn längst vor die Tür setzen sollen, meinte Babs einmal, und eigentlich hatte sie Recht.

Jetzt spürte sie seinen feuchten, triefenden Atem an ihrem Ohr. Doch sie verbarg ihren Ekel, um ihn nicht zu provozieren.

»Du hast zuviel getrunken«, sagte sie in ruhigem Ton und er nickte stumm.

»Daniel, ich möchte dich etwas fragen, was sehr wichtig für mich ist. Ich brauche deinen Rat, hörst du? Und ich muss es heute noch mit dir besprechen … ja? Jetzt gleich?«

Er schwieg und sie fuhr fort: »Rob –«, Linda machte eine Pause, um Daniels Reaktion auf diesen Namen abzuwarten, doch er blieb ruhig. Nur ein kleines Zucken in seinem Gesicht. Okay, dachte sie und formulierte vorsichtig.

»Rob – du weißt, man hat seine Schwester, Claudia vergewaltigt und umgebracht. Wir müssen ihn irgendwie benachrichtigen.«

Pause. Keine Reaktion.

»Ich weiß nicht, was ich tun soll. Ich komm' nicht von dem Gedanken los, dass etwas nicht stimmt. Rob hat da wohl so ein paar Andeutungen gemacht«, sagte sie nur vorsichtig.

Fellers Züge blieben verkrampft. Eine Fratze starrte sie an.

»Warum?« fauchte er, »was kümmert dich Rob? Schön, seine Schwester ist tot, dann sollen doch seine Leute nach ihm suchen! Dieser Tierschutz-Club, für den er sich ständig den Arsch aufreißt.«

Linda schilderte ihm in kurzen Worten ihr Gespräch mit Kuhns.

»Und?« fragte er nur, »was gedenkst du zu tun?«

Linda schwieg. Sie stand auf und ging nervös auf und ab. Sie spürte, dass es zu einer harten Konfrontation kommen musste, wenn sie Daniel die Wahrheit sagte. Aber sie hatte keine Lust, ihm dauernd auszuweichen. Also nahm sie allen Mut zusammen und versuchte, ihrer Stimme einen festen Klang zu geben.

»Vielleicht … vielleicht sollte ich selbst nach Afrika fliegen … «

»Du bist total verrückt!« Daniels Aufschrei knallte wie eine Explosion in ihren Satz.

Er sprang auf Linda zu und packte sie an den Schultern.

»Du musst ja total wahnsinnig sein! Lauf ihm doch nach, diesem Scheißkerl!«

Linda schüttelte ihn angewidert ab. Genau diese Reaktion hatte sie befürchtet, jähzornig und aufbrausend wie Daniel war. Er verschwand in der Küche und kam mit einer Flasche Pils in der Hand zurück. Er leerte sie fast zur Hälfte ohne abzusetzen und stellte die Flasche auf den Tisch.

»Noch mal –« sagte er mit fester Stimme, und es schien, als sei er mit einem Mal nüchtern geworden, »habe ich da eben richtig gehört? Du willst nach Afrika? Ausgerechnet du? Nur um diesem Idioten zu sagen, dass sich einer mit seiner Schwester vergnügt hat? Deinem beschissenen Ex, der dich wegen Afrika sitzengelassen hat?« Daniels Stimme überschlug sich.

»Sei still!« sagte Linda, die erstaunlich ruhig blieb. »Du weißt nicht, was du sagst!«

»Und du weißt, dass du alles kaputtmachst!« entgegnete Feller.

»Alles?« höhnte Linda jetzt. »Was ist das: alles? Du und ich vielleicht? Das ist doch kein Pfifferling mehr wert! Deine Faulheit vielleicht, ja, die du mit meinem Geld finanzierst! Davor hast du doch Angst, dass ich dich vor die Türe setze!« Linda staunte über sich selbst. All das, was sie schon lange mit sich herumschleppte, sprudelte aus ihr hervor. Jetzt, das spürte sie, war der richtige Zeitpunkt dafür. Wenn sie ihm jetzt nicht alles sagte, dann würde sie es nie mehr tun.

Doch Daniel schien gar nicht zuzuhören. Er setzte die Pilsflasche an und nahm noch einen großen Schluck. Die Wut kam erneut in ihm hoch. Er rülpste.

»Ja!« schrie er, »du zerstörst alles! Meine Zukunft und deine Zukunft! Unsere Zukunft!«

»Aber Daniel …« Linda versuchte, ein letztes Mal vernünftig mit ihm zu reden. »Was hat denn das alles mit Rob zu tun?«

»Rob. Rob! Ich höre immer nur Rob!« Feller raste. »Würdest du hinter mir auch so herlaufen, die Wüste durchqueren und dich im Urwald von den Negern bumsen lassen?«

»Hör auf!« schrie sie. »Du verdammter Mistkerl, hör auf!«

»Nein«, fuhr er fort, ohne auf ihre Worte zu achten, »das würdest du nicht! Aber für Rob! Für ihn würdest du durch die Hölle gehen, und Afrika ist die Hölle für dich! Du hast ihn nie vergessen, die ganze Zeit!«

»Du spinnst doch total! Außerdem vergisst du, dass er Sarahs Vater ist.«

»Sag deinem Balg, ich sei ihr Vater. Dann hast du viele Probleme weniger.«

Er lachte. Sein Lachen hatte wieder dieses Gemeine, Brutale, vor dem sie Angst hatte. Linda schrie: »Oh nein! Du könntest niemals Sarahs Vater sein! Nie! Du wirst nie sein wie Rob! Ich habe viel zu lange gebraucht, um das zu begreifen. Und Sarah wird nie einen anderen Vater haben als ihn.«

Feller knallte die Bierflasche so heftig auf den Glastisch, dass die Scheibe von einer Kante zur anderen zersprang. Er fiel über Linda her und zerriss ihr Lanzarote-Sweatshirt mit der linken Hand. Ihre vollen prallen Brüste bebten vor Angst, denn sie wusste, dass sie zu weit gegangen war. Daniel war stärker als sie, ihn so zu provozieren, war töricht gewesen. Hilfe suchend sah sie sich im Zimmer um. Nichts, womit sie sich wehren konnte. Unter Daniels Gewicht sank sie schreiend auf die Couch und schlug wild um sich. Seine Armbanduhr zerkratzte ihren Unterarm und sie wand sich wie ein Kaninchen unter dem Würgegriff einer Python.

Früher war das ein Spiel gewesen, ein erregendes sexuelles Spiel, wenn Daniel sie einfach nahm. Ohne zu fragen, ohne Liebkosung und mit einem prickelnden Maß an Brutalität. Irgendwann war er immer zärtlich geworden. Und sie liebte seine sanften Bisse ins Ohr. Doch das hier war kein Spiel.

»Du Mistkerl!« kreischte sie. »Lass mich los, verdammt!«

Die Flasche! Sie musste versuchen, die Bierflasche zu erreichen! Doch Daniel ließ ihr keine Chance. Sie roch wieder seinen heißen, alkoholfeuchten Atem, als er seinen Mund auf ihre Lippen presste, spürte den teppichrauen Bart und seine fettigen Haare in ihrem Gesicht. Sie schloss verzweifelt die Augen. Seine Zunge umspielte ihre linke Brust und sie konnte nicht verhindern, dass die Brustwarze sich erregt aufrichtete. Linda rang nach Luft, sein Gewicht drohte sie zu erdrücken. Dann spürte sie seine Hand zwischen ihren Beinen.

Sie dachte an Claudia, doch sie hatte nicht genügend Kraft um sich zu wehren. Nach drei Minuten war alles vorbei.

Feller stand auf und trank sein Bier leer. Linda lag zerkratzt und elend auf der Couch. Tränen rollten über ihre Wangen und sie hatte Mühe, den Brechreiz zu unterdrücken. Es war das letzte Mal, schwor sie in ihrem Innern. Sie musste ihn loswerden, diesen Dreckskerl. Und sie konnte ihn loswerden: in Afrika.

Feller zog sich an. Das Wohnzimmer sah im Couchbereich aus wie ein Schlachtfeld. Zertrümmertes Glas, ausgelaufenes Bier, zerrissene Klamotten.

Als sie aufblickte, hatte Daniel das Zimmer verlassen. Sie hörte ihn im Flur rumoren. Suchte er seine Hausschlüssel? Oder ihre? Sollte er. Die lagen wohl verwahrt in der Küche. Jetzt kam er wieder herein. Er hielt zwei Fünfziger zwischen den Fingern.

»Ich borg' mir noch 'n bisschen was, Baby«, sagte er.

Linda nickte stumm. Hoffentlich geht der Schweinehund endlich, dachte sie und ihr Blick schien ihn zu zerfleischen. Bloß keinen unnötigen Wortwechsel mehr! Feller trat zu ihr, bückte sich und küsste sie flüchtig auf die Stirn. Er schien überhaupt nichts begriffen zu haben. Angewidert wandte sie sich ab.

»Vergiss' Rob, Baby«, sagte er in der Tür, »und danke, für die geile Nummer.« Dann hörte sie, wie er die Wohnungstür von außen zuschlug und sprang auf. Sie suchte seine Wohnungsschlüssel aus der Couchfalte hervor, rannte zur Tür, steckte den Schlüssel ins Schloss und drehte zweimal um. Das Geräusch beruhigte sie.

Sie lehnte sich von innen gegen die Tür und holte tief Luft. Dann erklärte sie das Kapitel »Daniel Feller« in ihrem Leben für beendet. Ein für allemal. Sie stand unter die Dusche und genoss fast eine Viertelstunde den Wechsel von heißem und kaltem Wasser. Danach fühlte sie sich besser.

3

Die Insel, auf der sie Rob Roloff festhielten, war nicht viel größer als ein Tennisplatz, ein längliches Oval, mit Dornbusch und Feigen bewachsen und von einem breiten Papyrusgürtel zum Wasser hin abgegrenzt. Außer den beiden Wächtern, die ihn Tag und Nacht scharf im Auge behielten und ihm zu essen und zu trinken gaben, hatte er keinen Menschen zu Gesicht bekommen. Er verstand so leidlich ihre Sprache SeTswana, doch alle Versuche, herauszubekommen, weshalb man ihn hier gefangen hielt, schlugen fehl. Man hatte ihm keine Fragen gestellt und auf seine Fragen keine Antworten gegeben.

Sie hatten ihn mit einem Mokoro, dem Einbaum der Flussbuschmänner, auf die Insel gebracht, nach dem Lauf der Sonne zu urteilen, waren sie in nordwestlicher Richtung gefahren und hatten etwa eine Stunde gebraucht, um die Insel zu erreichen. Nur soviel hatte er aus Wortfetzen seiner Wächter erfahren, dass seine Vermutung richtig war und er sich in Botswana befand. Er kannte das Land von früheren Expeditionen. Die erste Safari seines Lebens hatte den damals achtzehnjährigen Abiturienten in die Reservate am Chobe und Savuti geführt und erstmals hatte ihn der Kampf von Wüste und Wasser am Rande der Kalahari in seinen Bann gezogen.

Vor Jahren war er dabei gewesen, als man Breitmaulnashörner aus Zimbabwe hier ausgewildert hatte, von denen jedoch heute keines mehr am Leben war. Er hatte die Landschaft sofort wieder erkannt und wusste nun, dass er ein Gefangener des großen Okavango war.

Okavango.

Dieser Name klingt wie ein Geheimnis. Einer der größten Flüsse Afrikas, ein majestätischer Strom. Geboren unter dem Namen Kubango, wandert er von den Bergen Angolas hinunter in die steinige Wüstenebene und vermählt sich in Botswana mit der unendlichen Kalahari, die ihn allmählich verschlingt, aussaugt bis zum letzten Tropfen, wie die Gottesanbeterin ihren liebeshungrigen, unvorsichtigen Gatten. Doch zuvor, bevor er erstickt und stirbt, auf dem Höhepunkt seiner Reise, ist er der große Magier, der die Wüste in ein Paradies verwandelt. Kraftvoll und königlich ergießen sich alljährlich seine Fluten über das ausgedörrte Land, bringen Leben und Reichtum für Menschen und Tiere. Doch so mächtig seine Fluten auch sein mögen, der Kampf mit der Wüste ist aussichtslos, nie kann er ihn gewinnen, sie weist ihn in seine Grenzen. Auch wenn einige seiner Wasserarme sich noch so weit hineinwagen in die alles verschlingende Trockenheit, das Meer jenseits der Wüste erreichen sie nie.

Hier, wo die beiden mächtigsten Gegner Afrikas aufeinanderprallen, wo Wasser und Wüste sich bekämpfen und umarmen, hier liegt eines der ursprünglichsten Paradiese des schwarzen Kontinents. Und hier, wo Tausende von Lagunen und papyrusbestandene Kanäle sich in ein undurchdringliches Wasserlabyrinth verwandeln, war jeder Fluchtgedanke absurd. Doch Rob Roloff hatte viel Zeit, um nachzudenken. Über sich und die beiden Frauen, die sein Leben bis hier bestimmt hatten, über Linda in Deutschland und über Georgia Marsh hier in Afrika. Und über die Nashörner, Georgias Nashörner, für die er in den vergangenen Monaten eine Lebensversicherung geschaffen hatte. Und er war sich sicher, dass in dieser Arbeit der Grund für seine Entführung zu suchen war. In seiner Nase hing noch immer der bestialische Gestank des toten Nashornfleisches aus dem Flugzeug.

Seit die Artenschutzkonferenz in Fort Lauderdale im November 1994 den Handel mit lebenden Breitmaulnashörnern und deren Jagdtrophäen für Südafrika wieder erlaubt hatte, war der Schmuggel von Nashornprodukten anderer Länder nach Südafrika, wo sich die Ware problemlos absetzen ließ, rege in Gang gekommen. Sicher würde auch das gewilderte Rhinohorn aus Kenia diesen Weg gehen. Denn ob es sich letzten Endes um ostafrikanische Spitzmaulnashörner oder Breitmaulrhinos aus Zimbabwe handelte, war für die Behörden kaum zu unterscheiden. Der Wilderei war Tür und Tor geöffnet.

Doch das würde sich ändern, wenn seine Überwachungsmethode erst in größerem Umfang greifen würde und von den Regierungen und Nationalparkverwaltungen in ganz Afrika eingesetzt werden konnte. Seine Forschungen und deren erste Erfolge in Zimbabwe und Kenia mussten den Wildererorganisationen ein Dorn im Auge sein. Seit einiger Zeit wurden Nashörner in Zimbabwe erfolgreich elektronisch überwacht und auch in Kenia hatte Rob schon einigen Tieren auf der Shamba Kifaru, dem privaten Schutzgebiet von Georgia Marsh Mikrosender implantiert.

Die Farm im Norden Kenias war eines der letzten Refugien für Schwarze Nashörner, wo über vierzig Tiere einem Zuchtprogramm dienten, welches das Überleben der wilden Rhinos sichern sollte. Mit Georgia Marsh, die Leiterin dieses Projekts, war er seit Jahren befreundet und sie hatte ihm gestattet, seine ersten Sender an ihren Tieren auszuprobieren. Im Laufe seiner Arbeit war aus der Freundschaft mehr geworden und seit knapp zwei Monaten waren er und Georgia ein Paar.

Jede Bewegung der präparierten Nashörner wurde satellitengesteuert per GPS überwacht und von einem Computer aufgezeichnet. Die Mikrochips wurden, von außen nicht sichtbar, in die Hörner eingepflanzt und so war es nicht nur möglich, lebende Tiere ständig zu beobachten, sondern auch die Auftraggeber und Hintermänner des internationalen Handels mit gewildertem Nashorn aufzudecken. Jedes Tier, das er mit einem Minisender ausgestattet hatte, war zum Risiko für Wildererbanden in ganz Afrika geworden, denn um den Sender zu entfernen und unbrauchbar zu machen, musste das Horn aufgebrochen werden und zerstörtes Horn war für den Handel wertlos.

Seine Arbeit stand kurz vor dem Ziel, doch jetzt war er weiter davon entfernt als je zuvor. Gerade als er im Begriff war, die extrem gefährdeten Populationen im Grenzgebiet von Kenia und Tanzania, zwischen Masai Mara und Serengeti in Angriff zu nehmen, hatten sie ihn aus dem Verkehr gezogen. Nur er selbst wusste, wie viele und welche Nashörner an das GPS angeschlossen waren. Sollte er gezwungen werden, sein Wissen preiszugeben? Planten die Hintermänner einen großen Coup, für den sie seine Hilfe benötigten? Vielleicht lag genau hier der Grund, weshalb sie ihn nicht nur einfach umgebracht und irgendwo seinen leblosen Körper aus dem Flugzeug oder den Löwen zum Fraß vorgeworfen hatten. Hyänen und Geier hätten dann dafür gesorgt, dass niemand seine ausgebleichten Knochen identifiziert hätte. Es gab keine leichtere Aufgabe in Afrika, als eine Leiche verschwinden zu lassen.

Er war überzeugt davon, dass sein Verdacht gerechtfertigt war und es einen Verräter in der SAFE WILDLIFE SOCIETY gab. Er hatte die Stimme eines Mitarbeiters erkannt, als er mit einem der Wilderer Informationen austauschte. Er hatte Fotos von dem gewilderten Nashorn und den Spuren, die die Wilderer hinterlassen hatten. Und er hatte die Beweisfotos, die seinen Verdacht erhärteten, und die Namen der Verdächtigen noch an seine Schwester Claudia nach Deutschland schicken können, bevor sie ihn matt gesetzt hatten.

Ein primitives aus Schilfmatten geflochtenes Dach, das von vier dünnen Pfosten getragen wurde, war jetzt sein Lager, eine mit Palmwedeln und Blättern ausgelegte Mulde am Boden diente ihm als Bett. Nachts wurde er liegend gefesselt und mit den Füßen an den Pflöcken am unteren Ende seines Schlafplatzes festgebunden, Tagsüber erlaubten ihm seine beiden Wächter manchmal ein paar Schritte mit gebundenen Händen, die übrige Zeit saß oder lag er im Schatten seiner Behausung, oft stundenlang ohne einen Wächter zu Gesicht zu bekommen. Krokodile ersetzten hier die Haie, die einst die Gefangenen der berüchtigten Inselgefängnisse im Atlantik von der Flucht abgehalten hatten. Von seinem Lager aus sah er nichts als eine undurchdringliche Wildnis aus Wasser, Papyrus und Schilf.

Ein Mokoro, mit dem seine Wächter manchmal zum Fischen in die Lagune stakten, war die einzige Verbindung zur Welt jenseits des Wassers. Dieser Einbaum, bei dem eine lange Stange das Ruder ersetzte, war auf dem flachen Okavango weit verbreitet. Er diente nicht nur als Transportmittel für Menschen und Tiere, sondern war auch als Fischerboot unentbehrlich um in die abgelegensten Winkel schmaler Kanäle oder in die flachen Seitenarme einsamer Lagunen vorzudringen. Rob hatte einmal einem alten Flussbuschmann zugesehen, wie er mit Hilfe einer einfachen Krummaxt aus dem hundert Jahre alten Stamm eines Mokutshumobaumes einen Mokoro schlug. Der Bootskörper behielt dabei die runde Form des Baumstamms, hatte dadurch keinen Kiel und war leicht zu kentern. Ein solches Boot war seine einzige Chance zur Flucht, falls es ihm gelang, sich von seinen Fesseln zu befreien.

An diesem Tag war es ein Motorboot, das sich der Insel näherte. Theba, der ihn schon im Flugzeug bewacht hatte, trat unter sein Dach, löste seine Beinfesseln von den Pflöcken und band ihm die Füße so, dass er gerade noch gehen konnte. Dann schleppte er ihn hinaus zur Anlegestelle. Es musste wichtiger Besuch eingetroffen sein und Rob hoffte, endlich etwas über den Grund seiner Gefangenschaft zu erfahren.

Rob spähte zu dem Motorboot, das an dem provisorischen Steg festgemacht hatte. Den Mann, der ausstieg und auf ihn zukam erkannte er sofort wieder. Es war der Chinese aus dem Flugzeug, das ihn von Kenia hierher gebracht hatte.

»Ich hoffe, es gefällt dir hier«, krächzte er jetzt, als Rob ihn anstarrte. »Gutes Klima, feines Essen, ein bisschen Abenteuer. Dafür zahlen die Touristen 'ne Menge Geld. Fehlen nur noch die Weiber!« Er lachte klirrend und die beiden anderen stimmten ein.

»Danke für alles«, meinte Rob lapidar, bemüht, sich seine Ungeduld nicht anmerken zu lassen. »Wollte schon immer mal auf einer einsamen Insel leben. Passt auch ganz gut, bis auf die Kerle da –«, er deutete auf seine Wächter, »– und das hier!«

Er zeigte seine gefesselten Hände und hüpfte mit den verschnürten Beinen gefährlich nahe ans Wasser.

»Alles nur zu deinem Schutz. Die Jungs passen auf, dass du nicht von den Krokodilen gefressen wirst. Aber genug davon jetzt.« Er baute sich vor Rob auf und ließ seine Muskeln unterm T-Shirt spielen. Er muss einmal Sumoringer gewesen sein, dachte Rob. »Der Boss hat ein paar Fragen an dich und meint, dass du vielleicht so langsam Lust hast, zu reden. Deshalb bin ich hier.«

»Und wer ist der Boss?«

Der Chinese gab Theba ein Zeichen zu verschwinden. Dann sagte er leise, fast flüsternd: »Siehst du, mein Junge, deshalb kommt er ja nicht selbst, weil er lieber nicht erkannt sein möchte. Deshalb schickt er einen Kerl wie mich.«

Blitzschnell hatte er eine geflochtene Peitsche aus dem Gürtel gezogen und ließ sie zischend durch die Luft sausen. Ihr Ende streifte Robs Kopf und zog ihm einen blutigen Streifen über die Stirn. Er schrie auf und fuhr zurück.

»Die Jungs hier nennen mich Hippo. Weil mir die Nilpferdpeitsche so gut steht. Damit hat man schon vor fünfhundert Jahren die Sklaven verprügelt, und manche können das auch heute noch ganz gut vertragen.«

Er machte eine Pause und rollte die Peitsche langsam wieder ein.

»Also gut. Du weißt, mit wem du redest. Und wenn du schön artig bist, werden wir sicher noch ganz gute Freunde, du und ich.«

Hippo grinste und Rob wischte sich das heiße Blut aus dem Gesicht. Innerlich kochte er vor Wut und hatte Mühe, nach außen hin gelassen zu wirken. Er musste wissen, was hier vorging und beschloss, äußerst überlegt zu antworten und zu handeln. Eine freie Hand würde ihm genügen, um das Boot zu steuern. Noch nie schien ihm die Möglichkeit zur Flucht so nah wie jetzt. Nur nichts verspielen, dachte er.

»Du erzählst mir am besten gleich, was es mit deinen Sendern auf sich hat. Und glaube ja nicht, dass du mich an der Nase 'rumführen kannst.«

»Wegen der Sender haltet ihr mich hier fest?«

»Wer spricht denn von festhalten? Du kannst gehen, wohin du willst. – Falls die Krokodile nichts dagegen haben, hahaha!« Wieder dieses klirrende Lachen.

Rob tat unbefangen und rieb sich nachdenklich das Kinn mit den gefesselten Händen. Ein gezielter Schlag in die Magengrube des Chinesen und der Weg zum Motorboot wäre frei. Doch er kam nicht so weit. Hippo schien seine Gedanken zu lesen, denn er trat einen Schritt zurück, um aus Robs Reichweite zu kommen.

»Los, setz dich hin!« befahl er und ließ die Peitsche durch seine Hände gleiten. »Und dann rede endlich!«

»Tja, also … die Sender … ich weiß nicht –« Rob hörte das Zischen der Peitsche einen Sekundenbruchteil zu spät. Es brannte wie Feuer, als sie sich in das Fleisch seines linken Oberarmes schnitt. Er saß auf dem Boden, hilflos wie ein Kind.

»Keine dummen Tricks. Wir wissen schon einiges über deine Sender, zum Beispiel dass sie ganz einfach mit GPS funktionieren! Hat uns übrigens ein guter Freund von dir verraten.«

»Wer?«

»Er heißt Lebosso. Arbeitet jetzt für uns. Verdient ja auch nicht schlecht. Besser als bei dir.«

»Ihr Schweine!« Rob zerrte an seinen Fesseln. »Was habt ihr mit ihm gemacht?«

»Wir haben uns recht nett mit ihm unterhalten. Schließlich hat er eingesehen, dass es für ihn besser ist, zu reden. Du solltest auch so klug sein.«

Rob schwieg. Die Nachricht, dass Lebosso übergelaufen sein sollte, überraschte ihn. Sie hatten Jahre zusammen im Busch verbracht. Er hatte immer geglaubt, den Massai gut zu kennen. Er hatte ihn und sich immer als Freunde gesehen, die füreinander durch dick und dünn gingen. Und nun sollte er auf der anderen Seite stehen?

»Ich glaube dir kein Wort«, sagte er, »Lebosso ist verschwiegen wie ein Grab. Er hätte nie geredet.«

»Hat er aber«, entgegnete Hippo. »Mit dem nötigen Nachdruck haben wir alles erfahren. Fast alles. Uns interessiert vor allem, welche und wie viele Nashörner du auf der Shamba Kifaru präpariert hast!«

»Was wollt ihr von Georgia?«

»Ich stelle hier die Fragen. Also: wie viele?«

»Ich habe sie nicht gezählt.«

»Aber du weißt, um welche Tiere es sich handelt!«

»Von mir erfahrt ihr nichts.«

»So? Glaubst du?« Hippo grinste breit. »Es gibt da ein paar ausgezeichnete Mittel, dich zum Reden zu bringen.«

Die Peitsche schnellte abermals durch die Luft und fraß sich zischend durch Robs rissiges Hemd.

»Na? Immer noch keine Lust, mit Hippo zu plaudern?« Der nächste Schlag traf sein Gesicht, er brüllte vor Schmerz und hielt die Arme schützend vor den Kopf.

»Ich hatte dich für klüger gehalten. Die Striemen werden dich an mich erinnern!«, lachte Hippo. Ein neuer Schlag traf seine Handrücken. Reflexartig wandte er sich ab und drehte Hippo den Rücken zu. Wieder und wieder zischte die Peitsche. Nach fünf Schlägen machte Hippo eine Pause.

»Na, was ist? Immer noch keine Lust?« Sechster Schlag, siebenter. Acht. Neun. Zehn.

Robs Sinne schwanden und er sank bewusstlos in den grauen Sand.

Als Rob wieder zu sich kam, spürte er nur seinen geschundenen Oberkörper. Er lag auf dem Rücken und der feinkörnige Sand scheuerte und brannte wie Salz in den offenen Wunden. Niemand kümmerte sich um ihn. In der

Ferne hörte er die Stimme Hippos, der mit Theba redete. Er schärfte ihm ein, den Gefangenen nicht aus den Augen zu lassen und drohte nachdrücklich mit seiner Peitsche. Dann ging er zum Boot. Rob schloss die Augen, um noch immer für ohnmächtig gehalten zu werden, doch Hippo schien ihn keines Blickes zu würdigen.

»Er wird bald wieder zu sich kommen. Dann hat er Zeit, sich die Sache zu überlegen. In einigen Tagen komme ich mit dem Boss. Dann muss er singen. Ohne ihn können wir die Nashörner der Shamba vergessen. Also passt gut auf ihn auf!«

Rob hörte das Anlassen des Motors und das Geräusch des davonfahrenden Boots.

Nach den Worten Hippos war ihm klar geworden, was die Bande von ihm wollte! Es ging allein um die Nashörner von Georgia. Sie planten einen Überfall auf die abgelegene Shamba Kifaru, die sich keine Armee von Rangern leisten konnte und wo es kein allzu großes Problem war, die Tiere auf eingezäuntem Gebiet vor die Flinte zu bekommen. Das einzige Risiko war Robs Überwachungssystem.

Hier auf der Insel wollten sie aus ihm herausbekommen, welche Tiere überwacht wurden und wie das System funktionierte. Wenn sie diese Informationen erst einmal hatten, war sein Leben keinen Pfifferling mehr wert. Rob versuchte, seine Schmerzen zu ignorieren, um klarer denken zu können. Er musste etwas unternehmen, bevor es zu spät war, es musste ihm gelingen, Georgia zu warnen. Von nun an gab es für Rob Roloff nur noch ein Ziel: die Flucht von der Insel.

Am Morgen war Linda kurz nach fünf Uhr in der Redaktion. Die Sendung bis um acht war Routine für sie, die Zeit verging wie im Flug. Sie verzichtete anschließend auf das gemeinsame Frühstück mit den Kollegen vom Frühteam und fuhr stattdessen zu ihrer Freundin.

Sarah war gerade erst aufgewacht, als Linda bei Babs auftauchte und sie frühstückten gemeinsam. Dann beschloss Linda, den Vormittag mit Sarah zu verbringen und sie erst am Nachmittag in den Kindergarten zu geben. Sarah jubelte und sie tollten fast zehn Minuten lang in Babs Wohnzimmer herum. Zu dritt waren sie fast wieder eine kleine Familie und sie beschlossen den Vormittag ausgiebig zu genießen.

Sarah war schwarzhaarig wie ihre Mutter, auch die dunklen, großen Augen hatte sie von ihr geerbt. Aber die Nase und den Mund, dieses feine Kinn mit dem kleinen Grübchen, hatte sie von Rob. Linda musste noch heute mit Babs über Rob sprechen. Dann wollte sie Kuhns anrufen. Vielleicht hatte er ja doch etwas erreicht?

Linda brachte Sarah am Nachmittag in den Kindergarten, dann kam sie auf einen Sprung in der Redaktion vorbei, um für ein Interview ein paar telefonische Vorgespräche zu führen. Es war ungewöhnlich wenig los an diesem Tag. Keine aktuellen Themen, die auf den Nägeln brannten, kaum interessante Agenturmeldungen, nichts Neues im Mordfall Claudia R. Die Redaktionsassistentin konnte die Routinearbeiten alleine erledigen und Linda fuhr wieder zu Babs. Sie traf ihre Freundin in der kleinen Küche, wo die Cappuccinomaschine dampfte und zischte. Sie waren allein.

»Du hast etwas auf dem Herzen. Es geht um Daniel?« fragte Babs, noch ehe Linda ein Wort sagen konnte. Linda schüttelte den Kopf.

»Daniel ist gestern ausgezogen. Aber das ist nicht das Problem.«

Babs schwieg. Sie war eine gute Zuhörerin. In wenigen Worten schilderte ihr Linda ihre Gedanken um Claudias

Tod und die Fotos von Rob, ohne jedoch Details zu verraten. Sie vergaß dabei nicht, den Eindruck wiederzugeben, den Kuhns auf sie gemacht hatte. Babs verzog keine Miene. Als Linda fertig war, sagte sie nur »Wow!«, sog tief Luft ein und atmete laut aus.

»Warte«, sagte Linda, »bevor du etwas sagst. Ich möchte von dir zunächst nur wissen, was du von der Geschichte hältst. Weiter nichts.«

»Als Journalistin oder als Freundin?« fragte Babs und wurde sofort wieder ernst. »Das klingt ja alles ganz schön dubios. Was ist mit diesen Fotos? Hast du sie dabei?«

Linda schüttelte den Kopf.

»Hört sich fast so an, als läuft da irgendetwas schief. Nur, was können wir von hier aus tun?«

»Aber –« Lindas Stimme vibrierte – »ich kann doch nicht einfach tatenlos 'rumsitzen!«

Babs zögerte. »Du willst hinfliegen, stimmt's?«

Linda kaute nervös an ihren Fingernägeln und nickte. »Hast du eine bessere Idee? Kuhns sprach von einem guten Mann in Nairobi, der sich um Rob kümmern könnte, aber ich zweifle daran, dass dieser Mann von allein überhaupt in Aktion tritt.«

»Könntest du ihn treffen?«

»Ich denke schon. Wenn es ihn wirklich gibt, werde ich ihn wohl finden. Du kennst ja meine Spürnase. Kuhns muss das einfach vermitteln. Und dann werde ich ihn schon überreden können, mir zu helfen.«

Babs kicherte leise, machte einen Augenaufschlag und wackelte mit den Hüften.

»Das zu erreichen, dürfte für dich wirklich kein Problem sein, wenn der Kerl nicht blind ist.« Auch Linda lachte jetzt leise.

»Aber vergiss nicht«, meinte Babs ernst, »das ist keine

Schreibtischrecherche. Und auch keine gewöhnliche Reportage. Und falls die Ermordung Claudias etwas damit zu tun hätte –« Lindas Lachen erstarb. »Du weißt wirklich nichts über seinen Job in Afrika?«

»Nichts, was mir weiterhelfen könnte. Höchstens –« sie zögerte – »du hast doch auch von Robs Basteleien in seinem Keller mitbekommen. Diese Mikrochips, die er als Sender entwickelt hat, um damit über eines dieser Satellitensysteme irgendwelche Dinge aufzuspüren.«

»Klar. Hat er uns doch ganz stolz vorgeführt. Hat sogar in diesen Teddy von Sarah so einen Sender eingenäht und damit dieses Spiel gemacht, weißt du noch?«

»Genau. Die komplette Anlage mit dem GPS steht noch unten im Keller, so wie Rob sie aufgebaut hat. Ich musste mit Sarah den Teddy im Wald verstecken und Rob hat ihn mit seinem Suchsystem aufgespürt.«

»Glaubst du, dass er damit in Afrika gearbeitet hat?« fragte Babs. Linda zögerte und Babs fuhr fort: »Stell dir einfach vor: Rob tüftelt da etwas aus, sagen wir mal eine Sensation für seinen Bereich. Einer aus dem Team macht ihm Schwierigkeiten, Rob kommt ihm auf die Schliche und schickt die Beweisfotos an Claudia. So könnte es doch gewesen sein. Vielleicht könnte dieser Kuhns dir doch weiterhelfen?«

»Dafür müsste er mir schon ein bisschen sympathischer sein. Es scheint ihm ohnehin nicht Recht zu sein, dass ich in der Angelegenheit 'rumschnüffle. Rob wird gut bezahlt, er hat seinen Job vor mir geheim gehalten. Für die war wichtig, dass er ungebunden war. Es sollte sich niemand für seine Arbeit interessieren. Rob hat sogar verschwiegen, dass er Familie hatte.«

»Du kommst denen sicher ungelegen. Nicht umsonst hat Kuhns dir Geld angeboten. Es ist ganz schön gefährlich, was du da vorhast. Von diesen Fotos hast du ihm aber noch nichts erzählt?«

Linda starrte die Freundin an und verneinte. Um gefährliche und dubiose Themen hatte Babs immer einen großen Bogen gemacht. Sie war ein lieber Kerl und ganz sicher ihre beste Freundin. Gut einen Kopf kleiner als Linda und nicht ganz so schlank wie sie, blonde Wuschelfrisur und listige grüngraue Augen, die aus einem Meer von Sommersprossen hervor blinzelten. Babs hatte keinen festen Freund und war nach Lindas Scheidung für eine Weile zu ihr gezogen. Noch heute hatte sie ein Zimmer in Lindas Wohnung und die beiden jungen Frauen verbrachten viel Zeit miteinander.

»Wenn du mir abrätst, lass' ich es bleiben.« Linda sagte dies ernst und bestimmt.

»Nein, mein Schatz, ich will nur, dass du genau weißt, was du tust! Du bist ein Profi in deinem Job und kennst deine Grenzen. Nairobi ist eine Stadt wie viele andere. Es kann kein Fehler sein, wenn du 'runter fliegst und dich mit dem Mann triffst. Du musst ja nicht gleich im tiefsten Busch rumkriechen, um Rob zu finden. Du magst zwar dieses Afrika nicht besonders, aber eigentlich ist es ein Land wie andere auch. Und du wirst dir für alle Zeit Vorwürfe machen, wenn du gar nichts unternimmst.«

»Vielleicht mache ich mir auch zu viele Gedanken. Aber dieses Bild von Claudia, wie sie tot im Wald neben diesem Schrottauto lag, geht mir einfach nicht mehr aus dem Kopf. Du musst dir das vorstellen, sie bekommt ein Lebenszeichen von Rob, ruft mich an, will mir was Wichtiges mitteilen und ist kurz darauf tot! Ich werde einfach das Gefühl nicht los, dass es mehr war als eine zufällige Vergewaltigung.«

Die beiden Frauen schwiegen nachdenklich.

»Ich muss los, ein Termin an der Uni, du wirst schon das Richtige tun«, meinte Babs schließlich.

»Genau«, sagte Linda, »ich werde jetzt nach Hause fahren und Kuhns anrufen.«

Kuhns wirkte verstört, als sie nach langem Hin und Her endlich mit ihm verbunden wurde. Es gab nichts Neues von Rob. Auch der Mann in Nairobi hatte sich nicht gemeldet. Linda machte die Sache kurz:

»Besorgen Sie mir einen Flug nach Nairobi, möglichst bald. Oder ist es Ihnen lieber, wenn ich das selber regle?«

»Nein!« krächzte Kuhns am anderen Ende. »Tun Sie das nicht. Oh, Sie Dickschädel! Ich werde einen Flug für Sie besorgen. Aber Sie dürfen in Afrika nichts ohne unser Wissen unternehmen, haben wir uns verstanden?«

»Wir haben einen Korrespondenten in Nairobi, der mir helfen wird«, log Linda.

»Lassen Sie das um Himmels willen bleiben!« schrie Kuhns. »Wenn die falschen Leute von unseren Projekten erfahren, gefährden wir das Leben Ihres Mannes und der anderen Mitarbeiter.« Und als Linda nicht gleich reagierte, fügte er hinzu: »Es ist zu gefährlich.«

»Dann werden Sie mir helfen!«

»Ich werde tun, was ich kann. Joe Looman ist unser bester Mann in Nairobi. Wenn ich ihn auftreiben kann, wird er sich um Sie kümmern.«

Linda stimmte zu und Kuhns fuhr fort: »Vor Ende nächster Woche wird allerdings nichts gehen –«

»Ende dieser Woche«, fiel ihm Linda ins Wort und blickte zum Kalender. »Diese Woche, oder ich fliege auf eigene Faust! Über meine Redaktion bekomme ich einen Platz in der nächsten Maschine!«

»Also gut«, stöhnte Kuhns, »Sie fliegen so bald es geht von Frankfurt nach Nairobi. Meine Sekretärin kümmert sich darum. Sobald wir den Flug gebucht haben, melden wir uns.«

»Und Ihr Mann in Nairobi?«

»Ich lasse für Sie ein Zimmer im Serena-Hotel reservieren, dort werden Sie auf Looman warten.«

Linda gab ihm ihre Nummer und legte auf. Im selben Moment klingelte das Telefon. Babs war am anderen Ende der Leitung. »Die haben den Täter«, sagte sie zu Lindas großer Überraschung. »Die Polizeidirektion hat soeben eine Pressemitteilung ’rausgeschickt. Ich leg’ sie dir aufs Fax. Sieht so aus, als ob der Kerl für eine ganze Serie von Vergewaltigungen verantwortlich ist. Zeugen haben wohl sein Auto erkannt, das auch schon letzte Woche bei dieser Vergewaltigung einer Studentin in der Südstadt aufgefallen war. Heute Nachmittag haben sie den Fahrer ermittelt und er soll bereits beide Taten und noch drei weitere Delikte in der näheren Umgebung gestanden haben.«

Babs machte eine Pause und Linda schwieg. Das ging aber schnell, schoss es ihr durch den Kopf.

»Die machen jetzt noch zur Sicherheit einen Gentest und morgen früh gibt’s eine Pressekonferenz im Regierungspräsidium.«

»Das gibt’s doch nicht«, stammelte Linda, »es sieht ganz so aus, als ob Robs Nachricht doch nichts mit Claudias Tod zu tun hat.«

»Und was machst du jetzt?« fragte ihre Freundin. »Fliegst du trotzdem?«

»Ich weiß es nicht«, sagte sie und legte auf.

Linda hatte keine Zeit, darüber nachzudenken, zu aufdringlich klingelte abermals das Telefon. Sie erkannte die Stimme, fischte einen Bleistift und einen Zettel vom Tisch und kritzelte ein paar Zahlen auf das Papier.

»O.k.«, murmelte sie nur und legte auf.

»Ich fliege«, sagte sie zu sich selbst, »der Flug nach Nairobi ist gebucht, morgen Abend ab Frankfurt. Joe Looman erwartet mich zwei Stunden nach der Landung im Serena-Hotel.«

Für einen Moment wurde ihr schwindelig, die Knie wollten nachgeben und sie schloss die Augen. Mit einem Mal war ihr klar geworden, dass sie dabei war, sich wieder in ein Abenteuer zu stürzen. Wie damals in ihren wilden Jahren als junge Journalistin in Berlin und Mailand, wo sie sich voller Tatendrang die heißesten Themen unter den Nagel gerissen hatte. Wie hatte Babs doch zu ihr gesagt: Das wird kein Spiel, das ist das pure Leben. Und doch: irgendwie reizte es sie, endlich wieder pures Leben vor sich zu haben. Was ließ sie schon zurück? Was, außer Sarah? Daniel vielleicht? Der hatte sich selbst ausmanövriert. Ihren Job? Sie hatte noch fast den ganzen Urlaub vom letzten Jahr, dazu unzählige freie Tage, die sich an den Wochenenddiensten angesammelt hatten. Wer weiß, vielleicht kam am Ende noch eine interessante Reportage bei der Sache heraus? Und Sarah war bei Babs in besten Händen. Nein, ein schlechtes Gewissen brauchte sie nicht zu haben.

Trotzdem begann sie nur zögernd, ihren Koffer zu packen. Die plötzliche Verhaftung und das Geständnis von Claudias Mörder waren ihr zu überraschend gekommen, doch sie verwarf im selben Augenblick den Gedanken, nun doch nicht nach Afrika zu fliegen. Rob musste auf alle Fälle informiert werden, und sie war außerdem dazu entschlossen, heraus zu finden, wo er steckte und was es mit dieser Nachricht für Claudia und den seltsamen Bildern auf sich hatte. Doch zu der Unentschlossenheit, die sie bisher quälte, kam nun noch eine undefinierbare Angst. Es war nicht die Angst, in Afrika auf eine Herausforderung zu stoßen, der sie nicht gewachsen war oder die Angst, Rob nicht zu finden. Es war die Angst, dass sie ihr ungutes Gefühl, ihre Ahnung doch nicht trog und es irgendwo trotz aller Erkenntnisse der Polizei einen Zusammenhang zwischen Robs Problemen und Claudias Ermordung gab. Dies in Afrika, diesem fremden und für sie immer noch unheimlichen Land herauszufinden, davor hatte sie Angst.

Linda Roloff ahnte zu diesem Zeitpunkt noch nicht, dass man den mutmaßlichen Mörder Claudias noch in der Nacht erhängt in seiner Gefängniszelle auffinden würde. Die Meldung wurde der Aufmacher in den Frühnachrichten ihres Senders.

4

»Ich muss sofort los«, sagte Joe Looman missmutig und stapfte zum Jeep. »Sieht so aus, als ob die Exfrau von Roloff nach Nairobi kommt. So 'ne verflixte Journalistin. Will hinter ihrem Alten nachspionieren. Ich soll mich um sie kümmern.«

»Das wird dir wohl nicht schwer fallen!« Athuman grinste und seine weißen Zähne glänzten in der Sonne.

»Du wartest hier bis ich mich aus Nairobi melde. Wenn alles glatt geht, sehen wir zu, dass wir auf die Shamba Kifaru kommen.«

»Wird die Frau dann dabei sein?«

Athumans pechschwarze Augen blitzen. Er hatte schon lange keine Frau mehr gehabt, hier draußen in dieser Einöde. Nur ein paar Massaimädchen, doch das war Monate her. Wenn Looman diese weiße Frau mitnahm, vielleicht …

»Das würde dir so passen. Aber ich glaube kaum, dass wir sie dabei brauchen können. Ich werde ihr Afrika so gründlich vermasseln, dass sie gerne wieder ins Flugzeug sitzt und nach Hause fliegt.«

Looman stieg in den Jeep und schob den breitkrempigen Safarihut ins Genick. Die Sonne hatte trotz der Wolken Kraft und der Schweiß rann ihm von der Stirn in das glattrasierte Gesicht.

»Und keine Dummheiten solange ich weg bin. Verstanden?«

»Yes, Sir!« Looman startete den Wagen, brauste davon und brauner Staub hüllte den Jeep schon bald in eine dichte Wolke ein. Athuman spuckte auf den Boden und schlenderte langsam zu seinem Zelt.

Der Regen setzte so heftig ein, dass Looman Mühe hatte, das Verdeck des Jeeps von innen zu zuklappen. Zu spät hatte er die bedrohliche Verfärbung des Horizonts bemerkt, stahlgraue Wolken hatten sich mit großer Geschwindigkeit vor die Sonne geschoben. Jetzt schien es, als habe eine Geisterhand vor die sanften Höhenzüge der grünen Hügel einen schwarzen Vorhang geschoben, der vom Fuß der waldigen Anhöhen bis in die aufgetürmten Wolken hinaufreichte. Die Landschaft lag in düsteren Farben vor ihm, aus Grün war Grau geworden, mitten am Tag schien die Nacht hereingebrochen zu sein.

Grollender Donner übertönte sogar das Heulen des Motors, dann öffneten sich die Schleusen. Taubeneigroße Tropfen prasselten auf die Windschutzscheibe und grelle Blitze zerteilten den Horizont. Er stieg aus, um das Dach zu schließen und versank auch schon bis zu den Knöcheln im Schlick der aufgeweichten Piste. Bis auf die Haut durchnässt kletterte er hinter das Lenkrad zurück und verfluchte die Regenzeit.

Innerhalb weniger Minuten hatte das Unwetter die Piste in ein sumpfiges Schlammbett verwandelt. Zentimeterhoch stand das braune Wasser in den Fahrrinnen, Tropfen an Tropfen kringelte sich an der trüben Wasseroberfläche. Die Scheibenwischer arbeiteten auf Hochtouren, Looman schaltete die Scheinwerfer ein, doch der immer heftiger strömende Regen versperrte jede Sicht. Schlingernd glitten die Räder trotz Vierradantrieb aus der schlüpfrigen Spur, nur noch sporadisch hielten sie Kontakt zu festem Boden.

Er befuhr eine abschüssige Strecke, die zahlreichen Wasserläufe, die sich sonst nur als unscheinbare Rinnsale einen Weg durch das raue Land bahnten, schwollen in wenigen Minuten zu reißenden schmutzbraunen Flüssen an, rissen Erdreich und Gestein mit sich fort und umspülten die Wurzeln manches Baumriesen so lange, bis sie den Kampf gegen das kräftige Holz gewonnen hatten und der Baum zu Boden stürzte.

Unaufhörlich prasselten die Regenfluten gegen die Scheiben und auf das Dach des Jeeps. Looman presste die Augen zusammen, um besser sehen zu können. Über ihm bahnte sich die Sonne grell einen schmalen Weg durch das Wolkendickicht, das Wasser reflektierte ihre Strahlen und blendete ihn. Die Brücke, auf der die Piste irgendwo vor ihm den Bach überquerte, war zwar schmal, doch ragte sie in einigen Metern Höhe über das Flussbett und Looman hatte durchaus eine Chance, dort noch über den Fluss zu kommen, wenn er sich beeilte. Er trat aufs Gaspedal, der Motor heulte auf, die Räder schlingerten in der Spur, ein Wettlauf mit der Zeit begann. Es war wie eine Fahrt durch die Fluten einer Wasserhölle. Dann die letzte Kurve vor der Brücke. Looman stieg auf die Bremse und der Jeep schleuderte. Braune Brühe spritzte gegen die Scheiben, faustgroße Erdklumpen flogen gegen die Wagentür. Quer zur Piste kam der Jeep schließlich zum Stehen.

Looman atmete auf und kurbelte das Fenster herunter. Warmer Regen schlug ihm ins Gesicht, dann sah er das ganze Ausmaß der Katastrophe: In einer Breite von mindestens zehn Metern überfluteten die Wassermassen die Piste, von der Holzbrücke war nichts mehr zu sehen. Weggerissen von den Wasserkräften. Es gab keine Möglichkeit, durch den Fluss zu kommen. Looman erinnerte sich an einen Safarifahrer, der in einer ähnlichen Situation am Manyarasee in Tanzania ums Leben gekommen war.

Fluchend und schwitzend wendete er den Jeep auf der schmalen Piste. Es war ein Teufelskarrussell. Das größte Problem war, nicht mit den Rädern in den tiefen Fahrspuren stecken zu bleiben. Looman schaltete, kuppelte und gab vorsichtig Gas. Langsam bewegte sich die Schnauze des Jeeps in die gewünschte Richtung. Rückwärtsgang, bremsen, vorwärts und gegenlenken. Und wieder zurück. Nur nicht aufsitzen! Und das Ganze noch einmal! Gleich geschafft! Dann langsam gegen die Flussrichtung des Wassers den alten Weg zurück.

Nach zehn Minuten erreichte er eine Abzweigung. Looman hatte diesen Pfad noch nie befahren, doch er musste alles auf eine Karte setzen. Die Räder gehorchten widerwillig und der Jeep mähte sich mühevoll durch das niedrige Buschland. Hier konnte das Wasser auf vielen Wegen talwärts fließen, der Boden war noch fest und bot den Profilen Halt. Mit vierzig Stundenkilometern brach der Wagen durch die Wildnis, keuchte und ächzte bergan, mähte Akazienbüsche und anderes dorniges Gestrüpp einfach nieder. Polternd knallten die Reifen gegen Steine und Felsbrocken, die aus der nassen Erde aufragten.

Looman konzentrierte sich darauf, den größten Hindernissen auszuweichen und dabei nicht vom Pfad abzukommen. Seine Bandscheiben schmerzten bei jedem Aufprall,

Steine krachten gegen die Windschutzscheibe und dornige Akazienzweige zerkratzten ihm den rechten Oberarm durch das offene Fenster. Rechts unter ihm toste der schäumende Fluss, über dem Hügelkamm senkte sich die Dämmerung herein, der Regen ließ allmählich nach.

Er sah den meterhohen Felsbrocken ein paar Sekunden zu spät. Instinktiv riss er das Lenkrad herum, der Jeep brach aus und raste die Böschung hinunter. Looman kurbelte wie verrückt, um den Jeep wieder in seine Gewalt zu bekommen. Die Bremsen reagierten nicht und Looman legte den zweiten Gang ein, um die Bremskraft des Motors zu nützen. Da bemerkte er, wie die lose Erde unter dem Fahrzeug nachgab und er konnte nur versuchen, durch Lenken die Nase des Fahrzeugs talwärts zu halten, um zu verhindern, dass es sich überschlug. Die Lawine räumte auf ihrem geraden Weg alle Hindernisse beiseite, Äste und Zweige prallten gegen die Karosserie, Büsche und Bäume verloren ihren Halt und stürzten mit bergab.

Looman erkannte den Wasserlauf, der unter ihm in einem weiten Bogen verlief. Am Fuß des Abhangs zog sich ein dunkelgrün schimmernder Streifen Land bis zu einer kleinen Gruppe abgestorbener Bäume. Er musste versuchen, dort wieder festen Boden unter die Räder zu bekommen, schlimmstenfalls würden die Bäume seine Fahrt noch vor Erreichen des Flussbetts stoppen.

Er konzentrierte sich auf den Fuß der Böschung. Die Fahrt ging jetzt nicht mehr so steil abwärts und der Jeep gehorchte ihm wieder. Der Wagen schob sich über die driftende Erdmasse hinweg, Schlamm wirbelte auf, dann spritzte wieder Wasser gegen die verdreckte Windschutzscheibe und drang zischend unter die Motorhaube. Looman schaltete das Fernlicht ein, um besser sehen zu können. Er hatte die Ebene erreicht. Der Jeep steckte bis an die Achsen im Sumpf, das grüne Land entpuppte sich als eine unter Wasser gesetzte Grasfläche, die sich als schmaler Streifen nach Norden zog, soweit das Licht der Scheinwerfer sie erfasste. Wie auf einem Damm ragten linker Hand die kahlen Bäume in den nächtlichen Himmel und Looman erkannte, dass er sich in einer jener Senken befand, die sich nur zur Regenzeit mit Wasser füllten und dann für diese kurze Periode vielen Tieren als Lebensraum und Wasserstelle dienten. Gewöhnlich besaßen solche Tümpel keinen Abfluss, doch Looman hoffte, irgendwo ans Ufer fahren zu können und vielleicht einen Weg zu finden, um über den Fluss zu kommen, der hier viel breiter und ruhiger strömte, als einige Kilometer talaufwärts.

Der Flusspferdbulle sah zuerst nur zwei grelle gelbe Punkte, die immer größer wurden. Gleich darauf hörte er einen ohrenbetäubenden Lärm. Der alte Patriarch hatte schon vor Beginn des langen Regens seine Herde im Fluss verlassen und war einsam den dreißig Kilometer langen Wechsel landeinwärts gezogen, den er schon seit zwei Jahrzehnten bei seinen nächtlichen Wanderungen benutzte. Dies war sein Revier und seine Weidefläche, überall machten Dunghaufen und Kotspuren auf den Besitzer des Territoriums aufmerksam. Hier fand er das saftige Gras und wohlschmeckende Kräuter, sein Schmatzen und das friedliche Grunzen waren die einzigen Geräusche in der sumpfigen Ebene, als im Westen unter den dunklen Wolken die letzten Strahlen der Sonne die Nacht begrüßten.

Das Wasser stand in der Senke fast metertief und der Koloss versank bis zum massigen Bauch im Morast. Bis an die Augen tauchte der kantige Kopf im Wasser unter, um das saftige Gras am Grunde abzurupfen. Die schwartige Haut glänzte in düsterem Grau, an einigen Stellen, wo die Schweißdrüsen saßen, sogar in matten Rosatönen. Die

klebrige rote Flüssigkeit schützte seine sonnenempfind-
liche Haut am Tage vor Hitze und Austrocknung. Jetzt,
am Abend, war sie zu einer krustigen, salzhaltigen Schutz-
schicht verdunstet.

Als er das Licht und das Geräusch des Jeeps wahrgenommen hatte, duckte sich der erfahrene Bulle instinktiv und
stand unbeweglich wie ein gefällter Baum. Nur die Augen
spähten listig in Richtung des vermeintlichen Feindes und
die Ohren nahmen jedes Geräusch der Nacht angespannt
auf. Der Jeep steuerte mit unverminderter Geschwindigkeit auf ihn zu. Jetzt war es an der Zeit, sich dem Feind zu
erkennen zu geben. Er erhob sich aus seiner Deckung und
riss drohend sein Maul auf. Die gut zwanzig Zentimeter
langen Eckzähne blitzten für Sekunden hell im Licht der
Scheinwerfer. Die Elfenbeinhauer waren härter und gefährlicher als die Stoßzähne eines Elefanten und schon mancher Gegner hatte tödliche Verletzungen davongetragen.
Die zahlreichen Narben an seinem tonnenförmigen Körper und im Gesicht zeugten von den schweren Kämpfen.

Heute jedoch ließ sich dieses unbekannte, feindselige
Ding von der Drohgebärde nicht einschüchtern. Immer
weiter drang es in das Territorium vor, lauter und aggressi-
ver brummte es und war selbst mit heftigstem Brüllen nicht
zu übertönen. Das war eine eindeutige Kriegserklärung.

Jetzt griff das Flusspferd an!

Für Looman kam die Attacke überraschend. Er war zu
sehr damit beschäftigt gewesen, den Jeep, ohne stecken zu
bleiben, durch den Morast zu steuern. Hier, wo das Wasser tiefer war, verteilten die Scheinwerfer ihr diffuses Licht
ohnehin meist nur unter der Wasseroberfläche. Er hätte
sie ebenso gut ausschalten können. Looman trat auf die
Bremse als er das Flusspferd angreifen sah und schlug mit
aller Kraft auf die Hupe. Der ungewohnte Lärm erschreckte

das Tier und es brach seinen Angriff abrupt ab. Looman hatte etwas Zeit gewonnen, doch er wusste, dass das Hippo erneut angreifen würde. Er war in sein Revier eingedrungen und es musste ihn vertreiben. Er legte den Rückwärtsgang ein und gab Gas. Doch die Räder steckten tief im Morast. Sie drehten durch. Das Aufheulen des Motors reizte das Flusspferd aufs Neue und es setzte seinen Angriff fort. Schäumend spritzte das Wasser auf, als es mit ungebändigter Kraft gegen den Jeep anstürmte. Dabei grunzte und brüllte es, dass Looman vor Schreck die Augen weit aufriss. Erneut eine Scheinattacke.

Das Wasser in der Senke wogte auf, als das Hippo grunzend zwischen Angriff und Flucht schwankte, blubbernde Geräusche drangen aus der Motorhaube des Jeeps. Looman versuchte erneut, den Wagen von der Stelle zu bringen, doch vergebens. Er sah auf den Rücksitz des Jeeps und sein Blick fiel auf die Pistole, doch er wusste, dass er damit den Koloss kaum beeindrucken konnte. Er würde ihn höchstens verwunden und ein verwundetes Flusspferd war gefährlicher als ein Leopard. Und das Gewehr lag unter seinem Gepäck im Heckladeraum.

Die Wut des Tieres war unberechenbar, und es entschied sich noch einmal für einen Angriff. Als der massige Kopf des Bullen fast auf die Motorhaube krachen wollte, trat Looman wie verrückt auf die Hupe und brüllte so laut er konnte. Unter wütendem Schnauben und Grunzen hielt das Flusspferd inne, machte nach einer Schrecksekunde kehrt und stampfte missmutig dem Ufer zu, von wo es den vermeintlichen Feind aus der sicheren Entfernung beobachtete.

Looman schaltete die Scheinwerfer aus und stieg aus dem Wagen. Mit der Taschenlampe untersuchte er das Fahrzeug und stellte fest, dass es tief im Morast eingesunken war. Looman dachte an die Winde im Wagenheck, das Seil musste lang genug sein, um damit einen der starken Bäume am Ufer zu erreichen. Es war seine einzige Chance, aus diesem Schlammloch herauszukommen, doch musste er damit bis zum Anbruch des Tages warten. Der Flusspferdbulle drüben am Ufer grunzte zufrieden.

Linda saß angespannt in der Halle des Serena-Hotels in Nairobi und wartete auf den Mann, der ihr helfen sollte, Rob zu finden. Sie suchte in ihrer Handtasche nach der Notiz, die sie am Telefon aufgeschrieben hatte: ja, sie war im richtigen Hotel, allerdings waren schon über vier Stunden seit der Landung in Nairobi vergangen. An der Rezeption wusste man nichts von diesem Mr. Looman, auf den sie hier treffen sollte. Ein schwarzes Mädchen mit kunstvoll geflochtenem Haar sortierte geschäftig die eingegangene Post, immer wieder begegneten ihre großen braunen Augen Lindas Blick und das Mädchen schüttelte mit lächelndem Gesicht den Kopf. Noch immer kein Anruf, keine Nachricht für sie.

Sie war müde. Der Flug war in der Nacht von Frankfurt aus über Amsterdam nach Nairobi gegangen, sie hatte fast kein Auge zugemacht. Landung am Morgen, danach die halsbrecherische Fahrt im Taxi zum Hotel, schließlich das vergebliche Warten auf Looman, die Ungewissheit, und immer noch diese Angst. Linda sah auf ihre Uhr und beschloss, auf ihr Zimmer zu gehen, das inzwischen bezugsfertig geworden war. Was brachte es schon, in der Halle zu sitzen und zu warten? So könnte sie wenigstens duschen, etwas schlafen und entspannen. Ihre Kräfte würde sie in den kommenden Tagen sicher brauchen.

Von ihrem Zimmer aus telefonierte sie mit Babs. Danach legte sie sich in ihren verschwitzten Klamotten auf das breite Bett und schlief fast zwei Stunden einen unruhigen Schlaf. Zwischendurch, wenn sie wach auf dem breiten Bett lag, gingen die Gedanken mit ihr durch. Die Bilder von Claudias Beerdigung am Tag zuvor ließen sie nicht los. Mit tränennassen Augen hatte sie am offenen Grab gestanden und der Toten geschworen, die Wahrheit ans Licht zu bringen. Direkt vom Friedhof aus war sie nach Hause gefahren, hatte sich umgezogen und in den Intercity nach Frankfurt gesetzt. Und sie war sich sicher: während sich in Deutschland die Akte Claudia R. mit der Selbstjustiz ihres Mörders wahrscheinlich schloss, würde sie irgendwo in Afrika auf den wahren Grund für ihren Tod stoßen.

Sie duschte heiß und kalt und ließ sich eine kleine Mahlzeit auf das Zimmer bringen. An der Rezeption hatte man immer noch keine Neuigkeiten für sie. Sie machte es sich mit dem Sandwich auf dem Bett bequem und kramte in ihrer Handtasche nach Robs Bildern und der Notiz, die sie von ihrem Anrufbeantworter abgeschrieben hatte: »*bitte entwickeln u. Abz. aufbew.! Niemand zeigen! Kann noch nichts beweisen!!! Melde mich bald! Rob.*« Minutenlang betrachtete sie die Fotos der Nashornkadaver, der ominösen Fußabdrücke und des unbekannten Safarimannes. Irgendwo musste ein Zusammenhang zwischen Robs Verschwinden und diesen Bildern sein. Wenn sie nur wüsste, wer der Mann auf den letzten beiden Bildern war? suchte sie in ihrer Tasche nach dem kleinen Bündel mit Robs Briefen. Seine Briefe aus Afrika. Gedanken und Mitteilungen aus längst vergangenen Jahren. Linda hatte die Briefe nicht aus Sentimentalität mitgenommen, sondern weil sie hoffte, in ihnen Hinweise auf seinen Aufenthaltsort finden zu können. Vielleicht könnte ja dieser Looman etwas damit anfangen, dachte sie jetzt, als sie das Bündel aufschnürte und Brief für Brief las.

Ständig wartete sie auf das Klingeln des Telefons – vergebens. Langsam wurde ihr klar, dass sie eine Lösung finden musste, falls Looman nicht kam. Sollte sie Kuhns um Rat fragen? Sie griff schon zu ihrem Handy, um nach Kuhns eingespeicherter Nummer zu suchen, als sie in einem von Robs älteren Briefen über einen Satz stolperte. Sie richtete sich auf und las noch einmal, was Rob ihr da vor über einem Jahr geschrieben hatte:

»Jedenfalls kenne ich nur einen, dem ich hier blind vertrauen würde, und das ist mein alter Freund Alan Scott, du weißt, der ehemalige Safariführer, von dessen Pech ich dir erzählt habe.«

Linda starrte zum geschlossenen Fenster hinaus in den blauen Himmel Afrikas. Alan Scott. War er der Mann auf den Fotos? Sie erinnerte sich dunkel an den Namen, den Rob ein paar Mal erwähnt hatte. Rob bezeichnete ihn als alten Freund, ein Prädikat, das er nur höchst selten verwendete. Sie kannte niemand in Deutschland, den Rob so bezeichnet hätte. Linda las den Brief zu Ende, doch es fand sich kein weiterer Hinweis auf Alan Scott.

Alan Scott. Ehemaliger Safariführer. Wann hatte Rob ihr von ihm und seinem »Pech« berichtet? Der Name ging ihr nicht mehr aus dem Kopf. Ganz dunkel erinnerte sie sich an eine Geschichte, die ihr Rob einmal erzählt hatte. Von einem Mädchen, das auf tragische Weise bei einer Safari ums Leben gekommen war, weil der Safariführer – den Rob kannte – einen verhängnisvollen Fehler gemacht hatte. Aber war es Alan Scott? Hastig blätterte sie in den anderen Briefen, suchte nach Hinweisen, Adressen, irgendeiner Spur, wie sie diesen ›alten Freund‹ finden konnte. Linda versuchte, als Journalistin zu denken. Wie würde sie vorgehen, wenn die Suche nach Robs Freund eine ganz normale Recherche wäre? Sie suchte nach Alan Scott im Telefonbuch von Nairobi, telefonierte noch einmal mit der Rezeption und fragte später auch den Kellner, der ihr einen Gin-

Tonic aufs Zimmer brachte. Doch zumindest in Nairobi gab es allem Anschein nach keinen Alan Scott. Fehlanzeige. Und wenn schon, was hätte es genützt? Würde ihr dieser Alan Scott wirklich helfen können? War der »ehemalige Safariführer« überhaupt noch in Afrika? Vergiss es, dachte sie. Warum wartete sie nicht einfach auf Looman? Wenn er heute nicht kam, vielleicht ja morgen. In Afrika gingen die Uhren anders. Er konnte aufgehalten worden sein. Eine Reifenpanne.

Die verrücktesten Gedanken kamen ihr in den Sinn. Vielleicht hatte Kuhns seinen Mittelsmann gar nicht über ihre Ankunft informiert? Vielleicht gab es diesen Looman gar nicht und sie wartete auf ein Phantom? Und Kuhns rechnete damit, sie würde wieder unverrichteter Dinge zurückfliegen, wenn er sie ohne Hilfe ließ? Womit rechtfertigte sie ihr Misstrauen gegen diesen Mann? Ließ sie sich täuschen von einer Ahnung, einem Argwohn, den sie nicht mehr los wurde, seit sie diesem Professor zum ersten Mal begegnet war?

Linda stöhnte auf und ging nervös im Zimmer auf und ab. In ihrer Verzweiflung warf sie sich wieder auf das Bett und nahm sich noch die restlichen Briefe vor. Und plötzlich las sie:

»Es tut mir irgendwie Leid, dass Alan nicht mehr mitmacht. Ich werde dir die Geschichte einmal erzählen. Er hat aufgehört mit den Safaris. Schade, er war der Beste. Er hat jetzt Arbeit an der Küste, fährt mit Touristen zum Hochseefischen, ich glaube sogar für das Hotel am Diani Beach, wo wir mal waren ...«

Linda sah es vor sich, dieses Küstenhotel, in dem sie mit Rob gewohnt hatte. Sie kramte in ihrer Handtasche nach dem Foto, das sie von Rob vor ihrer kleinen Rundhütte im Hotelpark gemacht hatte. Sie hatte es eingesteckt, weil er darauf gut zu erkennen war. So wie er sich dort lässig mit dem Ellbogen an der Mauer abstützte, den braunen Safarihut im Nacken, das Gesicht strahlend in der Sonne, so musste ihn eigentlich jeder wieder erkennen, der ihn irgendwann einmal gesehen hatte. Und jetzt arbeitete Alan Scott an der Küste, am Diani-Beach südlich von Mombasa? Es wird nicht schwer sein, ihn dort zu finden, dachte sie. Du hast eine Chance. Die Chance, nicht aufzugeben, nur weil dieser Looman nicht auftaucht. Untätig zu sein wäre jetzt für sie das Letzte gewesen. Für Rob war Alan Scott der Einzige, dem er im Notfall vertrauen würde, und sie wusste jetzt, dass sie ihn finden konnte, wenn er noch in Kenia war. Den Hotelnamen aus ihrem Keniaurlaub hatte sie noch im Kopf, worauf wartete sie noch?

Es war kein Problem, über die Hotelrezeption einen Flug nach Mombasa zu buchen.

Der Giftpfeil schnellte lautlos durch die Luft und traf sein Ziel. Zwei weitere Pfeile folgten, die Elanantilope zuckte zusammen und ergriff in panischer Angst die Flucht. N'gaoi wusste, dass sie nicht weit kommen würde und nickte den beiden anderen Jägern zu, die neben ihm hinter den Akazien kauerten. Schweigend begannen sie mit der Verfolgung des Tieres.

Am Tag zuvor hatten die drei kleinen Jäger mit den Vorbereitungen zu einer Jagd begonnen, die ihrer Sippe wieder Fleisch für die nächsten Tage einbringen sollte. Ihre traditionelle Lebensweise, die sie seit tausenden von Jahren als Sammler und Jäger nahezu unverändert pflegten, machte sie zu einem der letzten ursprünglichen Naturvölker dieser Erde, doch sie liebten dieses Leben und wehrten sich dagegen, es so zu führen, wie die weißen und schwarzen Menschen, die ihnen abfällig den Namen »Buschmann«

gegeben hatten. Sie selbst nannten sich »San«, was in ihrer Sprache nichts anderes als »Menschen« bedeutet.

Bei Sonnenaufgang waren sie, bewaffnet mit Bogen, Pfeilen und Speer zu dem alten Merulabaum gezogen, unter dem schon ihre Großväter gelagert hatten. Die San konnten sicher sein, zu jeder Jahreszeit in seinen Wurzeln die giftigen Käferlarven zu finden, sie mussten nur ein wenig mit ihren Stöcken im Sand graben und bald hatten sich die Antilopenhörner, die ihnen als Gefäße dienten, mit den graubraunen Kokons der Maden gefüllt.

Mit vorsichtigen Bewegungen machten sie sich daran, die Kokons zu öffnen. Die schwarz gepunkteten rosaroten Engerlinge waren nicht viel größer als ein Fingernagel und die Jäger gingen sehr behutsam mit ihnen um. N'gaoi stellte die Schädeldecke eines Pavians als kleine Schale vor sich auf den Boden und hielt eine der Larven vorsichtig mit Daumen und Zeigefinger seiner linken Hand fest. Wenn das Gift auch nur die kleinste offene Wunde in seiner Haut berührte, war er verloren. Geschickt riss er der Larve ein Beinpaar aus und zerquetschte den fleischigen Körper mit einem zugespitzten Stock. Weißrote Breimasse quoll in den Pavianschädel, nur die schlaffe feuchte Haut des Engerlings blieb an seinen Fingern hängen. Er musste so viele Larven auspressen, wie er Finger an beiden Händen hatte, um die richtige Giftmenge für seine Pfeile zu gewinnen. Die ausgequetschten Larvenmasse verdünnte er mit einem Saft aus Pflanzenteilen und Speichel und rührte das Ganze zu einem zähflüssigen klebrigen Sud von rotbrauner Farbe an.

Während die San unter großer Konzentration arbeiteten, unterhielten sie sich lebhaft miteinander. Ihre Sprache war jenes typische Klickern und Klacken, das klang, als ob sie ununterbrochen beim Sprechen mit der Zunge schnalzten. Buschmannsprache eben. Die drei waren Altersgenossen und gingen nicht zum ersten Mal gemeinsam auf die Jagd. N'gaoi war der Älteste und hatte vor drei Monaten eine junge, hübsche Frau in seine kleine Hütte gebracht. Sie hieß K'hao und er hatte sich vorgenommen, ihr die Innereien seiner Beute, das Köstlichste, was es für einen San gab, von dieser Jagd mitzubringen. Um Anspruch auf diesen Teil der Beute zu haben, musste allerdings sein Pfeil als Erster treffen.

N'gaois Körper war muskulös, nur am Bauch und um den Mund zeigten sich erste Ansätze jener Falten, die selbst für junge Buschmänner bezeichnend sind. Seine Haut schimmerte in einem sanften Farbton zwischen braun, bronze und gelb, eine feine Schicht aus grauem Kalaharisand bedeckte seine Füße und die Beine bis unter die Knie. Der junge San trug keine Schuhe und beschränkte sich bei seiner Kleidung auf den traditionellen ledernen Lendenschurz. Das Haar überzog in hunderten von schwarzen, krausen Löckchen den Kopf und erweckte den Eindruck, der Träger dieser Haarpracht komme unmittelbar von einer Schur. Dieses Pfefferkornhaar war eines der typischen Merkmale seiner aussterbenden Rasse. Die engstehenden, fast schlitzartigen Augen verfolgten konzentriert jede Bewegung, die der Jäger bei der Zubereitung seines Pfeilgifts ausführte.

Er zog einen der schmalen, mit einer dünnen Metallspitze versehenen Holzpfeile aus seinem Rindenköcher. An einer nur fingerbreiten Stelle zwischen Spitze und Schaft bestrich er den Pfeil mit der zähen Giftflüssigkeit. Vorsichtig drehte er dabei den Pfeil in den Fingern, um das Gift möglichst gleichmäßig aufzutragen. Ein Lächeln huschte über sein Gesicht, als er seine gelungene Arbeit betrachtete und den präparierten Pfeil mit der Spitze zum Feuer über einen flachen Baumstamm am Boden legte.

Auch die anderen beiden Jäger fertigten auf diese Weise ihre todbringenden Waffen. Dabei erzählten sie sich Geschichten von der Jagd und tauschten ihre Hoffnungen auf einen für alle erfolgreichen Beutezug untereinander aus. Nachdem die erste Schicht des giftigen Breis auf den Pfeilen getrocknet war, trugen die Jäger noch eine zweite, gröbere Schicht auf, dann legten sie sich am Feuer schlafen.

Da war kein Gefühl von Neid oder Missgunst unter den Männern, es war, als ginge nur ein Buschmann für alle auf die Jagd. N'gaoi wurde stillschweigend als Ältester zum Anführer der kleinen Gruppe, jeder der Jäger hatte jedoch das gleiche Recht auf den ersten Schuss und auf einen Teil der Beute. So war es schon seit hunderten von Jahren in der Kalahari. Unter demselben Baum hatten schon ihre Vorväter die Pfeile präpariert. Sie zogen auf den gleichen Pfaden durch die Savanne wie ihre Ahnen und schossen wie sie den großen Kudu, die Giraffe oder das Impala als Nahrung für die ganze Sippe. Die wenigen San, die noch wie sie in kleinen Gruppen als Jäger und Sammler durch die Kalahari streiften, zählten zu den Letzten ihres Volkes.

Überall in der weiten Ebene zwischen den einsamen Hügeln und den endlosen Flächen der Salzpfannen war einst ihre Heimat gewesen, hierher hatten sie sich zurückgezogen, waren sie geflohen vor den Verfolgern, die sie aus dem fruchtbaren Land jenseits des Großen Flusses vertrieben hatten. Hier in der unwegsamen und menschenfeindlichen Abgeschiedenheit der Kalahari waren sie die Herrscher, die Könige des Durstlands. Ihr Acker war der Wüstensand, wo sie beim Graben mit einfachen Stöcken auf nahrhafte Wurzeln stießen, ihr Vieh war die Antilope des Velds und das Warzenschwein, das sie nach der Art ihrer Urahnen mit Pfeil und Bogen erlegten, ihre Siedlung lag dort, wo die Jagdgründe am günstigsten waren, manchmal auch in der Nähe einer Quelle am Fuß der Berge.

Doch sie waren schon lange nicht mehr allein. Die

schwarzen Völker trieben ihre Rinder weit in die Jagdgründe der San, tief bohrten sich die Eisenrohre der weißen Farmer in den Boden, um auch die verborgensten Quellen aufzuspüren und die ergiebigsten leer zu saugen. Rinderhufe pflügten den Boden auf, Ziegenzähne rissen das Gras samt Wurzeln aus der kargen Erde und ließen auch dort Wüste zurück, wo einst nach jedem Regen ein Blütenmeer entstanden war. Die San zogen sich weiter zurück – oder sie passten sich an. In den einfachen Krals entstanden Bretterhütten, Lendenschürze wurden gegen zerschlissene T-Shirts und Jeans eingetauscht. Leere Benzinkanister ersetzten die ausgeblasenen Straußeneier als Wassergefäße, Plastiktüten und Konservendosen türmten sich in Abfallhaufen dort, wo einst die Alten vor den Strohhütten saßen und einander schwatzend die Pfeife reichten.

Auch N'gaois Sippe war davon nicht verschont geblieben. Händler aus den Dörfern brachten auf Eselskarren Eisendraht, Messer mit scharfen Klingen und blechernes Kochgeschirr in den Kral und die hellhäutigen Fremden mit greller Kleidung, die in großen weißen Vögeln vom Himmel zu fallen schienen, tauschten Feuerzeuge und Turnschuhe gegen Ketten aus Straußeneierschalen. Auch N'gaoi trug den Lendenschurz nur noch auf der Jagd und machte nur dann sein Feuer mit dem Reibeholz, wenn die Fremden ihm dabei zusahen und er Pula dafür bekam. Vieles hatte sich geändert, seit er zum ersten Mal mit seinem Großvater das Dik-Dik gejagt hatte. Doch wenn er heute mit seinen Gefährten loszog, um für die ganze Sippe Fleisch zu machen, lebten die alten Zeiten wieder auf. Dann war er wieder N'gaoi, der Jäger, der die Giraffe genau so sicher traf wie die Ahnen, von deren Jagd die alten roten Malereien in den Felsen ihre Geschichten erzählten.

Rob Roloff nützte jede Stunde, in der er unbeobachtet war, um seine Flucht vorzubereiten. Er hatte alle Möglichkeiten abgewogen und alle Risiken einkalkuliert. Es gab im Okavangodelta inzwischen genug Touristencamps mit Funkverbindung nach Maun oder Victoria Falls. Einige Buschpisten lagen direkt im Delta, Rob kannte so manchen Buschpiloten noch von früher und Kenia war an einem Tag zu erreichen. Er konnte es schaffen.

Die Wunden von den Peitschenhieben Hippos verheilten nur sehr langsam und seine Wächter hatten ihn wegen der Schmerzen etwas nachsichtiger gefesselt. Es war ihm jedoch nicht möglich gewesen, an ein Messer oder an andere Waffen zu gelangen, mit deren Hilfe er seine Fesseln hätte loswerden können.

Da kam ihm die Idee mit der Dornensäge. Die saftiggrünen Papyrusstauden im Uferbereich wurden auf dem Trockenen von hohen Gräsern, kleinen Mopanebäumen und dornigen Akazien abgelöst. Rob begann auf seinen Rundwegen, wenn er sich unbeobachtet glaubte, unauffällig nach geeigneten Akazienästen zu suchen. Die Angelegenheit wurde dadurch erschwert, dass seine Hände ständig auf den Rücken gebunden waren und er sich bei seiner Suche nur auf den Tastsinn verlassen konnte. In der Nähe der Hütte seiner Aufpasser wurde er fündig. Die beiden Schwarzen hockten am Ufer, um Welse zu angeln. Rob wartete, bis ein großer Fisch ihre ganze Aufmerksamkeit in Anspruch nahm, dann brach er sich den fingerdicken geraden Ast aus dem Gestrüpp heraus. Er war gute fünfzig Zentimeter lang und über und über mit kurzen spitzigen, unzerbrechlichen Dornen übersät. Das Abreißen des Astes hatte zwar einigen Lärm verursacht, doch waren die Schwarzen viel zu sehr mit ihrer Beute beschäftigt, um darauf zu achten. Rob tat möglichst unbefangen und schlenderte, den Dornenast unauffällig mit sich schleifend, zu seiner Hütte. Dort verbarg er seine Geheimwaffe unter einer Decke.

Im Laufe der nächsten Tage besorgte er sich zwei weitere Akazienäste, um, falls die Dornen abbrachen, auf Ersatz zurückgreifen zu können. In den Nächten, übte er den Umgang mit den spitzen Dornen, zersägte mit gefesselten Händen hinter seinem Rücken herumliegende Zweige und lose Seilstücke. Er traute sich zu, wenn er sich erst von den Fesseln befreit hatte, mit einem Einbaum im Gewirr der Lagunen und Kanäle einen Weg zu finden und auf Hilfe zu stoßen.

Sein Plan stand fest und musste in einer der nächsten Nächte gelingen. Der Mokoro seiner Wächter lag vor der Insel und wartete auf ihn.

Am Morgen füllten sie ihre Pfeile in die Baumrindenköcher, ergriffen die Bogen und machten sich auf die Suche nach Fährten. Die Jagd hatte begonnen. Bald stießen sie auf die frische Spur einer großen Herde Elanantilopen. Es war ein Glücksfall, denn selbst der erfahrene N'gaoi hatte schon seit langer Zeit keine dieser größten aller Antilopen mehr in dieser Gegend zu Gesicht bekommen. Fortan ignorierten die San alle anderen Fährten und folgten der auffälligen Spur der Herde. Die Antilopen zogen langsam grasend in die Richtung, wo an jedem Abend die Sonne ihre Wanderung beendete und den Rand der heißen Wüste zum Erglühen brachte.

Nach einem halben Tag hatten sie die Herde eingeholt. Jede Deckung des dichten Buschlands nützend, pirschten sich die drei San an die Tiere heran. Der Wind stand günstig, bis auf drei Pfeilschüsse hatten sie sich schon den ersten Antilopen genähert. Jetzt galt es, äußerst vorsichtig zu sein. Jeder brechende Zweig, jedes Rascheln im Gras, jede Bewegung in den Büschen konnte die Flucht der Herde auslösen. N'gaoi, der voran schlich, deutete auf einen groß gewachsenen Bock mit prächtigem Gehörn, der etwas außerhalb der Herde äste. Gebückt, Bogen und Pfeile in der Hand schlichen die San auf das Tier zu, Jäger der Urzeit, drei gelbbraune Gestalten, mit schwarzen Krausköpfen und einfachen Lendenschürzen. Kein Geräusch störte die stille Hitze der Wüste, Friede lag über dem Land.

Der Elanbock witterte die Gefahr, die hinter dem Akaziengestrüpp lauerte. Drei Armpaare hielten die Bogen und spannten die Sehnen. Drei Pfeilspitzen mit vergiftetem Schaft richteten sich auf die große Antilope, drei Augenpaare zielten, Muskeln strafften sich, Gedanken formulierten eine Bitte um Verzeihung für den nahenden Tod des Tieres. Ein San tötet nie zu seinem Vergnügen.

N'gaoi schoss als erster.

Nachdem die Herde geflohen war, nahmen die San die Verfolgung ihrer Beute auf. N'gaoi hatte sich den Hufabdruck des Bocks eingeprägt und führte die Jäger auf der Spur an. Sie mussten versuchen, der Antilope so dicht wie möglich auf den Fersen zu bleiben, nur so konnten sie verhindern, dass ihnen ein Leopard oder ein Löwe zuvorkam. Die Elanantilope hatte die Pfeile im dichten Unterholz abgestreift, doch die Spitzen mit dem vergifteten Schaft steckten noch im Fleisch. Die Wunden schmerzten, das Gift wirkte rasch, aber ein so großes Tier konnte noch stundenlang ziehen, bevor es unter Krämpfen zusammenbrach. Verzweifelt scheuerte es sich am Stamm einer Gelbfieberakazie, doch die hauchdünnen Pfeilspitzen, aus starkem Draht geschmiedet, steckten fest und tief in den blutenden Wunden. Das Gift war längst in die Blutbahn gelangt, legte Muskeln und Nerven lahm.

Der Bock war weit hinter seiner Herde zurückgeblieben, ängstlich spähten die schwarzen Augen in die Dornbuschwüste hinaus. Immer wieder kratzte er sich mit seinen sanft gedrehten Hörnern an Schulterblatt und Bauch, wo die widerspenstigen Pfeilspitzen feststeckten. Dabei wehten die schwarzen Haarbüschel seiner wuchtigen Kehlwamme sanft in der heißen Luft, die hier, im nördlichen Bereich der Kalahari zu dieser Tageszeit fast zu kochen schien. Die Antilope zog sich in den Schatten der Gelbfieberakazie zurück und wartete auf ihren Tod.

N'gaoi stellte fest, dass die Antilope nur noch langsam vorwärts kam. Dann fand er eine Kotspur, steckte den Zeigefinger in den Dunghaufen und grinste. Der Kot war noch warm und flüssig wie dünner Brei, also schien das Gift trotz der Größe des Tieres schnell zu wirken. Sie hatten gut getroffen. Noch vor Einbruch der Dunkelheit entdeckten sie neben der Fährte eine Pfeilspitze im Sandboden. Antilopenhaare, Gift und Blut klebten daran. Die Antilope musste sie unter großen Anstrengungen aus der Wunde gescheuert haben. Häufiger stießen sie jetzt auf Blutspuren, die die offene Pfeilwunde hinterließ.

Unter einer Schirmakazie richteten sie sich ein einfaches Nachtlager ein und schliefen bis kurz vor Sonnenaufgang. Auch die Antilope würde nachts nicht weiterziehen. Am Morgen gab es für die Jäger weder zu essen noch zu trinken. Das war das alte Ritual der Buschmannjagd. Schon sein Großvater hatte es N'gaoi erklärt, als er noch ein Knabe war: Jäger und Gejagter sind eins bei der Jagd, beide sind im Leben stark und werden bei der Verfolgung geschwächt. Der Jäger muss seine eigene Schwäche solange überwinden, bis er seine Beute getötet hat.

Eine Stunde nach Sonnenaufgang sahen sie die Elanantilope. Mit zitternden Beinen und röchelndem Atem stand sie noch immer unter dem Gelbfieberbaum. Als sie die Witterung der drei Jäger aufnahm, schnaubte sie drohend und senkte den gehörnten Kopf in Richtung der Gefahr. Jeder Jäger schoss noch einen letzten Pfeil auf sie ab, um sich endgültig seinen Anteil an der Beute zu sichern. Nur dessen Pfeilspitze im Fleisch des Tieres steckte, durfte beim Teilen des Fleisches sein Messer führen. Dann tötete N'gaoi, dessen Pfeil als erster getroffen hatte, die Antilope mit seinem Speer.

Drei scharfe Messer zerteilten die Beute, geschickte Hände schnitten die vergifteten Pfeilspitzen sorgfältig aus dem Fleisch. Es dauerte fast drei Stunden, bis die große Antilope zerlegt war. Das Fleisch wurde in langen Streifen an die gelbgrünen Äste der Akazie gehängt. Die Entfernung zum Kral war zu groß, um die Beute in großen Stücken nach Hause zu tragen. N'gaoi als der erste Schütze bekam Herz, Leber, Nieren und den Magen. Knochen, Fell und Hörner vergruben sie im Sand. Sie würden später zurückkehren, um die nützlichen Dinge zu holen. Die gleißende Sonne der Kalahari ließ das Fleisch schnell trocknen, die heiße Luft wirkte wie ein Backofen. Jetzt erst gönnten sich die drei Jäger ein ausgiebiges Mahl. N'gaoi strahlte bei dem Gedanken, K'hao die besten Teile seiner Beute mitbringen zu können. Sie würde ihn dafür mit ihrer Liebe belohnen.

Als sie in Mombasa das Flugzeug verließ, schlug ihr die schwüle Luft über dem schimmernden Asphalt des Rollfelds wie ein feuchter Lappen ins Gesicht. Fast hatte sie befürchtet, ohnmächtig zu werden, doch sie überwand den Schock und tastete sich vorsichtig die Gangway hinunter. Sie schmuggelte sich listig in einen der Isuzubusse, die die Touristen zu den Strandhotels fuhren. Zu gut kannte sie die draufgängerische Fahrweise und die überzogenen Preisforderungen der Kenianischen Taxifahrer und ebenso das

Drängen und Zerren in den rostigen überfüllten Matatus. Also reiste sie als Touristin zur Küste, gut getarnt mit großer Sonnenbrille und breitkrempigem Strohhut. Eine kleine Umhängetasche, mit wenigen unentbehrlichen Dingen war ihr einziges Gepäck, ihre Koffer hatte sie im Serena-Hotel in Nairobi deponiert. Es schien ihr unnötig, sich damit abzuschleppen, bis sie Alan Scott gefunden hatte. Rob hatte im Norden Kenias gearbeitet, die Suche nach ihm musste sie wieder über Nairobi führen.

Niemand fragte nach einem Gutschein für den Transfer, keiner zählte die Reisenden nach, die im Bus saßen. Es war Routine für die blonde, gut geschminkte Dame im khaki-braun gestreiften Kostüm, täglich hunderte aufgeregter Neuankömmlinge in ihre Küstenhotels zu verfrachten.

»Guten Morgen oder Jambo, wie man hier sagt. Herzlich willkommen in Kenia. Dieser Bus fährt zum Diani Beach. Zu folgenden Hotels … Ist Ihr Hotel dabei? … Na dann viel Spaß!«

Wie alle Touristen musste auch sie auf der Likoni-Fähre von Mombasa-Island zur Südküste den Bus verlassen und stand, eingepfercht zwischen Urlaubern und Einheimischen am Bug des altertümlichen Schiffes. Dann plötzlich der Albtraum: im allgemeinen Gedränge zwischen den stinkenden Autos und Bussen auf der Fähre entriss ihr ein jugendlicher Schwarzer in schmutzigem T-Shirt und zerschlissener Jeans die Tasche und rannte damit zum Heck der Fähre. Linda wurde von Panik erfasst. Alles, was sie besaß, befand sich in der Umhängetasche. Auch Robs Briefe und die Fotos, die er Claudia geschickt hatte. Wenn der Dieb erst die Menschenmenge erreichte, die sich nach den Autos und Bussen noch auf die Fähre gedrängt hatte, war es unmöglich, ihn noch zu erwischen. Er würde eintauchen in dieser Masse von hunderten Menschen, die meisten Schwarze wie er und ebenfalls mit schmutzigen T-Shirts und zerschlissenen Jeans bekleidet.

Sie boxte sich schreiend durch die Gasse zwischen den qualmenden Fahrzeugen und setzte ihm nach. Durch ihre Größe überragte sie die meisten Menschen auf der Fähre und sah ihn zwischen den Autoreihen. Eine Gruppe japanischer Touristen war aus einem Nissanbus geklettert und baute sich vor ihr zu einem Erinnerungsfoto auf. Linda stieß einen Fluch aus und schrie um Hilfe. Sie drängte den Fotografen zur Seite und zwängte sich durch die schimpfenden Japaner. Einer griff nach ihrem Hut, um sie festzuhalten. Linda fauchte und stieß ihm den Ellbogen zwischen die Rippen. Der Japaner schrie auf und rieb sich die getroffene Stelle. Lindas Hut fiel zwischen den Beinen der Japaner auf die Bohlen und sie setzte die Verfolgung fort.

Der Dieb hatte das Menschenknäuel am Heck der Fähre fast schon erreicht. Eben wurden die Rampen hochgefahren und die Fähre setzte sich langsam in Bewegung. Der Abstand zum Ufer vergrößerte sich rasch. Linda sah keine Chance mehr, den Flüchtigen zu erreichen. Noch mehrere Autos versperrten ihr den Weg. Auf Höhe des letzten Wagens drehte sich der Junge grinsend nach Linda um und rannte weiter. Im selben Moment öffnete sich die Fahrertür des sandfarbenen Landcruisers. Der Junge prallte mit dem Oberkörper frontal gegen die Tür und ging taumelnd zu Boden.

Linda kletterte über die leere Ladefläche eines alten Datsun und drängte sich an einem grauen dreirädrigen Lieferwagen vorbei. Der Junge lag für einen Augenblick benommen unter der offen stehenden Wagentür. Der Fahrer des Landcruisers beugte sich heraus und ergriff Lindas Tasche. Im selben Moment kam der Dieb zu sich und sah den Fahrer mit weit aufgerissenen Augen an. Dieser gab ihm ein

Zeichen, zu verschwinden, zog die Wagentür zu und beobachtete, wie der Junge sich eilends aufrappelte und zwischen schimpfenden Menschen im Gewühl verschwand. Mit einem Satz landete er im Wasser und schwamm die paar Meter ans Ufer.

Im selben Moment erreichte Linda den Landcruiser. Sie bückte sich zum Fenster und sah in ein finsteres Dreitagebartgesicht. Das Fenster war geöffnet, doch der Fahrer schien keine Notiz von ihr zu nehmen. Wortlos streckte er seinen Arm zum Fenster heraus. Von seiner Hand baumelte ihre Umhängetasche. Verdutzt sah Linda zuerst in das Gesicht des bärtigen Weißen, dann zu ihrer Tasche.

»Na, nehmen Sie schon!« brummte er ungeduldig. Blöde Touristin, schien er zu denken.

»Vielen Dank – ich meine …« stammelte sie.

»Sie sollten besser auf Ihre Sachen aufpassen. Das kann verdammt schief gehen in diesem Land!« Für einen Moment konnte sie seine Augen erkennen, die im Schatten einer Legionärsmütze lagen. Stahlblaue Augen, die nicht lachen können, dachte Linda. Sie murmelte noch ein unverständliches »Danke« und presste ihre Tasche fest unter den Arm. Schon wollte sie sich wieder auf den Weg zum Bus machen, als ihr plötzlich die Idee kam:

»Ich suche einen gewissen Alan Scott«, sagte sie und bückte sich noch einmal zu dem Fahrer hinunter.

»Sie suchen Alan Scott?« wiederholte er.

»Es ist wichtig. Er muss mir helfen.«

»Wobei?«

»Das möchte ich eigentlich nur ihm erzählen.«

»Und wie kommen Sie ausgerechnet auf ihn?«

»Er war ein guter Freund meines Mannes.«

»In Kenia?«

»Ja.«

»Und wer ist ihr Mann?«

»Er war mein Mann. Wir sind geschieden. Aber das geht Sie eigentlich gar nichts an.«

»Ihren Namen können Sie mir trotzdem verraten.«

»Linda Roloff. Was ist jetzt mit Alan Scott? Kennen Sie ihn?«

»Kann man so sagen.« Über sein Gesicht huschte ein Lächeln, das ihn auf einmal sympathisch machte. »Nett, die Exfrau meines alten Freundes Rob kennen zu lernen.«

»Sie – Sie sind ... –?« Linda stockte. Da suchte sie in Afrika einen wildfremden Mann und traf ihn durch einen Zufall auf der Likonifähre mitten in Mombasa!

»Das ist nicht wahr!« entfuhr es ihr. »Alan Scott?«

»Höchstpersönlich. Na los, steigen Sie ein! Oder haben Sie eine bessere Fahrgelegenheit zur Südküste?«

Linda nahm auf dem Beifahrersitz Platz.

»Rob sagte, – nein er schrieb mir mal, er würde Ihnen blind vertrauen. Sie müssen mir helfen, Rob zu finden.«

»Sie wissen nicht, wo er steckt?«

»Nein. Sein letztes Lebenszeichen war ein ziemlich geheimnisvoller Brief an seine Schwester.«

»Das wird nicht einfach. Wir haben uns seit Ewigkeiten nicht mehr gesehen. Er hat sich auf irgend so ein verrücktes Projekt eingelassen, zuletzt in Zimbabwe und dann im letzten Zipfel von Kenia. Aberdares oder Samburudistrikt. Ging um Nashörner, glaube ich. Nicht ganz ungefährlich und streng geheim. Hat nie darüber gesprochen. Seit ich an die Küste gezogen bin, habe ich nichts mehr von ihm gehört.«

»Sie waren Safariführer?«

Sein Blick verfinsterte sich. »Ich habe Luxussafaris geführt, wenn Sie's genau wissen wollen! Aber das ist lange her.«

Damit schien er das Thema beenden zu wollen und sie hatte kein Recht, neugierig zu sein. Linda machte eine Pause und beobachtete ihn. Dann erzählte sie ihm in kurzen Worten von der Ermordung Claudias, von ihrem Gespräch mit Kuhns und von ihrem Verdacht, der sie darauf brachte, Rob suchen zu müssen.

»Das sind die Fotos, die er zuletzt noch an Claudia geschickt hat –«

Mit hastigen Bewegungen fischte sie die Abzüge aus ihrer Tasche und reichte sie ihm.

»Hat Rob die gemacht?«

Linda nickte und Scott wandte sich wieder den Bildern zu.

»Diese Kadaver … das sind Rhinos«, es klang wie eine Frage, doch ehe Linda antworten konnte, fuhr er fort: »Und diese Fußabdrücke im Schlamm – gehören die zu dem Kerl auf den anderen Bildern –? Verdammt, das ist doch …?«

Er brach ab und starrte auf die beiden Fotos, die den Mann in Safarikleidung zeigten. Linda hielt den Atem an.

»Dieser Typ auf dem Bild, hat Rob gesagt, weshalb er ihn fotografiert hat?«

»Nein. Es gibt nur noch eine Notiz, die er mit den Bildern geschickt hat. Claudia sollte die Bilder niemandem zeigen, da er noch nichts beweisen konnte.«

»Und warum zeigen Sie sie mir?«

»Rob hat Sie als seinen Freund bezeichnet. Das genügt. Kennen Sie den Typ auf dem Bild?«

Scott nickte und spielte mit dem Zündschlüssel. Die Fähre war nur noch wenige Meter vom Ufer entfernt.

»Ein alter Bekannter. Hatte mal in Tanzania mit ihm zu tun. Rob übrigens auch. Wenn Rob ihn in Zusammenhang mit dem toten Nashorn fotografiert hat, gibt es dafür sicher einen Grund.«

»Und wer ist dieser Mann?«

Alan Scott sah ihr direkt in die Augen, als er sagte: »Er heißt Joe Looman.«

5

Die Lichter der entgegenkommenden Fahrzeuge blendeten, als sie noch vor Morgengrauen die Straße von Ukunda nach Mombasa befuhren. Düster ragten die Silhouetten der Palmen in den nächtlichen Himmel und Linda wunderte sich, wie viele Menschen zur frühen Stunde schon auf dem Weg zur Likonifähre waren. Mombasa selbst war schon zu regem Leben erwacht, als sie die Fähre verließen und quer durch die alte Hafenstadt Richtung Flughafen fuhren.

Junge Männer mit hölzernen Handkarren, beladen mit Gemüse und Obst zogen zum Markt, Frauen, bunt gekleidet, mit grauen Plastiksäcken auf den Köpfen drängten sich in den engen Seitengassen und die immer überfüllten Matatus, hupend und qualmend, brachten hunderte von Menschen aus den umliegenden Dörfern in die Stadt. Schmutz und Abfall türmte sich am Straßenrand, Rost zerfraß die Blechdächer der Hütten und kaum eines der Häuser hatte in den letzten Jahren frische Farbe gesehen.

Sie folgten dem Makupa Causeway in nordwestlicher Richtung und als sie die Brücke erreichten, die den Makupa Creek östlich der kleinen Insel Kwamwanamweupe überquert, zog der stinkende Qualm der Mülldeponie, der in fast schwarzen Rauchschwaden über dem Bahndamm hing, ätzend in ihre Nasen. Hitchcocks Raben kreisten in Hunderterschwärmen über dem toten Land, aufgescheucht von Kindern mit Plastiktüten, die auf der Halde zwischen den Schwaden und Dampfwolken nach Verwertbarem suchen. Linda beeilte sich, das Fenster hochzukurbeln und hielt sich angewidert die Nase zu. Alan Scott lachte und gab Gas. Schilder, die die Autofahrer mahnten »Please drive carefully« lasen sich wie Hohn. Alan fuhr ebenso riskant und übermütig wie die anderen Kenianischen Fahrer. Keine Kurve war zu eng, um noch einen alten Lastwagen zu überholen, kein Fußgänger zu schnell, um ihn nicht noch mit der Hupe von der Fahrbahn zu jagen.

Linda betrachtete ihn von der Seite. Er war immer noch unrasiert und die Bartstoppeln glänzten blond im weichen Licht der Morgensonne, die erst vor wenigen Minuten dem Indischen Ozean entstiegen war. Seine blauen Augen lagen wie immer im Schatten der olivgrünen Legionärsmütze, die er weit nach vorn in die Stirn gezogen hatte. Diese Mütze trug auch John Wayne in »Hatari«, als er mit Hardy Krüger Nashörner einfing, dachte Linda.

Linda schloss die Augen. Es schien ihr alles wie ein Traum. Sie fuhr durch Afrika. Mit einem Mann, den sie gerade einen Tag kannte und dem sie blind vertraute. Wortlos waren sie nach Verlassen der Fähre an die Küste gefahren und Scott hatte sie in einem der Küstenhotels abgesetzt. Dann war er verschwunden, ohne ihr Hoffnung auf seine Hilfe gemacht zu haben. Linda fühlte, dass er Zeit zum Nachdenken brauchte. Am Abend hatte er sie unter einer der Palmen am Strand gefunden und sich wortlos neben sie in den Sand gesetzt.

»Wir werden Rob finden«, hatte er nach einem Schweigen, das ihr wie die Ewigkeit erschien, gesagt. »Ich werde nicht noch einmal versagen.«

»Alan –« hatte sie angefangen, doch er hatte sie sofort unterbrochen. »Ich möchte jetzt nicht darüber reden, noch nicht. Aber es kann nicht schaden, wenn ich aufhöre, mich hier zu verstecken.«

Linda hatte geschwiegen. Noch war ihr Alan Scott ein Rätsel.

»Ich habe eine Bitte. Ich weiß noch nicht, wo wir mit der Suche beginnen sollen. Diese Bilder von Rob. Kann ich mir die noch mal genauer ansehen?«

Sie hatte das Päckchen aus der Umhängetasche gezogen und es ihm gegeben.

»Du solltest für heute Nacht in eines der Hotels gehen und dich ausschlafen. In den nächsten Tagen werde ich dir keinen solchen Komfort bieten können.«

Er hatte sogar gelächelt, als er hinzufügte: »Wir starten morgen früh vor Sonnenaufgang. Ich treffe dich um fünf Uhr hier.«

Dann war er zu seiner Hütte zurückgegangen, ohne sich noch einmal nach ihr umzudrehen.

Sie dachte an Sarah und an Claudia, dann wieder an Rob und an Joe Looman, den sie in Nairobi treffen sollte. Er war der Mann auf den Fotos, was hatte all das zu bedeuten? Sie ahnte, dass ihre Entscheidung, Alan Scott zu suchen, richtig gewesen war. Der schien einen festen Plan zu haben, doch Linda hatte sich noch nicht getraut, ihn danach zu fragen.

Sie hatten gerade Mombasa verlassen, als Alan das Schweigen brach.

»Diese Straße schon 'mal gefahren?«

»Weiß nicht so genau. Wohin führt sie?«

»Das ist die direkte Verbindung nach Nairobi. Dauert nur leider etwas länger als mit dem Flugzeug. Schätze, dass wir sieben, acht Stunden brauchen werden. Siehst du das da?«

Alan deutete auf den Eisenbahndamm, der links von der Straße zu erkennen war.

»Die alte Ugandabahn. Die Linie führt von der Küste zum Victoriasee. Und unsere Straße daneben ist die eintönigste Piste von ganz Afrika.« Er lachte laut. »Sag' mir eines«, fuhr er schließlich fort, »warum hast du nicht einfach in Nairobi auf Joe Looman gewartet?«

Linda kurbelte das Wagenfenster herunter, streckte ihren Ellbogen hinaus und trommelte mit den Fingernägeln auf das Blech der Tür.

»Ich hatte auf einmal das Gefühl, meine Zeit zu verschwenden. Was machst du allein in einem fremden Land, wenn du sitzen gelassen wirst? Und dann Robs Briefe. Du hast ja gelesen, was er über dich geschrieben hat.«

»Guter alter Rob, da hast du mir was eingebrockt. Die ganze Sache riecht verdammt faul. Ich hab' mir die Bilder noch mal genau angesehen heute Nacht –«, Alan zögerte. »Immerhin weiß ich jetzt, wo wir mit der Suche beginnen werden. Rob hat sich zuletzt tatsächlich in Kenia rumgetrieben. Ich bin der festen Überzeugung, dass die Bilder in den Aberdares gemacht wurden, einem Waldschutzgebiet im zentralen Hochland.«

»Ist das weit von hier?«

»Wir werden heute Abend dort sein. Es gibt da einen alten Freund, der uns möglicherweise helfen kann. Seine Hütte war früher ein Treffpunkt von Rob und mir. Bei Ben Hunter haben wir immer Nachrichten für einander hinterlegt.«

Linda schwieg. Mit Alan schien das alles so einfach zu sein. Wo sie aufgeben wollte, fand er einen Weg.

»Können wir nicht schon mal mit ihm telefonieren? Vielleicht weiß er auch etwas über Joe Looman?«

»Mit Ben telefonieren? Da könntest du ebenso gut versuchen, mit einer Hyäne im Busch Walzer zu tanzen. Nein. Ben Hunter ist nicht telefonisch zu erreichen. Man muss ihn suchen. Wenn wir Glück haben, viel Glück, dann treffen wir ihn in der ARK.«

»Du meinst dieses Urwaldhotel?«

»Ja. Du kennst es?«

»Ich war mit Rob mal da, vor Jahren.«

»Die ARK ist der einzige Ort, an dem Ben Hunter regelmäßig immer wieder auftaucht. Aber du solltest jetzt versuchen, etwas zu schlafen. Die nächsten Tage werden anstrengend sein. Ich kann dich ja wecken, falls wir auf rote Elefanten stoßen.«

»Rote Elefanten?«

»Wir erreichen bald Tsavo. Die Erde ist rot wie Feuer. Ganz Tsavo ist so rot. Und die Elefanten nach ihren Schlammbädern auch.«

Linda lehnte sich bequem zurück und folgte Alans Rat. Bei den gleichmäßig schaukelnden Bewegungen des Landcruisers fiel sie schnell in einen leichten Schlaf. Dann träumte sie von John Wayne und von roten Elefanten. Und irgendwann fiel ihr im Unterbewusstsein ein, was »Hatari« bedeutet: Gefahr.

An diesem Morgen erreichten die drei Buschmänner mit ihrer Beute das kleine Dorf ihrer Sippe am Fuß der Berge. N'gaoi freute sich auf K'hao, seine junge Frau und schritt erhobenen Hauptes mit seiner Beute den gelben Grashütten entgegen, die schon von weitem durch das Unterholz schimmerten. Sie waren noch mehr als fünf Pfeilschüsse vom Kral entfernt, als plötzlich eine schmächtige Gestalt im Gebüsch auftauchte und auf sie zu rannte. Die drei Jäger erkannten N'gami, N'gaois jüngsten Bruder, der so wild mit seinen Armen in der Luft ruderte und dabei so unverständliche Wortfetzen klickte und klackte, dass N'gaoi erstaunt stehen blieb.

N'gami brachte schlimme Nachrichten aus dem Kral. Gestikulierend und nach Luft ringend erzählte er in wenigen Worten von schwarzen Männern aus der Stadt, die sie Shakawe nannten. Große Männer, mit einer Haut so schwarz wie die Federn des Straußenhahns, die wieder einmal ins Dorf gekommen waren, um Dinge zu verkaufen und einzutauschen, wie es die Händler aus Shakawe häufig taten. Zwei Tage waren die schwarzen Männer Gäste der Sippe, hatten viel getrunken und geraucht und für Unruhe im Kral gesorgt. Er und die anderen Kinder hatten Angst und die Alten blickten besorgt zu den jungen Frauen, die den gierigen Blicken der schwarzen Männer hilflos ausgesetzt waren. In der letzten Nacht war Dafay, der Anführer der schwarzen Männer, in N'gaois Hütte eingedrungen und über K'hao hergefallen. Noch in der Nacht war er mit seinen Männern abgezogen, erzählte N'gami und deutete mit seinem Arm die Richtung an.

Betroffen blickten die Jäger zu N'gaoi. Noch nie hatte jemand im Kral die Gastfreundschaft auf diese Weise verletzt. N'gaoi hatte N'gami schweigend zugehört, doch in sein Herz schien sich ein Giftpfeil zu bohren, als er die letzten Worte vernahm. Jetzt drückte er N'gami seine Beute in den Arm, brüllte K'haos Namen in die heiße Savannenluft hinaus und rannte mit aufgerissenen Augen und kreisenden Armen zum Kral. Schlappohrige Ziegen standen auf dem Weg und blökten – N'gaoi raste wie blind zwischen ihnen hindurch. Er strauchelte im niedrigen Gestrüpp und stolperte über die Wurzeln der Akazien, hechtete über umgestürzte Bäume und riss sich die Haut an dornigen Ästen auf. Zweige peitschten ihm ins Gesicht und seine Füße brannten im heißen Sand. N'gaoi schrie und rannte, rannte und schrie. Es war, als versuchte er schneller zu sein als seine Stimme.

Da, der Kral! Die gelben, grasgedeckten Hütten am Fuß des großen Berges, des Spenders von Wasser und Schatten, zu Urzeiten ein Mann, ein großer Jäger, wie die Alten erzählten. Doch der Jäger und sein Weib lebten in Unfrieden miteinander, niemand gelang es, ihren Zank zu schlichten und so wurden sie von den Göttern in einen Berg verwandelt. Dort, wo ein tiefer Spalt im Fels den Berg zerteilt, sind die beiden Streitenden auf ewig miteinander verwachsen und friedlich vereint.

N'gaoi rannte zu seiner Hütte. Er brauchte, als er eintrat, Sekunden, um seine Augen an die Dunkelheit zu gewöhnen, dann fand er seine junge Frau zusammengekauert auf dem Antilopenfell am Boden, das ihnen als Bett diente. Sie verbarg ihr Gesicht, als er bei ihr niederkniete, um sie zu trösten und regte sich nicht. Er drehte sie zu sich, um ihr Gesicht zu sehen. Ihr leerer Blick zeigte Angst, die Wangen waren nass vor Tränen, die Partie um die Augen stark aufgequollen. Nie zuvor hatte N'gaoi solchen Schmerz empfunden wie beim Anblick seiner geschundenen Frau. Der Giftpfeil in seinem Herzen schien sich immer tiefer in die Wunde zu fressen, sich dabei im Fleisch zu drehen und mit seinen Widerhaken in die Muskeln zu bohren.

Der schwarze Mann hatte K'hao geschlagen, um sie sich gefügig zu machen. Ihre schönen vollen Brüste mit dem breiten dunklen Hof um die Brustwarzen waren blutig, die zarte gelbe Haut zerkratzt und mit blauen Flecken übersät. Blutige Striemen zogen sich von ihrer rechten Schulter quer über den schmalen Rücken. Auch zwischen den Beinen klebte Blut.

K'haos Augen starrten ins Leere, sie schien ihren Mann gar nicht zu bemerken. Ihre Lippen bewegten sich zitternd, doch kein Laut war zu hören. N'gaoi sprach auf sie ein, streichelte ihr sanft übers Haar, doch sie zeigte keine Reaktion. Der San trat verstört aus der Hütte und wurde sofort von den anderen Dorfbewohnern umringt. Für einen Moment lag eine beängstigende Stille über dem Kral, kein Vogel sang, ja nicht einmal die kleinen braunen Hunde bellten. Dann fing einer der Männer an, ihn mit Worten zu trösten. Andere Stimmen mischten sich ein und bald redeten und klickten sie alle durcheinander, um ein wenig von der Spannung zu lösen, die seit dem Vorfall über dem Dorf lag.

Doch N'gaoi hörte kaum zu, sah vor sich nur seine geschundene Frau und wusste, dass es nie mehr die K'hao sein würde, die er geliebt und zur Frau genommen hatte. Sie würde ihm nie Kinder schenken und er würde nie einem Sohn die Geheimnisse der Kalahari zeigen können. Er fühlte einen nie gekannten Hass in sich aufsteigen und machte sich mit einem Schrei Luft, der alle Umstehenden zusammenfahren ließ. Dann sah er seine Freunde lange an, einzeln, einen nach dem anderen. Und die Frage, die er dann stellte, galt ihnen allen. Wohin sind sie gegangen, die Männer, die ihm das angetan haben. Und wie sieht er aus, der eine, der Schuldige, den die Strafe des San treffen würde. Alle wichen seinem Blick aus. Sie fühlten sich mitschuldig, an dem was geschehen war. Keiner hatte eingegriffen, alle hatten sie angsterfüllt weggesehen. So wie sie jetzt wegsahen.

In der Mitte des Krals trat ein alter Mann aus einer Hütte. Er ging gebückt und stützte sich auf einen starken Stock. Seine Haare waren nur ein weißgrauer Flaum, seine Haut war gelbgrau und runzelig wie die Rinde eines alten Gelbfieberbaumes. Am auffälligsten aber war sein Gesicht, gezeichnet vom Kampf mit einem Leoparden. Lose verwachsen hing an Stelle des Unterkiefers die Haut um seinen

Hals, darüber die offene Mundhöhle als ein schwarzes, nur von der blutleeren Oberlippe begrenztes Loch. Quer über seine Stirn verlief eine breite Narbe, die über dem rechten Ohr endete. Grauer Bartflaum kräuselte sich um den zahnlosen entstellten Mund. Die Nase war platt gedrückt wie die eines Gorillas und dunkle Leberflecken überzogen sein Gesicht. Die Augen, deren Ränder von vertrockneter Tränenflüssigkeit weiß gefärbt waren, lagen tief in ihren Höhlen und gaben dem Alten das Aussehen eines Geistes. Beine und Arme bestanden nur noch aus Haut und Knochen, auf dem Brustkorb spannte sich die ledrige Haut kantig über die schmalen Rippen.

Dies war M'gasho, der Heiler und inzwischen Ältester des Krals. In der freien Hand trug er eine Schale mit Kräutern und Wurzeln. Langsam, als bedenke er jeden Schritt, schlürfte der Ehrwürdige auf N'gaois Hütte zu. Bei N'gaoi blieb er stehen und sprach leise mit ihm. Der Alte hatte sich in der Nacht in Trance versetzt und eine Vision gehabt: während es ihm mit Hilfe der Götter und der Medizin gelingen konnte, den bösen Geist des schwarzen Mannes aus K'hao zu verbannen, war der Körper des Schwarzen die Angelegenheit von N'gaoi. Er hatte gesehen, wie der Schänder K'haos starb und N'gaois Frau darauf hin wieder gesund geworden war. Und er hatte N'gaoi gesehen, wie er kämpfte. Bevor nicht der Geist des Täters verbannt und sein Körper vernichtet war, so deutete M'gasho seine Vision, würde K'hao keine Ruhe finden. Nur er und N'gaoi konnten K'hao helfen. Alle, auch N'gaoi, starrten dem Alten nach, wie er in der Hütte verschwand, dann zogen sich die anderen San zurück.

N'gaoi war allein. Er wusste, dass das, was M'gashos Vision von ihm verlangte, verboten war. Keiner aus seiner Sippe würde ihm helfen. Man würde ihn dafür bestrafen und ins Gefängnis werfen. Doch für ihn gab es keine andere Wahl. Der schwarze Mann musste sterben, damit sich M'gashos Vision erfüllte.

Rob Roloff lag im Dunkeln auf dem harten Boden der Hütte und starrte in den verglimmenden Schein des Lagerfeuers am anderen Ende der Insel. Die Schwarzen hatten aufgehört zu reden und das helle Klirren der Glockenfrösche war das einzige Geräusch, das an Robs Ohren drang. Der Mond hing als blassgelber Halbkreis über der ruhigen Lagune, hell genug, um die dornigen Äste der Akazien und die breiten Fächer der Elfenbeinpalmen als schwarze Silhouetten gegen den klaren Sternenhimmel abzuheben.

Es waren gute Voraussetzungen für Robs Vorhaben.

Er lauschte nach draußen. Die zwei Männer am Feuer schwiegen noch immer. Schliefen sie schon? Nur selten legten sich die Wächter schlafen, ohne noch einmal nach ihm zu sehen und seine Fesseln zu kontrollieren. Doch mit der Zeit waren sie dabei immer nachlässiger geworden. Der Weiße war ihnen sicher. Niemand konnte es wagen, zu Fuß von der Insel zu fliehen. Selbst wenn es gelingen würde, den Krokodilen zu entkommen, der Okavango mit seinem Labyrinth aus Wasserarmen musste für den Fremden zur tödlichen Falle werden.

Wie an jedem Abend hatten sie ihm nach der dürftigen Mahlzeit wieder die Hände auf den Rücken gebunden und ihn mit den Fußgelenken an den Pflock gefesselt, der in die Erde gerammt war. So konnte er sich beim Schlafen wenigstens drehen, ein Luxus, den er auf dem trotz Papyrusmatte harten Boden wohl zu schätzen wusste. Angepflockt wie ein bissiger Hofhund kauerte er auf dem Boden, die Riemen, unzerreißbar und rau, schmirgelten ihm bei jeder Bewegung die Haut von den Gelenken.

Die größte der drei Akaziensägen lag neben ihm, am Rand seiner Schlafmatte. Sie war zwischen den Gräsern und Zweigen am Boden der Hütte kaum aufgefallen. Die anderen Sägen hatte Rob ebenfalls gut getarnt versteckt, doch sie waren nur mit großer Mühe zu erreichen.

Rob wälzte sich auf die rechte Schulter und tastete mit beiden Händen hinter seinem Rücken den Boden ab. Vorsichtig, um sich nicht schon zu Anfang an den zwei Zentimeter langen Dornen die Haut aufzureißen, angelte er den Ast zu sich heran. Er setzte sich auf und legte den Dornenast so, dass eines seiner Enden gerade sein Gesäß berührte. Dann lehnte er seinen Oberkörper weit genug zurück, um mit beiden Händen den Boden berühren zu können. Das Seil, das zwischen seinen Handgelenken verknotet war, drückte er mit aller Kraft gegen den Akazienast und bewegte die Hände dabei mühsam vor und zurück.

Er spürte die Anspannung in der Muskulatur seiner Schultern und Oberarme und stöhnte, wenn eine der alten Wunden in seinem Rücken aufsprang. In gleichmäßigen Bewegungen rieb er das Seil über die Dornen, manche brachen ab, andere verfingen sich mit ihren kleinen Widerhaken in den dünnen Fasern und Rob zog und riss, um das Seil wieder freizubekommen. Immer wieder entglitt ihm der Ast, doch er merkte, dass die Säge ganz gut funktionierte. Faser um Faser seiner Fesseln wurde aufgeschnitten, langsam fraßen sich die Dornen durch die engen Windungen des Seils. Bald spürte Rob das warme Blut durch seine Finger rinnen, weil die Dornen bis auf seine Haut durchdrangen und sich tief ins Fleisch eingruben. Er biss die Zähne zusammen, zu viel stand auf dem Spiel.

Die Fesseln waren in Form einer dreifachen 8 um beide Handgelenke geschlungen und Rob betastete mit blutigen Fingern den Erfolg seiner quälenden Arbeit. Die oberste

Schlinge seiner Fesseln war fast durchtrennt und er unterdrückte einen Freudenschrei. War das Seil erst an einer Stelle zersägt, würde auch der Druck auf die anderen Schlingen nachlassen. Der Rest wäre dann ein Kinderspiel.

Rücken und Schultern schmerzten, doch er rieb und zog, drückte und sägte, biss sich vor Schmerz auf die Lippen, schloss die Augen, um sich besser konzentrieren zu können und erstarrte plötzlich vor Schreck in seiner Bewegung. Er hatte Stimmen gehört. Entsetzt starrte er zum Feuer, wo sich gerade einer der Wächter mühevoll erhob. Er lallte ein paar unverständliche Worte, kam schließlich auf die Beine und griff sich einen glühenden Holzscheit, der zur Hälfte aus dem Feuer ragte. Die Flammen flackerten auf und erhellten das düstere Gesicht des Schwarzen. Er sah zu Robs Hütte herüber und wankte auf ihn zu. Mit dem glühenden Scheit beleuchtete er seinen Weg.

Rob fühlte sich von Panik erfasst. Er zerrte an den Fesseln, doch das Seil gab noch nicht nach. Er hatte keine Zeit mehr, weiterzusägen, der Wächter musste in wenigen Sekunden bei ihm sein. Wenige Sekunden und seine Flucht war verraten. Er würde seinen Befreiungsversuch entdecken, ihn strenger fesseln und für den Rest der Nacht nicht mehr aus den Augen lassen. Der Wächter blieb jetzt stehen und senkte das Holzscheit zu Boden. Seine Glut war fast erloschen und junges Feuer sollte sich durch das unverbrannte Holz nach oben fressen.

Rob nützte die Zeit und tat das einzige, was ihm noch übrig blieb: er musste sich schlafend stellen und darauf hoffen, dass der Schwarze keinen Verdacht schöpfte. Vorsichtig legte er sich zurück und machte dabei ein Hohlkreuz, um den Dornen auszuweichen. Er spürte die Stiche entlang der Wirbelsäule und fluchte innerlich. Doch es gab keine andere Möglichkeit, sein Fluchtwerkzeug und die angesägten Fesseln vor den Augen des Wächters zu verbergen. Rob schielte nach draußen. Flammen züngelten an dem Scheit nach oben und der Schwarze setzte seinen Weg fort.

Rob schloss die Augen und stellte sich schlafend. Er fühlte, dass seine Haltung zu unnatürlich war. Die nach oben gewölbte Brust musste das Misstrauen des Wächters erregen. Er senkte das Kreuz zum Boden hin und spürte wie sich die stahlharten Dornen durch den Stoff seines Hemdes in den wunden Rücken bohrten. Er sog zischend die Luft ein und unterdrückte einen Schmerzensschrei. Er fühlte sich wie ein indischer Fakir auf einem zentimeterbreiten Nagelbrett. Gut zwei Dutzend Dornen steckten in seinem ohnehin geschundenen Rücken und kalter Schweiß trat ihm auf die Stirn.

Er sah durch die fast geschlossenen Lider, dass der Wächter in die Hütte trat. Er spielte den Träumenden, atmete unruhig, stöhnte mitunter auf und warf den Kopf hin und her. Durch die Wimpern sah er das glimmende Scheit unmittelbar vor seinen Augen. Der Wächter bückte sich zu ihm herunter. Rob stöhnte laut auf und fiel in ein unruhiges Schnarchen. Speichel troff ihm aus dem offenen Mund, der Schwarze hob angewidert den Kopf, da erlosch die Fackel. Der Schwarze fluchte, richtete sich auf und wankte im Dunkeln zum Feuer zurück. Was gingen ihn schließlich die Albträume des Gefangenen an, der Kerl war ihnen sicher.

Rob richtete vorsichtig seinen Oberkörper auf und spürte, dass die Akaziensäge in seinem Rücken stecken blieb. Krampfhaft zerrte er erneut an der Fessel, doch das Seil gab nicht nach. Er versuchte, mit den gefesselten Händen den dornigen Ast zu erreichen und ergriff ihn an seinem unteren Ende. Die Dornen waren tief ins Fleisch eingedrungen, sein eigenes Körpergewicht hatte ihn auf den Ast gespießt. Stück um Stück zog er sich die messerscharfen Dornen aus dem

Rücken, die Widerhaken rissen ihm bei jeder Bewegung die Haut Millimeterweise auf. Doch schließlich hatte er es geschafft: der Ast hing lose in seinem Hemd, ein kräftiger Ruck nach unten, der Stoff zerriss und der Ast fiel zu Boden.

Rob atmete auf.

Beim Feuer der Wächter war alles ruhig. Er begann erneut an den Fessel zu sägen. Die Schmerzen in seinem Rücken zählten nicht. Nach etwa fünf Minuten, die ihm wie die Ewigkeit vorkamen, zerriss das Seil.

N'gaoi hatte den Kral verlassen, um nach den Spuren der Männer zu suchen. Es gab nur wenige Wege, die zum Dorf führten und einen davon mussten sie gegangen sein. Sicher waren sie nicht in die Richtung gezogen, in der sie den Kral verlassen hatten, Entweder sie flohen dorthin wo die Sonne unterging, um in anderen Dörfern weiter Handel zu treiben, oder sie waren zurückgekehrt in ihre Stadt. Es war schwer, ihre Spuren zu finden, zu viele Ziegen und Schafe waren in der vergangenen Nacht durch den Busch gestreift und hatten die Fährte verwischt. Die Wege waren ausgetreten und der Boden hart. Nur an wenigen Stellen blieben Spuren zurück. N'gaoi umkreiste den Kral in immer größerem Abstand. Wenn er dabei auf einen der Pfade traf, untersuchte er die Spuren im grauen Sand genau. Es verging fast eine Stunde, ehe er auf die Fährte stieß.

Es war der große Abdruck eines Turnschuhs, der sofort seine Aufmerksamkeit erregte. Es trugen zwar auch viele San aus seiner Sippe Schuhe, die sie von weißen Besuchern im Tausch gegen Bogen und Pfeilköcher erhalten hatten, doch N'gaoi kannte jedes Muster dieser Sohlen genau. Bei jeder menschlichen Spur in der Umgebung des Krals konnte er mit Sicherheit sagen, von wem sie stammte. Diese hier war nicht nur fast doppelt so groß wie eine Buschmannspur, sondern sie zeigte auch genau jenes Muster, das er bei einem Abdruck in seiner Hütte gefunden hatte. Nie würde er je dieses Muster vergessen, die Haut eines Schuppentiers, in der Mitte der Kopf einer Wildkatze. Es war Dafays Spur.

Die Fährte entfernte sich in nordöstlicher Richtung, dort lag, mehrere Tagesmärsche entfernt, die Stadt der Schwarzen, an einem großen Fluss. N'gaoi war noch nie in Shakawe gewesen, doch wusste er von den Händlern, dass dort viele Menschen lebten. Würde es den Gesuchten gelingen, die Stadt zu erreichen, würde er sie nie finden können. Die drei Männer konnten nicht wissen, dass N'gaoi sie verfolgte, und eben diesen Vorteil galt es auszunützen. Nur wenige Pfeilschüsse vom Kral entfernt fand er das Lager, wo Dafay mit seinen Männern den Rest der letzten Nacht verbracht hatte. Sie hatten nicht mehr als einen halben Tag Vorsprung.

Er kannte nun den Pfad, den die Händler eingeschlagen hatten, und er kannte noch viele weitere Pfade, die mit diesem Pfad kreuzten. Sie führten durch die Wildnis und waren schmal und beschwerlich. Doch sie führten schneller ans Ziel. N'gaoi hatte keine Furcht vor der Wildnis, die Natur war auf seiner Seite. Hier war er den schwarzen Männern überlegen. Er musste sie überraschen, noch bevor sie das nächste Dorf erreichen konnten. Dies würde bei Einbruch der Dunkelheit der Fall sein.

Der San schulterte den Köcher mit Pfeilen und Bogen und nahm die Verfolgung auf. Dabei benutzte er zunächst einen der schmalen Seitenpfade, um den Weg abzukürzen, doch schon bald verlor sich seine Spur in der Wildnis. Behände wie die Gazelle der Kalahari fand er seinen Weg durch das dichte Buschland, wich den dornigen Akazien aus, durchquerte die baumlose Strauchsteppe und die kahle Steineben, ohne auch nur einmal Halt zu machen.

Längst hatte er die Höhenzüge der Berge hinter sich gelassen, als sein scharfes Auge am fernen Horizont drei Punkte wahrnahm, die sich nach Nordosten bewegten. Er hatte die Gesuchten gefunden und spürte das Herz des Jägers in sich schlagen. Jedes Wild war verloren, hatte der Buschmann sich erst einmal an seine Fährte geheftet und stand der Wind so günstig wie hier. Die karge Ebene zog sich hin, soweit das Auge reichte, kein Baum war zu sehen, doch die zahlreichen niederen Dornbüsche boten dem San ausreichend Deckung und er konnte in leicht gebückter Haltung gehen, ohne gesehen zu werden. Die Köpfe und Oberkörper der schwarzen Männer hingegen ragten fast immer wie die Hälse von Giraffen aus den Dornbüschen hervor.

N'gaoi erreichte den Hauptpfad wieder und sah die Fährte der Männer vor sich im Sand. Sie waren nur noch wenige Pfeilschüsse von ihm entfernt, immer schneller konnte er jetzt laufen, keine Dornen, kein Astwerk behinderte ihn mehr. Schließlich kam er ihnen so nah, dass er ihre Stimmen vernehmen konnte. Auch die Farben ihrer Kleidung konnte er schon unterscheiden und er konzentrierte sich darauf, herauszufinden, welcher von den dreien den Schuppentierschuh trug.

Die Spuren zeichneten sich deutlich im Sand ab, niemand außer den drei Händlern schien seit dem letzten Sandsturm hier entlang gewandert zu sein. N'gaoi stellte fest, dass die anderen Abdrücke immer wieder die Schuppentierspur ganz oder teilweise überdeckten. Dafay musste also an der Spitze marschieren. Der San ließ sie nicht aus den Augen. Sie hatten ihre Marschreihenfolge nicht verändert, seit er sie aufgespürt hatte. Als das Buschwerk wieder dichter wurde, pirschte er sich seitlich vom Pfad so dicht an sie heran, dass er sie genau unterscheiden konnte. Der

Erste trug ein braunes Hemd und überragte seine Begleiter um einen ganzen Kopf.

Die drei Männer marschierten langsam und müde. Sie hofften, bald das nächste Dorf für die Nacht zu erreichen. Es wurde wenig gesprochen, jeder schleppte mehrere Taschen und Körbe mit billiger Ware. Die Buschmannfrauen kauften gern die bunten Perlen und Armreife, die Männer Draht für ihre Pfeilspitzen, aber auch Werkzeug und Stoffe. So mancher Pula, den sie bei den wenigen Touristen für ihre Bogen oder Straußeneiketten bekamen, wanderte so in die Taschen der schwarzen Händler. Es waren gute Geschäfte mit den kleinen Jägern der Kalahari und sie scheuten die weiten und einsamen Wege nicht. Manche kamen auch schon mit Eselskarren oder anderen Fahrzeugen, die meisten zogen jedoch zu Fuß von Kral zu Kral.

N'gaoi blickte zurück. Die Sonne stand tief über dem Buschland und die afrikanische Nacht würde schon bald schützend ihren Mantel über den Sohn der Kalahari ausbreiten. Kein Mensch würde dann in der Lage sein, seine Spur zu entdecken und seiner Fährte zu folgen. Er würde verschwunden sein, wie er gekommen war: lautlos, unsichtbar und schnell. Die Nacht war seine Verbündete.

N'gaoi machte sich vorsichtig daran, die drei Männer in einem weiten Bogen zu überholen. Mit raschen Sätzen huschte er geduckt, einem pirschenden Geparden gleich, an seinen Feinden vorbei. Sie ahnten nichts von der drohenden Gefahr, die an ihnen vorüberschlich und schritten gemächlich weiter.

Vereinzelt tauchten jetzt Bäume am Pfad auf, reckten ihre Äste schemenhaft in den klaren Himmel. Hinter dem breiten Stamm einer Gelbfieberakazie kauerte der San. Seine hellbraune Haut verschmolz mit dem gelbgrauen Stamm und der sandigen Erde. Jede Sehne seines Körpers war angespannt, als er vorsichtig nach Bogen und Pfeil in seinem Köcher tastete. Mit fachmännischem Blick überprüfte er den Schaft und stellte mit Freude fest, dass noch reichlich Gift unterhalb der Metallspitze klebte. Er spannte den Bogen, der todbringende Pfeil ruhte sicher in seiner Hand.

Dann sah er das braune Hemd zwischen den Büschen. Die Schwarzen kamen jetzt mit rascheren Schritten näher. Sie wollten noch vor Einbruch der Nacht im nächsten Dorf sein. Doch etwa einen Pfeilschuss von N'gaois Versteck entfernt blieb Dafay plötzlich stehen und lauschte. N'gaoi hielt den Atem an und verschwand hinter dem Baumstamm. Sie konnten ihn unmöglich bemerkt haben. Dafay sah in seine Richtung und sagte etwas zu seinen Gefährten. Diese traten näher und stellten sich genau in N'gaois Schusslinie. Dafay legte seine Taschen ab und machte sich daran zu schaffen. Schließlich brachte er eine Feldflasche zum Vorschein und nahm einen tiefen Schluck. Er reichte die Flasche weiter und kam nun direkt auf die Akazie zu.

Etwa fünf Meter vor dem Baum blieb er am Rande des Pfades stehen und nestelte an seiner Hose. Breitbeinig stand er da und ließ, während er sich erleichterte, seinen Blick über die Landschaft schweifen. Sein gleichgültiger Blick wich schierem Entsetzen, als die kleine Gestalt mit gespanntem Bogen neben dem Baum hervortrat. Er sah den versteinerten hasserfüllten Blick des San und den Pfeil, der genau auf seine Genitalien zielte. Der Schmerz traf ihn wie ein Hammerschlag. Er fuhr mit beiden Händen zwischen seine Beine. Sein erstickender Schrei klang schaurig hinaus in die Einsamkeit der Kalahari. Dann hielt er den hölzernen Schaft des Pfeils in der Hand, doch die tödliche Spitze steckte tief und fest im Fleisch. Und während sich das tödliche Gift durch seinen Körper fraß, ging er langsam in die Knie und fiel vornüber in den grauen Sand.

Dafays Schrei hatte seine Begleiter hochgeschreckt. Doch erst jetzt, als er im Sand lag, merkten sie, dass etwas nicht stimmte. Sie liefen auf ihn zu und blickten erstaunt in das Gesicht des Buschmanns, der schweigend, den Bogen erneut im Anschlag, neben der Akazie stand.

»Er Böses tun zu K'hao«, sagte er in dem gebrochenen Englisch, das er von den Touristen aufgeschnappt hatte und mit Klicklauten zwischen den einzelnen Silben. Dann zeigte er auf sich: »N'gaoi es machen gerecht. Dafay nie mehr böse zu K'hao.« Wie ein Geist der Savanne verschwand er hinter der Akazie und es schien, als habe die Erde einen ihrer Söhne wieder verschluckt. Der Verwundete am Boden stöhnte und die beiden Schwarzen knieten bei ihm nieder. Verstört blickten sie immer wieder zu der Akazie, wo der Buschmann soeben noch gestanden hatte. Noch hatten sie die Zusammenhänge nicht erkannt, doch langsam dämmerte ihnen, dass ihr Gefährte das Opfer der grausamen Rache des Buschmanns geworden war.

N'gaoi schlug den kürzesten Weg zum Dorf ein. Er wusste, dass der Schänder K'haos verloren war. Es gab keinen Medizinmann im ganzen Busch, der hier helfen konnte. Jeder San ging äußerst sorgfältig mit seinen Pfeilen um. Selbst bei den heiligen Tänzen, wenn sie sich mit Pfählen und Antilopenhörnern selbst marterten und sich mit den Pfeilen kleine Wunden in die Haut ritzten, achtete der Medizinmann stets darauf, das Gift nicht mit offenen Hautstellen in Berührung zu bringen. Niemals durften Buschmannkinder mit vergifteten Pfeilen üben oder auch nur spielen.

Und so wusste N'gaoi auch von den Qualen, unter denen Dafay sterben würde. Seine Begleiter würden die Pfeilspitze aus dem Fleisch schneiden, was an der getroffenen Stelle äußerst schmerzhaft war. Kopf und Hals würden stark anschwellen, mit jedem Pulsschlag würde das Gift weiter zum

Herz vordringen. Vielleicht konnte er sich noch ein paar Meter weit schleppen, bis zum Dorf würde er es aber nicht mehr schaffen. Sein ganzer Körper würde aufquellen wie eine gekochte Wurzel, dann würden die Krämpfe einsetzen. Schließlich würde er, gelähmt und verkrampft, nach Luft ringen, seine Freunde anflehen, ihm irgendwie zu helfen. Sie aber würden tatenlos zusehen müssen, wie er noch in dieser Nacht sterben würde.

Die Sonne war gerade vor seinen Augen untergegangen, als N'gaoi hinter sich aus großer Entfernung einen entsetzlichen Schrei hörte. Zuerst glaubte er, ein Geist rufe ihn laut beim Namen, doch dann wusste er, dass der sterbende Schänder K'haos ihm seinen Fluch hinterher sandte. »N'gaoi!« hallte es ein zweites Mal durch die heraufziehende Nacht, »du verfluchtes Schwein!« Die Stimme erstarb in einem krächzenden Schluchzen. Jetzt hörte er eine andere Stimme, die schrie: »Lauf nur, so weit du kannst! Wir finden dich, du Schwein, und wenn wir dir in die letzte Hölle der Wüste folgen müssen! Lauf! Lauf, so schnell du kannst!« Dann blieb es still.

TEIL II: FLUCHTWEGE

6

Nordwestlich von Nairobi, im zentralen Hochland von Kenia, erstreckt sich undurchdringlich, steil und unwegsam eine vulkanische Gebirgslandschaft, von den Flanken des Chebuswa im Norden über die höchste Erhebung, Ol Donyo Satima, dem Berg des Jungen Büffels bis zum Gipfel des Kinangop, vierzig Kilometer weiter im Süden.

Undurchdringlich und wild die Vegetation, dichter Bergwald, mannshoher Bambus, flechtenbehangene triefende Baumriesen, Heidekrautgiganten. Steil und schroff die Felsabstürze am Riff des Großen Grabenbruchs. Unwegsam und nebelverhangen das Moor, dominant in dieser Bergwildnis, morastige Hochflächen, Wiesen sumpfig, der Wald durchnässt, kalt und vollgesogen von Regen und Tau. Nyandarua, trocknendes Fell, hieß dieses Land bei den Kikuyu. Die Weißen nennen es Aberdares.

Ben Hunter war ein rothaariger Hüne mit einem urwaldähnlich wuchernden Vollbart, der fast sein ganzes Gesicht verbarg. Dort, wo Linda seinen Mund vermutete, ragte ein glühendes Zigarillo aus dem Bartwald. Hunter war groß und muskulös, trug einen stattlichen Bauch vor sich her und seine braungebrannten Unterarme waren von Sommersprossen übersät. Alan und Ben umarmten sich bei der Begrüßung in der ARK herzlich und der Bärtige zog den alten Freund mit sich fort an die Theke, ohne der Frau, die in seiner Begleitung war, Aufmerksamkeit zu schenken. Linda sah sich in dem hohen dunklen Raum um. Erinnerungen wurden wach. Auf ihrer Safari mit Rob hatten sie damals hier übernachtet.

Die ARK ist eines der berühmtesten Urwaldhotels Afrikas, eine Nachbildung der Arche Noahs aus dem Alten

Testament mit großem Walmdach und einer sonnigen Terrasse, von der aus man einen herrlichen Ausblick auf den Regenwald, die Salzlecken und das Wasserloch genießt. Maji Ya Mthabara, das Wasser der Blutegel, heißt der Ort bei den Einheimischen.

Schon auf der Fahrt über die holprigen Straßen war ihr vieles bekannt vorgekommen, die Einfahrt zu der großen Kaffeeplantage gleich hinter Nairobi; Thika, wo Rob sie zu Tarzans Wasserfällen geführt hatte; Karatina, heute schlafend und still, damals geschäftig und laut mit seinem bunten Markt und den bettelnden Kindern. Und dann, schon bei Dunkelheit, die Auffahrt zur ARK. Schlammige Straßen, Morast, Nässe. Das Gekreische der im Schlaf gestörten Guerezas in den Baumwipfeln, der gestreifte Buschbock, der vor ihnen über die Piste huschte, das gelbe Leuchten der Büffelaugen auf einer Lichtung und der helle Lichtschein zwischen den Bäumen, der die Nähe der ARK verriet.

Dort im Flutlicht war alles zu beobachten, was sich nachts aus den Wäldern zur Salzlecke und zum Wasserloch wagte: Büffel, Elefanten, Riesenwaldschweine, Leoparden, Buschböcke und Nashörner. Ja, diesen hölzernen Steg, der hoch in den Gipfeln der Urwaldbäume vom Parkplatz zum Hotel führte, war sie schon einmal gegangen. Und dort hatten sie gesessen, in der Ecke am Fenster und die afrikanische Nacht belauscht. Linda schreckte hoch. Jemand hatte ihren Namen gerufen. Es war Alan. Er winkte sie zu sich und Ben Hunter an die Bar.

»Ben, das ist Linda Roloff, die Exfrau von Rob.« Sie schüttelten sich die Hände. Alan hatte Ben schon über den Grund ihres Besuchs informiert. Hunter drückte ihr ein Glas Whisky in die Hand und nickte ihr zu. Ohne das Zigarillo aus seinem Mund zu nehmen, sagte er:

»Cheers, kleine Lady. Willkommen in den Aberdares!«

Dann führte er die beiden an eines der großen Fenster, von wo aus man die sanft erleuchtete Wildnis ungestört beobachten konnte. Der Lichtkegel der Scheinwerfer reichte fast bis zum Waldrand und verwandelte die Landschaft in eine märchenhaft geheimnisvolle Szenerie, die von einem gigantischen Mond beleuchtet schien. Doch das Licht war weich und die Tiere hatten sich seit vielen Jahren daran gewöhnt.

»Das hier ist nicht Afrika, nicht das richtige, echte Afrika«, begann Ben Hunter und zog ein letztes Mal am Stummel seines Zigarillo, bevor er es ausdrückte, »aber es gefällt mir, weil hier niemand die Tiere stört. Keine stinkenden Busse, die die Tiere in ihren heimlichen Verstecken aufspüren, kein Gedränge um einen einzigen Leopardenschwanz in einem Baum. Bei uns geht es viel gelassener und ruhiger zu. Und trotzdem kann man alles sehen. Wir sind gute Freunde, Rob und ich. Meine Hütte steht draußen, außerhalb der Parkgrenzen, aber ich bin oft hier oben. Erzähle den Touristen was über die Tiere.«

»Ben«, unterbrach ihn Alan, »wann ist Rob zuletzt hier gewesen?«

»Lass mich überlegen.« Er rieb das Whiskyglas an seinem Bart und meinte nachdenklich: »Das muss so vor ungefähr ein, zwei Wochen gewesen sein. Er kümmerte sich um einige unserer Rhinos oben im Park. Gelegentlich kam er schnell vorbei, um mir seine Post zu bringen, die ich dann für ihn nach Nyeri fuhr. Es war lange ruhig in der Gegend, aber dann wurde oben im Moor eine trächtige Nashornkuh abgeschlachtet. Rob hat sie mit seinen Leuten gefunden.«

»Habt ihr die Kerle erwischt?«

»Leider nein. Rob hatte einen Verdacht, aber er wollte nicht darüber reden. Er hatte vor, den Kerlen eine Falle zu stellen – keine Ahnung, wie er sich das vorstellte. Rob ließ sich noch nie gerne in die Karten sehen. Ich weiß nur, dass er einen aus seiner Organisation verdächtigte. Ich wollte noch einen wichtigen Brief für ihn nach Nairobi bringen, aber er ist dann doch selbst gefahren …«

»An wen sollte er gehen?« unterbrach ihn Linda.

»Na ja, ich weiß nicht so genau. Hab' ihn nicht danach gefragt – das heißt, nein – an seine Schwester, hat er glaube ich gesagt.«

»Das war der Brief an Claudia Roloff, Robs Schwester.«

»Dieser Brief muss wohl so brisante Informationen enthalten haben, dass Claudia Roloff dafür sterben musste«, sagte Alan.

»Und was drin steht, wisst ihr nicht?«

Alan schüttelte den Kopf. »Dieses Wissen hat Claudia Roloff mit ins Grab genommen. Der Brief ist spurlos verschwunden. Los, zeig ihm die Bilder!« forderte Alan Linda auf. »Mal gespannt, was du dazu sagst!«

Wortlos zog Linda den Umschlag aus der Tasche und reichte die Bilder Ben Hunter.

»Na darf's denn sein!« rief er. Sein Blick ruhte auf dem ersten Bild. »Das ist die trächtige Nashornkuh, die sie in den Aberdares abgeschlachtet haben! Und hier das ungeborene Junge.« Er deutet auf eines der Bilder, »und das«, sagte er, »sind die Fußabdrücke, die wir neben den toten Tieren gefunden haben. Sind sogar ziemlich gut zu erkennen. Aber was –« Hunter stockte, als er die Bilder von Joe Looman in den Händen hielt.

»Erkennen Sie ihn?« fragte Linda.

»Aber klar. Joe Looman. Weshalb hat Rob ihn fotografiert? Und hier nur seine Beine?« Hunter zögerte und nippte an seinem Whisky. »Verdammt! Die Stiefel!«

»Was ist damit?« Linda riss ihm fast die Bilder aus der Hand.

»Rob hat Looman nicht ohne Grund fotografiert«, murmelte Hunter, »und schon gar nicht seine Beine. Möchte wetten, dass diese Fußabdrücke neben den Kadavern von den Stiefeln herrühren, die Looman da auf dem Foto trägt.«

»Dann kennen wir endlich die Antwort auf die Frage, was Rob mit diesen Bildern sagen wollte!« meinte Alan.

»Meinst du, dass am Ende dieser Looman …?« fragte Linda und sah Alan an.

Teilchen für Teilchen fügte sich das Puzzle in ihrem Kopf zu einem ganzen Bild. Rob hatte Looman in Verdacht, die Nashörner gewildert zu haben. Doch die Bilder waren nicht die eigentlichen Beweise. Die musste er Claudia in seinem Brief mitgeteilt haben.

»Auf welche Weise arbeiteten Rob und Looman zusammen?« fragte sie Ben Hunter jetzt.

»Looman war nicht von Anfang an mit Rob zusammen. Erst als Rob eines Tages von einem Nashorn angefallen wurde, hat ihm seine Gesellschaft Joe Looman als Aufpasser geschickt. Hat Rob überhaupt nicht in den Kram gepasst, aber was sollte er machen?«

»Sie haben vorher gesagt, Rob hatte die tote Nashornkuh gefunden. Was geschah dann?«

»Na ja, es gibt da nicht viel zu erzählen. Rob wollte der Sache nachgehen. Aber dann sind ihm seine Auftraggeber dazwischen gekommen. Er musste wohl dringend zur Tanzanischen Grenze, nur wohin genau, das hat er nicht gesagt.«

»Und Looman?«

»Keine Ahnung. War auf einmal verschwunden, mit seinem Begleiter. Hab' nichts mehr von den beiden gehört oder gesehen.«

»Und was nun?« fragte Linda. »Wie machen wir weiter?«

»Ich dachte daran, unsere Nachforschungen auf der Shamba Kifaru fortzusetzen«, sagte Alan und sah Ben Hunter an.

»Shamba Kifaru?« fragte Linda.

»Heißt wörtlich übersetzt Nashornbauernhof oder Nashornfarm«, erklärte Alan.

»Keine schlechte Idee«, pflichtete Hunter bei, »Rob hat, bevor er in die Aberdares kam, bei Georgia Marsh oben am Uaso Nyiro gearbeitet.«

»Georgia könnte wissen, wo Rob steckt. Die beiden sind ein Paar, ich wüsste nicht, wen wir sonst noch fragen könnten.«

»Wer ist diese ... Georgia Marsh?« fragte Linda.

»Sie werden sie kennen lernen und begeistert sein«, meinte Ben Hunter, »Georgia hat ihr Leben ganz dem Schutz der Schwarzen Nashörner gewidmet. Ihre Farm liegt im Samburuland, am Uaso Nyiro, dem braunen Fluß. Ich schlage vor, wir fahren morgen einfach gemeinsam hin. Aber jetzt will der alte Ben der Lady aus Deutschland den Stolz der ARK zeigen!«

Ben Hunter nahm Linda bei der Hand und zog sie mit sich fort. Alan blieb an der Bar zurück. Er kannte zu gut, was Linda nun erwarten würde. Es war die afrikanische Nacht, wie man sie sonst kaum irgendwo erleben konnte.

Der Raum war nicht sehr groß und bot etwa einem Dutzend Personen Platz. Fast wie eine Höhle, dachte Linda, als Ben Hunter sie in den Unterstand führte. Sie spürte, dass er ihr etwas ganz Besonderes zeigen wollte und verschwieg, dass sie vor Jahren schon einmal die ARK besucht hatte. Allerdings hatte sie sich damals eher für ihren Freund als für die afrikanische Tierwelt bei Nacht interessiert.

Die Mauern des Beobachtungsraumes bestanden aus grob behauenen Steinquadern, auf Brusthöhe ging der Blick durch glaslose breite Fensterschächte hinaus zu den Salzlecken, die in jeder Nacht die Tiere in den Lichtkegel der

ARK lockten. Die Beobachter befanden sich auf einer Ebene mit den Tieren, was den besonderen Reiz dieses Lauschpostens ausmachte. Nur noch wenige Besucher durchwachten die kalte Nacht und Ben führte Linda zu einem der freien Fenster. Sie legten die Arme überkreuz auf den breiten Sims, stützten ihr Kinn auf die Handrücken und genossen das Stück, das die Natur vor ihren Augen inszenierte.

»Wir nennen es den Bunker«, flüsterte Ben. »Jetzt ist die richtige Zeit. Bald bekommen wir Besuch von Robs Freunden.«

Ein kleiner schmaler Schatten huschte schwarz an der Maueröffnung vorüber. Linda spürte den Lufthauch im Gesicht und fuhr zurück.

»Eine schwarze Ginsterkatze«, sagte Ben. »Normalerweise sind sie fleckig wie Leoparden.«

Linda blickte fasziniert in das Gesicht des Bärtigen. Welches Schicksal verschlug einen solchen Mann hierher in die Wildnis? Dann sah sie wieder hinaus in die Nacht. Der Lichtkegel beleuchtete einen kreisrunden Platz unmittelbar vor dem Bunker. Mächtige Felsbrocken bildeten den Übergang zur ARK. Den Tieren musste der gemauerte Unterstand mit seinen heimlichen Beobachtern wie ein Stück Felslandschaft erscheinen.

Draußen war alles ruhig. Eben noch hatten ein paar zierliche Buschböcke, kastanienbraune Waldantilopen mit weißen Rückenstreifen, auf den grünen Grasnarben geäst, doch nun hatten sie sich in die undurchdringliche Dunkelheit zurückgezogen. Aus dem schwarzen Nichts drang nur das unheimliche Lachen einer Hyäne, die Nacht schien mit einem Mal wie ausgestorben. Sie waren jetzt allein im Bunker. Die Besucher zogen es vor, die kalte Nacht in den warmen Betten der einfachen Zimmer zu verbringen. Wer wollte, konnte sich beim Auftauchen eines der

Big Five durch eine Signalglocke wecken lassen. Lindas Augen versuchten, die Dunkelheit am Rande der Lichtung zu durchdringen. Weiß glitzerten die Salzflächen im braunen Sandboden, ein leiser Windhauch huschte über ihre Haut, irgendwo schrie ein Vogel, dann wieder Stille.

Linda fühlte sich geborgen wie schon lange nicht mehr in ihrem Leben. Der Faserpelz gab ihr von außen warm und der Friede dieser einsamen Nacht wärmte von innen heraus. Ben Hunter stand neben ihr und nahm in tiefen Zügen die kalte Luft der afrikanischen Nacht in sich auf. Fast verstand sie ihn nicht, als er hauchte: »Dort drüben!«

Linda konnte nichts erkennen.

»Zehn Uhr, bei den Felsen!«

Linda hatte von Rob gelernt, diese Zeitangabe als Ortsangabe zu deuten. Sie stellte sich den oberen Halbkreis eines Zifferblatts vor. Sie selbst war der Mittelpunkt, ihr genau gegenüber die Zwölf. Zehn Uhr bedeutete also, dass sie sich in einem Winkel von etwa 30 Grad nach links orientieren musste. Und tatsächlich, dort, zwischen zwei flachen Felsen, die eine Grenze zwischen Licht und Dunkelheit bildeten, erkannte sie einen Schatten. Dann brach es wie ein Orkan aus der Nacht hervor. Mit steil nach oben gerichtetem Schwanz trabte das Nashorn ins Licht. Ein großer Auftritt, besser in Szene gesetzt als in jedem Zirkus. In der Mitte des Lichtkreises blieb der graue Koloss stehen und witterte. Sein Schnauben wurde allmählich leiser und er beruhigte sich. Dann senkte er den hornbewehrten Kopf und begann, Salz aufzunehmen.

»Ein junger Bulle«, raunte Ben. »Mit einem prachtvollen Doppelhorn für sein Alter.«

Bedächtig leckend umkreiste er die Salzstelle, listig die Ohren nach allen Seiten drehend und launisch mit dem Schwanz wedelnd.

»Ein Spitzmaulnashorn«, flüsterte Ben. »Wir nennen sie auch Black Rhino, Schwarzes Nashorn.«

»Aber es ist nicht schwarz?«

»Nein, ebenso wenig, wie das Weiße Nashorn, das Breitmaul, weiß ist. Aus dem englischen ›widemouthed‹ für ›breitmäulig‹ wurde irgendwann ›white‹ und daher gibt es bis heute das White und Black Rhino, das Weiße und das Schwarze Nashorn – aber Achtung! Da kommt noch jemand!«

Aus dem Dickicht kamen weitere Geräusche, dann ein Dröhnen und Krachen, Schnauben und Brüllen. Das Nashorn stellte die Ohren und hob den Kopf. Jede Sehne seines muskulösen Körpers schien angespannt. Unruhig tänzelte es auf der Stelle. Es hatte die Witterung des Eindringlings aufgenommen. Jetzt warf es den Kopf nach oben, stieß ein heißeres Grunzen aus und drehte seine zweitausend Kilo Lebendgewicht von einer Sekunde zur anderen um hundertachtzig Grad. Nie hätte ihm Linda eine solche Behändigkeit zugetraut.

Dann sah sie das zweite Nashorn. Langsam und mit schweren Schritten schälte es sich aus der Dunkelheit. Es war fast doppelt so groß wie der junge Bulle und trug zwei prächtige Hörner, das vorderste fast einen halben Meter lang. Der Jüngere schnaubte nervös und nickte mit dem mächtigen Kopf. Der Neuankömmling legte die Ohren an und prustete aus Leibeskräften durch seine Nüstern. Dann trabte er kurz an, um den vermeintlichen Angriff gleich wieder abzubrechen.

Schwarze Nashörner sind, im Gegensatz zum in Südafrika häufigeren Weißen Nashorn, in der Regel Einzelgänger, die sich kaum zu Gruppen und Großfamilien zusammenrotten. Nur selten kommt es unter Artgenossen zu Kämpfen. Auch der alte Bulle schien es nur darauf abgesehen zu haben, seinen Platz an der Salzlecke zu behaupten und sein Angriff erschöpfte sich rasch in lauten Drohgebärden.

Schnaubend trabte der junge Bulle einige Schritte rückwärts, der Alte folgte sofort nach. Noch ein lautes Schnauben mit gesenktem Kopf, Sand wirbelte auf, keine fünf Meter voneinander entfernt blieben die Kontrahenten stehen. Jetzt hatte der Alte Witterung von dem Kothaufen bekommen, den der Jüngere neben die Leckstelle gesetzt hat. Auch er markierte die Salzlecke mit seinem Dung und verrieb den dampfenden Haufen schließlich mit seinen Hinterfüßen. Auf diese Weise nahmen die Sohlen den eigentümlichen Geruch und auch den des anderen Tieres an. Am Geruch erkannte der alte Bulle seinen Sohn.

Während der Alte nun an der Salzstelle seine Stellung behauptete, zog sich der Jüngere wieder in den Wald zurück, mit stolz erhobenem Schwanz, wie er gekommen war. Linda hatte die Begegnung fasziniert verfolgt und sich eigentlich auf einen harten Kampf gefasst gemacht. Es beeindruckte sie, dass die Begegnung der beiden Kolosse so friedlich verlaufen war, obwohl der Größere gegen den Kleinen sicher ein leichtes Spiel gehabt hätte.

»Ein faszinierendes Schauspiel«, flüsterte Linda.

»Es könnte der letzte Akt für diese Art von Schauspielern gewesen sein«, meinte Ben nachdenklich. Dann atmete er tief durch und sagte: »Wir sollten jetzt schlafen gehen. Sie müssen morgen sehr früh raus. Es sind gut drei Stunden Fahrt bis zur Shamba Kifaru.«

Rob stand bis zur Hüfte im Wasser und beobachtete die Oberfläche. Der Okavango war nicht tief, der Grund sandig und weich, das Wasser floss träge, in manchen Lagunen stand es still wie in einem See. Nur an den feinen Haaren seiner Beine fühlte Rob die leichte Strömung des großen

Flusses. Er hatte seine Hose, die ohnehin nur noch aus losen Fetzen bestand, ausgezogen und in der Hütte zurückgelassen. Shorts und sein zerrissenes Hemd reichten als Bekleidung vollkommen aus.

Von der Hütte aus war er an die Uferböschung geschlichen und ins Wasser geglitten. Ursprünglich hatte er geplant, quer über die Insel zu robben, um zum Mokoro zu gelangen, der jenseits des Lagerfeuers am Ufer vertäut lag. Doch sein Rücken brannte höllisch und er konnte der Versuchung nicht widerstehen, die frischen Wunden und die Narben von Hippos Peitsche im klaren Wasser zu kühlen. Nach den ersten Schmerzen beim Eintauchen in die kalten Fluten verspürte er jetzt eine große Erleichterung, das Wasser schien die Wunden sanft auszuspülen und die Blutungen zu stoppen.

Blut!

Er starrte wie gebannt auf das Wasser, das sich wie ein schwarzer Teppich um ihn erstreckte, soweit sein Blick reichte, glatt gestrichen wie die Oberfläche einer riesigen Glasscheibe. Mond und Sterne fanden hier ihr unverzerrtes Spiegelbild, eingerahmt von den Schatten der Papyrusstauden, die die Kanäle zum Ufer hin abgrenzten. Verstecke und Unterschlupf für all die Kreaturen, die den Okavango bevölkerten. Vögel, Frösche und Krokodile.

Rob schauderte. Sein Blut würde Krokodile anlocken. Es war ein Duft, der ihnen nicht entgehen würde. Blut war wie eine Droge. Er wandte seinen Rücken dem Ufer zu, ging in die Knie und tauchte bis zur Nase ins Wasser ein. Lauernd beobachtete er die Wasseroberfläche. Mond und Sterne bewegten sich nicht. Alles war ruhig.

Er überlegte. Nun, da er schon einmal im Wasser war, schien es ihm sinnvoll, den Einbaum schwimmend zu erreichen. Die leichte Strömung würde ihn um die Insel herum genau zu dem Mokoro treiben. Es war der sicherste Weg, von seinen Wächtern unbemerkt zum Boot zu gelangen. Und der sicherste, um auf Krokodile zu stoßen.

Einst hatte es im Okavango zahlreiche Krokodile gegeben, doch man hatte ihnen gnadenlos nachgestellt und sie auf einen Bruchteil der einstigen Population dezimiert. Die meisten, die man heute zu Gesicht bekam, waren klein und ungefährlich, sie scheuten den Menschen als ihren größten Feind und flohen, sobald sie ihn wahrnahmen.

Rob verdrängte seine Gedanken und arbeitete sich an der Uferböschung entlang auf die Anlegestelle zu. Der Bewuchs bestand zum größten Teil aus hohem Papyrus, der ihm die Sicht auf die Insel nahm. Auch die Wächter konnten, sollten sie erwachen, die kleinen Ringe im Wasser nicht erkennen, die sich bei seinen Bewegungen an der Oberfläche fortpflanzten. Rob tastete sich Schritt für Schritt durch das flache Wasser, das ihm an den tiefsten Stellen gerade bis zur Schulter reichte. Ständig beobachtete er den Wasserspiegel, hielt nach verdächtigen Bewegungen Ausschau. Immer wieder tauchte er bis zu den Augen ins Wasser und ließ seinen Blick in der Lagune kreisen. Doch das Reptil, das ihn längst entdeckt hatte, sah er nicht.

Als N'gaoi in jener Nacht in den Kral zurückgekehrt war, suchte er den Heiler auf und führte ihn zu K'hao. Sie lag noch immer teilnahmslos auf dem gestampften Boden und war völlig abgemagert. Seit jenem Tag hatte sie nichts mehr gegessen und getrunken. N'gaoi erzählte ihr und dem alten M'gasho, dass der Körper ihres Schänders vernichtet sei und er den Willen der Götter erfüllt habe.

M'gasho sah ihn mit leerem Blick an, als wolle er in seine Seele blicken. Doch dann schüttelte der Alte traurig den Kopf. Es sei gut für K'hao, was er getan habe, und die Götter hätten positive Zeichen gesetzt. Doch es sei schlecht für ihn und die ganze Sippe, er habe einen Mann aus der Stadt getötet und sicher den Zorn seiner Freunde auf sich geladen. Die Schwarzen würden zurückkehren und seine Bestrafung fordern. Und dann malte der Alte ihm in düsteren Worten aus, wie diese Bestrafung aussehen würde. Er sprach von den kalten Gefängnissen in der Stadt, von Dunkelheit und Wänden ohne Licht, von Mauern ohne Fenster, von eisernen Fesseln und Tagen in Einsamkeit. N'gaoi sah verbittert zu Boden. Kein San würde es überleben, ständig eingesperrt zu sein. Das war schlimmer als der Tod.

Der Alte trat vor die Hütte und winkte auch N'gaoi hinaus. Dann setzten sie sich im Dunkeln auf den Boden und schwiegen. Beide dachten darüber nach, was zu tun war. Viel Zeit blieb ihnen nicht, schon in den nächsten Tagen konnte die Polizei aus Maun hier auftauchen und N'gaoi festnehmen. Ohne miteinander zu reden, wussten die beiden Männer, dass es nur einen Ausweg für N'gaoi gab: er musste den Kral verlassen, zumindest für die nächste Zeit.

N'gaoi blickte nachdenklich in das Feuer, das vor ihnen in einer Mulde mit schwacher Glut glimmte. Schließlich zog er einen verkohlten Ast heraus und drückte ihn mit dem glühenden Ende gegen seine Stirn. Der Schmerz sollte ihm helfen, den anderen, größeren Schmerz zu überwinden, wenn er in der Einsamkeit an K'hao und an seine Sippe dachte. Entschlossen stand er auf und sah fragend zu M'gasho.

Der deutete mit seinem Stock zum Horizont und erzählte N'gaoi von einer anderen Vision, die er vor einigen Tagen gehabt hatte. In dieser Vision hatte er einen San gesehen, dessen Gesicht er nicht erkennen konnte. Dieser San war auf der Flucht vor seinen Verfolgern zu dem großen Wasser gezogen, das es dort gab, wo die Sonne an jedem Morgen ihre Bahn beginnt, weit hinter den Heiligen Bergen der Götter. Ein großes Wasser, wild und unbezwingbar wie die Kalahari. M'gasho wusste aus den Erzählungen der Alten, dass es dort auch Buschmänner gab, die auf dem Wasser jagten und sich im Wasser bewegen konnten, wie N'gaoi sich in der Wüste bewegte.

Dort, so deutete der greise M'gasho seine Vision, sollte N'gaoi Zuflucht suchen. Kein Mensch würde ihn dort vermuten, niemand dort seine Spuren finden, kein Hund würde ihn dort aufspüren können, wo das Wasser alle Fährten verwischte. Seine Verfolger würden ihn draußen in der Weite der Kalahari jagen, ihn verfolgen und hetzen wie ein wildes Tier. Doch niemand würde einen Buschmann dort, jenseits der Berge suchen, wohin noch kaum einer aus seiner Sippe je seinen Fuß gesetzt hatte.

M'gasho wusste nicht, wie weit es bis zu dem großen Wasser war, nicht einmal, wo genau es lag. Oben in den Bergen, bei den Heiligen Quellen der Götter, wo die Urgeister der Schöpfung im Gebet verharren, sollte N'gaoi die Geister anrufen und um Rat fragen. Schon früher hatte ihm M'gasho gezeigt, wie er sich in Trance versetzen konnte, um für die Ratschläge der Geister empfänglich zu werden. Mit dem untrüglichen Instinkt des Jägers, der in der Einsamkeit der Kalahari zielsicher nach den saftigen Wurzeln gräbt, die ihn vor dem Verdursten retten, würde er das große Wasser finden.

N'gaois Abschied war kurz. Als am Morgen die Sonne den Horizont über der weiten Ebene der Kalahari feuerrot färbte, war er längst aus dem Kral verschwunden. Keine Spur verriet, wohin er gegangen war. Auch das scharfe Auge eines Wüstenfalken hätte seine Fährte nicht entdecken können. Der Sohn der Kalahari war aufgebrochen, geflohen nur um seiner Freiheit willen. Und sein Herz war leicht, denn M'gasho hatte ihm gesagt, dass K'hao gerettet war.

Die große Panzerechse fühlte, dass das Blut nicht von einem Fisch oder einem anderen Krokodil stammte. Dieses Blut war warm und frisch. Dies bedeutete, dass das verwundete Opfer nicht allzu weit entfernt zu finden war. Das Krokodil hatte keine Spuren eines Kampfes wahrgenommen, das verletzte Tier schien ruhig im Wasser zu treiben und das Blut wies dem Reptil die Spur. Es änderte die Richtung, in die es geschwommen war nur gering, kaum eine Welle auf der Wasseroberfläche verriet den nächtlichen Jäger.

Viereinhalb Meter knochenharte, gepanzerte Haut glitten durch das Wasser, geräuschlos, unsichtbar und tödlich. Ein paar Sterne, die sich im Wasser spiegelten, hüpften leicht auf und ab, dort wo der Körper der Panzerechse das Wasser teilte. Nur drei dunkle Höcker, die wie kleine Holzstücke auf dem Wasser trieben, waren von dem Tier zu sehen: die runde Schnauze mit den beiden winzigen schwarzen Nasenöffnungen durchpflügte das Wasser. Es folgten, im Abstand von fast einem halben Meter, die starren Augen mit der weit geöffneten senkrechten Pupille, jeden Augenblick gewahr, die Beute zu erspähen, und purpurrot funkelnd, wenn das Mondlicht auf sie traf. Dann blieb das Wasser ruhig und erst nach vier Metern tauchte hin und wieder, in der sanften Bugwelle des rauen Körpers, ein dreigezackter Hornkamm auf, der sich in ruhigen, s-förmigen Wellen bewegte und dem Angreifer die Richtung gab. Mit diesem mächtigen zackenbewehrten Ruderschwanz steuerte das Krokodil geradewegs auf Rob Roloff zu.

Das Reptil war ausgewachsen, ein Methusalem unter seinesgleichen. Durch Schnelligkeit, Schläue und Mut war es allen Angriffen und Massakern entgangen. Es zog sich, wenn Gefahr in Verzug war, in ein einzigartiges Versteck zurück, eine tiefe Unterwasserhöhle in einer abgeschiedenen Lagune. Zu vorsichtig war es in all den Jahren geworden. Zu versteckt lag der Platz, wo es tagsüber in der Sonne döste, seine Körperfunktionen auf ein Minimum drosselte, um für den nächsten Angriff alle Reserven zu mobilisieren. Seine Zähne, spitz wie die Klingen scharfer Messer, glitzerten grell im Sonnenlicht, wenn seine einzigen Freunde, die kleinen Vögel, sich vertrauensvoll in seinen Rachen wagten, um ihn von lästigen Parasiten und Nahrungsresten zu befreien.

Kein weißer Mann hatte in den vergangenen Jahrzehnten diese Riesenechse zu Gesicht bekommen, nur ein paar Flussbuschmänner berichteten mit großen Augen und entsetzten Gesichtern vom König der Krokodile, der auf einer einsamen Insel im Okavango hauste und stärker und größer war als ein Elefant. Doch das Krokodil machte selten Jagd auf Menschen. Kaum einmal verirrte sich sein Erzfeind in sein Revier. Und doch, jetzt wo es Menschenblut gewittert hatte, war der Instinkt, zu töten und zu fressen nicht mehr zu überwinden.

Stärkere Schwanzschläge trieben das Reptil jetzt schneller vorwärts. Der Blutstrom, dem es folgte, wurde intensiver, dann spürte es seine Beute vor sich im Wasser. Es waren ihre Bewegungen, die sie verrieten. Das Krokodil öffnete noch einmal seine Nüstern. Gleich würde es geräuschlos untertauchen und im Schutz des schwarzen Wassers zustoßen. Irgendwo würde es seine rasiermesserscharfen Zähne in das Fleisch seines Opfers schlagen und es unter die Wasseroberfläche ziehen. Durch ruckartiges Drehen um die eigene Achse würde es die ertrinkende Beute bei lebendigem Leibe zerreißen und, in vier oder fünf Portionen verteilt, schließlich als Ganzes verschlingen. Das strömende Blut, die vergeblichen Versuche, sich zu wehren, das Zerren und Reißen würden nur das Ende beschleunigen. Das Krokodil war ein Kämpfer. Es hatte noch keinen Kampf verloren, keine Beute war ihm je entgangen. Es gab kein Entkommen.

Das Reptil tauchte.

Rob sah das rote Flackern eine Sekunde zu spät. Im selben Augenblick waren die Augen verschwunden und er wusste, dass das Krokodil ihn angriff. Er schwamm wie noch nie in seinem Leben. Doch die Panzerechse war schneller, das wusste er. Das Wasser war weich und ruhig. Rob kam gut voran. Er holte mit jedem Kraulschlag weiter aus, was in seinem wunden Rücken ungeheuer schmerzte. Zu seiner Linken lag die Insel. Er musste ans Ufer – aber wie? Der Papyrusdschungel versperrte ihm den Zugang. Im Wasser hatte er keine Chance gegen das Reptil. Wie weit mochte es noch entfernt sein?

Er flog förmlich durch das Wasser und spürte das Krokodil hinter sich. Wirre Gedanken schossen ihm durch den Kopf. Sollte er einfach stehen bleiben und es auf einen Kampf ankommen lassen? Wenn es vor ihm auftauchte könnte er den kantigen Kopf zu fassen kriegen und ihm die Kiefer auseinanderreißen. Im Amazonas hatte er vor Jahren auf diese Weise einen Kaiman erlegt, doch der war nur achtzig Zentimeter lang gewesen.

Rob wagte es nicht, nach hinten zu sehen. Mit kräftigen Schlägen durchpflügte er das Wasser. Die Todesangst verlieh ihm ungeheure Kräfte. Doch er spürte, wie sein Atem unregelmäßiger wurde, dann schluckte er Wasser und verlor durch Husten und Würgen seinen kostbaren Vorsprung, Und er schwamm weiter.

Schwimmen! Schwimmen! Schwimmen! Fast wie im Albtraum! Du wirst von einem Ungeheuer verfolgt, rennst um dein Leben, fliehst auf einen Turm, höher und höher! Und dann, ganz oben angekommen, stehst du über dem schwindelerregenden Abgrund und springst. Und während du in die endlose Tiefe fällst – wachst du auf und bist gerettet!

Doch wo ist seine Rettung jetzt? Wann wacht er endlich auf? Er spürt die Bewegung des Wassers hinter sich und als er den Kopf hebt, um Luft zu schöpfen, sieht er die Bugwelle im Wasser, die das Krokodil hinter sich herzieht. Der Mond ist so fair, ihm den Feind zu beleuchten. So weiß er, dass der Tod in Sekunden kommt.

Zu spät sieht er den schwarzen Schatten vor sich aus dem Wasser ragen. Breit, aber nicht sehr hoch versperrt er ihm den Fluchtweg. Das verdammte Ding liegt im oder auf dem Wasser und sieht aus wie ein astloser Baumstamm. Und es schaukelt sanft in den Wogen, die Rob vor sich her treibt, sanft wie ein Boot, denkt er und dann weiß er, was es ist! Er hat die raue, grob behauene Wand des Einbaums fast erreicht, als ihn ein Geräusch herumfahren lässt. Wie von einer Feder geschnellt schießt der massige Körper des Krokodils auf ihn zu, die gepanzerten Schuppen blinken nass leuchtend im Mondlicht, das Reptil stößt ein entsetzliches Fauchen aus, als der weit geöffnete Rachen ihn erreichen will.

Rob reagiert im Reflex und taucht. Mit den Beinen stößt er sich vom Grund ab, taucht unter dem Mokoro hindurch und jenseits des Einbaums wieder auf. Dann hört er ein Krachen, das ihm durch Mark und Bein fährt. Das Krokodil prallt mit der ungebremsten Wucht des kraftvollen Angriffs gegen den Einbaum, den es in dieser Sekunde für sein Opfer gehalten hat. Die dreieckigen Zähne graben sich in das kantige Holz, Rob sieht die Spitze des Oberkiefers über den oberen Rand des Einbaums ragen. Das Reptil tobt und schlägt wild mit dem Schwanz um sich, das Wasser brodelt und zischt und der Mokoro schwankt bedrohlich in den wilden Wogen. Das Krokodil kämpft vergeblich mit der Masse Holz, kein Baumstamm dieser Größe lässt sich unter Wasser ziehen und zerreißen. Der Kampf lässt nach. Das Wasser beruhigt sich. Kleine Wellen, leises Plätschern. Ruhe.

Rob starrte auf den Mokoro und lag bewegungslos im Wasser. Ihn schauderte bei dem Gedanken, seine Wächter hätten den Einbaum über Nacht an Land ziehen können. Noch stand er, am ganzen Leib zitternd im Wasser. Beim nächsten Angriff würde das Krokodil sein Ziel ganz sicher nicht verfehlen. Rob handelte schnell. Mit festem Griff hielt er sich am Rand des Mokoro fest und zerrte sich nach oben. Mühsam und mit schmerzendem Rücken zog er den rechten Fuß über den Bootsrand, stieß sich mit dem linken Bein vom sandigen Grund der Lagune ab und taumelte erschöpft und keuchend in den Bootsrumpf.

Erst jetzt war er in Sicherheit. Er lag mit offenen Augen im Einbaum und lauschte in die Nacht. Auf der Insel schien alles friedlich zu sein. Rob richtete sich auf und spähte auf das Wasser. Nichts. Das Krokodil war verschwunden.

Mit den Händen tastete er im Boot nach der Stange, mit deren Hilfe er sich durch die Kanäle staken würde. Er fand sie neben sich auf dem Boden und umschloss sie fest mit beiden Händen. Mit einem Seufzer der Erleichterung löste er den Knoten des Seils, das den Mokoro mit einem Baum auf der Insel verband und sank erschöpft zurück. Seine Flucht war geglückt!

Der Einbaum ließ sich leicht von der schwachen Strömung erfassen und trieb zur Mitte der Lagune. Rob Roloff überließ dem Okavango das Steuer und blickte müde in den Sternenhimmel, der sich klar und hoch über ihm wölbte. Milchstraße und das Kreuz des Südens sagten ihm, dass die Richtung stimmte und er beschloss, sich noch ein paar Minuten Ruhe zu gönnen. Kurz darauf war er eingeschlafen.

Der Mokoro trieb südwärts, langsam mit den Fluten des Okavango, immer der Kalahari entgegen.

7

»Shamba Kifaru« – Linda las die großen weißen Buchstaben, die über der Zufahrt zur Farm auf ein morsches graues Brett gemalt waren. Die holprige Fahrt im Landcruiser hatte über drei Stunden gedauert und sie hatten ständig den Staub von Bens Jeep geschluckt, dem sie in einigem Abstand gefolgt waren. Die Farm lag weitab der üblichen Verbindungsstraßen und war nur über waschbrettartige Holperpisten, meist ehemalige Wanderwege der Samburu, zu erreichen. Hin und wieder überquerten sie ausgetrocknete Wasserläufe, schließlich den Uaso Nyiro, der braun und träge dahinfloss, vereinzelt grasten die halbwilden Dromedare der Nomaden am Rand der Piste, sonst gab es wenig Abwechslung in der staubigen Steppe.

Inmitten einer akazienbestandenen Buschlandschaft fanden sie am späten Vormittag das Farmhaus, das auf Linda zunächst einen eher ärmlichen Endruck machte. Eine schlanke, hochgewachsene Frau, bekleidet mit einem hellen Trägershirt, Khakihose und grünem Schlapphut trat aus dem einstöckigen Haupthaus und ging auf die beiden Fahrzeuge zu. Sie hatte Bens Jeep sofort erkannt, mit einem Freudenschrei fiel sie dem Bärtigen um den Hals und begrüßte ihn stürmisch mit zwei herzlichen Küssen auf den roten Bart. Dann musterte sie Alans Cruiser mit einem kurzen aber durchdringenden Blick. Zögernd ging Linda auf die Farmbesitzerin zu, als Ben sie heranwinkte. Sie hatte das komische Gefühl, hier nicht willkommen zu sein. Doch es war Ben, der ihr mit seinen Worten die Unsicherheit nahm. Mit dem unvermeidlichen Zigarillo im Mund sagte er:

»Linda, das ist Georgia Marsh, von der ich Ihnen schon erzählt habe. Ihr Verdienst ist es, hier auf der Shamba Kifaru ein letztes Refugium für Spitzmaulnashörner geschaffen zu haben.«

Lächelnd streckte ihr Georgia Marsh die Hand entgegen und begrüßte sie wie eine alte Bekannte.

»Bevor ihr euch zum Plaudern zurückzieht«, unterbrach Ben die Begrüßung, »hier ist noch jemand, den du eigentlich kennen müsstest.« Er deutete auf Alan. »Na, kommt dir dieses alte Buschgesicht nicht bekannt vor?«

Alan Scott reichte Georgia die Hand und nickte stumm.

»Aber ja«, sagte Georgia Marsh, »ich hätte ihn fast nicht wieder erkannt. Der Stoppelbart und –« sie zögerte »– ein bisschen dicker …?« Sie lachten. »Ich habe nichts mehr von dir gehört, seit der Geschichte in der Masai Mara.« Sie sagte dies mit dem ehrlichen Ton des Bedauerns in der Stimme, der es Alan unmöglich machte, ihr böse zu sein.

»Ich habe mich an die Küste zurückgezogen«, erklärte er, »bis Linda mich wieder in den Busch gelockt hat.«

»Kinder, das müsst ihr mir alles erzählen, kommt rein, ich mach' uns einen schönen Tee.«

Linda betrachtete Georgia, während sie nebeneinander zum Farmhaus gingen. Sie hatte eine feine, leicht gebogene

Nase und große blaugrüne Augen. Unter dem Schlapphut quirlten braune Haare hervor, in denen sich erste graue Strähnen zeigten. Der Mund war blass und schmal, die Haut im Gesicht wettergegerbt und von feinen Fältchen durchsetzt. Sie hatte eine zierliche Figur, doch sah man ihren schwieligen Händen an, dass sie harte Arbeit gewohnt war. Linda schätzte sie auf Mitte vierzig und war verzaubert von der Ausstrahlung, die von ihr ausging.

Sie betraten das Farmhaus über eine breite Treppe, die über drei Stufen zu einer schmalen schattigen Veranda führte. Hier bewirtete Georgia Marsh ihre Gäste mit frisch aufgebrühtem kenianischem Tee und feinem selbst gemachtem Gebäck. Nachdem sie eine Weile über die Shamba Kifaru geplaudert hatten, lenkte Ben das Gespräch auf den Grund ihres Besuchs. Linda erzählte ihre Geschichte in wenigen Worten und Alan schilderte den bisherigen Verlauf der Nachforschungen.

»Sie kannten Rob gut?« fragte Linda, als Alan eine Pause machte und es wurde ihr bewusst, wie sie von Rob schon in der Vergangenheit sprach, ohne etwas über sein Schicksal zu wissen.

»Wir sind gute Freunde, Rob und ich, um ehrlich zu sein, wir lieben uns«, antwortete Georgia. »Er hat oft hier draußen gearbeitet. Hier war er ungestört und ich habe ihm unsere Nashörner für seine Forschungen zur Verfügung gestellt. Er ist ein hervorragender Wissenschaftler.«

»Wann war er zuletzt hier?« fragte Alan. Georgia überlegte einen Augenblick.

»Das muss so ungefähr vor einem halben Monat gewesen sein. Ich habe mir auch schon Gedanken gemacht, wo er in der Zwischenzeit steckte. Rob hat nie viel über seine Arbeit gesprochen.«

Später, die Männer hatten sich für eine halbe Stunde aufs Ohr gelegt, nützte Linda die Gelegenheit, um mit Georgia allein zu reden. Bald kamen sie auf Alan Scott zu sprechen.

»Er ist ein sympathischer Kerl«, sagte sie zu Georgia, »aber manchmal habe ich fast Angst vor ihm.«

»Vor Alan Scott?« Georgia lachte. »Ja, vor ein paar Jahren, da hätte ich auch noch Angst vor ihm gehabt. Aber aus ganz anderen Gründen.« Sie zögerte. Dann fuhr sie fort: »Er war, lassen sie es mich vorsichtig ausdrücken, gewissen Abenteuern bei seinen Safaris nicht abgeneigt und genoss einen entsprechenden Ruf unter Kollegen. Er war das, was man einen Draufgänger nannte. Ich glaube nicht, dass irgendeine weiße Touristin, wenn sie hübsch war, vor ihm sicher sein konnte.«

»Davon merkt man heute wirklich nicht mehr viel«, bemerkte Linda trocken.

»Das stimmt wohl. Er hat sich verändert. Das hat ganz sicher mit diesem Unglück in der Mara zu tun. Hat er ihnen erzählt, warum er aufgehört hat mit dem Safarigeschäft?«

»Nein. Als ich das Thema einmal angeschnitten habe, hat er sofort abgeblockt.«

»Ich weiß, dass er nicht gerne darüber spricht. Er ist bis heute nicht damit fertig geworden. Ich habe mich immer gefragt, wo er wohl steckte, all die Jahre. Dass er sich an die Küste zurückgezogen hat, ist für mich nur eine Flucht vor seiner Vergangenheit.«

Sie schwieg und Linda wartete geduldig, bis Georgia von allein zu erzählen begann.

»Er fuhr damals für sein eigenes Unternehmen in Nairobi. War sein eigener Herr. Safaris in alle Nationalparks und Reservate in Kenia. Auf seiner letzten Tour hatte er sich wohl ernsthaft in eine junge Touristin namens Angie verliebt, eine amerikanische Fotografin aus Texas. Fotografierte für irgendeines dieser Magazine. Sie muss ihm ziemlich den Kopf verdreht haben, sonst wäre all das nicht geschehen. Die Safari war schon fast zu Ende, es passierte wohl auf der letzten Pirschfahrt in der Masai Mara. Angie wollte für ihre Reportage unbedingt einen angreifenden Elefanten fotografieren. Sie hatten eine kleine Herde aufgespürt und Alan fuhr ziemlich nahe an die Tiere heran. In der Mara ist das kein Problem, weil man dort die Pisten verlassen darf. Die Kühe führten Junge mit sich und waren leicht zu provozieren. Doch zu einem richtigen Scheinangriff gingen sie nicht über. Das Mädchen redete so lange auf den verliebten Alan ein, bis er ausstieg, um die Tiere zu reizen. Es muss ihm klar gewesen sein, dass es gefährlich und verboten war, doch wollte er dem Mädchen sicher imponieren. Er, der große weiße Safariführer trat den Elefanten zu Fuß entgegen! Er wusste, dass erste Angriffe immer Scheinangriffe waren. Und doch hatte er sich diesmal verrechnet. Er bemerkte sofort, dass mit der Elefantenkuh, die ihn mit aufgestellten Ohren laut trompetend angriff, etwas nicht stimmte. Dieses Tier meinte es ernst! Alan rannte zum Bus zurück und schwang sich hinter das Steuerrad. Er hatte nicht bemerkt, dass auch Angie ausgestiegen war, um hinter dem Wagen versteckt zu fotografieren –«

Linda schrie auf. Sie ahnte, was sie nun zu hören bekommen würde.

»Er legte den Rückwärtsgang ein und gab Gas, sein Blick nur auf den angreifenden Elefanten konzentriert. Als er ihren Schrei hörte, war es schon zu spät. Angie war auf der Stelle tot. Alan hatte sie überfahren und mitgeschleift.«

»Das ist ja schrecklich.« Linda schwieg erschüttert.

»Er hat das nie verkraftet.« Georgia machte eine Pause. »Man hat ihm die Lizenz für sein Unternehmen entzogen. Nur durch die Zeugenaussagen der anderen Touristen ist er dem Gefängnis entgangen. Aber die Sache hat ihn finanziell und psychisch ruiniert.«

Georgia sah Linda in die Augen. »Das ist Alan Scotts Geschichte. Sie haben ihn aus seiner Zurückgezogenheit herausgeholt und ihm eine neue Chance gegeben, mein Kind. Aber passen Sie auf sich auf. Ein Mädchen verliebt sich leicht in einen Mann wie ihn.«

Linda senkte den Blick und war erleichtert, als Georgia das Thema wechselte.

»Sie sind eine mutige Frau, so allein nach Afrika zu kommen, um den Exmann in der Wildnis zu suchen …«

Linda schüttelte den Kopf. »Ich habe mich selbst belogen, vom dem Tag an, als ich in das Flugzeug gestiegen bin. Rob ist nur ein Vorwand. Natürlich möchte ich herausfinden, weshalb seine Schwester ermordet wurde, aber eigentlich habe ich schon lange auf die Möglichkeit gewartet, auszureißen, zu fliehen vor all dem, was mich zu erschlagen drohte. Es war mir zu eng geworden, ich konnte nicht mehr frei denken, geschweige denn frei handeln. Nur noch die Arbeit, der Stress und eine kaputte Beziehung. Ich bin einfach davongelaufen. Können Sie das verstehen?«

»Ja, ich verstehe Sie sehr gut. Jeder möchte einmal vor irgendetwas davonlaufen. Doch nur die wenigsten Menschen können es wirklich.«

»Sie glauben nicht, dass es ein Fehler war?«

»Oh nein, meine Liebe. Es ist nur ein Fehler, wenn man es verpasst, sein Leben selbst in die Hand zu nehmen. Sehen Sie hier –« Sie griff in die Hosentasche und holte einen tischtennisballgroßen schmutzigbraunen Stein hervor.

»Auch mein Leben war einmal wie dieser Stein. Farblos und matt, ohne Glanz. Als ich noch so jung war wie Sie, habe ich meinen Mann bei seinen Reisen um die halbe Welt begleitet. Ich habe zu ihm aufgesehen und ihn verehrt. Und als vor zwanzig Jahren unser Sohn zur Welt kam, bin ich zu Hause geblieben, in Europa. Ich habe unsere beiden Kinder erzogen, während er in Botswana ein Reiseunternehmen aufgebaut und betreut hat. Ich habe ihm von Europa aus die Kunden zugeführt, Büroarbeit, Tag und Nacht. Eines Tages erfuhr ich, dass es in Afrika eine andere Frau gab, und ich beschloss, mein Leben selbst in die Hand zu nehmen. Ich ging damals wieder nach Afrika zurück.«

»Und Ihre Kinder?«

»Die gingen in Nairobi zur Schule und in den Ferien waren sie bei mir auf der Farm. So ist das eben in diesem Land.«

Georgia beleckte die Finger einer Hand und fuhr damit über den Stein. Er begann an einigen Stellen in allen Regenbogenfarben zu leuchten. Es war ein Opal.

»Sehen Sie? Mein Leben hat Farbe bekommen.« Georgia drehte den Opal in der Sonne. Neonfarben glitzerte der Kristall, überall erschienen leuchtende Adern auf der braunen Oberfläche.

»Aber das Reiseunternehmen? Die Arbeit in Europa?«

»Mein Mann hat die Firma mit der Zeit durch seine Liebschaften ruiniert. Es gab Prozesse, weil er was mit seinen Kundinnen angefangen hat und so. Seine letzte Freundin hat ihn verlassen, als es mit den Safaris bergab ging und ein Konkurrenzunternehmen aufgemacht. Und ich habe mir diese Farm hier am Uaso Nyiro aufgebaut. Sie hat meinem Leben Sinn gegeben. Hier sieht jeder Tag anders aus, wie die Adern in diesem Stein. Auch ich bin damals geflohen und habe es nicht bereut.«

»Aber was hat Ihr Mann dazu gesagt?«

»Er war ziemlich verblüfft und hilflos. Er hat nie damit gerechnet, dass ich ohne ihn klarkommen könnte.«

»Sehen Sie sich noch?«

Georgia schüttelte den Kopf.

»Und Ihre Kinder?«

»Oh, denen geht's prima. Mike arbeitet in einem Hotel in Nairobi und Dianne studiert Medizin in Europa. Wir sehen uns, so oft es geht.«

»Ich bin mir nicht sicher –« Linda zögerte und betrachtete den Stein in Georgias Hand »– ob ich wieder zurück will in den alten Trott …«

»Das können nur Sie selbst bestimmen, Linda. Ihr Leben ist wie dieser Opal. Es kann in allen Farben leuchten, oder matt und verstaubt sein. Sehen Sie die Kristalle an, wie sie funkeln und blitzen. Bei jeder kleinen Bewegung, bei jeder Drehung leuchten sie anders. Und es ist doch ein und derselbe Stein. Nehmen Sie ihr Leben selbst in die Hand! Lassen Sie es in allen Farben leuchten. Es ist Ihr Leben. Und niemand kann Ihnen vorschreiben, was Sie daraus machen.«

»Glauben Sie, dass ich das schaffen kann?«

Georgia lachte. »Aber natürlich. Den ersten Schritt haben Sie ja schon getan.«

Sie reichte ihr den Stein.

»Hier, nehmen Sie. Er hat mir viel Glück gebracht. Ich habe ihn in Australien selbst gefunden, auf unserer ersten Reise.« Linda wollte nicht annehmen, doch Georgia blieb stur.

»Lassen wir die Vergangenheit jetzt ruhen. Morgen sollten wir früh raus, dann fahren wir zu den Tieren«, meinte sie abschließend, »Sie werden Ihren Augen nicht trauen!«

Joe Looman brauchte fast zwei Stunden, bis er Athuman endlich erreichte.

»Hör' gut zu«, sagte er im Befehlston, »du musst dich um die Exfrau von Rob Roloff kümmern. Sie ist immer noch in Afrika und ich möchte nicht, dass sie uns die ganz große

Sache vermasselt. Du wirst es kaum glauben, aber irgendwie hat sie diesen Alan Scott ausfindig gemacht.«

»Scott?« fragte Athuman, »der Mara-Todesfahrer?«

»Genau der. Er hat sie in die Aberdares und von da aus auf die Shamba Kifaru geschleppt. Es kann nicht mehr lange dauern, bis sie in der Mara auftauchen.«

»Woher weißt du?«

»Das kann dir egal sein. Die Sache ist verdammt ernst! Ich glaube zwar nicht, dass uns die Frau wirklich Schwierigkeiten machen kann, aber diesem Scott trau' ich alles zu.«

»Und was soll ich tun?«

»Ich habe in Nairobi noch einiges für den Chinesen zu erledigen. Du heftest dich an die Fährte von Scott und dieser Frau. Versuche, die beiden irgendwie aufzuhalten! Inszeniere eine Reifenpanne oder lass dir etwas anderes einfallen. Roloffs Entführung muss unter allen Umständen geheim bleiben, bis die Sache auf der Shamba gelaufen ist. Verhindere unter allen Umständen, dass sie irgend etwas heraus bekommt.«

»Ich kann sie ja ein bisschen einschüchtern. Dann ist sie froh, wenn sie wieder fort kommt.«

»Mach', was du willst, aber vergiss nicht, dass Alan Scott auf sie aufpasst. Mit dem Kerl ist nicht zu spaßen. Und lass meinen Namen aus dem Spiel!«

»Hakuna matata«, scherzte der Schwarze auf Suaheli und sein Lachen drang verzerrt an Loomans Ohr. Da bin ich mir nicht so sicher, dachte Looman. Hakuna matata. Alles in Ordnung.

Der Boden war hart und trocken, die Räder griffen gut und Georgia nahm keine Rücksicht auf Hindernisse. Sie fuhren über das Baumbestandene Savannengelände der Shamba, an dichtbelaubten Schirmakazien vorbei, verließen die staubige Waschbrettpiste und folgten zwei kaum erkennbaren Fahrspuren in das hohe Savannengras.

»Jetzt kommt etwas, was Sie schon in den Aberdares gesehen haben«, flüsterte Ben, der neben Linda im Wagen saß. Kerzengerade durchpflügten sie die Wildnis, was Lindas Bandscheiben auf eine harte Bewährungsprobe stellte. Dabei bediente Georgia mit einer Hand ein kleines Gerät, das ihr auf einem Bildschirm die genauen Positionen des gesuchten Tieres anzuzeigen schien, während sie mit der anderen locker gleichzeitig schaltete und den Wagen in der Spur hielt. Eine achtstellige Buchstaben- und Zahlenkombination blinkte unablässig.

»Der Code für den Sender des Tieres das wir suchen. Sein Name und die laufende Nummer«, erklärte sie Alan, der als Beifahrer die X-förmige Positionsmarkierung auf dem Schirm beobachtete und sie suchte auf der topographischen Landkarte.

»Tsavo ist das vierte Tier, das er markiert hat.«

Ohne abzubremsen preschte Georgia nach seinen Anweisungen in scharfen Kurven nach links, ratterte über alte Termitenburgruinen und abgekrachte Akazienäste auf ein Buschland im Westen zu, das den Lauf eines schmalen Baches säumte. Schlagartig verlangsamte sie die Fahrt, brachte den Toyota zum Stehen und setzte das Fernglas an die Augen.

»Das ist er, Tsavo, einer unserer jungen Bullen«, murmelte sie und deutete mit ausgestrecktem Arm nach vorne. »Wir haben ihn neben seiner gewilderten Mutter im Tsavo-Park gefunden. Er war früher zahm und kennt mich noch immer. Wir haben gute Chancen nahe genug an ihn heranzukommen.«

Der Toyota holperte ächzend durch das hohe Gras auf die Akazienbüsche zu. Linda gab sich größte Mühe, das Tier zu entdecken, doch sie sah nichts als dichtes Gestrüpp.

Dann bewegte sich etwas. Tsavo hatte sie bemerkt und hob witternd den Kopf. Sie waren noch etwa fünfzig Meter von dem Tier entfernt und Georgia schaltete die Zündung aus. Leise rumpelte der Wagen noch ein paar Meter über die abschüssige Ebene und blieb schließlich stehen. Georgia reichte Linda das Fernglas.

»Er ist ein Spitzmaulnashorn«, flüsterte Georgia. »Wir haben auch einige Breitmaulnashörner auf der Farm, aber das hier sind Robs und meine Lieblinge. Sie sind wilder, ungestümer.«

»Kann er uns hören?« fragte Linda, die ihre Stimme ebenfalls zu einem Flüstern gesenkt hatte. Georgia nickte.

»Nashörner hören recht gut. Sehen Sie, wie er seine Ohren in unsere Richtung dreht? Ich habe herausgefunden, dass akustische Wahrnehmung im Sozialverhalten der Tiere eine recht große Rolle spielt. Mütter unterhalten sich mit ihren Kälbern und Rivalen begrunzen sich ausgiebig, bevor sie aufeinander losstürmen. Tsavo ist verunsichert. Er hat unsere Witterung schon lange aufgenommen. Nashörner riechen auch ausgezeichnet. Nähern Sie sich nie einem mit dem Wind!«

Sie beobachteten das Nashorn fasziniert. Es war ein kräftiges Tier mit einem schön geformten Doppelhorn.

»Würde Tsavo Sie erkennen?« fragte Linda.

»Ganz sicher am Geruch. Und an der Stimme. Nashörner können nicht sehr gut sehen«, Georgia deutete auf den jungen Bullen, »deshalb lassen sie auch ihre kleinen Freunde auf ihrem Rücken reiten.«

Eine Anzahl starengroße Vögel mit gelbroten Schnäbeln und golden glänzenden Augen hüpfte über seinen schmalen Widerrist. Wie Spechte hackten die Vögel auf der Haut des Tieres umher, was dem Nashorn jedoch nichts auszumachen schien.

»Es sind Buntschnabelstare«, erklärte Georgia. »Wir nennen sie auch Madenhacker. Sie finden ihre Nahrung auf der Haut der Nashörner und befreien sie von Parasiten.«

»Es scheint Tsavo nicht zu stören, dass er so gepiesackt wird.«

»Nein, im Gegenteil. Manchmal spielen die Vögel sogar Sanitäter. Sehen Sie die fleischige Wunde an seiner Schulter? Die hat er sich beim Kampf mit einem Artgenossen zugezogen. Die Madenhacker halten die Wunde sauber und fressen das tote Fleisch.«

»Eine richtige Buschpartnerschaft also«, meinte Linda.

»Richtig. Und das geht sogar noch weiter: eine Gefahr, die das Nashorn nicht riechen oder hören kann, wird von den Madenhackern dafür gesehen. Wenn sie lärmend auffliegen, ist auch das Nashorn gewarnt.«

Tsavo war die Nähe von Fahrzeugen gewöhnt und schenkte den Besuchern keine weitere Aufmerksamkeit. Die Ohren des Bullen lauschten nach allen Richtungen und die spitze Oberlippe bewegte sich, als ob sich das Tier mit ihnen unterhalten wollte. Prächtig ragten die beiden Hörner wie Krummdolche in den Himmel.

»Rob hat fast zwei Jahre experimentiert, bis es geklappt hat«, erzählte Georgia. »Er hat mit niemandem über seine Arbeit gesprochen, bis er eines Tages zu mir auf die Shamba kam, und mich bat, ihm einige meiner Tiere für ein ungefährliches Experiment zur Verfügung zu stellen. Er pflanzte den Tieren einen Mikrochip in eines der Hörner ein, der ständig Informationen über ihren Standort und über ihr Verhalten sendet. Werden die Tiere getötet und die Hörner entfernt, senden die Peilsignale weiter und es ist kein Problem, so ein Wildererlager oder sogar die Auftraggeber selbst aufzuspüren.«

»Genial«, sagte Alan anerkennend. »Damit hat er den Nashornjägern ein ordentliches Schnippchen geschlagen.«

»Und die Händler an der Küste müssen ebenfalls auf der Hut sein«, ergänzte Ben.

»Trotzdem ist es beunruhigend, wie viele Nashörner ihr Leben lassen mussten, nur wegen der verklebten Haare auf ihrer Nase.«

»Haare?« fragte Linda und schüttelte ungläubig den Kopf.

»Kerotin«, ergänzte Ben. »Der gleiche Stoff, aus dem unsere Haare bestehen. Fest verklebte und verhärtete Haare. Nichts anderes trägt ein Nashorn auf seiner Nase. Und in Asien glaubt man, damit die Potenz steigern zu können. Das hat den Tieren fast den Untergang gebracht.«

»Richtig«, bestätigte Georgia. »Beobachten Sie jetzt Tsavo und die Anzeige auf dem Bildschirm. Sehen Sie die Veränderungen bei jeder seiner Bewegungen?«

Linda beobachtete das Tier durch das Fernglas und kontrollierte dazwischen die Anzeige. »Phantastisch!« rief sie. »Es ist einfach unglaublich.«

»Robs genialster Einfall aber ist es, auch noch den Puls des Nashorns per Signal wiederzugeben. Daran hat er bis zuletzt noch gefeilt. Wenn ein Tier stirbt, wird dieses Zusatzsignal erlöschen. Unter Umständen kann man die Wilderer noch auf frischer Tat ertappen. Und Robs Idee geht noch weiter: mit einem flächendeckenden Bestand an präparierten Nashörnern könnte die gesamte Population in Ostafrika in den nächsten Jahren soweit stabilisiert werden, dass das Überleben der bedrohten Art gesichert wäre. Derzeit gibt es nur in Nakuru einen stabilen Nashornbestand ohne Inzuchtprobleme. Aber die Tiere dort werden rund um die Uhr bewacht.«

»Aber wie funktioniert es?« fragte Alan.

»Es ist eigentlich ganz einfach«, erklärte Georgia. »Rob betäubt die Tiere mit dem Narkosegewehr. Das geht sehr schnell und funktioniert äußerst zuverlässig. Ein Mikrochip wird mit Hilfe einer Sonde im Horn versteckt. Er ist nicht viel größer als ein Akaziendorn. Ein Sensor, den er bei jedem Tier an einer anderen Stelle implantiert, gibt den Puls an den Chip im Horn weiter. Dessen Signale werden über ein satellitengestütztes Navigationssystem hier auf den Bildschirm übermittelt. Rob hat mir erzählt, dass er mit diesem System bis auf 15 Meter den Standort eines Nashorns bestimmen kann.«

»Und das funktioniert überall?«

»Leider nicht. Für den optimalen Empfang braucht die Antenne einen freien Horizont, das heißt, dass in geographisch ungünstigem Terrain die Funktion des Systems wegen Abschattung der Satellitensignale beeinträchtigt wird. Das ist bei der Überwachung der Nashörner noch ein großes Problem. Aber Rob hatte auch hierfür eine Lösung im Auge.«

»Und die wollte er wohl bei uns in den unzugänglichen Aberdares ausprobieren«, vermutete Ben.

»Genau. Rob hat in Namibia vor ein paar Jahren am Rhino-Radio-Projekt mitgearbeitet und diese Methode mit dem satellitengestützten Navigationssystem verfeinert. Es ist praktisch unmöglich, von außen festzustellen, ob einem Horn ein Mikrochip implantiert wurde, ohne das Horn und damit seinen Wert zu zerstören.«

»Unglaublich. Und wer, außer Rob, kennt die Anzahl der Tiere mit Mikrochips?«

»Niemand. Nicht einmal ich weiß, welchen und wie vielen Tieren er die Sender implantiert hat. Er hat mit keinem Menschen sonst darüber gesprochen. Nur Lebosso, sein Assistent, war bei seinen Experimenten dabei.«

Alan Scott sah Linda an.

»Was ist?« fragte sie. »Was starrst du mich so an? Mir hat er ganz gewiss nichts davon mitgeteilt.«

»Das ist es nicht«, murmelte Alan. »Aber jetzt fügt sich so langsam das letzte Puzzleteilchen ein. »Wenn das, was uns Georgia erzählt hat, stimmt, stand Rob's Erfindung kurz vor ihrem Abschluss. Das heißt in Kürze wird es ein verteufeltes Risiko sein, auf Nashornjagd zu gehen. Um dieses Risiko auszuschalten, musste Rob aus dem Verkehr gezogen werden.«

»Du meinst, sie haben ihn auch umgebracht ...?«

Alan schüttelte den Kopf. »Nein. Genau das werden sie nicht tun. Sie werden versuchen, von ihm zu erfahren, wie die Chips funktionieren und welche Tiere überwacht werden. Der einzige, der ihnen dabei helfen kann, ist Rob selbst. Sie werden ihn solange unter Druck setzen, bis er ihnen alles erzählt hat.«

»Das leuchtet ein«, meinte nun auch Ben Hunter, »und es würde erklären, weshalb weder Georgia noch ich in den letzten Tagen irgendeine Nachricht von ihm bekommen haben.«

»Und wie können wir erfahren, ob eure Vermutung stimmt?« Lindas Stimme zitterte.

»Wir müssen sein letztes Camp in der Mara finden. Dort muss es Spuren geben.«

»Er wollte in das südöstlichste Eck des Masai Mara, irgendwo zur Grenze nach Tanzania«, sagte Georgia. »Den Sandriver hat Lebosso einmal erwähnt.«

»Dort ist die Grenze nach Tanzania leicht zu überqueren«, meinte Alan.

»Du kennst die Gegend?« fragte Linda.

Alan nickte. »Wir fahren morgen früh los«, sagte er bestimmt. »Und dann können wir nur hoffen, dass wir Rob selbst oder seine Spuren finden. Er kann sich ja nicht auf einmal in Luft aufgelöst haben.«

»Wenn ich da noch einen Vorschlag machen dürfte«,

meinte Ben und fuhr sich mit den Fingern durch den roten Bart. »Es wäre unter Umständen von Vorteil, in der Mara ein Flugzeug zur Verfügung zu haben. Der alte Ben Hunter stellt sich hiermit freiwillig dieser Mission als Pilot zur Verfügung.«

»Keine schlechte Idee«, stimmte Alan zu, »doch auf einen Wagen können wir nicht verzichten.«

Ben nickte. »Also macht ihr euch morgen früh mit deinem Landcruiser auf den Weg. Ich fische inzwischen meine alte Piper aus der Garage und sehe zu, ob ich den Vogel noch in die Luft bekomme. Wir können uns am Abend in der Keekorok Lodge treffen. Dort gibt es eine Landepiste.«

8

Die staubige Erde schien zu glühen, mit ihrer ganzen tropischen Kraft brannte die Sonne an diesem Vormittag. Lindas weißes T-Shirt war nass geschwitzt, die Haare unter ihrem Sonnenhut klebten am Kopf und der Schweiß rann in kleinen Bächen an Hals und Nacken entlang auf Brust und Rücken. Die einzige Klimaanlage in Alans Landcruiser waren die geöffneten Fenster und das aufgeklappte Dach, doch bot selbst der Fahrtwind kaum Erfrischung. Zudem wehte vom Rand der holprigen Piste hauchdünner Staub ins Wageninnere, um sich wie feines Mehl auf der schweißnassen Haut abzusetzen. Linda fühlte sich wie ein paniertes Schnitzel im Mikrowellenherd.

»Wie weit ist es wohl noch?« fragte Linda und fuhr sich mit dem Unterarm über die nasse Stirn. Alan schwitzte nicht weniger und seine langen Bartstoppeln warfen kleine Schatten auf das glänzende Gesicht.

»In einer Stunde haben wir Narok erreicht. Dann machen wir Rast, um frisches Wasser nachzufüllen und 'was zu essen.«

Linda lehnte sich zurück und schloss die Augen. Das grelle Licht der Sonne war trotz Sonnenbrille fast unerträglich geworden. Kein vernünftiger Mensch, kein Tier trieb sich bei der mörderischen Hitze in diesem Glutofen herum. Schatten war gefragt, Schatten oder kühlendes Wasser. Kein Vogel war zu hören oder zu sehen. Nur das monotone Zirpen der Zikaden und Heuschrecken mischte sich in das gleichförmige Rattern des Motors und das reibende Geräusch der Reifen im weichen Sand.

Narok war ein armseliges Nest auf halbem Weg zwischen Nairobi und dem Masai Mara Wildreservat. Baufällige Häuserfassaden mit abbröckelnden Schriftzügen entlang der staubigen Straße, qualmende und überladene Lastwagen, buntgekleidete Frauen in wallenden Gewändern und jede Menge Touristenbusse auf dem Weg zur Masai Mara. Sie aßen im Transithotel eine Kleinigkeit, lauwarme Hähnchenschlegel, ein sonderbar süß schmeckendes Kraut und einen Brei, den Alan »Milimil« nannte, und fuhren danach zur Tankstelle an der Kreuzung, wo die Piste Richtung Nakuru rechts abbog.

Alan wurde, während er Reifenluftdruck und Ölstand überprüfte, von einem jungen Massai angesprochen, der eine Mitfahrgelegenheit in das Reservat suchte. Er war höchstens fünfundzwanzig, schätzte Linda, hatte wache, helle Augen, wulstige Lippen und ein freundliches Lächeln. Seine Ohrläppchen, die, wie bei den meisten Massai, schon im Kindesalter durchstochen worden waren, hatte er über die Ohrmuscheln gehängt. Er hieß Ndongo, arbeitete als Ranger im Reservat und hatte ein paar Urlaubstage bei seiner Familie in Nairobi verbracht. Bis Narok war er auf einem Lastwagen mitgefahren. Linda hatte nichts dagegen, ihn mitzunehmen und so saß er für den Rest ihrer Fahrt auf dem Rücksitz des Landcruisers.

Ndongo war am Sandriver Gate, an der Grenze zu Tanzania stationiert. Das erregte Alans Aufmerksamkeit und er fragte ihn nach Nashornforschern, die in der Gegend arbeiten mussten. Der Ranger hatte Rob und Lebosso kennen gelernt, als sie durch das Sandriver Gate das Reservat verließen, um die Spuren einiger Nashörner in die tanzanische Serengeti zu verfolgen. Später hatte er die beiden auf einem seiner Patrouillengänge auf kenianischem Gebiet wieder getroffen, als sie gerade einen jungen Nashornbullen aufgespürt hatten.

»Mr. Roloff hat uns um Hilfe gebeten, weil er Wilderer überführen wollte.«

»Wilderer? Gab es gewilderte Nashörner in der Mara?«

»Nein. Bis zu diesem Zeitpunkt noch nicht. Die Nashörner der Masai Mara werden von uns ständig überwacht. Er hat uns nur von Wilderern in den Aberdares erzählt und dass er dabei war, Beweise gegen sie zu sammeln.«

»Das bestätigt unsere Vermutungen«, sagte Alan zu Linda. »Rob hatte einen Verdacht und hat die Beweise Claudia geschickt.«

»Wir haben dann aber ein paar Tage später ein gewildertes Nashorn südlich der Hügel am Sandriver gefunden, fast schon auf tanzanischem Gebiet«, erzählte Ndongo. »Und was merkwürdig war, seit diesem Tag waren Mr. Roloff und sein Helfer verschwunden, ohne das Camp abgebrochen zu haben.«

»Hat jemand von euch daraufhin etwas unternommen?«

»Ja. Wir haben nach Spuren gesucht, aber nichts Brauchbares gefunden. Es hat viel geregnet zu dieser Zeit. Wir haben die Gesellschaft, für die Mr. Roloff arbeitet, telefonisch von der Sache verständigt. Eine paar Tage später kamen zwei andere Männer aus Mr. Roloffs Team und übernahmen sein Camp. Sie sagten uns, Mr. Roloff wird in Nordkenia gebraucht und kommt nicht mehr zurück.«

»Das könnte Joe Looman gewesen sein«, zischte Alan.

»Ja«, bestätigte Ndongo. »Einer hieß Looman, der andere Athuman.«

»Weißt du, ob das Camp noch dort ist?«

»Bevor ich nach Nairobi ging, habe ich die beiden noch einmal am Sandriver gesehen.«

»Wie lange warst du in Nairobi?«

»Nur eine halbe Woche.«

»Kannst du das Camp hier in die Karte einzeichnen?«

Ndongo bezeichnete eine Stelle am Sandriver mit einem x und deutete auf einen Punkt weiter im Süden:

»Das ist die Stelle, wo wir das tote Nashorn gefunden haben.«

»Und ihr habt keine Hinweise auf die Wilderer?«

»Nein. Da Mr. Roloff mit einem Betäubungsgewehr geschossen hat, haben wir in dieser Zeit Schüssen keine Beachtung geschenkt. Als wir das Tier fanden, saßen die Geier und Marabus auf einem Haufen Haut und Knochen. In der Nacht waren die Hyänen und Schakale da. Und der Regen hat die restlichen Spuren verwischt.«

»Ihr seid sicher, dass das Nashorn gewildert wurde?«

»Ja. Beide Hörner fehlten.«

Alan schwieg nachdenklich. Schließlich sagte er, so leise, dass nur Linda es hören konnte:

»Die Wilderer müssen von Robs Arbeit gewusst haben.

Sie haben seine Anwesenheit ausgenutzt, um ihm die Tiere vor der Nase wegzuschnappen, zuerst in den Aberdares, dann in der Mara. Es spricht wirklich alles dafür, dass Joe Looman bei der Sache seine Finger im Spiel hat.«

Nach anstrengender Fahrt durch Massailand passierten sie am frühen Nachmittag das Sekenani Gate, den Eingang zum Masai Mara Reservat. Ndongo verabschiedete sich, nachdem er Linda und Alan angeboten hatte, die Nacht in einer der Rangerhütten zu verbringen. Doch Alan lehnte ab. Er hatte Georgia beauftragt, für Linda ein Zimmer in der luxuriösen Keekorok Lodge zu reservieren, er selbst wollte, wie schon so oft, in seinem Landcruiser übernachten.

Vom Kral aus war der San in die nahen Berge geflohen. Er hatte nur das Allernötigste bei sich, trug den traditionellen Lendenschurz, über der rechten Schulter hing der schlanke Köcher mit genügend Pfeilen, zwei Feuerhölzern und dem Saugrohr, mit dessen Hilfe er den Saft der Bäume trinken konnte. In seinem Kaross, dem Lederbeutel aus Warzenschweinhaut, hatte er seine Giftration, eine Handvoll Ersatzpfeilspitzen, eine weitere Sehne für den Bogen, den Grabstock und ein wenig Nahrung verstaut. Den Bogen, seine wichtigste Waffe, und einen Pfeil trug er stets in der Hand.

Eigentlich war es klug, in der ersten Nacht eine möglichst große Strecke zurückzulegen, doch der alte M'gasho hatte ihm aufgetragen, sich bei seiner Flucht nach dem Rat der Geister zu richten. Oben in den Bergen, wo die uralten Bilder seiner Ahnen in rotbraunen Farben Geschichten von längst vergangenen Jagdstreifzügen auf Giraffen, Nashörner und gewaltige Antilopen erzählten, wo er den Urgeistern der Schöpfung so nah war wie sonst nirgendwo in der

Unendlichkeit der Wüste, sollte er sich in Trance versetzen, um mit den Geistern in Kontakt zu treten.

Als er im ersten Licht des jungen Tages die betende Mantis im hohen Gras zwischen den Felsen mit den Giraffenzeichnungen sitzen sah, wusste er, dass Zeit und Ort jetzt richtig waren, um dem Rat des alten Heilers zu folgen. Die in der Kühle des Morgens in ihrer Gebetshaltung erstarrte Gottesanbeterin galt dem Buschmann als die Verkörperung des Urgeistes und er hatte gelernt, sie als die Gottgestalt anzubeten, um die sich seit Urzeiten viele Geschichten, Märchen und Mythen der San rankten. Vorsichtig kniete N'gaoi neben dem fingerlangen Insekt nieder, verbeugte sich und flüsterte in ehrfurchtsvollem Ton:

»Bitte, wohin, wohin soll ich ziehen, wenn ich fliehe vor denen, die den Tod von K'haos Schänder rächen wollen. Sag' mir, wohin?«

Die Gottesanbeterin verharrte schweigend und N'gaoi wiederholte seine Frage. Dabei näherte sich sein Kopf der Mantis bis auf wenige Zentimeter und sein warmer Atem streifte die angewinkelten Fangarme. Langsam drehte das Insekt ihm ihren Kopf zu und starrte ihn mit den großen Libellenaugen an. Dann, als er die Frage zum drittenmal stellte, und abermals die warme Luft ihre Starre zu lösen begann, bewegten sich die abgeknickten Vorderbeine und N'gaoi nahm wahr, wie sie in die Richtung zeigten, in welcher der von M'gasho beschriebene große Fluss lag. Der Urgeist der Schöpfung hatte ihm in der Gestalt der Mantis eine Antwort gegeben, eine Bestätigung dessen, was M'gasho ihm gesagt hatte.

Kniend verneigte er sich, bedankte sich bei der betenden Mantis und machte sich zufrieden daran, durch Reibungshitze mit zwei Hölzern ein einfaches Feuer im Schatten des Giraffenfelsens anzufachen. Dann ließ er sich mit dem Rücken zum Felsen in Hockstellung am Feuer nieder und begann mit seinem Gesang. Leise und monoton klang seine Stimme anfangs in die Wüste hinaus, drängender und heftiger wurde der Rhythmus, mehr und mehr steigerte er sich hinein in die Melodie die nur er kannte und wiederholte Strophe um Strophe des Liedes, das nur er verstand. Gebannt blickten seine Augen in die schwach glimmende Glut, sein Oberkörper neigte sich nach vorn und wieder zurück im Takt der monotonen Laute, die er inzwischen von sich gab. Dann, wie auf ein unsichtbares Zeichen hin erhob er sich und seine Beine tanzten mit ihm in wilden, unruhigen Bewegungen um das Feuer. Noch schlummerte alle Kraft in ihm, noch waren die Geister nicht zum Leben erwacht, doch die Ekstase steigerte sich mit jedem Schritt, dem der nächste wie von selbst folgte, mit jedem Atemzug, der den Rauch des Feuers in seine Lungen führte, mit jeder Schweißperle, die aus seiner Haut drang.

Noch zweimal umkreiste der San das Feuer, dann ging er zu Boden und hielt seinen Kopf für zwei Sekunden über die Glut. Die Hitze wollte ihm die Sinne rauben und er fiel keuchend neben dem Feuer nieder. Rote und gelbe Lichter tanzten vor seinen Augen, dann sah er das Gesicht M'gashos und die tränengefüllten Augen K'haos. Sein Bewusstsein schwankte zwischen Tag und Traum, Arme und Beine zuckten in wilden Bewegungen, dann tauchte die schmerzverzerrte Fratze Dafays vor ihm auf, und er hörte noch einmal die Stimmen von Dafays Freunden, die seinem Mörder Tod und Verdammnis wünschten. Im selben Augenblick verlor er das Bewusstsein und fühlte, wie er die Felsen hinunterstürzte in den schwarzen endlosen Abgrund.

N'gaoi spürt den Aufprall nicht, die Trance entführt ihn in die Ferne und *er sieht auf einmal das verschwommene Gesicht eines fremden weißen Mannes und dessen Hand, die sich ihm Hilfe suchend entgegenstreckt. Gleichzeitig riecht er den Tod, der den Weißen umfangen hält. N'gaoi ergreift die Hand, und spürt wie der Tod von seiner Seite weicht. Die Worte, die der Weiße spricht, sind Worte des Dankes. N'gaoi sieht in freundliche helle Augen und spürt eine tiefe Zufriedenheit in sich. Der Geruch des Todes ist verschwunden, der weiße Mann ist von ihm gerettet worden.*

Es war tiefe Nacht, als er aus seiner Trance erwachte.

Die Sonne stand gerade eine Handbreit über den Hügeln im Osten, als sie am nächsten Morgen die südliche Grenze der Mara am Sandriver erreichten. Jenseits des schmalen Flusses, nicht mehr als ein Steinwurf entfernt, lag Tanzania. Wie graugrüne Schatten schoben sich die sanften Hänge der Ngama Hills gegen den wolkenlosen Horizont, Grün in allen Schattierungen, vom satten Leuchten der Akazien bis zum blassen Hauch des vertrockneten Grases prägte die Landschaft, Thomsongazellen grasten schwanzwedelnd in der unendlichen Savanne und das klagende Wiehern eines Zebrahengstes drang aus dem Busch an ihre Ohren.

Rechts des Tors, hinter dem eine einfache Betonbrücke über den Fluss führte, standen an einem Hang fünf gelbe kleine Hütten mit grünen Dächern. Es waren die Wohnhütten der Ranger. Am Fuß des Hangs ragte ein Wasserturm in die Luft und ein Windrad drehte sich eifrig. Auf einem rotweiß gestrichenen Turmgerüst leuchtete weithin sichtbar eine Satellitenschüssel, die einzige Verbindung zur Außenwelt. Mühsam ächzte der Landcruiser nach der Brücke bergan.

»Fünf Schritte von hier, und du bist in Tanzania«, sagte Alan und deutete nach Süden. Die Piste verlief in einer Kurve ostwärts und schien dem Lauf des schmalen Flusses zu folgen. Sie waren fast eine Stunde unterwegs, als Alan unter einem großen Leberwurstbaum, dessen weit ausladendes Astwerk Schatten bis über die Piste spendete, den Wagen stoppte. Er fischte die Karte aus dem Handschuhfach und suchte nach der Stelle, die Ndongo mit einem Kreuz markiert hatte.

»Hier!« sagte er, »es ist nicht mehr weit bis zum Camp. Es muss am Fuß dieses Berges liegen, der mit Oldoiniyo Olngaineti bezeichnet ist. –« Plötzlich hielt er inne. Auch Linda hatte den seltsamen Schrei gehört, ein heißeres Krächzen, zweimal, kurz hintereinander. Alan stieg aus, entfernte sich einige Schritte vom Wagen und blickte zum wolkenlosen Himmel. Linda beugte sich aus dem Wagenfenster und folgte seinem Blick. Sie konnte nichts erkennen. Wortlos kam Alan zum Wagen zurück und rieb sich nachdenklich das Genick.

»Was ist?« fragte Linda.

»Geier. Du kannst sie nicht sehen, wegen der Äste.«

»Diese Schreie, war das ein Geier?«

Alan nickte.

»Und dort drüben, über den Büschen ist einer aufgeflogen. Etwa dreihundert Meter von hier. Schau nach oben, der ganze Himmel ist voll davon. Scheint ein größerer Kadaver zu sein.«

Linda kletterte ebenfalls aus dem Wagen, trat aus dem Schatten des Baumes heraus und spähte zum Himmel hinauf. Dann sah sie die schwarzen Punkte, die hoch oben ihre Kreise zogen, gleichmäßig, majestätisch. Plötzlich nahm sie den Schatten wahr, der von rechts ihr Blickfeld streifte, ein leichter Windhauch huschte über ihre Wangen, sie fuhr herum und sah den Geier, wohl keine fünf Meter über sich, durch die Luft gleiten. Er stieß dabei wiederholt jene Schreie aus, die sie auch kurz zuvor gehört hatte. Schon folgte ihm ein zweiter Vogel, ein dritter, ein vierter. Auch die schwarzen Punkte am Horizont schienen immer größer zu werden, näherten sich mehr und mehr der Savanne.

»Sie haben Aas in der Nase«, meinte Alan, während er den Horizont absuchte. »Das eben war die Vorhut. Irgendwie trauen sie sich noch nicht ran.«

»Man könnte es tatsächlich glauben ...« murmelte Linda und sog die trockenheiße Luft ein.

»Was?«

»Ich meine, dass es hier komisch riecht.«

Alan drehte sich einmal ganz langsam in jede Himmelsrichtung und versuchte, den Geruch aufzunehmen.

»Du hast eine verdammt gute Nase. Jetzt rieche ich es auch.«

Linda lachte überlegen. Endlich einmal hatte sie beweisen können, dass sie im Busch nicht ganz unnütz war.

»Aas«, sagte Alan und Linda nickte. Dieser scharfe, beißende Geruch war ihr sofort in die Nase gestiegen. Es roch nach Tod.

»Kannst du auch sagen, aus welcher Richtung der Geruch kommt?«

Linda prüfte. Ihre Nüstern blähten sich weit, tief füllte sie ihre Lungen mit Luft. Sie war ehrgeizig genug, um jetzt nicht zu versagen. Doch sie zögerte mit einer Antwort, bis Alan ungeduldig wurde.

»Von da!« meinte sie schließlich und Alan nickte zufrieden.

»Das ist die Richtung zur Grenze. Es ist totes Elefantenfleisch. Wenn du es einmal gerochen hast, erkennst du es immer wieder.«

Alan nahm das Gewehr, das hinter dem Fahrersitz auf dem Boden lag, aus dem Futteral.

»Was hast du vor?« fragte Linda ängstlich.

»Ich möchte mir die Sache mal ansehen. Du bleibst im

Wagen und rührst dich nicht von der Stelle. Nimm das zweite Gewehr mit nach vorne. Ich bin nicht lange weg.«

Lindas Stirn legte sich in enge Falten. Sie hatte wenig Lust, mitten in der Wildnis allein im Wagen zu bleiben.«

»Ich möchte aber gerne mitkommen.«

»Du bleibst hier!« befahl Alan und seine Stimme duldete keinen Widerspruch. Erklärend fügte er hinzu: »Ich weiß nicht, was da los ist. Wenn ein Tier verendet ist, sind die Räuber meist nicht weit. Es können nur die Geier sein, aber ebenso gut Löwen oder Hyänen. Und wenn es ein Elefant war, könnten sich sogar noch Wilderer in der Nähe herumtreiben.«

»Aber dann wäre es doch gut, wenn ich dich begleite.«

»Am besten wäre es, wenn du einfach auf mich hörst. Wir haben in Mombasa abgemacht, dass du im Busch tust, was ich dir sage. Also halte dich daran.«

Zähneknirschend gab Linda klein bei. Sie würdigte Alan keines Blickes, als er sich leise entfernte. Und doch prägte sie sich genau den Weg ein, auf dem er in den Busch schlich.

Alans Herz klopfte wild. Seit zwei Jahren war er wieder das erste Mal allein im Busch. Er ging langsam, fast zögernd, tastete sich Schritt für Schritt durch das Unterholz. Jedes Knacken von Zweigen, jedes Rascheln im Gras musste er vermeiden. Seine Augen waren überall. Er war sich sicher, bei einem Elefantenkadaver auf Wildererspuren zu stoßen. Es gab in Kenia keinen toten Elefanten mit Elfenbein. Es gab schon fast keine Lebenden mehr mit Elfenbein. Die Grenze war nah. Hier war es leicht, die Ware außer Landes zu bringen.

Von Schritt zu Schritt wurde der Aasgeruch beißender. Wie oft hatte er seine Nase schon an totes Elefantenfleisch gehalten? So wie eine Frau wie Linda spielend Dutzende von Parfümdüften auseinander halten konnte, die in seiner

Nase allesamt gleich rochen, war es für ihn eine Leichtigkeit, die Gerüche des afrikanischen Buschs zu erkennen. Zudem stand der Wind recht günstig und trieb ihm den Aasgestank direkt in die Nase. Das war von Vorteil, denn auch Tiere, die sich vielleicht in der Nähe des Kadavers herumtrieben, konnten ihn nicht wittern. Alan hatte gute Chancen, in die Nähe des Aases zu gelangen, ohne bemerkt zu werden.

Ein flacher graubrauner Felsen, dessen Oberfläche rau und zerfurcht war, versperrte ihm die Sicht auf die kleine Lichtung im Busch. Der Gestank war bestialisch. Alan würgte und unterdrückte seinen Brechreiz. Ganze Schwärme von Fliegen und anderen Insekten stiegen über dem Felsen auf. Alan war noch fünfzehn Meter von der Lichtung entfernt.

Zuerst sah er den weißen Zahn wie ein Mahnmal in die Luft ragen und noch im selben Moment erkannte Alan den Kadaver. Was im dichten Buschwerk wie ein furchiger Fels ausgesehen hatte, war der tote Körper eines ausgewachsenen Elefanten, der Bauch aufgebläht und die trockene rissige Haut wie eine mürbe Zeltplane über die bogenförmigen Rippen gespannt. Das Tier lag auf der linken Seite, die Bauchdecke war von Hyänen aufgerissen worden und einige Rippen ragten, wie bleiche Arme winkend, aus dem faulenden Loch.

Doch es gab noch viel Fleisch zu holen und Alan wunderte sich, warum die Hyänen schon den Geiern die Beute überlassen hatten. Irgendetwas musste sie vorzeitig vertrieben haben. Alan untersuchte den Elefanten widerstrebend und hielt sich dabei die Nase zu. Der Bulle war abgeschossen worden. Alan bemerkte das Einschussloch unter dem Ohr. Nur ein paar Schritte hatte sich das Tier weiter geschleppt, wie er aus den Spuren, die aus dem Busch in der entgegengesetzten Richtung kamen, erkennen konnte. Hier war der Koloss zu Boden gegangen und verendet.

Dann entdeckte er, was er eigentlich als Erstes hätte bemerken müssen: der zweite, untere Stoßzahn des Elefanten fehlte. Er war offensichtlich mit großer Gewalt aus dem Kadaver herausgebrochen worden. Es musste eine mühevolle Arbeit gewesen sein, zumal ein Teil des massigen Kopfes auf dem Zahn geruht hatte. Doch warum hatten der oder die Wilderer den anderen, oberen Stoßzahn nicht ebenfalls gleich mitgenommen? Dieser war leichter zu bergen und mit wenigen Axthieben aus dem Kiefer zu lösen. Sicher hatte sich der Schütze noch in den kühlen Morgenstunden an die mühevollere Arbeit gemacht und seine erste Beute gleich in Sicherheit gebracht. Dann würde er zurückkehren und auch den zweiten Stoß–! Alan erschrak bei dem Gedanken und hörte im selben Moment ein Geräusch hinter sich.

»Rühr dich nicht und lass die Waffe fallen!« Die Stimme klang drohend und duldete keinen Widerspruch. Alans Gewehr landete im Gras und seine Hände gingen langsam nach oben. Er wusste, dass mit Wilderern in solchen Situationen nicht zu spaßen war.

»Und jetzt: umdrehen, aber ganz langsam!«

Alan kannte Athuman aus seinen Safarizeiten.

»Du hier?« entfuhr es ihm.

»Allerdings. Und welche Ehre für mich: unser berühmter Todesfahrer der Mara! Schlechte Zeit, um wieder im Busch herumzuschnüffeln«, Athuman deutete mit dem Gewehrlauf auf den toten Elefanten, »du wärst besser bei deinen Küstenladies geblieben.«

Alan fuhr ein Schauder über den Rücken. Als Zeuge für Athumans Wilderei war er ein toter Mann.

»Wirst ein gutes Hyänenfutter abgeben, wenn du stinkst wie dieser alte Kerl hier. Joe hat mir erzählt, was du hier suchst!«

Joe! Nur Looman konnte gemeint sein. Die Buschtrommeln hatten gut funktioniert.

»Wenn Looman dir alles erzählt hat, weißt du sicher auch, wo Rob Roloff steckt?«

»Schon möglich. Aber ich glaube kaum, dass ich dir das auf die Nase binde. Außerdem weiß ich noch viel mehr.« Athuman spielte seine Überlegenheit voll aus. »Robs Frau wartet in deinem Wagen auf dich. Ich werde mich nachher um sie kümmern. Es wird mir ein Vergnügen sein!«

Alan senkte den Blick zu seinem Gewehr. Im selben Moment bemerkte er die Gestalt, die ihm unauffällig aus dem Busch zuwinkte. Linda war lautlos aus dem Gebüsch getreten, das Gewehr im Anschlag baute sie sich hinter Athuman auf und rief:

»Mir ebenfalls!«

Athuman fuhr herum, sein Gewehr wirbelte durch die Luft, im selben Moment hechtete Alan auf ihn zu und riss ihm die Beine weg. Ein Schuss löste sich und der Knall glich einer Explosion in einem Hochofen. Gras spritzte auf. Linda hatte sich geistesgegenwärtig auf den Boden geworfen und die Kugel ging fehl. Paviane kreischten und Vogelschwärme stoben davon. Alan kniete auf Athumans Rücken, stemmte das rechte Knie in sein Genick und drückte ihm Mund und Nase in die Erde.

»Linda, das Gewehr«, schrie Alan und sie warf ihm ihre Waffe zu. Dann nahm sie Athumans Gewehr an sich und trat ein paar Meter zurück. Der Lauf der Waffe zielte jetzt auf den am Boden liegenden Athuman, während Alan langsam seinen Griff lockerte und aufstand. Athuman blieb regungslos liegen.

»Danke«, sagte Alan und nickte Linda zu. »Gut, dass du nicht auf mich gehört hast.«

»Kein Problem«, lächelte Linda, »das können wir gerne beibehalten. Pass auf!«

Athuman stützte sich stöhnend auf die Unterarme und kam langsam auf die Beine. Sein Mund war voll Gras und Erde und er fuhr sich mit dem Handrücken über die Augen. Dabei fluchte er in seiner Muttersprache und Alan war sich sicher, dass all die Schimpfworte ihm galten.

Alan trat auf Athuman zu, packte ihn am Hemd, schleppte ihn zu einer kahlen Akazie und lehnte ihn mit dem Rücken an den rauen Stamm. Dann drückte er ihm die Mündung des Gewehrlaufs in das rechte Nasenloch und schob tastend den Zeigefinger zum Abzug. Athuman bekam einen Schweißausbruch und riss vor Angst die Augen weit auf.

»Verdammt! Was hast du vor?«

»Jetzt stelle ich die Fragen. Wo ist Rob Roloff?«

Alan verstärkte seinen Druck auf das Gewehr. Athumans Nasenflügel straffte sich um den Lauf. Er wagte vor Schreck nicht zu atmen. Linda schrie auf.

»Nein, Alan. Das kannst du nicht tun!«

»Halt dich da raus, das geht dich nichts an«, schrie Alan barsch zurück. Seine Augen funkelten Athuman an. Wut und Entschlossenheit spiegelten sich in seinem Blick. »Er hat seine Chance gehabt.«

»Tu's nicht!« kreischte Linda und ihre Stimme überschlug sich.

»Hau' ab, wenn du's nicht sehen kannst. Wenn er nicht sofort redet, blase ich ihm die Nase weg, damit er aussieht wie ein Pavian.« Athumans Mund war zu einem Schrei geöffnet, doch nur ein Krächzen drang aus seiner Kehle.

»Ich –« röchelte er, »ich sage –« eine Hyäne kicherte im Busch. »Ich sage alles!«

»Los!« Alan gab keinen Zentimeter nach.

»Sie haben Rob –« Athuman kämpfte mit der Atemnot. Gras hing in seiner Kehle und er roch das heiße Metall des Gewehrlaufs. »Sie haben ihn – nach Botswana gebracht.«

»Wer?«

»Der Chinese und seine Leute.«

»Welcher Chinese?«

»Sie nennen ihn Hippo.«

»Hippo?«

»Er hat Joe das Rhinohorn abgekauft.«

»Und warum Botswana?«

»Ich – weiß – es – nicht.«

»Botswana ist groß.«

»Oka – va-«

»Okavango?«

Athuman nickte unmerklich. »Auf eine – Insel.«

»Eine Insel im Okavango? Von wo aus?«

Athuman hob vorsichtig die Schultern. Dann schüttelte er mit einer kleinen Bewegung den Kopf.

»Wo im Okavango?«

»Ich glaube ... Mor ... Moremi ...«

»Genauer! Wohin haben sie ihn gebracht?«

»Ich ... weiß ... es ... nicht ...«

»Und warum das alles?«

»Nas – horn«, stieß Athuman hervor, würgte und bekam einen Hustenanfall. Alan kannte nur eine Flugpiste im Moremireservat in Botswana.

»Haben sie je von Xakanaxa gesprochen?«

»Kann sein. Ich glaube, dieses Wort ... haben sie gesagt ...«

Alan nahm das Gewehr fort und Athuman richtete sich langsam auf.

Linda war in einiger Entfernung stehen geblieben und hatte sich abgewandt. Ihr war klar geworden, dass Alans Brutalität nur gespielt war, um die Wahrheit zu hören. Doch die Wut, die sie in Alans Augen gesehen hatte, war echt gewesen. Diese Wut hatte ihr Angst gemacht.

Jetzt ging sie auf die beiden Männer zu. Alan zog Athuman die Schnürsenkel aus den Stiefeln, band ihm die Füße zusammen und fesselte ihm die Hände auf den Rücken.

»Was hast du vor?« fragte Linda in ruhigem Ton. Sie war sich nicht sicher, ob Alans Wut schon verraucht war.

»Wir lassen ihn hier und sorgen dafür, dass er Joe nicht so schnell erreichen kann. Er wird früh genug von ihm erfahren, dass wir jetzt Robs Aufenthaltsort kennen und dann wird die Sache erst richtig gefährlich für uns.«

»Aber können wir ihn nicht einfach den Rangern übergeben?«

»Klar. Aber das würde uns nur aufhalten. Wir haben nichts gegen ihn in der Hand. Er würde alles abstreiten und behaupten, er sei ganz zufällig an dem Kadaver vorbei gekommen.«

»Aber er hat dich bedroht!«

»Er würde behaupten, mich für einen Wilderer gehalten zu haben. Vergiss nicht, dass er mit Looman offiziell für Robs Gesellschaft arbeitet. Man könnte ihm mehr Glauben schenken als mir. Ich habe nicht einmal eine Lizenz für die Gewehre!«

Alan trat noch einmal zu Athuman und fischte dessen Wagenschlüssel aus der Hosentasche. In hohem Bogen schleuderte er den Schlüsselbund in das Unterholz. Athuman verzog keine Miene. Alan überprüfte noch einmal seine Fesseln und streichelte ihm väterlich die Wange.

»Kopf hoch, alter Junge. Nach deinem Schreckschuss von eben kommen die Hyänen frühestens in einer Stunde zurück. Bis dahin sind wir längst über alle Berge. Und jetzt mach' deinen Mund weit auf, los!«

Alan kramte sein Schweizermesser aus der Tasche, öffnete die längere der beiden Klingen und steckte ihm den roten Griff in den Mund.

»Pass gut darauf auf. Es ist ein Andenken an eine blonde Schweizerin. Wenn wir uns wieder sehen, möchte ich es zurück haben. Und falls die Hyänen kommen, sieh zu, dass sie schön über die Klinge springen! Kwaheri!«

Er nahm Linda bei der Hand und zog sie mit sich fort. Die drei Gewehre nahmen sie mit. Nachdem sie außer Sichtweite Athumans waren, verließ Alan den Pfad und ging in östlicher Richtung durch den Busch. Linda folgte ihm ohne Fragen. Nach fünf Minuten stießen sie auf die Piste, auf der Alan eine frische Wagenspur fand. Er untersuchte sie kurz und folgte ihr. Nach weiteren fünf Minuten standen sie vor Athumans rostigem Wagen. Alan öffnete die Motorhaube und zerschnitt den Kühlwasserschlauch.

»Das wird ihn eine Zeit lang aufhalten«, meinte er.

Auf dem Weg zu ihrem Landcruiser, erzählte Alan, was er von Athuman erfahren hatte.

»Und du glaubst ihm?« fragte Linda schließlich.

»Er hatte Todesangst. Da lügt selbst ein Kerl wie Athuman nicht.«

»Und wie finden wir Rob in Botswana?«

»Das weiß ich im Augenblick selber noch nicht, aber wir haben einen Anhaltspunkt. Ich kenne den Okavango und ich kenne das Xakanaxacamp im Moremireservat. Wir werden uns dort häuslich niederlassen und abwarten. Wer dort in die Sümpfe will, muss mit dem Flugzeug in Xakanaxa landen.«

»Und wie kommen wir hin?«

»Verdammter Mist!« schrie Alan und blieb stehen. Sie waren aus dem Busch getreten und sahen den Landcruiser unter dem Leberwurstbaum stehen. »Oh Mann«, stöhnte er, »du hast das Verdeck aufgelassen!«

Linda blickte zum Landcruiser und unterdrückte einen Schrei. Eine Pavianhorde hatte ihre Abwesenheit ausgenutzt, um den Wagen gründlich zu inspizieren. Der Platz unter dem Leberwurstbaum sah aus wie ein Schlachtfeld. Taschen, Landkarten und Klamotten lagen in weitem Umkreis verstreut, einige Wäschestücke hingen hoch oben im Baum.

Ein altes Männchen mit zerzauster grauer Mähne und gelben Augen saß auf der Motorhaube und verzehrte munter einen Bund Bananen samt Schale. Kreischende Affen jagten mit Georgias feinen Sandwichs und Äpfeln umher, eine Mutter mit einem Jungen auf dem Rücken zerrte an den Lederriemen von Lindas Reisetasche, zwei verspielte Junge zerrissen genussvoll Alans bestes T-Shirt.

Fluchend und schimpfend rannte Alan auf den Wagen zu, schwenkte drohend seine Legionärsmütze über dem Kopf und warf mit Steinen und kleinen Ästen nach der Affenbande. Die Horde flüchtete lärmend auf den Baum. Es dauerte fast zehn Minuten, bis Linda und Alan wieder alle Habseligkeiten zusammengesucht und im Wagen verstaut hatten. Verschwitzt und müde saßen sie nebeneinander auf den warmen Sitzen und teilten sich den letzten Rest Wasser, den die Paviane verschont hatten.

»Und nun?« fragte Linda keuchend. Ihr Gesicht glänzte feucht vor Schweiß und Alan stellte fest, dass sie trotzdem schön war.

»Ab nach Botswana!« sagte er lachend und startete den Motor.

»Weit?«

»Viel zu weit.« Er wendete den Landcruiser auf der schmalen Piste.

»Und wie kommen wir hin?«

Alan streckte grinsend beide Arme zur Seite hin aus und machte eine schaukelnde Bewegung. »Wir fliegen!« rief er laut und gab freihändig Gas. Staub wirbelte auf und hüllte den Leberwurstbaum mit seinen Pavianen in eine dichte Wolke.

»Wir fliegen mit Ben Hunters alter Selbstmordkiste nach Botswana. Und wenn wir dabei nicht draufgehen, wird uns auch nichts mehr daran hindern, Rob zu finden!«

»Ist Ben ein guter Pilot?«

»Na ja. Das ist wohl ein bisschen übertrieben. Er ist der mieseste Buschpilot, den ich kenne. Aber der einzige, den wir haben. Ich hoffe, dass er seinen Vogel schon für uns in Keekorok geparkt hat!«

Alans lautes Lachen übertönte sogar den Lärm des Motors und drang bis an Athumans scharfe Ohren. Als er kurz darauf unter dem Leberwurstbaum stand, hatte sich das Geräusch des Landcruisers schon wieder über dem Hügelland der Masai Mara verflüchtigt. Athuman bückte sich nach einem weißen Fetzen Stoff, der hell im niedergetretenen Gras schimmerte. Er hob ihn auf und fühlte die weiche zarte Seide. Er hielt sich das hauchdünne Träger-Shirt an die Nase und nahm den herbsüßen Geruch in sich auf. In dem Moment, als er Lindas Duft in sich spürte, schwörte er sich, dass ihm diese Frau einmal gehören würde. Es würde die Rache sein, für die Schmach, die sie ihm angetan hatten. Eine süße, lustvolle Rache. Und seine Augen leuchteten, als er wieder in den Busch zurück zu seinem Wagen ging.

9

Wie weit ihn die Strömung nach seiner Flucht südwärts getrieben hatte, wusste Rob Roloff nicht. Als ihn die Kälte des beginnenden Tages weckte, hing der Mokoro an einer der zahlreichen Deltainseln. Rasch hatte Rob den Einbaum losgezerrt und stakte ihn nun mit gleichmäßigen Stößen durch das Papyruslabyrinth.

Seine Flucht war geglückt, doch er hatte keine Ahnung, wo er sich in dieser Wüste aus Wasser und Schilf befand, in welchen Seitenarm des Okavango er abgetrieben worden war, wo das nächste Camp lag und vor allem wie schnell er Hilfe erwarten konnte. Zwar hatte er seine Haut retten können, doch vom Ziel seiner Flucht, Georgia Marsh vor dem Übergriff der Wilderer warnen zu können, war er noch sehr weit entfernt.

Konnten ihm seine Bewacher schon auf den Fersen sein? Eigentlich war es unmöglich. Sie hatten kein Boot mehr und es gab keine Funkverbindung. Frühestens bei der nächsten Wachablösung konnten sie mit der Verfolgung beginnen.

Der Umgang mit dem Mokoro war für Rob kein Problem. Als Student in Tübingen hatte er Stocherkähne über den Neckar gesteuert. Für einen Augenblick schweiften seine Gedanken ab. Er dachte an den alten Holzkahn, der an der Anlegestelle hinter der Blauen Brücke lag und den er mit seinen Freunden »Pegasus« genannt hatte, nach der hölzernen Pferdekopfbüste, die sie am Bug befestigt hatten. Mit seiner Studentenverbindung hatte er mehr als einmal am berühmten Tübinger Stocherkahnrennen teilgenommen. Sie hatten zwar nie gewonnen, waren aber auch nie in den zweifelhaften Genuss gekommen, als Verlierer literweise Leber-

tran trinken zu müssen. Noch mehr als das Rennen hatte
ihn die abendlichen Ausfahrten mit der »Pegasus« fasziniert, wenn er selbst mit der Stocherstange auf der kleinen
Plattform im Heck stand, den Kahn sicher an der Neckar-
front mit Hölderlinturm und der über allen Dächern auf-
ragenden Stiftskirche vorbei stromaufwärts steuerte, und
er seinen Gästen unterhalb des Schlosses Hohentübingen
Geschichten von Graf Eberhard im Bart erzählte. Im Bug
des Kahns brutzelten auf einem Kohlegrill dann gewöhnlich Steaks und Würste und sie machten auf einer der Kies-
bänke am Ufer Rast, um die laue Sommernacht zu genießen.

Später hatte er wochenlang auf kanadischen Seen einsam
in einem Kanu die Wildnis durchquert. Schon bei einer seiner ersten Safaris in Afrika hatte er gelernt, mit den Ein-
bäumen der Einheimischen über reißende Flüsse zu staken.
Dagegen war das Treiben auf dem langsam fließenden Okavango ein Kinderspiel und er hatte sogar Zeit, die zahlreichen Vögel des Deltas zu beobachten.

Viele der toten Bäume, die mit ihren abgestorbenen
Ästen aus dem Sumpf ragten, waren Nist- und Schlafplatz für die Reiher und Störche, denen der fischreiche
Okavango genügend Beute bot. Erst am Abend zogen sie
sich auf diese Schlafbäume am Rande der Lagunen und
Kanäle zurück, jetzt, am Tag, stieß Rob überall im Delta auf
die gefiederten Fischer mit so eigentümlichen Namen wie
Nimmersatt und Hammerkopf. Schwarze Schlangenhals-
vögel trockneten ihr Gefieder in der Sonne, wenn sie ihre
Unterwasserjagdzüge beendet hatten. Scharlachrote Bie-
nenfresser und regenbogenfarbene Königsfischer schwirr-
ten über die Wasseroberfläche und die seltsamen Jacana-
Blatthühnchen balancierten auf ihren langen Zehen über
die schwimmende Decke aus saftig grünen Seerosenblättern. Die größten waren die Marabus, graue Stolzierer mit

ewig grinsendem Gesicht, kahlem Kopf und fleischrotem Kehlsack. Manche der Sumpffeigensträucher leuchteten weiß vom Gefieder der Silber- und Seidenreiher, die sich nur durch die Färbung ihres Schnabels voneinander unterscheiden. In den flachen Wasserzonen am Rande der Inseln fischten heilige Ibisse, die im alten Ägypten als Regenbringer galten, und die breitschnabeligen Löffler, während sich die majestätischen weißköpfigen Seeadler die fettesten Barsche im reißenden Sturzflug aus den tiefen Lagunen angelten.

Auch Rob war zum Fischer geworden. Im Mokoro fand er eine etwa zehn Meter lange Leine, mit der das Boot am Ufer festgebunden werden konnte. Statt Angelhaken verwendete er krumme Dornen und als Köder fing er Libellen und große Fliegen, die sich die Bootswand als Sonnenplatz aussuchten. Bald zog er die Leine wie eine Angelschnur im Schlepptau hinter dem treibenden Mokoro her und wartete darauf, dass einer der Barsche oder gar ein Tigerfisch anbiss.

N'gaoi hatte die Berge noch während der kalten Nachtstunden verlassen, um seine Spuren der Kraft des Morgentaus anzuvertrauen. Dieser setzte sich bei Tagesanbruch schwer und nass auf die Gräser und drückte sie zu Boden. Mit den ersten Sonnenstrahlen, die der beginnende Tag in die weiten Ebenen der Kalahari sandte, wurden die Tautropfen aufgesogen und bald stand alles Gras wieder trocken und aufgerichtet. Kein Auge, nicht einmal das eines San würde erkennen können, wohin N'gaoi in der Nacht seinen Fuß gesetzt hatte.

Als am Morgen die Sonne über der Savanne aufstieg, gönnte er sich eine kurze Rast unter einem Mangettibaum. Es war der einzige Baum dieser Art weit und breit und niemand wusste, wie er hier an diesen Platz gekommen war.

Vielleicht hatte einst ein Buschmann auf seinem Jagdzug eine Mangettinuß verloren und sie war hier nach einem kurzen Regen gekeimt und aufgegangen. Jeder San kannte diesen einsamen Baum in der Wüste und N'gaoi deckte sich mit zwei Handvoll der öligen, kaum hühnereigroßen Früchte ein. Sie waren guter Vorrat und er beschloss, sie erst dann zu knacken, wenn er in dem unbekannten Land, das vor ihm lag, keine andere Nahrung mehr fand.

Der San lief schnell, Dauerlauf in der Wüste war nichts Ungewöhnliches für ihn. Lange Strecken ohne Pausen zurückzulegen, gehörte für die Buschleute zum Jägeralltag. Wie oft hatte er schon mit seinen Gefährten die schnellen Gazellen zu Tode gehetzt, mit Ausdauer und gleichmäßigem Atem ein Tier verfolgt, bis es, erschöpft vom vielen Fliehen, Spähen, Wittern und Ausbrechen, schließlich hechelnd und ermattet stehen blieb, die Muskeln erschlafften und es für die Jäger zur leichten Beute wurde.

Mit eben dieser Ausdauer und in stets gleichbleibendem Tempo bewegte sich N'gaoi durch das offene, mit spärlichem Busch bewachsene Grasland, sein Atem ging gleichmäßig wie ein Uhrwerk, rhythmisch setzte er einen Fuß vor den anderen, wich geschickt den Dornen und spitzigen Ästen am Boden aus und legte Stunde um Stunde große Strecken zurück. Mit dem untrüglichen Instinkt des Kalaharibewohners wählte er seine Richtung, von der er nicht einen Grad abwich, geradeso, als habe er seine Navigation mit einem Kompass in der Hand bestimmt. Immer nach Nordosten rannte der kleine Jäger, schnell wie der Karakal, leichtfüßig wie der Wüstenfuchs und lautlos wie der Schakal.

Am Mittag schon verließ er das Gelände, das er von seinen Jagdstreifzügen her kannte. Drei Affenbrotbäume ragten mit ihren meterdicken Stämmen wie Mahnmale einer anderen Welt in die Lüfte. Für die San waren sie ein natürliches Trinkreservoir, auch in der extremen Trockenzeit ließ sich die faserige Rinde aufschneiden und man gelangte an den Saft der Baobabs. Einst hatten die Götter diese Bäume in großem Zorn aus der Erde gerissen und sie in ihrer Wut mit den Wurzeln nach oben wieder in den Boden gesteckt, so erzählten die Alten. Das war die Grenze des San-Landes, nie hatte ein Buschmannfuß die Erde jenseits der Götterbäume betreten.

Bei den Baobabs grub er aus dem Reservoir, das er mit seinen Brüdern schon vor langer Zeit hier angelegt hatte, Straußeneier aus. Sie waren mit Wasser und dem milchigen Saft einer Knolle gefüllt und mit Pfropfen aus Gras verschlossen. Das Muster, das auf der Eischale eingeritzt war, sagte ihm dass K'tuma die Eier hier vergraben hatte, um auf der Jagd einen Vorrat für die Trockenzeit zu haben. N'gaoi legte zwei der Eier in seinen Beutel und beließ die anderen im Versteck unter den Bäumen. K'tuma würde den Verlust der beiden Eier verschmerzen und ihm konnten sie in einigen Tagen das Leben retten.

Als die Hitze alles Leben in der Wüste zu ersticken drohte, rastete N'gaoi im offenen Dornveld. Stunde um Stunde hatte er das unbekannte Land durchquert. Ein Jäger, verfolgt und getrieben, auf einem Pfad ins Ungewisse. Er war jetzt allein auf seinen Instinkt angewiesen, kein einsamer Baum mehr, kein Fels, keine Markierung, die ihm zeigten, wo er war. Sein Blick ruhte auf der Fährte, die er im sandigen Grasland hinterlassen hatte. Wie schnell würden ihn die Verfolger aufstöbern? Wann würde er das große Wasser erreichen, von dem M'gasho gesprochen hatte? Welchen Sinn hatte überhaupt seine Flucht? Was würde ihn erwarten, wenn er eines Tages zurückkehrte zu K'hao und seinen Brüdern? Wie lange würde er auf diesen Tag warten müssen? Und wer war der weiße Mann, dem er in seiner Vision das Leben gerettet hatte?

Der Fisch biss an, als der Mokoro geräuschlos über eine der großen Lagunen trieb. Rob behielt ständig Kontakt zu seiner Angelleine und spürte sofort das große Gewicht des Fisches am anderen Ende. Ein Tigerfisch dieser Größe und er hätte für die nächsten Tage ausgesorgt. Doch es war ein Wels, der angebissen hatte.

Sein Rücken war pechschwarz und der Fisch kämpfte mit gewaltigen Schlägen seines ganzen elastischen Körpers um seine Freiheit. Er maß fast einen halben Meter und der Mokoro schwankte bedrohlich, als Rob ihn über die Bordwand zog. Der Wels zappelte wild, krümmte sich auf den Rücken und streckte seine leuchtend weiße Bauchseite zum Himmel. Rob tastete nach dem Stechpaddel, während er mit der anderen Hand versuchte, den Fisch daran zu hindern, wieder ins Wasser zurück zu springen. Drei kurz aufeinander folgende Schläge ins Genick des Fisches waren nötig, bis er zuckend liegen blieb, und sich das breite, Barten bewehrte Maul des Räubers nur noch in letzten Reflexen öffnete und schloss. Seine toten Augen starrten Rob glanzlos an, als seine Hand dem Fisch fast bis ans Gelenk in den Rachen fuhr, um den Angelhaken aus dem schwarzen Schlund zu reißen.

Rob nahm einen langen Akaziendorn und schlitzte den weichen Bauch des Fisches auf, um ihn auszunehmen. Er hatte vor, den Wels in lange Streifen zu schneiden und diese in der Sonne zu trocknen. Dieser Fischbiltong würde ihn ernähren, wenn er eines Tages festes Ufer erreichte und sich landeinwärts auf die Suche nach einem Camp machen würde. Es würden Tage vergehen, ehe er frisches Fleisch zu essen bekam. Ohne Waffen und Werkzeug, um Fallen zu bauen, hatte er keine Chance, sich im Busch zu ernähren. Auch die Frage des Wasservorrats hatte er noch zu lösen. Vergeblich hatte er nach großen Kürbissen Ausschau gehalten, die ihm als Wasserbehälter dienen konnten. Ehe er den Okavango verließ, hoffte er, auf Nester großer Wasservögel zu stoßen, deren Eier er ausblasen und mit Wasser füllen konnte.

Rob riss dem Wels die Eingeweide aus der Bauchhöhle und warf sie über Bord. Er drehte den ausgenommenen Wels auf den Bauch und fuhr angewidert zurück: über den schwarzen glitschigen Rücken des Fisches krochen Hunderte kleiner milchigweißer Maden, sie entschlüpften den Poren der Fischhaut, krümmten sich wie Würmer und fielen zappelnd auf den Boden des Mokoro. Robs Gesicht verzog sich zu einer Fratze, er packte den Wels an der Schwanzflosse und beförderte ihn in hohem Bogen ins Wasser zurück. Es mochte ja sein, dass die Flussbuschmänner diese Maden im Fischfleisch mit wahrer Wonne verzehrten, Rob verzichtete jedoch gerne auf diesen zweifelhaften Genuss. Im selben Moment wurde ihm bewusst, dass es dumm gewesen war, den großen Fisch über Bord geworfen zu haben; das Fischfleisch hätte hervorragende Köder abgeben können. Missmutig legte er sich auf den Holzboden und starrte zum Himmel, während der Mokoro südwärts trieb.

N'gaoi saß am Ufer des Okavango und konnte nicht glauben, was er sah. M'gasho hatte ihm gesagt, dass er auf ein großes Wasser stoßen würde, doch dieser Fluss übertraf alles, was er sich in seinen Gedanken vorgestellt hatte. Hier oben im Norden war der Okavango ein breiter Fluss mit einigen Seitenarmen, der sich träge seinen Weg zum Delta bahnte. N'gaoi war zuletzt durch ein flaches waldiges Tal gezogen, die Vegetation war zunehmend dichter und grüner geworden, doch erst in unmittelbarer Nähe des Flusses hatte die Landschaft ihren Wüstencharakter allmählich verloren. Die Sande der Kalahari reichten fast bis an die grünen Ufer.

Ruhig und breit floss das Wasser an N'gaoi vorbei, meterhohe Gräser mit palmartigen Auswüchsen am oberen Ende säumten die Ufer, auf dem Wasser schwammen Pflanzen mit weißen Blüten, die er noch nie gesehen hatte. Er war fasziniert von dieser neuen Welt, von Papyrus, Wasserlilien und Seerosen. Und von der Luft, die er atmete. So feucht und lebendig, wohltuend und kühl. Und zugleich flößte ihm all das Neue, Unbekannte Angst ein. Wie konnte er hier überleben? Gewiss, verdursten würde er nicht, aber wie konnte er hier Spuren von Kudu und Oryx entdecken? Wo gab es Wurzeln und Früchte? Welche Pflanzen konnte er essen, welche brachten den Tod? Wo gab es Platz für ein Feuer, wo konnte er in Sicherheit schlafen?

N'gaoi wusste keine Antworten auf diese Fragen und er blickte traurig in die Fluten. Unbekannte Geräusche drangen an seine Ohren. Es ging dem Abend zu und das Konzert der Glockenfrösche und Sumpfkröten hatte begonnen. Doch da waren auch Stimmen, lachende Menschenstimmen, die N'gaoi hörte. Gab es ein Dorf in der Nähe? Würden ihm diese Menschen helfen oder ihn seinen Verfolgern ausliefern?

M'gasho hatte ihm erzählt, dass am großen Wasser Menschen lebten, ein Volk wie die San der Wüste. Vorsichtig schlich N'gaoi in die Richtung, aus der die Stimmen erklangen. Schnell bemerkte er, dass die Laute vom Fluss kamen und duckte sich hinter den Papyrusstauden. Dann sah er sie. Sie waren dunkelhäutig, braun wie das Fell einer Sassabyantilope und etwas größer als er. Was ihn am meisten erstaunte, war, dass sich die Frauen und Kinder im Wasser bewegten. Nur die Köpfe und manchmal die Schultern schauten heraus. Sie hatten große korbähnliche Gefäße bei sich, die sie nebeneinander in das Wasser tauchten. Einige der Kinder saßen in langen ausgehöhlten Holzstämmen, die von einigen Jungen mit einer langen Stange über das Wasser bewegt wurden. N'gaoi hatte bisher weder Boote noch Fischer gesehen und beobachtete die Vorgänge am Fluss misstrauisch.

Flussaufwärts waren weitere Frauen ins Wasser gestiegen, die sich jetzt langsam auf die Fischerinnen und ihre Schilfreusen zu bewegten. Sie trieben die Fische vor sich her, die schließlich in die lampenschirmförmigen Reusen schwammen und gefangen wurden. Neugierig sahen die Kinder ihren Müttern beim Fischen zu und sprangen übermütig von den Mokoros aus ins Wasser. Die Älteren im Heck achteten darauf, dass die Boote nicht zu weit abtrieben oder den Fischerinnen ins Gehege kamen. Johlend und kreischend ließen sich die Treiberinnen in der Strömung abwärts gleiten, so verscheuchten sie die wenigen Krokodile, die es hier noch gab, und trieben die Fische in die Fallen.

Diese Menschen lebten vom Fischfang, und während die Männer ihre Netze in den Abendstunden auslegten, war das Reusenfischen bei Tag Sache der Frauen, die damit einen wichtigen Teil zur Ernährung ihrer Familien und Sippe beisteuerten. Heute war der Fischzug ein Erfolg. N'gaoi beobachtete, wie die vollen Reusen in die Einbäume geladen wurden und die Frauen mit ihren Kindern flussaufwärts in das Dorf zurückkehrten. Dann waren sie verschwunden. Spurlos. Nichts mehr verriet, dass sie noch vor wenigen Augenblicken vor seinen Augen gefischt und gesungen hatten. Der Fluss hatte alle Spuren verwischt.

N'gaoi dachte nach.

Auch seine Spuren müssten sich im Wasser auslöschen lassen. Vorsichtig trat er hart ans Ufer und hielt seinen Fuß ins Wasser. Er spürte die angenehme kühle Nässe im braunen Schlamm und zog den Fuß wieder heraus. Im Nu hatte das Wasser den sanften Abdruck wieder ausgespült, den sein Fuß am Boden hinterlassen hatte. Er hatte beobachtet, mit welcher Leichtigkeit, die Kinder die Einbäume über den Fluss gelenkt hatten. Warum sollte ihm das nicht gelingen? Auch er konnte stakend das andere Ufer erreichen, um für immer den Blicken seiner Verfolger zu entkommen.

N'gaoi schlich flussaufwärts und spürte bald die Nähe des Dorfes. Er hörte die Stimmen und roch den gebratenen Fisch. Dann sah er am Ufer die ersten Mokoros. Männer machten sich daran zu schaffen, zogen sie an Land oder banden sie mit Seilen an den Bäumen am Ufer fest. N'gaoi versteckte sich im Schilf und wartete. Die Dämmerung zog herauf, der düstere Himmel spiegelte sich in den Fluten des Okavango. Ein letztes Boot tauchte auf dem Fluss auf und näherte sich dem Ufer. Der junge Fischer hatte seine Netze ausgelegt und würde bei Sonnenaufgang wieder auf dem Fluss sein, um die Beute zu holen. Jetzt vertäute er den Mokoro am Ufer und lief zu den Riedhütten.

Als es dunkel war, hörte N'gaoi die Trommeln und den Gesang aus dem Dorf. Er huschte zum Mokoro des Jungen und löste den Knoten. Dann sprang er in das Boot, so wie er es am Mittag bei den Kindern gesehen hatte. An seinen Füßen spürte er das Wasser, das den Boden des Einbaums bedeckte. Er duckte sich, griff die lange Stange und stieß sich vom Ufer ab. Langsam ließ er sich zur Flussmitte treiben und lauschte. Niemand hatte den Diebstahl bemerkt.

Er erhob sich vorsichtig und erschrak, als der Einbaum gefährlich schwankte. Mit eisernem Griff hielt er sich an der Stange fest, und tauchte sie, vorsichtig balancierend, tief in die Fluten. Er spürte Grund und drückte die Stange mit aller Kraft nach unten, doch das Boot gehorchte nicht seinem Willen. Es musste einen Zauber geben, um in die gewünschte Richtung zu kommen. Statt auf das andere Ufer zuzuhalten, ließ sich der Mokoro von der Strömung erfasste. N'gaoi versuchte verzweifelt, die Stange aus dem schlammigen, zähen Grund des Flusses zu ziehen. Die Armmuskeln schmerzten, weit lehnte er sich aus dem Boot, seine Ellbogen tauchten in die kalten Fluten.

Mit aller Kraft zog er die Stange an Bord, das Boot unter seinen Füßen wurde von der Strömung flussabwärts gezerrt. Müde und verzweifelt sank er zurück in den nassen Bootsrumpf.

Robs Mokoro erreichte eine ruhige Lagune, an deren westlichem Ende eine einsame Elfenbeinpalme von einer Insel aus in den Himmel ragte. Große Tigerfische standen starr unter den Schatten spendenden Seerosenblättern, die die Lagune wie ein Teppich bedeckten. Rob beschloss, es hier noch einmal mit der Angel zu versuchen. Er befestigte eine fünf Zentimeter lange Heuschrecke an seinem Dornhaken und ließ die Schnur ins Wasser gleiten. Der Mokoro driftete langsam südwärts, während die Leine Meter um Meter abrollte. Hin und wieder verfing sich der Haken im dichten Unterwasserdschungel, doch Rob bekam ihn durch behutsames Ziehen und Reißen rasch wieder frei.

Gespannt behielt er den Verlauf der Schnur im Auge und überließ die Richtung, in die der Einbaum trieb, der leichten Strömung. Noch hatte er keine Anzeichen von Menschen bemerkt, er war allein in dieser Wasserwildnis. Nur Fische sprangen überall in der Lagune, prächtige Exemplare, Barsche und Tigerfische, wie er sie unter den Seerosen gesehen hatte. Das Wasser war auch hier klar und

Rob konnte den morastigen Grund erkennen, über dem die Fischschwärme in gleichförmigen Bewegungen zogen. Es war eine friedliche Unterwasserwelt und auch die Welt darüber verriet keine Anzeichen von Unfrieden. Am Rande der Lagune, dort wo die Feigenbäume und Schilfwälder den Übergang zu den Inseln markierten, quakten die ersten Glockenfroschmännchen, um ihre Bräute auf eine neue Hochzeitsnacht einzustimmen.

Rob liebte diese Zeit zwischen Tag und Nacht, die wenigen Minuten der afrikanischen Dämmerung. Es waren Minuten des Scheidens und der Wiedergeburt. Wie viele der Kreaturen sahen in diesen Minuten das Licht der Sonne zum letzten Mal, wie viele Dramen spielten sich ab, bevor sie ihr leuchtendes Haupt am Morgen wieder aus den Fluten im Osten erhob.

Während er diesen Gedanken nachhing, spürte er, wie die Schnur Zug bekam. Er konzentrierte seinen Blick auf den Punkt, wo sie die Wasseroberfläche durchschnitt. Es war nichts zu erkennen. Die Leine verlor sich im endlosen Gewirr der Halme, Blätter und Blüten. Vorsichtig, Zentimeter um Zentimeter, holte Rob die Schnur ein. Wenn sie riss, war der Fisch für ihn verloren. Sanft schaukelte das Boot bei jeder Bewegung. Dann sah er den Fisch kommen. Es war ein Tiger! Kurz tauchte er über die Wasseroberfläche. Seine messerscharfen Zähne blitzten wie Perlen im Licht der tiefstehenden Sonne. Rob fixierte jede Bewegung des kräftigen Fischs mit seinen Augen, während der Abstand zum Mokoro immer geringer wurde.

Das mörderische Gebrüll durchschnitt die friedliche Stille über der Lagune wie ein Messer. Ehe Rob begriff, was geschehen war, griff der Elefant an. Das Wasser schäumte und brodelte, Rob fuhr herum und sah den grauen Koloss fünf Meter vor dem Mokoro. Der junge Bulle raste auf ihn

zu, die Ohren drohend aufgestellt und den Rüssel aufgeregt trompetend in die Luft gestreckt. Im letzten Moment
bremste er seinen Angriff ab, riss seinen massigen Kopf nach
oben und stieß einen Schrei aus, der Rob durch Mark und
Bein ging. Eine meterhohe Bugwelle erfasste den schmalen Einbaum und Rob verlor fast das Gleichgewicht. Der
Mokoro war, während Rob durch den Tigerfisch abgelenkt
wurde, auf den Elefanten zugetrieben, was für den Dickhäuter wie eine Provokation aussah.

Vorsichtig balancierend erreichte Rob die Stange, die am
Boden des Einbaums lag, fasste sie an einem Ende und richtete sich zögernd auf. Auge in Auge stand er dem größten Tier des afrikanischen Kontinents gegenüber. Er ahnte,
dass die Scheinattacke jetzt beendet war. Wenn der Elefant
erneut angriff, meinte er es ernst!

Der Elefant senkte den kantigen Schädel wie ein
angreifender Büffel, seine langen Stoßzähne durchpflügten das Wasser wie Periskope eines U-Boots. Mit seinem
Rüssel schlug er peitschend auf die Wasseroberfläche und
brüllte wütend. Rob konnte in den drohend blitzenden
Augen das Weiße erkennen. Er spürte, wie die geballte Kraft
des tonnenschweren Riesen das Wasser wie eine Lawine
vor sich her schob, begleitet von einem ohrenbetäubenden
Gebrüll. Das Wasser schien zu kochen, der Koloss bremste
noch einmal seinen Angriff ab, schüttelte mit breit aufge-
fächerten Ohren den Kopf, eine zweite Welle erfasste das
flachkielige Boot, der Einbaum kippte zur Seite, Rob verlor den Halt unter den Füßen und ruderte vergeblich mit
der Stange in der Luft. Mit einem Aufschrei landete er im
Wasser und versuchte, sich schwimmend aus der Gefahren-
zone zu retten, solange der Elefant sich noch nicht zu einem
letzten, alles vernichtenden Angriff entschlossen hatte.

Die Kobra war eine gute Schwimmerin und bahnte sich geschickt ihren Weg zwischen den Seggen und Schwimmpflanzen. Sie spürte die Unruhe des Wassers, die der Elefant ausgelöst hatte und floh vor der unbekannten Gefahr. Das Wasser war nicht ihr angestammtes Element und sie suchte den kürzesten Weg, um an Land zu kommen. Eigentlich jagte sie bei Nacht nach Fröschen und hatte sich nur durch die gewaltigen Erschütterungen aus ihrem Versteck aufscheuchen lassen. In eleganten Bewegungen durchschwamm sie die Lagune, glitt geschickt über Seerosenblätter und versuchte den Holzteilen auszuweichen, die der tobende Elefant wie Wurfgeschosse durch die Luft katapultierte. Plötzlich registrierte sie das Hindernis, bremste ihre Bewegung ab, richtete ihren Oberkörper drohend auf und der rasch aufgespreizte Halsschild ragte wie ein Mahnmal schwankend aus dem Wasser.

Robs Blick war fast panisch auf den Elefanten gerichtet, der wütend seinen mächtigen Kopf schüttelte und dabei mit den mondgelben Stoßzähnen ganze Wasserpflanzenbüsche ausriss. Hastig paddelte er durch das seichte Wasser auf die nahe Insel zu. Seine Kraulstöße waren unkontrolliert wie die eines Anfängers, wild rudernd wie bei einem Ertrinkenden. Seine Atmung war unregelmäßig und hechelnd. Die Gefahr bemerkte er erst, als es zu spät war.

Er spürt nur den Schmerz von zwei Nadelstichen in seiner rechten Hand, als die Kobra zustößt. Nur für den Bruchteil einer Sekunde hat er den Kopf mit den leblosen Augen und den schwach gespreizten Nackenschild aus dem Wasser ragen sehen. Tief bohren sich die zentimeterlangen Giftzähne wie kleine Dolche in sein Fleisch. Dann hängt die Kobra mit ihrem Oberkiefer an seiner Hand. Instinktiv hat sie sich festgebissen. Große Mengen Gift fließen so über die Bisswunden in seinen Blutkreislauf und werden ihn binnen weniger Stunden außer Gefecht setzen. Das Gift wird seine Atemmuskulatur lähmen und er wird unter fürchterlichen Krämpfen qualvoll ersticken.

Rob weiß, dass ihn nur entschlossenes Handeln retten kann und reagiert blitzschnell. Mit einer raschen Bewegung reißt er die Hand mit der Schlange zum Mund, unterdrückt sein Ekelgefühl und tötet die Kobra mit einem beherzten Biss in ihr Genick. Zischend öffnet sie ihren Rachen und er zieht die todbringenden Giftzähne aus den blutenden Wunden. Rasch saugt er die Bissstelle aus und hält seinen Arm nach unten. Er muss unter allen Umständen vermeiden, dass das Gift sein Herz erreicht. Er hat kein Messer, um die Wunde auszuschneiden, kein Feuer, um sie auszubrennen, ja nicht einmal eine Schnur oder einen Fetzen Stoff, um den Arm abzubinden. Die Angelleine hängt am Mokoro fest und seine Kleidung ist zu zerschlissen, um als Riemen dienen zu können.

Sein Blick fällt auf den toten Körper der Schlange, der im Wasser treibt. Er fischt ihn auf und watet langsam zu der kleinen Insel. Schnelle Bewegungen und Panik muss er vermeiden, sonst ist er verloren. Er erreicht die Insel an einer Stelle, wo das Ufer flach und fast ohne Bewuchs ist. Er schleppt sich an Land und sinkt zu Boden. Er ist am Ende seiner Kräfte und nahe daran, sich aufzugeben. Doch sein Wille, zu leben, ist stärker. Mit einigen spitzen Akaziendornen schlitzt er den Bauch der Kobra auf und häutet sie. Es ist keine einfache Arbeit, doch schließlich hält er die fast eineinhalb Meter lange Schlangenhaut in der Hand. Vorsichtig bindet er mit ihr den verletzten Arm ab, der an der Bissstelle am Handgelenk schon stark angeschwollen ist. Rob keucht vor Anstrengung und kleine Schweißperlen treten auf seine Stirn, als er den letzten Knoten seiner Aderpresse mit aller Kraft zuschnürt. Erschöpft sinkt er zurück und spürt den stechenden Schmerz in seiner Hand. Dann wird ihm schwarz vor Augen.

N'gaoi hatte den Elefanten von seinem Versteck aus beobachtet. Still war er in seinem Einbaum sitzen geblieben und hatte abgewartet. Mit etwas Glück, würde der Elefant weiterziehen, ohne ihn bemerkt zu haben.

Der San hatte gelernt, mit dem Mokoro umzugehen, und mit Erfolg auf Fische zu schießen, wenn sie sich an der Wasseroberfläche sonnten. Er erfreute sich an dem zischenden Geräusch des Pfeils, wenn er ins Wasser tauchte und an dem aufgeregten Zappeln des getroffenen Fischs. Doch diesmal hatte er den Pfeil wieder von der Sehne genommen und inne gehalten. Unter den zahllosen Stimmen der Wüste war der Schrei des Elefanten die markanteste. N'gaoi hatte noch keine Elefanten in den Sümpfen gesehen und war überrascht, das Trompeten hier zu hören. Dann sah er den Bullen, wie er mit drohend aufgestellten Ohren das Wasser durchpflügte. Der San kannte das Warnsignal. Der wütende Dickhäuter würde alles überrollen, was sich ihm in den Weg stellte. N'gaoi steuerte den Mokoro unter eine Sumpffeige, deren Zweige bis zur Wasseroberfläche hingen. Schon stob der Elefant an seinem Versteck vorbei, durchbrach die Uferböschung einer kleinen Insel und verschwand krachend und stampfend im Busch.

N'gaoi blieb bis zum Einbruch der Dämmerung in seinem Versteck. Im letzten Tageslicht entdeckten die scharfen Augen des Buschmanns das Holzteil, das im Wasser trieb. Neugierig geworden, was den Unmut des Elefanten ausgelöst haben konnte, fischte er das Stechpaddel aus dem Wasser und begutachtete es prüfend. Wo war das Boot, zu dem dieses Paddel gehörte? Wo war sein Besitzer? Vorsichtig steuerte N'gaoi den Mokoro flussaufwärts, dem Weg entgegen, den der Elefant gekommen war. Seine Augen versuchten die hereinbrechende Finsternis zu durchdringen. Über seinen Schenkeln lag der Bogen mit dem vergifteten Pfeil. Der Bruchteil einer Sekunde würde genügen, um ihn abzuschießen. Dann entdeckte er den blassen Schimmer der nackten Beine, die aus dem Röhricht am anderen Ufer ins Wasser ragten. Der Buschmann ließ keinen Blick von ihnen, während er sich langsam der Stelle näherte. Nichts rührte sich. Wer immer dort lag, schien entweder zu schlafen oder tot zu sein. Als er nahe genug heran war, entdeckte er im Gras den abgehäuteten Körper einer Schlange.

N'gaoi sprang an Land und kniete neben dem Weißen nieder. Er tastete nach dem Herz und stellte fest, dass es noch schlug. Er legte sein Ohr an den Mund des Weißen, um seine Atmung zu fühlen. Dabei spürte er, dass sein Gesicht glühte. Dann sah er die mit Schlangenhaut abgebundene Hand, die stark geschwollen war. Am einen Ende der Schlangenhaut hing merkwürdig entstellt der Kopf der Kobra mit weit geöffnetem Rachen. Was er im letzten Dämmerlicht des Tages sah, erzählte dem San, was vorgefallen war. Der weiße Mann stand am Rand des Todes.

Der San sah hinauf zum tiefblauen wolkenlosen Abendhimmel, an dem gerade der Mond aufgegangen war und die Szenerie in ein gespenstisches Licht tauchte. Die Bilder aus seiner Trance tauchten vor ihm auf, die Götter hatten ihn, den Rächer, zum Retter bestimmt.

Das Erste, was Rob erblickte, als er aus seiner Ohnmacht erwachte, war eine kleine, seltsam am Boden kauernde Gestalt, die offensichtlich damit beschäftigt war, am offenen Feuer einen Brei anzurühren. Rob versuchte, sich zu erinnern, was geschehen war und rekonstruierte die Ereignisse lückenhaft. Der Angriff des Elefanten – er war aus seinem Mokoro heraus geschleudert worden und um sein Leben geschwommen, doch dann? – Die Schlange! Hatte sie ihn gebissen? Hatte er es noch geschafft, die Bissstelle abzubinden? Er fühlte den stechenden Schmerz in seiner Hand und versuchte, sie zu bewegen. Es ging nicht. Mühsam richtete er seinen Oberkörper auf und stützte sich auf den Ellbogen. Sein Stöhnen ließ die Gestalt aufblicken. Mit einer kleinen Bewegung wandte sie sich Rob zu und drückte ihn sanft auf sein Lager zurück. In einer Sprache die Rob nicht verstand, hörte er ein paar Worte. Die Klicklaute klangen fremd in Robs Ohren und er kam sich vor wie ein einjähriges Kind, von dem ein freundlicher fremder Onkel Gehorsam verlangte. Schweigend betrachtete er den kleinen Mann, der sich jetzt wieder seiner Arbeit am Feuer zuwandte.

Er war mager und ausgezehrt, doch machte er trotz seiner schmächtigen Gestalt einen kräftigen und gesunden Eindruck. Die nackte Haut seiner unbehaarten Brust war faltig wie die eines Warans. Schulterknochen, Schlüssel- und Brustbein waren deutlich zu erkennen und die dicken Schlagadern der Arme traten unter der Haut prall hervor wie der verästelte Lauf eines Flusses. Die Finger, mit denen er den Brei in einer Schildkrötenpanzerschüssel knetete, waren schmutzig und rot vor Blut, seine runden, von Hautfurchen gezeichneten Knie berührten in seiner seltsamen Hockstellung fast die Schultern. Zuweilen legte er sein spitzes Kinn bequem auf das linke Knie, sein Atem kam ruhig und gleichmäßig aus dem leicht geöffneten Mund. Nur selten schlossen sich die schmalwülstigen Lippen. Die Nase war breit und platt, der Nasenrücken verlief in einer gleichmäßigen Innenwölbung bis zur Stirn, wo sich zahlreiche Querfalten mit dicken Faltenwülsten am Nasenbein zu kreuzen schienen. Auf der rauen Stirn und um die fast geschlossenen mandelförmigen Mongolenaugen hatte sich Schweiß gebildet, der hell im Sonnenlicht glänzte. Das fast herzförmige Gesicht, die golden schimmernde Bräune seiner Haut, das schwarze Pfefferkornhaar und die Klicklaute in den wenigen Wortfetzen verrieten Rob, dass ihm ein Buschmann gegenüber saß.

Offenbar hatte der San Robs Schlangenbiss behandelt, die Wunde ausgeschnitten und gesäubert und das Fieber bekämpft. Rob fühlte, dass seine Hand von einem kühlen, feuchten und schweren Verband umschlossen wurde. Er schielte nach unten und entdeckte eine dicke Schicht aus grünen Blättern und anderen Pflanzenteilen, die auf seinem Arm ruhte. Er versuchte, sich an die Symptome zu erinnern, die nach dem Biss einer Kobra auftreten mussten. Sein Atem ging gleichmäßig und er hatte keineswegs das Gefühl, zu wenig Luft zu bekommen. Auch sein Herz schien normal zu schlagen, der Puls an seinem Hals ließ sich gut fühlen. Nur seine Stirn glühte und er wusste, dass er das Fieber noch nicht überstanden hatte. Die Schmerzen in seiner Hand waren zu ertragen und er hoffte, dass auch die Lähmung mit der Zeit nachlassen würde. Durch das Abbinden der Bissstelle war verhältnismäßig wenig Gift in die Blutbahn gelangt. Vielleicht hatte die Kobra kurz zuvor erfolgreich gejagt und nur noch über wenig Gift verfügt. Hätte das tödliche Nervengift sein Herz erreicht, wären Blutkreislauf und Atemmuskulatur lahm gelegt worden. Ohne die Hilfe des Buschmanns hätte er, so schwach wie er war, den nächsten Morgen sicher nicht mehr erlebt. Der kleine Jäger hatte ihm das Leben gerettet.

Jetzt wandte er sich Rob zu und deutete mit den Fingern an, dass er nun essen müsse. Rob nickte und öffnete zum Zeichen, dass er verstanden hatte, den Mund. Der San tauchte seine Hand in den Schildkrötenpanzer und fischte mit drei Fingern einen graubraunen klebrigen Brei hervor. Ehe Rob sich wehren konnte, steckten die Finger des Buschmanns in seinem Mund. Der Brei schmeckte bitter und leicht sauer wie verdorbene Milch oder verschimmeltes Brot. Rob unterdrückte seinen Brechreiz und zwang sich, die Buschmannskost hinab zu würgen. Er musste bei Kräften bleiben und konnte es sich nicht leisten, wählerisch zu sein. Er rechnete damit, dass der San nun ebenfalls von dem Brei essen würde, doch war die ganze Ration nur für ihn allein bestimmt. Kaum hatte er geschluckt, tauchten auch schon wieder die breiverschmierten Finger vor seinem Mund auf und der Buschmann ließ nicht locker, bis der ganze Schildkrötenpanzer buchstäblich leer geleckt war.

Das Essen strengte Rob an, die Krämpfe in seiner Hand schmerzten und er schloss erschöpft die Augen. Der San gab ihm schließlich durch Klicken und Klacken und Zeichensprache zu verstehen, dass es Zeit für einen Verbandwechsel war. Vorsichtig entfernte er die dicke Lage der kühlenden Pflanzendecke und inspizierte die Bissstelle von allen Seiten. Leise plappernd schüttelte er den Kopf. Er schien mit dem Heilungsprozess nicht zufrieden zu sein. Vorsichtig betastete er Robs Hand und beobachtete dabei seine Reaktion. Er hatte die Bissstelle mit seinem Messer vergrößert und ordentlich ausbluten lassen. Wenn der Patient aufstöhnte ging ein kurzes Zucken über sein Gesicht.

»Bad?« fragte er in geklicktem Englisch und Rob nickte. Es tat nicht gerade gut, wenn die Hand gedrückt wurde.

»Du sprichst Englisch?« fragte Rob und der San grinste.

»A little«, war die kurze Antwort und dann deutet er mit dem Finger vor seinem Mund an, dass Rob nun zu schweigen habe. Es war noch Zeit genug, sich bekannt zu machen. Er griff in seinen Kaross und zog ein mit einem Graspfropfen verschlossenes Springbockhorn hervor. Rob beobachtete, wie er ein dunkelrotes Pulver in die hohle Hand rieseln ließ und hineinspuckte. Mit einem Finger verrührte er Speichel und Pulver und träufelte die zähe Flüssigkeit direkt in die offene Bisswunde. Rob schrie auf. Es brannte wie Pfeffer.

»Very bad«, meinte der San und legte ihm die flache Hand auf die Stirn. Die andere Hand wanderte zu Robs Brust und tastete nach dem Herzschlag. Dann begann der San zu singen. Er sang eine einfache Melodie, die aus nicht mehr als vier, fünf Tönen und aus einem monotonen Rhythmus bestand, der sich ständig wiederholte. War es der Gesang oder die warme Hand auf seinem Herzen, was eine so beruhigende Wirkung auf ihn ausübte? Rob schloss die Augen und ließ sich fallen. Allmählich verschwand das Pochen in seiner Hand, der Schmerz ließ nach, die Krämpfe ebbten ab.

Der San fühlte das Herz gleichmäßig schlagen, fast so schnell wie sein eigenes Herz schlug. Er sang, bis der weiße Mann eingeschlafen war. Und während er schlief und N'gaoi weiter sang, verschloss er die Wunde, die zu nässen aufgehört hatte, mit einem Pfropfen aus weichen Pflanzenfasern. Dann breitete er feuchte Blätter über den Unterarm, die Kühlung bringen sollten. Erst als er den Verletzten so nach bester Buschmannmedizin versorgt hatte, wandte er sich wieder dem Feuer zu. Er bewunderte den Weißen Mann, der den übel riechenden Brei so widerstandslos gegessen hatte. Für sich hatte der San einen besseren Braten im Ofen. Mit seinem Grabstock stocherte er in der glühenden Asche des Feuers herum, bis der zusammen geringelte, knusprig geröstete Körper der gehäuteten Kobra zum Vorschein kam.

10

Sie waren schon mehr als zwei Stunden zu Fuß unterwegs und Lindas trockene Kehle schmerzte. Alan hatte vorgeschlagen, allein bis zu Will's Camp im Moremireservat zu wandern und dort ein Fahrzeug zu organisieren, mit dem er Linda und Ben auf der Flugpiste abholen konnte. Will war ein ehemaliger Kollege von Alan und sie rechneten fest mit seiner Hilfe. Alan hatte Linda den Okavango als ein wahres Paradies geschildert, und als er ihr erzählte, dass es in Will's Camp sogar Duschen gab, drängte sie ihn, gleich mitkommen zu dürfen. Nichts erschien ihr verlockender als eine herrlich erfrischende Dusche nach dem langen, nur durch holprige Zwischenlandungen unterbrochenen Flug von Kenia nach Botswana. Doch hätte sie gewusst, welch anstrengender Fußmarsch sie erwartete, sie wäre bei Ben im Flugzeug geblieben, um auf einen Wagen zu warten.

»Wie weit ist es noch?«

»Nicht mehr weit. Gleich sind wir da.« Auch seine Stimme klang erschöpft.

Am Pfad tauchte jetzt ein Termitenhügel auf, der Linda einen Schrecken einjagte. Man hatte die bleichen Schädel zweier Antilopen an seiner grauen Zinne befestigt und von seiner Spitze starrte der von halb zerfallenen Hörnern eingerahmte Totenkopf eines riesigen Büffels auf sie herab.

»Der Eingang zum Camp«, sagte Alan und deutete auf die drei Schädel. Linda strauchelte, kippte nach vorn und wurde von Alans starken Armen aufgefangen. Für ein paar Sekunden sahen sie sich in die Augen und Linda spürte seinen trockenen Atem in ihrem Gesicht. Sie legte ihren Kopf an seinen hünenhaften Oberkörper und genoss seinen Schutz und die Sicherheit, mit der er sie führte. Sein Arm umfasste sanft ihre Schulter und mit der anderen Hand ergriff er zärtlich ihre Finger, deren Haut rau wie Schmirgelpapier war. Plötzlich blieb er stehen, griff ihr unter das Kinn und hob ihren Kopf etwas an.

»Sieh’ ihn dir an! Vor dir liegt das Juwel der Kalahari!«

Linda blinzelte und sah nach vorne. Ihre Pupillen verengten sich, als die grellen Strahlen der Sonne auf ihre Augen trafen, und sie war wie gebannt von dem, was sie vor sich sah: es war ein Traum! Es musste ein Traum sein! Eben noch war sie durch die Wüste gezogen, umgeben von Sand und Dürre und jetzt sah sie vor sich eine Welt aus Wasser, die ihr den Atem nahm.

Im Schatten hochgewachsener Bäume, deren Laub so satt und grün war wie die regengetränkten Mittsommernachtwiesen im norwegischen Fjordland, schimmerte die Oberfläche einer papyrusumsäumten Lagune. Schwankend vom leichten Windhauch über dem Wasser ragten die Papyrusstauden meterhoch in den wolkenlosen Himmel, zu Hunderten tanzten weiße, rosafarbene und gelbe Seerosenblüten auf dem Wasser, eingerahmt von einem Meer schwankender Blätter und Halme, umschwirrt von Libellen und bunten Faltern, dazwischen wieder freies Wasser, klar und von einer Farbe, die mit Worten nicht zu beschreiben war. Am Ufer stand ein halbes Dutzend olivgrüner Igluzelte. Es war wie im Paradies.

»Das ist der Okavango«, erklärte Alan, »natürlich nur ein kleiner Teil des riesigen Deltas, ein Seitenarm. Doch vor dir, so weit dein Auge reicht und noch weiter, gibt es nichts anderes. Tausende solcher Lagunen, durch schmale Kanäle miteinander verbunden und durch Inseln und Papyruswälder voneinander getrennt. Möchtest du schwimmen?«

Linda war sprachlos. Sie konnte sich nicht erinnern, jemals im Leben etwas so Überwältigendes gesehen zu haben. Alans Frage riss sie aus ihrer Trance. Hatte er »schwimmen« gesagt? Alan bemerkte ihre Überraschung und zog sie zum Ufer.

»Es ist vollkommen ungefährlich. Warte einen Augenblick!«

Er ließ ihre Hand los und sprang in das kleine Motorboot, das neben einem einfachen Brettersteg vertäut lag.

»Will hat sicher nichts dagegen«, meinte er, als er den Motor startete und das Boot langsam vom Ufer weg tuckerte. Der Lärm zerriss die Stille der paradiesischen Einsamkeit.

»Das vertreibt die Krokodile«, rief Alan, »in drei Minuten kannst du reinkommen!«

Er steuerte das Motorboot zunächst zum anderen Ufer der Lagune. Dann drehte er ab und beschrieb einen Kreis. Kleine Wellen trieben ans Ufer und ließen die Seerosen auf und nieder wiegen. Sechs, acht mal kreiste Alan in der Lagune, dann verstummte der Motor das Boot trieb zum Steg.

»Es gibt ohnehin nicht mehr viele Krokodile im Delta«, meinte er beruhigend, »und die paar, die sich hier herumtreiben, sind jetzt über alle Berge!« Er sprang an Land und machte das Boot fest.

»Na los, komm schon!« Und als Linda noch immer zögerte, meinte er: »Keine Sorge, das Wasser ist wirklich O. k.! Der alte Will trinkt es sogar. Es gibt auch keine Bilharziose, falls du davor Angst hast, aber sonst jede Menge zu entdecken, Frau Reporterin!«

In der Tat war es diese Krankheit, die Linda immer davon abgehalten hatte, in tropischem Süßwasser zu baden. Zu groß war die Gefahr, von den Larven der gefährlichen Saugwürmer befallen zu werden.

Alan achtete nicht mehr weiter auf Linda. Er riss sich das Hemd vom Leib, streifte seine Hose ab und warf die Legionärsmütze ins Gras. Mit einem Hechtsprung landete er im Wasser und schrie vor Wonne laut auf.

»Worauf wartest du?« rief er und tauchte unter.

Lindas Misstrauen war besiegt. Die Verlockung nach der Anstrengung der Wüstenwanderung Abkühlung im Wasser zu finden, war größer als die Angst vor Krokodilen oder Blutegeln. Alans Freudenschreie zerstreuten ihre letzten Zweifel. T-Shirt und Shorts landeten im Ufergebüsch. Nur mit einem schmalen Slip bekleidet stürzte sie sich in die Fluten. Das Wasser war herrlich erfrischend und Linda schwamm kraulend in die Lagune hinaus, fast bis an den Rand des Seerosenteppichs. Ihre Füße tasteten nach Grund und sie staunte, weil sie auch hier draußen noch bequem stehen konnte. Der Boden war weich und warm, feiner Sand, der leicht unter ihrem Gewicht nachgab. Alan beobachtete lächelnd, wie sie die Abkühlung genoss. Sie lag auf dem Rücken und hielt ihre Augen geschlossen. Eine leichte Strömung trieb sie südwärts, sanft umspülte das weiche Wasser ihr langes schwarzes Haar und ihre Brüste.

Alan kraulte auf sie zu und sie schwamm ihm entgegen. Kurz bevor sie sich trafen, stieß sie sich vom Grund ab und tauchte unter ihm hindurch. Sie spürte seine Zehen an ihrem Rücken und tauchte auf. Alan hatte sich umgedreht und hechtete grinsend auf sie zu. Geschickt wich sie aus, fasste ihn bei den Haaren und drückte ihm lachend den Kopf unter Wasser. Sie versuchte, ihm Richtung Ufer zu entwischen, doch Alan war ein guter Schwimmer. Rasch hatte er sie eingeholt und hielt sie am Schienbein fest. Langsam zog er sie durchs Wasser zu sich heran. Sie prustete und zappelte wie ein gefangener Fisch, doch er ließ nicht locker.

Sie gab ihren Widerstand auf und spürte seine andere Hand zärtlich über ihr Knie und über ihren Oberschenkel gleiten. Sie ließ sich von der Strömung erfassen und trieb langsam in seine Arme. Ihre Hände tasteten nach seinen Schultern und sie spürte seine sanfte Kraft, als er ihren nackten Körper im Wasser an sich drückte. Ihre Lippen fanden sich, und während sie sich küssten, zog Alan sie unter die Wasseroberfläche. Sie spürte seine Zunge in ihrem Mund und fühlte, wie das Wasser sie umschloss. Ihre Füße verhakten sich, vergebens suchte sie im sandigen Bodengrund Halt. Alan tauchte auf, um Luft zu holen, und als Linda nach oben kam, spritzte er ihr übermütig ins Gesicht. Sie balgten sich wie junge Fischotter beim ersten Ausflug ins nasse Element. Linda ertappte sich bei dem Gedanken, das erregende Spiel bis zum Äußersten zu treiben, als Alan plötzlich von ihr abließ und zum Ufer schwamm.

»Das genügt fürs Erste«, meinte er trocken. »Wir sollten uns etwas ausruhen, bevor wir Ben abholen.«

»Wie willst du ihn abholen? Mit dem Boot?« rief Linda übermütig.

»Oh nein. Will hat immer ein paar Fahrzeuge im Camp. Wir werden uns eins ausleihen.«

Alan kroch ans Ufer und auch Linda stieg an Land. Keuchend ließen sie sich nebeneinander ins Gras fallen und schlossen die Augen. Alans Hand tastete nach Lindas Arm und berührte ihn sanft. Sie zuckte ganz kurz zusammen, als sie seine kalten Finger spürte und bekam eine Gänsehaut. Ihre Finger fanden zueinander und sie drückte seine Hand.

Minuten vergingen, ohne dass sie ein Wort sprachen. Linda glaubte schon, Alan sei eingeschlafen, als sie seinen Schatten über ihrem Gesicht spürte. Ja, komm, küss mich; ich will, dass du mich küsst ... Vorsichtig blinzelnd schlug sie die Augen auf und fuhr erschrocken hoch. Sie blickte in ein schwarzes Gesicht, das zu einem langen Kerl gehörte, der direkt neben ihr stand. Seine Füße steckten in Sandalen, die er sich aus alten Autoreifen gebastelt hatte, außerdem trug er ein zerfetztes Trägershirt und ausgebleichte Bermudas. Auch Alan hatte sich aufgerichtet und starrte den Schwarzen an. Der grinste breit und murmelte ein paar Worte in einem Slang, den Linda nicht verstand.

»Er sagt, er heißt Theba und ist ein Fahrer von Will. Möchte gerne wissen, wie wir hierher gekommen sind«, erklärte Alan. »Es ist besser, du ziehst dich jetzt an. Ich werde ihm sagen, was er wissen muss.«

Linda nahm ihre Kleider und zog sich ins Camp zurück. Die meisten der großen Zweibettzelte waren leer, in den Übrigen zeigten halb gepackte Reisetaschen und einige geöffnete Koffer, dass die Safarigäste wohl im Busch unterwegs waren und einen Teil ihres Gepäcks im Basislager zurückgelassen hatten. Bei ihrem Rundgang durch das Camp entdeckte Linda neben dem Küchenzelt die rustikale Buschbar, die in einer Schilfhütte direkt am Ufer der Lagune untergebracht war, und die einfachen Duschen, deren Wasser mit Hilfe von Solarzellen aufgeheizt werden konnte. Sie beobachtete, wie sich Alan noch immer mit Theba unterhielt und beschloss, sich noch eine ausgiebige Dusche zu gönnen. Danach schlenderte sie durch das Camp und stieß beim Küchenzelt auf Alan, der mit einigen Konservendosen hantierte.

»Kochst du heute Abend?« fragte sie und lachte ihn an.

»Wird mir wohl nichts anderes übrig bleiben«, meinte er. »Ich glaube nicht, dass du dich in der Buschküche auskennst.«

»Ich bin bereit, von dir zu lernen. Wo ist dieser Theba?«

»Leider gibt es im Moment nur einen Wagen im Camp. Ich habe Theba damit zu Ben geschickt. Will ist mit seiner

Gruppe für ein paar Tage zum Savuti gefahren. Übermorgen Abend wollte er zurück sein.«

»Und was hast du nun vor?«

»Zuerst –« Alan lächelte verschmitzt, »– gibt es Bohneneintopf mit Speck. Und dann werden wir uns ein gemütliches Zelt für die Nacht aussuchen.«

»Quatschkopf!« lästerte Linda. »Du weißt genau, was ich meine! Was passiert, wenn Loomans Leute hier auftauchen?«

»Theba und Ben werden unsere Maschine im Wald verstecken und tarnen. Looman braucht nicht zu wissen, wo wir sind. Dann werden sie die Piste nicht mehr aus den Augen lassen.«

»Heißt das, du lässt Ben und Theba ganz allein da draußen im Busch?«

»Sie werden es sich sicher gemütlich machen. Sollte ein Flugzeug landen, werden sie sich in den Rover setzen und uns warnen. So sind wir vor Überraschungen sicher. Theba hat Proviant für Ben mitgenommen. Mit einem Bad wird der alte Hunter sich noch bis morgen gedulden müssen. Aber wie ich ihn kenne, macht ihm das nicht allzu viel aus.«

Linda sah hinaus auf das ruhige Wasser der Lagune. Sie war allein mit Alan. Allein in einem romantischen Camp mitten im afrikanischen Busch.

Am Abend lag Linda in den Armen Alans und lauschte der Symphonie der Sümpfe. Sie wusste nicht, welche Tiere all diese Geräusche verursachten und schon gar nicht, wie weit sie von ihrem Zelt entfernt waren. Manche schienen direkt vor ihrem Eingang zu sitzen. Da war dieses hohe Zirpen und Fiepen, ein Gesang wie von Tausenden Grillen und Zikaden, dann ein Trillern, das in einem fortwährenden An- und Abschwellen des Tones erklang, unterbrochen von rauen Grunzlauten, die aus dem Wasser zu kommen schienen. Jetzt wieder dieses heißere Brüllen, ein Schreien, das durch Mark und Bein ging, das Trompeten eines Elefanten.

»Keine Angst, er ist Kilometer weit weg«, Alan drückte sie an sich und spürte, wie sie seine Umarmung genoss. Ihr Haar war weich und er nahm ihren angenehmen Duft in sich auf. Linda hatte ihren Kopf auf Alans Brust gelegt und fühlte seinen Herzschlag. Sein warmer Atem streifte ihr Gesicht, sie spürte die Bartstoppeln an seinem Kinn in ihren Haaren. Seine Hand ruhte auf ihrem Nacken und seine Finger massierten sanft ihr Genick.

»Ist dir kalt?« flüsterte er schließlich und fühlte die Gänsehaut an ihrem Arm. Statt einer Antwort kuschelte sie sich enger an ihn und genoss seine Wärme. Sie spürte seine nackte Haut überall, seine Zehen spielten an ihren Fußsohlen, seine Hände streichelten ihren Rücken, seine Arme berührten wie zufällig ihre Brüste.

Die Geräusche um sie herum waren zur Nebensache geworden. Sie hörte nur noch seinen gleichmäßigen Atem und das Rascheln des Schlafsacks, wenn sie sich bewegten.

»Du bist eine wunderschöne Frau«, flüsterte er, während seine Finger über ihre Hüften glitten.

»Georgia hat mir von dir erzählt«, sagte sie zögernd. Alan richtete seinen Oberkörper auf und stützte sich auf den Ellbogen. Sie wollte ihn nicht verletzen, doch Georgia Marsh hatte sie davor gewarnt, sich in Alan zu verlieben. Linda wartete eine Zeit lang, bevor sie zögernd fragte: »Hast du sie geliebt, diese Angie?«

»Du weißt, dass ich nicht gerne darüber rede, aber vielleicht sollte ich es dir wirklich sagen. Angie war die einzige Frau, für die ich Afrika aufgegeben hätte.«

»Es tut mir Leid. Du gibst dir immer noch die Schuld an ihrem Tod?«

»Sie nennen mich den Todesfahrer der Mara. Ich hätte mich niemals überreden lassen dürfen, die Elefanten zu reizen. Aber ich wollte sie nicht enttäuschen. Sie hatte keine Ahnung von Afrika. Darin war sie dir ähnlich.«

Sie schwiegen beide.

»Was wirst du tun, wenn wir Rob gefunden haben?« fragte Alan schließlich.

»Ich weiß es nicht. Es hängt von so vielen Umständen ab.«

»Könntest du dir nicht vorstellen in Afrika zu leben?«

Sie sahen sich an. Alan beugte sich zu ihr herunter und küsste sie. Seine Zunge war warm und zärtlich und seine Hände glitten sanft unter ihr T-Shirt.

»Könntest du dir vorstellen«, hauchte sie, »noch einmal für eine Frau Afrika zu vergessen?«

»Ich bin wie dieser Fluss«, flüsterte er, »an dessen Ufer unser Zelt steht. Du wirst ihn noch kennen lernen und du wirst mich verstehen. Er hat seinen eigenen Willen und seinen eigenen Weg. Er hat nicht nur zwei Ufer, sondern Tausende. Und er lässt sich nicht lenken, weder zum Meer, noch zu sonst einem Ort. Er bleibt einfach hier, mitten in Afrika. Ohne Grenzen. Ich bin wie der Okavango.«

»Du bist ehrlich. Und du wirst es schaffen. Ich bin sehr froh, dass ich dich getroffen habe.«

Linda schlang ihre Arme um seinen Nacken und zog ihn zu sich herab.

»Ich habe mich in dich verliebt«, flüsterte sie zwischen zwei langen Küssen, »doch ich weiß, dass ich dich schon jetzt verloren habe.«

»Diese Nacht gehört uns. Niemand kann sie uns nehmen.«

Sie würden miteinander schlafen und es würde wunderschön sein, hier allein, mitten in der Wildnis Afrikas. Doch was dann? Wie würde es weitergehen? Wie ernst war es ihm mit ihr? Aber war das nicht alles nebensächlich, wenn sie es wirklich wollte? Sie spürte sein Verlangen und sie würde ihm nicht länger widerstehen können.

Sie stöhnte auf, als seine Hand zwischen ihre Schenkel glitt. »Wir sollten das nicht tun«, keuchte sie, »bitte mach' es mir doch nicht so schwer.«

Ihre letzten Worte erstickten unter seinem Kuss und sie ließ es zu, dass er sich sanft auf sie rollte. Seine fordernde Zunge wühlte in ihrem Mund, als sie spürte, wie er groß und feucht in sie drang. Seine Bewegungen waren langsam und rhythmisch, und sie wiegte sich im Gleichklang mit seinem Körper. Dann stieß er härter zu, sein Oberkörper richtete sich leicht auf und sein Keuchen klang fast schmerzhaft an ihrem Ohr als er kam.

Danach lag Linda stumm in seinem Arm und unterdrückte ihre Tränen.

»Lass mich noch ein bisschen raus«, sagte sie schließlich.

»Ich begleite dich.«

»Nein«, sie schüttelte den Kopf und fuhr ihm mit dem Zeigefinger über den Nasenrücken.

»Sei mir nicht böse, aber ich glaube, es ist besser, wenn ich alleine bin.«

Sie befreite sich aus seiner Umarmung und stand auf. »Vielleicht sollte ich ja schwimmen gehen um einen klaren Kopf zu bekommen.«

Alan fuhr auf. »Das tust du auf keinen Fall! Hörst du?«

Linda erschrak über seinen lauten und harten Ton. Fast hatte er geschrieen.

»Ist ja gut«, sagte sie und starrte ihn an, »war ja nur eine dumme Idee!«

Alan beruhigte sich. »Entschuldige«, sagte er, »aber versprich mir, jetzt keine Dummheit zu machen. Du darfst hier keinesfalls ohne Begleitboot schwimmen gehen, und schon gar nicht bei Nacht!«

Linda nickte stumm.

»Versprochen? Bitte!«

»Okay. Versprochen.«

Sie wich seinem Blick aus und verließ das Zelt. Über dem Mopanewald war der Mond aufgegangen. Das schwarze Wasser des Okavango glänzte verlockend. Ein sanftes Plätschern drang an ihr Ohr.

Starr vor Schreck blickte Alan am nächsten Morgen auf Lindas sorgfältig zusammengelegtes T-Shirt und ihre weißen Plastiksandalen, die er am Ufer liegen sah.

Er stieß einen Fluch aus und trat auf den wackeligen Steg hinaus. Das Wasser des Okavango lag fast unbewegt, kein Windhauch war an diesem Morgen zu spüren, keine Bewegung, kein Schaukeln der Seerosenblätter war zu erkennen. Es schien so, als wagten sich selbst die Fische nicht an die Wasseroberfläche, als seien sogar die Vögel an diesem Morgen der Bucht ferngeblieben. Wieder und wieder rief er Lindas Namen, schrie ihn hinaus über die weite offene Wasserfläche, die jetzt etwas Unheimliches hatte.

Es darf nicht sein, es kann nicht sein, sagte er immer wieder zu sich, während er den Rand der Lagune mit den Augen absuchte. Sie hatte ihm doch ausdrücklich versprochen, nicht mehr schwimmen zu gehen und nun lagen ihre Klamotten verlassen hier am Ufer. Alan hatte seine Warnung nicht ohne Grund ausgesprochen; immer wieder hatte es in der Vergangenheit Unfälle mit Krokodilen gegeben. Warum hatte sie nicht auf ihn gehört? Krokodile waren gefährliche und unberechenbare Jäger und jedem menschlichen Schwimmer im Wasser überlegen. Sollte Linda von einem Krokodil beim Baden angegriffen worden sein, so hatte sie keine Chance gehabt. Alan versuchte sich verzweifelt an die Nacht zu erinnern. Hatte er nicht ein verdächtiges Geräusch gehört, kurz nachdem Linda sein Zelt verlassen hatte? War da nicht ein leises Plätschern gewesen, das er wahrgenommen hatte, ohne darauf zu reagieren? Warum war er einfach eingeschlafen ohne auf ihre Rückkehr zu warten?

Krokodile kamen lautlos. Ein Angriff dauerte nur wenige Sekunden. Hatte man überhaupt Zeit, um nach Hilfe zu rufen? Hatte es überhaupt einen Kampf gegeben? Krokodile packten blitzschnell zu, zogen ihre Beute unter Wasser, wo sie ertrank. Die trügerische Ruhe an der Wasseroberfläche lässt kein anderes Lebewesen vermuten, welche Tragödie sich unter Wasser abspielt. Hatte das Krokodil erst seine scharfen Zähne in das Fleisch seines Opfers geschlagen, so war dessen Schicksal besiegelt. Auch Alan hätte dann nicht mehr helfen können. Trotzdem machte er sich Vorwürfe. Zelt um Zelt hatte er das ganze Camp nach ihr durchkämmt, ohne Erfolg.

Ich hätte sie nicht gehen lassen dürfen, sagte er sich immer wieder, während er verzweifelt das Lager absuchte. Er stieg ins Boot und startete den Motor. Wie vergnügt hatten sie noch gestern hier gebadet! Bei jedem unförmigen Ast der aus dem wogenden Wasser auftauchte, bei jedem Stück Treibholz, das über die Wellen sprang, erschrak er und fuhr beunruhigt näher, jedes Mal mit der Angst kämpfend, einen konkreten Hinweis auf das Verschwinden Lindas zu finden.

Ihn schauderte bei dem Gedanken, an einer flachen Uferstelle ihren aufgetriebenen und zerstückelten Körper zu entdecken oder plötzlich im glasklaren Wasser einen Arm oder ein Bein treiben zu sehen. Alans Nerven lagen blank und er drohte durchzudrehen. Über zwei Stunden lang suchte er in der Lagune und durchquerte die Kanäle flussabwärts, bis der Motor ihm seinen Dienst versagte. Zu viele Wasserpflanzen hatten sich um die Schraube gewickelt, als Alan die flachen Uferzonen befuhr.

Entnervt und müde paddelte er zurück. Die Sonne stand fast senkrecht über der kleinen Lagune, als er sich zu Fuß auf den Weg zu Ben machte. Hier im Camp konnte er nichts mehr tun. Linda blieb verschwunden und für größere Suchaktionen brauchte er ein Funkgerät und ein Fahrzeug. Die Legionärsmütze weit in den Nacken geschoben und die frisch gefüllte Feldflasche über die Schulter gehängt, marschierte er durch das sonnenverbrannte Land. Alan ging denselben Weg, den er tags zuvor schon mit Linda gegangen war, und folgte auf den ersten Kilometern der Spur, die Thebas Wagen hinterlassen hatte. Merkwürdigerweise zweigte diese Spur bei einer der wenigen Weggabelungen nach Südosten ab und Alan überlegte für einen Augenblick, ob er ihr weiter folgen sollte. Vielleicht gab es ja noch einen kürzeren Weg zum Rollfeld. Doch schließlich blieb er auf dem bekannten Pfad, dessen Richtung eher zu stimmen schien.

Ein erstes Mal keimte in ihm der Verdacht, dass Theba gar nicht zu Ben gefahren war, aus welchem Grund auch immer. Hatte er sich nicht deutlich genug ausgedrückt? Gab es noch einen anderen Landeplatz im Busch? Hatte Thebas Verhalten am Ende gar etwas mit dem Verschwinden Lindas zu tun? Während er solchen Gedanken nachhing, die er mit der Hoffnung verband, Linda könnte noch am Leben sein, näherte er sich der Landepiste. Obwohl ihm die unbarmherzige Hitze zu schaffen machte, beschleunigte er sein Tempo. Die letzten hundert Meter rannte er sogar, so groß war seine Ungeduld, Ben zu erreichen.

Wie angewurzelt blieb er stehen, als er am Rand des Rollfelds aus dem Busch trat. Bens Piper war verschwunden! Alan traute seinen Augen nicht. Er war der Verzweiflung nah und fühlte, wie seine Knie weich wurden. Was war hier los? Zögernd trat er durch das Buschwerk ins Freie und bemerkte ein kleines Löwenrudel, das sich am Rande der künstlichen Lichtung im Schatten einiger Mopanebäume von der letzten Jagd ausruhte. Doch das interessierte ihn nicht. Die Luft stand vor Hitze und Tausende von Zikaden erfüllten die Eintönigkeit seiner Umgebung mit klirrendem Zirpen. Kein Vogel zeigte sich, nicht einmal Geier kreisten am wolkenlosen Himmel.

Alan hörte hinter sich ein leises Knacken von dürren Zweigen. Er suchte sich eine Deckung im Busch und wartete. Es konnte eine Antilope oder ein Büffel sein, die sich einen Weg zur Lichtung bahnten, ebenso aber ein Elefant oder ein Mensch. Die Schritte kamen eindeutig näher, langsam und unregelmäßig, wie bei einem schleichenden Menschen, der sich unvorsichtig im Busch bewegte. Alan sah einen Schatten zwischen den Bäumen auftauchen, dann erkannte er die Stiefel, braun und geschnürt, schließlich die Umrisse des Körpers, schwer und groß, ein massiger Oberkörper, breite Schultern und – der rote Vollbart! Alan atmete auf. Es war Ben Hunter, der hier durch den Busch gestolpert kam. Er hatte sich ein großes Dreiecktuch über den Kopf gebunden und den zerfetzten Safarihut, dessen Krempe einer Pavianhorde in den Aberdares als Frisbee diente, darüber gestülpt. So waren wenigstens Hals und Nacken vor den stechenden Sonnenstrahlen geschützt. Seine behaarten, sommersprossigen Arme schienen rot zu glühen und Alan hörte seinen keuchenden trockenen Atem, als er näher kam.

»Ben! Wo verdammt noch mal hast du gesteckt? »

Die listigen Äuglein funkelten und hinter Bens Bart schien sich sein Mund zu einem breiten Lachen zu verziehen.

»Alan! Na endlich! Ich habe auf dich gewartet!«

»Dann hat dich Theba nicht gefunden?« fragte Alan, nachdem sie sich begrüßt hatten.

»Theba? Wer zum Teufel ist Theba?« knurrte Ben.

»Wir haben ihn im Camp getroffen. Er sagte, er gehöre zu Will. Doch so langsam kommen mir Zweifel, ob das stimmt. Was ist mit deinem Flugzeug?«

»Hihiu«, lachte Ben, »alter Waldläufertrick. Nennt sich täuschen und tarnen. Habe gestern vergebens auf eine Nachricht von dir gewartet. Wird wohl mit dem Täubchen turteln, der alte Alan, hab' ich mir gedacht. Da bist du nur im Weg. Da hab' ich die alte Kiste im Wald geparkt und ein bisschen versteckt. Muss ja nicht sein, dass jeder sieht, wo der alte Hunter aus den Aberdares Siesta hält. Habe dann in der Maschine ganz ordentlich geschlafen und mich in der Frühe zu einem kleinen Erkundigungsgang aufgemacht. Als ich zurückkam, hat sich Mister Simba mit Familie in den Schatten unter der Tragfläche zurückgezogen. Also mit Einsteigen und Abheben kann ich im Augenblick nicht dienen.«

Alan blickte hinüber zu den Bäumen, wo er das Löwenrudel entdeckt hatte. Selbst den schärfsten Augen musste auf diese Entfernung entgehen, dass dort Bens Piper stand. Alan erzählte Hunter von Lindas Verschwinden aus dem Camp. Nachdenklich hörte er zu und kraulte sich den Bart.

»Das hört sich nicht gut an. Wir haben augenblicklich keinen Wagen und kein Flugzeug, und auch das Boot muss erst mal wieder in Gang gebracht werden.«

Die Freunde ließen sich im Schatten nieder und beratschlagten.

»Was schlägst du vor?« fragte Alan.

»Wir sollten das Flugzeug zur Suche benutzen. Aber ich glaube nicht, dass ich noch genügend Sprit habe. Sobald die Löwen weg sind, werde ich nach Maun fliegen, um voll zu tanken.«

»Und ich soll hier herumsitzen und nichts tun?«

»Wer spricht von nichts tun? Du wirst das Boot von Will wieder flott machen und dich auf die Suche machen. Ich glaube nicht, dass die deutsche Lady bei den Krokodilen ist. Eher hat dieser Theba seine Finger im Spiel. Möglich, dass sie auf irgendeiner Insel Robs Schicksal teilt.«

Thebas grinsende Fratze starrte Linda an, als sie ihre Augen aufschlug. Sie fühlte sich elend und matt, der Äthergeruch hing noch immer in ihrer Nase. Sie lag, an Hand- und Fußgelenken gefesselt am Boden und spürte, dass sie merkwürdig zu schwanken schien. Über sich sah sie nichts als den wolkenlosen Himmel und eben Theba, der sie mit seinen eitergelben Augen anstarrte. Nach und nach begannen ihre Sinne wieder zu arbeiten und sie nahm ein leises Plätschern wahr, gerade als ob Paddel langsam und tief ins Wasser getaucht würden. Sie bemerkte, dass sie sich von der Stelle bewegten und empfand den Windhauch, der ihr über die müden Augen strich, als sehr wohltuend.

Vorsichtig drehte sie den Kopf. Es dauerte einige Sekunden, bis sie das grob behauene Holz neben sich als Bootswand identifizierte. Sie lag in einem dieser Kanus, von denen Alan ihr erzählt hatte. Langsam hob sie den Kopf an und sah sich um. Der Kahn überquerte gerade eine weite Wasserfläche, die von hohen Schilfwäldern begrenzt wurde. Hinter ihr stand ein Schwarzer und stakte den Einbaum mit einer langen Stange durch das flache Wasser. Theba kniete vor ihr und beugte seinen schmächtigen Oberkörper weit über sie. Von wegen Freund, der mit Ben Hunter die Piste bewachte! Da hatte sich Alan Scott schwer täuschen lassen! Theba beobachtete jede ihrer Bewegungen mit diesem Ausdruck von Hohn im Gesicht, der Linda vom ersten Augenblick an zuwider war. Irgendwie erinnerte sie dieser Kerl an Daniel.

Oh mein Gott, dachte sie, wie mochte es Babs und Sarah nur gehen? Wie lange hatte sie nichts mehr von sich hören lassen? Sie hatte zuletzt von Nairobi aus mit Babs telefoniert und das war Tage her. Und nun lag sie hier in diesem Kahn, musste sich von einem wildfremden Schwarzen angrinsen lassen und hatte keine Ahnung, wo sie überhaupt war. Linda betrachtete die Klamotten, die man ihr angezogen hatte. Das T-Shirt und die Bermudas waren ihr viel zu groß. Wo waren ihre eigenen Sachen geblieben? Wo verdammt steckte Alan? Wie lange war sie ohne Besinnung gewesen? Was hatte man mit ihr vor? Fragen über Fragen gingen ihr durch den Kopf. Was war überhaupt geschehen? Linda ließ den Kopf zurücksinken und versuchte, sich zu erinnern. Da war diese Nacht im Camp mit Alan. Hatten sie miteinander geschlafen? Ja. Danach hatte sich aus seiner Umarmung befreit, und dann …?

»Vielleicht sollte ich ja schwimmen gehen um einen klaren Kopf zu bekommen.«

Alan fuhr auf. »Das tust du auf keinen Fall! Hörst du?«

Linda erschrak über seinen lauten und harten Ton. Fast hatte er geschrieen.

»Ist ja gut«, sagte sie und starrte ihn an, »war ja nur eine dumme Idee!«

Alan beruhigte sich. »Entschuldige«, sagte er, »aber versprich mir, jetzt keine Dummheit zu machen. Du darfst hier keinesfalls ohne Begleitboot schwimmen gehen, und schon gar nicht bei Nacht!«

Linda nickte stumm.

»Versprochen? Bitte!«

»Okay. Versprochen.«

Sie wich seinem Blick aus und verließ das Zelt. Über dem Mopanewald war der Mond aufgegangen. Das schwarze Wasser des Okavango glänzte verlockend. Ein sanftes Plät-

schern drang an ihr Ohr. Dann hörte sie dieses andere Ge-
räusch und spürte im gleichen Moment, dass jemand hin-
ter ihr stand. Alan? War er ihr gefolgt? Sie blieb stehen und
drehte sich um.

»Alan?«

Sie lauschte in die Nacht. Ein Rascheln in einem der Mo-
panesträucher ließ sie herumfahren.

»Alan?«

Sie spürte den kalten Griff an ihrem Hals und versuch-
te zu schreien. Etwas Feuchtes wurde auf ihr Gesicht ge-
drückt, mehrere Hände hielten sie fest. Sie strampelte und
schlug um sich. Der Äthergeruch zerriss ihr fast die Lun-
gen. Ihr wurde schwarz vor Augen und sie fühlte, wie ihre
Knie nachgaben.

Die Sonne stand schon tief, als der Einbaum anlegte. Vom Ufer her kamen zwei Männer auf sie zu und redeten mit Theba. Linda erschrak. Einer der beiden war Athuman, der Kerl, den Alan in Kenia bei dem gewilderten Elefanten überrascht hatte. Wie kam er so schnell hierher? Sein hasserfüllter Blick traf sie ins Innerste, als er sie jetzt gefühllos an den Beinen packte und mit Hilfe des anderen Schwarzen ans Ufer trug. Unsanft ließen sie sie ins Gras fallen und Athuman beugte sich grinsend über sie.

»Freust du dich gar nicht?« fragte Athuman hämisch und kniete bei ihr nieder. »Du redest wohl nicht mehr mit mir? Auf jeden Fall werden wir beide jede Menge Spaß miteinander haben.« Er lachte laut und wandte sich an die anderen.

»Lebosso, Theba, ihr kümmert euch um sie!«

Er entfernte sich. Die beiden Angesprochenen traten auf Linda zu.

»Sie werden hungrig sein«, sagte der Kleinere, »Theba wird Ihnen etwas zu essen besorgen.« Theba ging zum Feuer, das bei der kleinen Hütte am anderen Ende der Insel brannte.

Linda war erstaunt, in welch freundlichem Ton der Schwarze sie angeredet hatte. Sie blickte in ein rundes, gleichmäßiges Gesicht mit kleinen Pockennarben unter den Augen. Lebossos Haut war dunkler als die Athumans, jedoch nicht so tiefschwarz wie der Teint Thebas. Die fein gekräuselten Haare waren voll und an manchen Stellen angegraut, in den markstückgroßen Löchern der Ohrläppchen hingen zwei große Ohrringe aus billigem Blech, die mit bunten Perlen verziert waren. Lebosso trug einen roten, togaähnlichen Umhang, wie sie ihn bei den Massai im Süden Kenias gesehen hatte, und darunter eine kurze Khakihose. Seine schlanken Beine glänzten wie lackiertes Ebenholz, die Füße steckten in weiten Sandalen, die ihm viel zu groß waren. Ein mildes Lächeln spielte auch jetzt um seinen breiten Mund, als er weiter sprach:

»Ich glaub', Schatten wär' besser für Sie«, er deutete zu einem aus Binsen geflochtenen Sonnendach, wo einige Decken und Tücher am Boden lagen. »Wenn Sie mir etwas helfen, trage ich Sie da rüber.«

Linda nickte und ließ sich widerstandslos von ihm aufheben. Er hatte kräftige, muskulöse Arme und trug sie ohne sichtbare Anstrengung. Als er sie wieder sanft auf den Boden legte, erwiderte sie sein Lächeln.

»Du heißt Lebosso?« fragte sie, und fuhr, als sie sein Nicken sah, fort: »ein guter Freund meines Mannes hat denselben Namen.«

Lebosso blickte zu Boden. Dann sah er hinaus auf die weite Wasserfläche des Okavango.

»Bin mit ihm durch den Busch gezogen wie ein Mann, er hätt' sein Leben für mich gegeben und ich für ihn. Auch wenn's in Ihren Augen anders aussieht, Mrs. Roloff, aber

Lebosso ist immer noch Robs bester Freund.« Lebosso hatte so leise geflüstert, dass Linda Mühe hatte, alles zu verstehen.

»Du bist dieser Lebosso?« fragte sie deshalb, fast ebenso leise.

»Ich bin sein Freund«, wiederholte er und fügte rasch hinzu: »Nichts sagen jetzt, bitte. Ich werd' Ihnen alles erklären, später. Ich werd' Ihnen jetzt Wasser bringen.«

»Nur eine Frage«, flüsterte sie rasch, »was ist mit Rob?«

»Ich weiß es nicht genau. Ich glaub' er ist ihnen ausgebüxt.«

»Dann hatten sie ihn gefangen gehalten?«

Lebosso nickte.

»Auf einer anderen Insel. Theba kommt zurück. Jetzt Pst!«

Lebosso verschwand. Linda erhielt von Theba Fladenbrot und gekochten Mais. Er ließ sie nicht aus den Augen, während sie mit gefesselten Händen aß. Sie sah sich verstohlen um. Der Einbaum lag vertäut am Ufer. Die Schwarzen waren in ihren primitiven Hütten verschwunden oder dösten im Schatten. Lebosso tauchte mit einer Feldflasche auf.

»Das Wasser ist gut. Sie können es trinken.«

Er sprach mit Theba ab, dass er den ersten Teil der Wache übernehmen wollte. Theba zog sich zurück. Lebosso setzte sich so, dass er die Hütte im Blick hatte und wartete einige Minuten schweigend. Dann begann er leise und mit knappen Worten zu erzählen, was Linda wissen musste.

»Sie haben zuerst mich und dann Rob in der Mara geschnappt. Dann haben sie ihn hierher gebracht.«

»Und was ist mit dir?«

Lebosso schluckte trocken und kaute verlegen auf einem Streifen Biltong, den er sich mitgebracht hatte.

»Es gibt nicht viel Arbeit in meinem Land. Meine Frau

und meine sieben Kinder haben Hunger. Die Männer zahlen gut und Rob war weg.« Das klang ehrlich. Trotzdem musste Linda sicher gehen, um zu wissen, auf welcher Seite Lebosso nun wirklich stand.

»Hättest du nicht fliehen können, um irgendjemand von Robs Verschwinden zu benachrichtigen?«

»Und wen? Looman? Der ist ein Verräter. Und Männer wie Athuman verstehen in solchen Dingen keinen Spaß. Die hätten mich überall gefunden. Oder sich meine Familie vorgenommen. Die sind zu allem fähig.«

»Auch zu einem Mord?«

»Auch dazu.«

»Robs Schwester wurde ermordet. Wusstest du das?«

Lebosso schüttelte den Kopf.

»Kurz nachdem sie Post von Rob bekommen hatte, war sie tot. Was hat Rob ihr geschrieben?«

»Ich weiß es nicht, er hat nicht mit mir darüber gesprochen.«

»Wer steckt hinter all dem?«

»Keine Ahnung. Hier hat Hippo das Sagen. Sein Motorboot liegt da drüben.«

Linda blickte zum Ufer, doch sie konnte kein Boot erkennen.

»Weißt du, was sie von Rob wollen?«

Lebosso schüttelte den Kopf. »Sie reden nicht viel mit mir darüber. Ich weiß aber, dass es um seine Nashörner geht. Ich soll ihnen helfen, die Tiere herauszufinden, die Rob gekennzeichnet hat.«

»Und – wirst du es tun?«

»Ich habe ihnen erzählt, dass nur Rob das kann. Es ist nicht so einfach, die Nashörner voneinander zu unterscheiden.«

»Was haben sie mit mir vor?«

»Ich weiß es nicht. Athuman war ganz verrückt darauf,

Sie hier –« Lebosso brach ab, denn Athuman war aus der Hütte getreten und kam auf sie zu.

»Verschwinde, du Ratte«, fuhr er Lebosso an, »ich will nicht, dass du mit ihr tuschelst. War wohl ein Fehler, dich mit ihr allein zu lassen! Aber viel kannst du ja nicht wissen!« Lebosso erhob sich und schlich gebückt zu einer der Hütten. Athuman baute sich vor Linda auf und ließ seine Muskeln spielen.

»Und nun zu uns beiden Hübschen!«

Linda schauderte bei dem Gedanken, er würde sich an ihr vergreifen. Das Bild von Claudia, wie sie tot im Wald lag, ging ihr nicht mehr aus dem Kopf.

»Da wird der liebe Alan Scott ein langes Gesicht gemacht haben, als du ihn einfach so über Nacht verlassen hast! Haben lange überlegt, wie wir dich kriegen, und dann kommst du einfach so aus dem Zelt gekrochen!«

Linda blickte schweigend in die Ferne.

»Solltest dich gut mit mir stellen, wir beide werden ein paar schöne Nächte miteinander verbringen. Ich bin besser als dieser Scott heute Nacht!«

»Du bist ein Schwein«, stieß sie hervor und zerrte an ihren Fesseln.

»Tztztz«, machte er nur und hielt ihr ein weißes Stück Stoff vor die Nase. »Weißt du, was das ist?«

Sie erkannte ihr seidenes Trägershirt.

»Darauf schlafe ich bei Nacht, wenn ich davon träume, wie es ist, dich zu besitzen«, keuchte er. »Hier«, er schleuderte es vor ihr in den Dreck, »ab jetzt brauche ich das nicht mehr. Wenn ich morgen zurück bin, wird sich mein Traum erfüllen! Noch bevor die Sonne untergeht, wirst du mir gehören. Mach’ dich bereit!«

TEIL III: SPURENSUCHE

11

Tagsüber lag Rob Roloff im Schatten des einzigen Baums, den es auf der Insel gab und beobachtete N'gaoi bei seinen Arbeiten. Irgendwie erinnerte ihn der San an seinen Begleiter Lebosso, den Massai. Rob schloss die Augen und versuchte, klar zu denken. Wie konnte er es schaffen, Georgia Marsh zu warnen? Was hatte die Bande mit den Nashörnern der Shamba Kifaru vor? Welche Rolle spielte Joe Looman dabei? Joe, mit dem er gemeinsam für die SAFE WILDLIFE SOCIETY tätig war und den er als skrupellosen Nashornwilderer enttarnt hatte ...

Ursprünglich hatte Rob allein mit Lebosso im Norden Kenias gearbeitet, und einigen von Georgia Marshs Nashörnern auf der Shamba Kifaru Mikrosender implantiert. Nach ersten positiven Erfahrungen waren sie dann in die Aberdares gefahren, um die Satellitennavigation in schwierigerem Gelände zu testen. Trotz der Unterstützung Ben Hunters stöberten sie nur wenige Nashörner im unzugänglichen Bergwald auf und hatten nach tagelanger Suche gerade zwei halbwüchsigen Bullen Sender einpflanzen können. Dann stießen sie am Rande einer Hochmoorlichtung auf eine ausgewachsene Kuh, die ein herrliches Horn trug. Es gelang Rob, sich gegen den Wind sehr nahe an das Tier heranzupirschen, und obwohl es eigentlich schon zu dunkel war, wagte er den Schuss.

Lebosso folgte der Fährte des getroffenen Nashorns zu Fuß und Rob fuhr mit dem Jeep hinterher. Meistens stießen sie schon nach wenigen hundert Metern auf das betäubte Tier, doch diese Kuh schien über eine ungeheure Ausdauer zu verfügen. Hatte er am Ende schlecht getroffen oder war die Dosis des Betäubungsmittels zu schwach? Noch während Rob darüber nachdachte, kam ihm Lebosso mit der Taschenlampe entgegen und signalisierte ihm, dass er das Tier gefunden hatte. Erleichtert stieg Rob aus und folgte dem Massai in den nächtlichen Wald. Nach fünfzig Metern trafen sie auf die Kuh, die am Boden lag und schwer atmete. Seit dem Schuss war viel Zeit vergangen und Rob beeilte sich, das Tier zu vermessen. Es maß drei Meter und fünfundvierzig Zentimeter vom Kopf bis zum Schwanzansatz, der Bauch der Kuh war ungewöhnlich dick. Das Kalb würde in wenigen Wochen auf die Welt kommen. Ihr vorderes Horn war mit dreiundachtzig Zentimetern überdurchschnittlich gut entwickelt, das hintere, gut fünfzehn Zentimeter kürzer, war immer noch von beachtlicher Größe. Rob streichelte sanft die graue, rissige Haut und setzte seinen Millimeterbohrer an der Wurzel des großen Horns an. Das Nashorn lag ruhig und bewegte nur ab und zu Schwanz und Ohren. Die kleinen schwarzen Augen schienen ihn aus einem Versteck von Hautfalten hervor anzublinzeln.

Rob stand mit gespreizten Beinen vor dem massigen Schädel der Kuh und konzentrierte sich auf seine Arbeit, während Lebosso die Lampe hielt. Plötzlich stieß der Massai einen Schrei aus und ließ die Lampe fallen. Mit einem Grunzen hatte sich das Nashorn aufgerichtet und schneller, als Rob reagieren konnte, hieb das mächtige Horn nach seinem Oberschenkel. Rob sprang zurück, um dem Stoß der gefährlichen Waffe auszuweichen. Er spürte den stechenden Schmerz, als ihm das Horn ins Fleisch drang, fühlte, wie er von einer ungebändigten Kraft empor gehoben und wieder fallengelassen wurde. Unsanft landete er im Gras und ließ sich zur Seite rollen. Wenn er reglos liegen blieb, würde ihn das Tier nicht entdecken. Der Wind kam von der anderen Seite, sein Geruch konnte ihn nicht verraten.

Mit einem Mal schien das Nashorn hellwach zu sein. Drohend schüttelte es den breiten Kopf, schnaubte laut und kam auf die Beine zu stehen. Lebosso hatte sich hinter einen Baum geflüchtet. Die Lampe lag am Boden, ein schwacher Lichtkegel durchflutete diffus das Gras. Rob spürte das warme Blut, das aus der Wunde strömte, doch er wagte nicht, sich zu regen. Das Nashorn stand direkt vor ihm und schnaubte unruhig. Es fühlte, dass der Feind noch in der Nähe war, doch es konnte ihn nicht erkennen. Nervös scharrte es den Boden auf und hielt wütend die Schnauze gesenkt, um die Witterung aufzunehmen. Die trichterförmigen Ohren stellten sich in alle Richtungen. Rob biss sich auf die Zähne, um ein Stöhnen zu unterdrücken. Das kleinste Geräusch konnte einen tödlichen Angriff auslösen. Langsam schien sich das Tier zu beruhigen. Das Schnauben wurde leiser, die Wut ließ nach. Noch einmal hob es den Kopf drohend in die Richtung, in der es den Feind vermutete, dann stapfte es zurück in den Wald.

Rob hatte seine Finger in die Wunde gepresst, um die Blutung zu stillen. Mit Hilfe von Lebosso legte er einen Verband an und sie fuhren zurück ins Camp. Rob hatte Glück gehabt. Die Fleischwunde würde schnell heilen, der Knochen war unverletzt geblieben. Trotzdem fuhr Rob nach Nairobi, um die Wunde behandeln zu lassen. Eine Infektion würde ihn für Wochen oder Monate außer Gefecht setzen. Der Nachteil war, dass so die SAFE WILDLIFE SOCIETY von dem Vorfall erfuhr und darauf bestand, ihm einen bewaffneten Begleiter zur Seite zu stellen, der seine Aktionen mit der Büchse im Anschlag beobachten sollte. Robs Proteste waren vergebens und so tauchte schon am nächsten Abend Joe Looman mit Athuman im Camp auf.

Looman war ihm von Anfang an recht unsympathisch ge-
wesen, der ehemalige Großwildjäger hatte etwas Aufdringli-
ches und Angeberisches. Looman hatte jahrelang für TEMBO
HUNTING SAFARIS in Tanzania gearbeitet und reiche
Großwildjäger auf Exclusivtouren geführt. Das war nicht
verwerflich, immerhin besaß er eine Lizenz für Jagdsafaris
in Tanzania und dem Land brachten die Jagdgelüste trophä-
ensüchtiger Touristen aus Europa, Amerika und Ost-asien
ordentlich Devisen. Für läppische 5600 Dollar erlegte der
deutsche Rechtsanwalt aus Frankfurt einen stattlichen Löwen,
der nichts ahnend im Schatten eines Termitenhügels döste.
Für weitere 2000 Dollar konnte er seiner Trophäensammlung
noch um ein Leopardenfell erweitern. Einunddreißig Wild-
arten hatte TEMBO HUNTING SAFARIS im Programm,
wenn es der Kunde wollte, konnte er sich sogar den Abschuss
für einen Elefanten oder ein Nashorn sichern.

Jetzt spielte sich Looman im Camp als Boss auf und Rob
fühlte sich nicht sehr wohl in seiner Gegenwart. Bislang war
die Arbeit mit den Nashörnern allein sein Geheimnis gewe-
sen und nun sollte es einen Mitwisser geben, dem er nicht
traute. Loomans neugierige Fragen gingen ihm auf die Ner-
ven und die Vertraulichkeit »unter Kollegen«, wie Looman es
nannte und die er immer wieder in den Vordergrund spielte,
stärkte Robs Misstrauen. Athuman hatte sich mit Lebosso
schnell angefreundet, doch obwohl der Massai verschwiegen
war und Rob vollstes Vertrauen zu ihm hatte, schärfte er
ihm ein, nicht mit ihm über das Nashornprojekt zu sprechen.

Die Arbeit in den Aberdares schritt weiterhin nur zö-
gernd voran, zu schwierig war das Gelände und die weni-
gen Nashörner nur schwer aufzufinden. Eines Nachmittags
kam Looman grinsend mit einem Zettel in der Hand vom
Funkgerät zurück.

»Schätze, wir werden unser Camp verlegen«, sagte er

und hielt Rob die Nachricht hin. Rob überflog Loomans Gekritzel und zischte: Verdammt! Was sollen wir denn jetzt in der Masai Mara? Wir haben hier noch nicht einmal einen Bruchteil der Tiere versorgt und sollen alles im Stich lassen?«

»Der Boss meinte, die Tiere im Süden der Mara haben Vorrang. An der Grenze zu Tanzania soll es Übergriffe von Wilderern gegeben haben, während es hier oben im Norden gerade erstaunlich ruhig ist. Er meinte, du solltest so schnell wie möglich aufbrechen, am besten noch heute.«

»Der hat sie doch nicht mehr alle!« fluchte Rob, »die haben ihre RHINO SURVEILLANCE UNIT in der Masai Mara, die Tiere werden auf Schritt und Tritt überwacht. Das ist hier in den Aberdares überhaupt nicht möglich!«

»Aber die Nashörner der Mara sind Grenzgänger! Und auf tanzanischem Gebiet können die kenianischen Ranger nichts ausrichten.«

»Es passt mir überhaupt nicht in den Kram«, schimpfte Rob weiter. »Außerdem hab ich Georgia –« er unterbrach sich und schwieg. Es war nicht klug, mit Looman über die Shamba Kifaru zu sprechen, doch Looman hatte schon aufgehorcht.

»Du meinst, Georgia Marsh? Die Nashornfarm bei Isiolo? Was ist mit ihr?«

»Nichts.«

Looman ließ nicht locker. »Du solltest keine Alleingänge machen. Der Boss –«

»Der Boss, der Boss!« schrie Rob, »der Boss sitzt weit weg von hier in seinem komfortablen Büro und hat keine Ahnung! Soll er sich doch das Gelände hier mal ansehen!«

»Immerhin kommen die Gelder für dein Projekt aus Europa. Ich denke, wir haben keine Wahl.«

Rob zögerte. »Wir?« sagte er schließlich. »Ich glaube nicht, dass ich in der Mara einen Aufpasser brauche. Das Gelände dort ist übersichtlich und es gibt genügend Ranger, die mich begleiten können.«

Rob ging nicht weiter auf Loomans Einwände ein und ließ ihn stehen. Er unterrichtete Lebosso von der Neuigkeit und zog sich in sein Zelt zurück. Looman setzte sich zu Athuman ans Lagerfeuer und stocherte in der Glut.

»Versuche über den Massai herauszufinden, was Roloff mit der Nashornfarm von Georgia Marsh vorhat. Das dürfte den Chinesen interessieren!«

Athuman grinste. »Und ich«, sagte er, »habe heute etwas entdeckt, das dürfte uns beide interessieren! Wir beide sollten noch dringend einen heimlichen Ausflug machen, bevor wir von hier verschwinden.«

Eine halbe Stunde später brachen Looman und Athuman mit dem Jeep auf, angeblich um nach Athumans Messer zu suchen, das er auf der letzten Tour verloren hatte.

Am nächsten Morgen fuhren Rob und Lebosso schon in der Dämmerung los, um noch einmal nach der trächtigen Nashornkuh zu suchen. Looman hatte vergebens versucht, sie davon abzuhalten und auf den Abbruch der Aktion in den Aberdares gedrängt, doch Rob wollte unbedingt ihr prächtiges Horn noch vor der Geburt präparieren, um sie und das Kalb später zu überwachen.

»Na gut«, sagte Looman schließlich, »dann fang wenigstens dort an zu suchen, wo ich mit Athuman gestern Abend frische Rhinofährten gefunden habe. Könnte von der trächtigen Kuh gewesen sein, aber ich bin mir nicht sicher. War schon ein bisschen zu dunkel.«

»Apropos dunkel: habt ihr Athumans Messer gefunden?«

Looman zögerte. »Nein«, sagte er schließlich kurz und beschrieb Rob die Gegend, in der sie auf die Spuren gestoßen waren.

»Athuman hat mich nach Georgia Marsh gefragt«, sagte Lebosso, als sie im Rover saßen.

»Und was hast du ihm gesagt?«

»Nix«, meinte er. »Gar nix.«

Rob runzelte die Stirn. Er kannte seinen Begleiter.

»Du solltest nicht lügen, Lebosso. Du hast geplaudert, das sehe ich dir an. Na los, sag' schon!«

»Wir haben 'n bisschen ›was getrunken, in der Nacht beim Feuer. Da redet Zunge von allein.«

Rob verkniff sich ein Lachen. Lebosso fühlte sich ertappt und versuchte mit allen Mitteln sich aus der Sache heraus zu reden.

»Du hast ihm erzählt, dass ich Georgias Nashörner komplett mit Sendern versehen will?«

Stummes Nicken.

»Was noch?«

»Nix. Wirklich. Hat Lebosso großen Blödsinn gemacht?«

»Das wird sich noch herausstellen.«

Dort, wo Looman am Abend die letzten Spuren der Nashornkuh gefunden hatte, war der Wald sehr dicht und nur wenige Sonnenstrahlen drangen bis zum Boden durch. Wasserfälle tosten durch tief eingeschnittene Täler, oben in den Wipfeln flechtenbehangener Bäume kreischten weißschultrige Guerezas und rotflügelige Turakos um die Wette. Der holprige Pfad, dem sie folgten, führte über einen Wirrwarr von scharfkantigen Wurzeln und der Rover kämpfte sich ächzend bergan.

»Scheint mir ein ziemlich unmögliches Gebiet für Nashörner zu sein. Habe hier oben noch nie eines gesehen«, meinte Rob und sah Lebosso an. Beide dachten in diesem Moment dasselbe. Rob bremste und holte die Landkarte aus dem Handschuhfach.

»Hier war die Stelle, wo mich die Kuh angegriffen hat. Genau in der entgegen gesetzten Richtung. Glaube kaum, *dass sie in der kurzen Zeit hier die Berge herauf gewandert ist in ihrem Zustand.«*

»Looman hat uns reingelegt«, murmelte Lebosso.

»Los, komm!« schrie Rob und legte den Rückwärtsgang ein. So schnell es auf der schmalen Piste ging, wendete er den Rover. Rasend ging die Fahrt bergab, während ihm die wildesten Gedanken durch den Kopf schossen: was steckte hinter dieser Finte Loomans? Warum hatte er sie in die falsche Richtung geschickt?

Nach fast einer Stunde Fahrt erreichten sie das Hochmoor, wo sie die trächtige Nashornkuh betäubt hatten. Plötzlich trat Rob auf die Bremse und griff nach dem Fernglas.

»Geier?« Lebosso starrte Rob an.

Rob nickte.

»Ich denke, ihre Beute liegt da drüben«, meine Rob und deutete nach Westen. »Eine solche Anzahl Geier am Himmel kann nichts Gutes bedeuten! Jedenfalls ein großer Brocken Aas!«

Er gab Gas und pflügte den Rover durch den weichen Moorboden. Rob betete, dass sie nicht im morastigen Sumpf stecken blieben.

»Hyänen da vorne, gleich am Rand der Lichtung!« rief Rob und trat das Gaspedal voll durch.

»Verdammte Scheiße!« fluchte er. »Die Nashornkuh!«

Der Rover schoss über das Grasland, Wasser spritzte auf, wenn er durch die sumpfigen Senken rumpelte, glitschige Reifen glitten über schmierige Felsen, eine Gruppe Kaffernbüffel ergriff in Panik die Flucht. Dann erreichten sie die Stelle, wo das Wasser zwischen den meterhohen Gelbblühenden Graspolstern blutrot schimmerte. Rob griff zum Gewehr und stieg aus. Lebosso folgte ihm schweigend zum Kadaver der Nashornkuh, der grau wie ein Fels aus der grünen Moorlandschaft ragte.

Fliegen und Mücken saßen schon zu Hunderten auf der Schnauze, wo das rosige Fleisch und graue Hautfetzen eine breiige Masse bildeten. Das prächtige Doppelhorn war mit einer Motorsäge aus dem Schädel geschnitten worden. Rob näherte sich langsam, das Gewehr im Anschlag dem Kadaver. Entsetzen erfasste ihn, als er den aufgeschlitzten Bauch der Kuh sah. Man hatte ihr das Baby aus den Eingeweiden geschnitten um auch dem Ungeborenen das Horn abzusägen. Die skrupellosen Wilderer konnten ja nicht wissen, dass Nashörner bei ihrer Geburt noch kein ausgebildetes Horn besitzen.

Rob blickte wortlos auf die beiden Kadaver, die Augen der Kuh stierten ihn matt und vorwurfsvoll an. Er streichelte die breite Stirn des herrlichen Tieres und ging langsam in die Knie. Sein Kopf ruhte auf dem haarlosen Nacken und Lebosso wusste, dass der weiße Mann weinte. Immer wieder schlug er mit der Faust auf den toten Körper, als könne er das Tier dadurch zu neuem Leben erwecken. Schließlich erhob er sich und stützte sich auf sein Gewehr.

»Dieses Schwein!« stieß er hervor. »Er hat sie einfach abgeschlachtet!«

»Du glaubst, Looman …?«

»Glauben? Ich weiß es! Wer sonst wusste denn von dem Tier? Ich selbst habe ihm von der Begegnung erzählt und ihm das Revier beschrieben. Kannst du Spuren entdecken?«

Lebosso umkreiste den Kadaver. »Beschissenes Gelände. Keine Reifenspuren. Zu viel Wasser. Aber da!« Er entfernte sich einige Meter und bückte sich. »Fußspur von weißem Mann!« Rob eilte herbei. Auch er hatte etwas entdeckt und hielt seinem Freund eine matt glänzende Patronenhülse unter die Nase.

»Remington. 416, das ist Loomans Munition! Jetzt haben wir also Gewissheit!«

»Und die Spur hier«, sagte Lebosso, »ist von Loomans Stiefel. Lebosso kennt sie genau.«

Rob nickte.

»Und was nun?« fragte Lebosso.

Rob spielte mit seinem Gewehr.

»Wir fahren zurück ins Camp und nehmen ihn fest.«

»Aber er ist bewaffnet.«

»Das bin ich auch. Trotzdem: du hast Recht. Es wäre besser, Looman keinen Verdacht schöpfen zu lassen, da wir noch keine Beweise haben, dass er das Nashorn getötet hat. Ich muss versuchen, das gewilderte Horn bei ihm zu finden. Danach können wir die Aberdares-Ranger einschalten.«

Rob holte die Kamera aus dem Wagen und hielt die grausame Szenerie fest. Er fotografierte auch Loomans Schuhabdrücke, und steckte die Patronenhülse in seine Jackentasche. Dann fuhren sie ins Camp zurück. Außer Hörweite hielt Rob an und ließ Lebosso beim Wagen zurück. Zu Fuß schlich er sich an, das Gewehr im Anschlag. Die Möglichkeit, dass sich Looman mit seiner Beute schon aus dem Staub gemacht hatte, hielt Rob eher für unwahrscheinlich. Vielleicht gelang es ihm, den Wilderer mit seiner Beute zu überraschen und das abgesägte Horn als Beweis zu sichern. Leise und langsam pirschte er sich an das Camp heran. Dann sah er zwischen den Büschen Athuman am Feuer sitzen, von Looman keine Spur. Sollte er doch schon getürmt sein?

Plötzlich hörte er Loomans Stimme. Er schlich hinüber zum Zelt in dem sich das Funkgerät befand. Es lag am Rande des Camps unter einer hohen Schatten spendenden Akazie, die Rob das Anschleichen leicht machte. Er richtete sich an ihrem Stamm auf und lauschte. Loomans Stimme war jetzt laut und deutlich zu vernehmen.

»Dreißigtausend Dollar Minimum«, hörte er ihn sagen

»bei dem Kleinen war leider nichts zu holen. Der Chinese wird seine helle Freude daran haben!«

Dann sprach die Stimme am anderen Ende der Leitung. Rob verstand zwar nicht was sie sagte, aber er erkannte sie bei den ersten Silben. Das Blut gefror ihm in den Adern und er unterdrückte mit Mühe einen Aufschrei. Dann konzentrierte er sich auf Loomans Anteil an der Unterhaltung. Von einem Chinesen in Nairobi war die Rede, dem er die Beute übergeben sollte und von einem weiteren Nashorn, das er mit Robs Hilfe in der Masai Mara erlegen sollte. Rob hatte genug gehört.

»Wir kriegen ihn«, sagte er nur, als er zu Lebosso in den Wagen stieg. »Er hat in der Mara dasselbe vor wie hier, aber die Suppe werden wir ihm tüchtig versalzen. Das Nashorn wird einen Sender bekommen, ohne dass er etwas davon weiß, und dann erwischen wir ihn mit seiner Beute. Los jetzt, und kein Wort!«

Looman wirkte nervös, als er Rob und Lebosso zurückkommen sah.

»Na, schon wieder zurück?« rief er und trug einen Wasserkanister zum Jeep.

»Du fährst weg?« fragte Rob.

Looman erklärte, Athuman sei beim Anziehen seiner Schuhe von einem Skorpion gestochen worden und er müsse ihn sofort nach Nairobi zum Arzt fahren. Nairobi lag auf dem Weg zur Masai Mara und Looman schlug vor, sich dort mit Rob in ein paar Tagen am Sandriver zu treffen. Rob erklärte sich einverstanden.

»Habt ihr die Kuh gefunden?« fragte Looman zögernd.

»Nicht die geringste Spur, und wir haben gründlich gesucht«, log Rob und schleuderte seine Ausrüstung in das offen stehende Zelt. »Du musst dich getäuscht haben. Ich *habe noch zu tun. Die letzten Tage müssen noch protokolliert werden«, sagte er und verschwand in seinem Zelt.*

Lebosso folgte ihm nach kurzer Zeit. Sie zogen den Reißverschluss zu und Rob nahm an dem kleinen Klapptisch Platz.

»Looman hat schon wieder gelogen«, sagte Lebosso.

»Wann? Warum?«

»Hast du schon mal 'n Skorpionstich gesehen? Der Fuß müsste dick sein, wie 'n Kürbis!«

»Aber er hat doch gehinkt.«

»Nur wenn wir hingesehen haben. Als er gerade zu Loomans Zelt lief, ging er ganz normal. Und er hatte seine Schuhe schon an.«

»Du glaubst, die Geschichte mit dem Skorpion ist erfunden?«

»Ich war in sein' Zelt. Ich hab' keinen toten Skorpion gesehen. Wenn mich einer stechen tät', tät' ich ihn abmurksen.«

»Vielleicht hast du Recht«, murmelte Rob. Ich bin mir auch nicht sicher, ob es hier überhaupt Skorpione gibt.«

»Und was nun?« fragte Lebosso.

»Wir tun so, als ob wir heute noch im Camp bleiben. Sobald sie weg sind, brechen wir alles ab und fahren auf dem kürzesten Weg in die Mara. Dort bereiten wir alles darauf vor, Looman eine Falle zu stellen.«

»Warum schnappst du ihn nicht gleich hier? Wir sind zu zweit und könnten sie überraschen!

»Das schon, aber was dann?« Rob dachte an die Stimme im Funkgerät. »Ich brauche Beweise. Looman würde alles abstreiten. Er würde behaupten, die Wilderer auf frischer Tat ertappt und auf sie geschossen und dann das abgesägte Horn sichergestellt zu haben. Solange ich nichts beweisen kann, hat es keinen Sinn etwas zu unternehmen.«

Sie schwiegen und Rob dachte nach. Looman war erst

das vorletzte Glied in einer langen Kette und Rob lag daran, sich von ihm zu seinen Auftraggebern führen zu lassen. Er hatte eine Stimme erkannt, aber er wusste noch lange nicht, welche Rolle sie bei der Sache spielte. Vielleicht hatte er sich aber auch getäuscht und das verrauschte Funkgerät hatte ihn genarrt? Es war daher in der Tat am besten, Looman in Sicherheit zu wiegen und zu versuchen, ihm bei nächster Gelegenheit, also in der Masai Mara eine Falle zu stellen.

»Wenn er uns dann in die Falle geht und das Tier schießt, können wir ihn mit Hilfe des Senders verfolgen und seine Auftraggeber aufspüren.«

»Aber trotzdem solltest du jemand über unsere Pläne informieren.«

Rob schüttelte den Kopf. »Wem können wir trauen? Je weniger Leute von unserem Plan wissen, desto besser.« Dann fiel ihm seine Schwester Claudia ein. »Ich werde meiner Schwester einen Brief schreiben. Ich werde ihr mitteilen, was ich bisher weiß. Falls mir etwas zustößt, kann sie von Deutschland aus die Behörden einschalten. Du packst jetzt nur das Notwendigste in den Wagen, aber so, dass Looman keinen Verdacht schöpft. Sobald sie weg sind, fahren wir los.«

Als Lebosso das Zelt verließ, war Looman schon wieder beim Jeep und beschäftigte sich mit dem Verladen seiner Campausrüstung. Rob Roloff schrieb unterdessen an seine Schwester Claudia.

Hallo Schwesterchen,

du hast lange nichts mehr von mir gehört, und ich habe nicht viel Zeit, um dir ausführlich zu schreiben. Aber es ist wichtig, deshalb zeige diesen Brief bitte niemandem! Wie du weißt, arbeite ich an einem wichtigen Schutzprojekt für Nashörner hier in Kenia. Doch irgendwo in meiner Organisation gibt es Verrat, Wilderei. Ich weiß, dass es einer von *uns ist, kann aber noch nichts beweisen. Habe nur seine Spuren gefunden und eine Patronenhülse –*

Rob unterbrach mitten im Satz und fuhr herum. Hinter ihm stand Joe Looman und blickte ihm über die Schulter. Robs Hand bedeckte die Zeilen, die er eben geschrieben hatte.

»Na? Kommst du klar mit deinen Protokollen?« fragte er und grinste.

Rob starrte ihn an. Hatte er gelesen, was er Claudia geschrieben hatte? Wie lange war er unbemerkt hinter ihm gestanden und hatte ihm zugesehen? Doch Looman klopfte ihm nur lässig auf die Schulter und streckte ihm die Hand entgegen.

»Wollte mich nur verabschieden. Schlage vor, wir treffen uns in zwei Tagen am Sandriver-Gate in der Mara.«

»In drei Tagen«, schlug Rob vor, »ich brauche hier etwas länger, um das Camp abzuschlagen und möchte noch –« er zögerte, doch dann beschloss er, Looman zum Schein ins Vertrauen zu ziehen. Lebosso hatte sich ja ohnehin schon bei Athuman verplaudert »– bei Georgia Marsh vorbeifahren. Du hast es ja ohnehin schon mitbekommen.«

»Dass du etwas mit ihr hast?« ergänzte Looman. »Kann ich dir nicht verdenken. War auch mal an ihr dran, in jungen Jahren. Oder interessieren dich etwa nur ihre Nashörner? Na ja, das ist deine Sache. Ich würde den Boss nicht zu lange warten lassen. Die Sache mit den Rhinos in der Mara scheint ihm wichtig zu sein.«

»In drei Tagen«, wiederholte Rob, ohne auf Loomans freche Bemerkungen einzugehen. Looman grüßte lässig und verließ das Zelt. Diesmal schloss Rob den Reißverschluss von Innen und wartete ab bis er Loomans Schritte nicht mehr hörte. Dann schrieb er den Brief zu Ende:

… aus seinem Gewehr. Der Mann heißt Joe Looman. Du bist jetzt die einzige, die davon weiß. Du darfst mit keinem Menschen darüber reden!!! Bewahre den Brief einfach für mich auf, ich komme bald mit den Beweisen.

Dein großer Bruder Rob.

PS: Wenn mir etwas zustößt, geh' damit zur Polizei.

Rob las den Brief zweimal durch, steckte ihn in einen Umschlag und adressierte ihn an seine Schwester in Tübingen. Dann steckte er ihn in seine Gesäßtasche, nahm seine Kamera und ging nach draußen. Um Looman in Sicherheit zu wiegen, gab er vor, noch einen Spaziergang zu machen und entfernte sich aus dem Camp. Hinter den dichten Büschen, die das Camp umgaben, schraubte er das Dreihunderter-Tele auf, schoss ein Bild von Looman und eines von seinen Beinen. ›Bringt nicht viel‹, dachte er ›aber besser als nichts.‹ Als er nach einer Stunde ins Camp zurückkam, war Lebosso allein. Looman war mit Athuman nach Nairobi aufgebrochen.

»Der Wagen ist bereit. Was ist mit den Zelten?« fragte Lebosso.

»Wir lassen alles hier. Ben Hunter kann sich drum kümmern. Pack die Schlafsäcke und das kleine Zweimannzelt noch ein, das genügt.« Rob ging in sein Zelt. Er nahm noch einmal den Brief heraus, um auf der Rückseite ein Post Scriptum anzufügen. Darin teilte er seiner Schwester mit, wessen Stimme er im Funkgerät erkannt hatte. Dann beschloss er, ihr noch ein weiteres Beweismittel mit zu schicken. Doch seine Jackentaschen waren leer.

»Hast du etwas aus meiner Jacke genommen?« rief er von drinnen.

Lebosso verneinte.

»Verdammter Mist. War Looman in meinem Zelt, solange ich weg war?«

Lebosso zuckte die Schultern. Er hatte nicht darauf geachtet.

»Es muss jemand hier drin gewesen sein, und das Zelt durchsucht haben. Auch die Papiere hier liegen anders als zuvor! Dieser Jemand hat meine Jacke ausgeräumt! Scheiße – die Patronenhülse!«

Rob stürmte aus dem Zelt und rannte zum Rover.

»Los, komm!« schrie er Lebosso an und startete den Motor. Der alte Massai schaffte gerade noch den Sprung in den Wagen, als Rob das Gaspedal durchtrat und in einer Staubfahne auf den holprigen Weg zur ARK einbog. »Wir müssen den Film in Sicherheit bringen! Looman weiß jetzt, dass ich ihn verdächtige. Ich glaube nicht, dass er zurückkommt, aber sicher ist sicher.«

Während er mit einer Hand den Rover in der Fahrspur hielt, riss er mit der anderen den halbbelichteten Film aus der Kamera. Die Fotos waren jetzt sein einziger Beweis gegen Looman. Als sie den Parkplatz der ARK erreichten, riss er ein Stück Papier aus seinem Notizblock und kritzelte in Eile eine Botschaft für Claudia darauf: ›bitte entwickeln u. Abz. aufbew.! Niemand zeigen! Kann noch nichts beweisen!!! Melde mich bald! Rob.‹ Dann wickelte er hastig den Film in das schmutziggraue Papier und steckte ihn zu dem Brief in den Umschlag. Er ließ Lebosso beim Rover zurück und rannte über den Brettersteg zur ARK hinauf. Ben Hunter saß mit einigen Rangern beisammen und Rob winkte ihn zu sich heran. In wenigen Worten erzählte er ihm von der gewilderten Nashornkuh und von seinem Verdacht, allerdings ohne Looman zu erwähnen.

»Ich werde dem Kerl eine Falle stellen, falls es noch nicht zu spät ist. Und die Beweise schicke ich an meine Schwester nach Deutschland. Dort sind sie sicher aufgehoben.«

»Du kannst den Brief mir geben«, meinte Ben Hunter,

»ich fliege noch heute nach Nairobi, da könnte ich ihn für dich aufgeben.«

Rob schüttelte den Kopf.

»Danke, alter Freund, aber wir müssen eh' über Nairobi, wenn wir in die Mara fahren. Wichtiger wäre, dass du dich mit den Rangern um die tote Nashornkuh kümmerst und unser Camp abbrichst. Wir setzen die Arbeit hier so bald wie möglich fort. Ich fahre jetzt mit Lebosso auf dem schnellsten Weg in die Mara. Wir müssen vorbereitet sein, wenn Looman mit Athuman auftaucht.«

Wang Chen strahlte, als Athuman das Doppelhorn aus der Decke wickelte und vor ihm auf den Tisch legte. Es hatte ein gutes Gewicht und Hornpulver brachte heutzutage mehr ein als Kokain. Nashornpulver war immer noch, neben dem Tigerpenis, die begehrteste Medizin in seinem Heimatland. Die Paarung eines Nashorns konnte Stunden dauern, und mehrere Begattungen an einem Tag waren keine Seltenheit. Die Männlichkeit und Kraft für diesen ungeheuren Geschlechtstrieb saß nach der weit verbreiteten Meinung seiner Kunden im Horn der Tiere. Und übertrug sich bei Einnahme des Hornpulvers auf den Menschen. Die alten Chinesen schworen auf die Wirkung des Mittels und waren bereit, bis zu fünfzigtausend Dollar für ein Kilogramm Hornpulver zu bezahlen.

Wang Chen verdiente in Nairobi gutes Geld mit dem verbotenen Export der Hörner. Immerhin war sein Onkel, einer der mächtigsten und reichsten Männer in Shanghai, sein bester Abnehmer für die heiße Ware. Nicht nur, dass der alte Zetiang es gewinnbringend an die Apotheker als Aphrodisiakum verkaufte, auch er selbst glaubte an die Potenz steigernde Kraft des Hornpulvers und benutzte es, um seine eigene Schlaffheit zu besiegen. Der alte Mann hatte keine

Söhne und war besessen von der Vorstellung, noch vor seinem Abgang einen Erben zu zeugen. Wang Chen lieferte ihm beruhigt sein Nashornpulver, denn er wusste, dass es nicht mehr bewirken konnte, als das Mehl zerstoßener Fingernägel. Und insgeheim hoffte er sogar darauf, seinem Onkel eines Tages das Horn eines an Milzbrand erkrankten Nashorns zu liefern. Dann würde er sich mit der tödlichen Krankheit infizieren und schon bald wäre er, Wang Chen, alleiniger Erbe seines Reichtums.

Doch zunächst musste er dafür sorgen, dass Xiangsheng Zetiang mit seinen Lieferungen zufrieden war. Auch Wang Chen konnte zufrieden sein, mit den Verbindungen und Kontakten seines Onkels. Noch nie hatte es Probleme gegeben, die Ware über Südafrika auszuführen. Noch nie war es leichter gewesen, illegales Nashorn legal aus Afrika herauszubringen. Und Joe Looman war ein weiterer Glücksgriff gewesen. Das Unternehmen Zetiangs operierte von Shanghai aus weltweit. Korrupte Beamte bei Zollbehörden oder bestechliche Mitarbeiter bei Naturschutzorganisationen gab es überall und er kannte sie alle. Er hatte seine Spione nach allen Richtungen ausgeschickt und das Netz seiner Informanten war feiner gesponnen als das einer Schwarzen Witwe. Und die Spinne, die am Rand des Netzes saß, um alles zu kontrollieren, war ebenso tückisch und giftig. Wang Chen wusste, dass er sich keinen Fehler erlauben durfte. Gewiss, Xiangsheng Zetiang ließ ihm freie Hand, bei allem, was er tat. Nur das Ergebnis musste stimmen. Dafür musste Wang Chen aber auch mit Schwierigkeiten selbst fertig werden. Jetzt war es Rob Roloff, der ihm Schwierigkeiten bereitete.

Der Nashornhandel in Ostafrika war lange Zeit sein einträglichstes Geschäft gewesen. Doch die neuen Schutzmaßnahmen griffen, Rangerpatrouillien erschwerten das Auf-

spüren der Tiere, empfindliche Strafen machten das Wildern von Elfenbein und Horn zu einem risikoreichen Geschäft. Das wiederum hatte dazu geführt, dass die Preise stiegen und er noch nie so viel Geld für seine Ware bekommen hatte. Wang Chen liebte Geld. Viel Geld.

Ausgerechnet jetzt hatte sich Zetiang in den Kopf gesetzt, nach Afrika zu fliegen, um selbst ein Nashorn zu schießen. Einer dieser verrückten alten Wunderheiler hatte ihm weisgemacht, die Manneskraft eines potenten Nashornbullen, den er selbst schießen würde, würde direkt auf ihn übergehen. Der Plan, den Wang Chen sich nun ausgedacht hatte, war mehr als genial. Es gab in ganz Afrika keine Population mit prächtigeren Hörnern als auf der Farm dieser verrückten Frau im Norden Kenias. Es musste ein Kinderspiel sein, die wenigen Bewacher auszuschalten und sich das Horn zu holen. Wang Chen würde es machen wie vor einigen Jahren in diesem Nationalpark, wo sie die Breitmaulnashörner vor den Augen der Ranger abgeschlachtet und die Zeugen anschließend beseitigt hatten. Niemand war ihnen bis heute auf die Schliche gekommen.

Doch plötzlich war dieser Rob Roloff aufgetaucht. Ein Mann, der ausgerechnet den Nashörnern der Shamba Kifaru Mikrosender implantierte und sie dadurch wertlos machte für Wang Chen. Man musste sich um diesen Mann kümmern. Ein Killer seines Onkels hätte das gut und lautlos erledigen können, doch Wang Chen hatte diese Entscheidung nicht alleine zu treffen. Es mischten noch andere Leute die Karten in diesem Spiel; Leute, die ihm die Ausfuhr seiner Ware über Südafrika ermöglichten; Leute in Europa, die über die Aktivitäten der Naturschützer Bescheid wussten; Leute in Nairobi, die ihn über die geplanten Wildererpatrouillen informierten; Leute, die meinten, dass Rob Roloff nützlich war.

Roloff hatte schon einige Nashörner verdorben, bevor sie Looman einschalten konnten. Und er hütete es als sein Geheimnis, welche Tiere mit einem Mikrosender herumliefen. Jetzt brachte Looman eine weitere Hiobsbotschaft: Roloff wollte auch die anderen Nashörner der Shamba Kifaru mit seinen Überwachungssendern versehen. Es war Zeit, dass man diesem Mann das Handwerk legte!

»Das Dumme ist, dass wir Roloff lebend brauchen! Nur er weiß, wie diese Sender funktionieren! Er muss uns zu den Nashörnern auf der Shamba führen«, meinte Wang Chen daher, als er jetzt das Doppelhorn in seiner Hand wog.

»Er hat Looman in Verdacht«, sagte Athuman zögernd, »irgendwie ist er uns auf die Schliche gekommen.«

»Woher wisst ihr?«

»Wir haben ihn und diesen Lebosso belauscht.«

»Verdammt! Wenn das stimmt, bringt es unseren ganzen Plan in Gefahr! Wir müssen Roloff ausschalten!« brauste Wang Chen auf.

»Wir haben alles getan, um keine Spuren zu hinterlassen. Und sein einziges Beweisstück habe ich in der Tasche!« Grinsend spielte er mit Loomans Patronenhülse, die er in Robs Jacke gefunden hatte, als er sein Zelt durchsuchte.

»Wo steckt Looman überhaupt? Warum ist er nicht hier?«

»Er wollte den Proviant für die Mara besorgen und sich in einer halben Stunde wieder mit mir treffen. Wir wollen vor Roloff und Lebosso am Sandriver sein.«

Wang Chen griff zum Telefon wählte. Es dauerte ewig, bis sich am anderen Ende der Leitung eine Stimme meldete.

»Es sieht so aus, als hätten wir ein Problem mit Roloff«, sagte Wang Chen.

»Dann sollten wir es lösen«, sagte der andere trocken.

»Looman und Athuman haben herausgefunden, dass sich

Roloff im Alleingang um die Nashörner der Shamba Kifaru kümmern will!«

»So was Ähnliches habe ich mir schon gedacht.«

»Außerdem«, Wang Chen zögerte, »Roloff hat Verdacht geschöpft. Er ist Looman in den Aberdares auf die Schliche gekommen.«

Schweigen. Dann:

»Wir ändern den Plan. Zieht Roloff aus dem Verkehr und bringt ihn an einen sicheren Ort. Athuman soll das übernehmen. Haltet ihn fest, und versucht alles herauszufinden, was er über die Nashörner der Shamba weiß. Es sind jetzt noch zu viele Touristen auf der Farm. In ein paar Wochen schlagen wir zu. Aber es wird nichts unternommen bis Ihr Onkel in Afrika ist. Das habe ich mit ihm so vereinbart.«

»Es gibt übrigens auch noch gute Nachrichten.« Wang Chen streichelte das Doppelhorn.

»Gute Ware. Ist fast schon auf dem Weg nach Südafrika.«

»Da fällt mir ein – auf dem Weg nach Harare läge ein gutes Versteck für Roloff. Ihr könntet ihn im selben Flugzeug mitnehmen.«

»Wohin?«

»In die Sümpfe. Unser Camp da unten. Die Leute können auf ihn aufpassen.«

»Welche Sümpfe meinen Sie?«

»Okavango.«

»Sehr gute Idee«, lobte Wang Chen.

»O.k. Bringt ihn dort hin. Aber noch einmal: wir brauchen ihn noch. Passt auf ihn auf! Und keine weiteren Pannen. Es wäre schlecht, wenn der gute Name der SAFE WILD-LIFE SOCIETY beschmutzt würde.«

Es knackte. Er hatte aufgelegt. Wang Chen starrte auf den Hörer und lachte schließlich.

»Hast du das mitgekriegt? Wir werden für Roloff ein bisschen Urlaub organisieren. Du sorgst dafür, dass wir in drei Tagen mit ihm abfliegen können. Die Einzelheiten besprechen wir heute abend.«

Athuman nickte und verließ das Zimmer. Wang Chen schloss die Tür und lehnte sich bequem in seinem Stuhl zurück. Seine letzte große Aktion lief an. Zu dumm, dass er noch warten musste, bis auf der Shamba die Luft rein war. Auch sein Onkel brannte darauf, seine Männlichkeit unter Beweis stellen zu können.

Eines Tages würde Wang Chen seinen Platz einnehmen. Doch der Alte war zäh. Vielleicht gelang es ihm doch noch, einen Sohn zu zeugen. Oder, was noch schlimmer wäre, eines der Mädchen, die ihm zu Diensten waren, bekam ein Kind von irgendeinem dahergelaufenen Hurenbock und gab es als das Kind seines Onkels aus. Bisher war noch keine der Dirnen auf diese Idee gekommen, doch Wang Chen hatte beschlossen, kein Risiko mehr einzugehen. Sein Onkel würde aus Afrika nicht mehr zurückkehren. Wang Chen hatte seinen Tod sorgfältig geplant. Rob Roloff spielte eine wichtige Rolle in diesem Plan. Wang Chen hatte genug Leute, auf die er sich verlassen konnte und die ihm bei der Ausführung helfen würden.

Wang Chen war stolz auf den Respekt, den seine Leute vor ihm hatten. Er hatte eine Legende um seine Person geschaffen, die jedem Respekt einflößen musste. Wang Chen öffnete die große verschlossene Schublade an seinem Mahagonitisch und zog die geflochtene Nilpferdpeitsche hervor. Sanft streichelte er über das graue Leder und ließ sie zischend durch die Luft schnellen. Viele Rücken waren von ihr schon zerfetzt worden und noch immer hatten die Schwarzen Angst, wenn er mit ihr in den Lagern und Camps auftauchte. Er war stolz auf den Namen, den sie ihm gegeben hatten: Hippo, der Mann mit der Nilpferdpeitsche.

Zwei Tage später beobachteten Looman und Athuman von einem Versteck am anderen Ufer des Sandriver aus den Wissenschaftler und seinen Gehilfen und warteten die passende Gelegenheit ab. Die vier Männer waren die einzigen Menschen in der weiten Savanne der südlichen Masai Mara. An jenem Morgen brach Roloff allein auf, um ein Schwarzes Nashorn zu betäuben, dessen frische Spur sie in der Abenddämmerung südlich der Hügel am Fluss entdeckt hatten. Athuman schlich sich ins Camp und überwältigte Lebosso. Looman bezog Wache und überließ alles weitere seinem Helfer.

Athuman hielt das Gewehr im Arm und schlich sich von hinten an Rob Roloff heran. Der lag im Schatten einer Akazie und konzentrierte sich auf den Nashornbullen, der vor ihm an einem Busch knabberte. Ein paar trockene Äste am Boden knackten. Hatte Roloff es gehört? Der Nashornbulle hob schnaubend den massigen Kopf. Looman duckte sich und erstarrte in seiner Bewegung. Das Nashorn sah jetzt genau zu ihm her. Es stand hervorragend für einen Schuss. Die Nüstern sogen witternd die Luft ein, die spitze Oberlippe verzog sich zu einem Flehmen.

Athuman war nur noch zehn Meter von Rob Roloff entfernt. Der Madenhacker auf dem gewölbten Rücken des Kolosses pickte unbekümmert nach den Plagegeistern auf der rauen Haut. Rob legte an und zielte genau. Wieder knackten Äste unter Athumans Gewicht und der Go-away-Vogel schrie.

Da zerriss ein Schuss die Stille. Im Lärm kreischender Vögel und Paviane rannte Athuman näher. Das Nashorn war gut getroffen, das Betäubungsmittel wirkte schnell. Der Bulle blieb nach einem kurzen Trab schnaubend stehen und ging zu Boden.

Athumans Schatten tauchte neben Rob Roloff auf und

er wandte sich um. Athuman holte aus und schlug ihm den Gewehrkolben an die Schläfe. Ein kurzer Schrei und er lag betäubt im Gras. Athuman bückte sich und untersuchte ihn.

Dreißig Meter vor ihm hob der Nashornbulle ein letztes Mal schnaubend den Kopf. Athuman zielte nur kurz und schoss. Er zog die Machete aus seinem Gürtel, trat auf das tote Tier zu und schlug ihm das Doppelhorn aus dem Fleisch.

Knapp zwei Stunden später lag Rob in der Maschine, die ihn nach Botswana bringen sollte. Vorne im Cockpit, auf dem Copilotensitz saß Wang Chen, der Chinese.

12

Linda war todmüde, doch sie wagte nicht, auch nur für eine Minute die Augen zu schließen. Athumans Worte hallten in ihr wider und sie fühlte instinktiv, dass dieser Mann seine Drohung wahr machen würde. Sie war seiner Willkür hilflos ausgesetzt, ihre Lage war hoffnungslos und das schürte ihre Angst. Langsam kroch der Tag dem Abend zu, die Sonne schien sich heute besonders viel Zeit zu lassen, um ihre Bahn zu vollenden. Linda lauschte in die Dämmerung. Plötzlich fuhr sie hoch. Athuman kam auf sie zu. An seiner Art, zu reden und seinem schwankenden Gang erkannte Linda, dass er getrunken hatte.

»So, mein Schätzchen«, lallte er und wankte auf sie zu, »erinnerst du dich, was ich dir versprochen habe?«

Linda riss die Augen auf und zerrte an ihren Fesseln.

»Du kannst ruhig schreien, so laut du willst! Vielleicht kommen die anderen und sehen uns dann zu? Sie sind bestimmt auch geil auf dich. Wenn wir beide miteinander fertig sind, kann ich dich ja weiterreichen!«

Ekel und Hass schüttelten sie. Sie saß gefesselt am Boden und obwohl es nichts brachte, versuchte sie, sich rückwärts robbend von Athuman zu entfernen. Doch er stand mit zwei raschen Schritten über ihr und drückte ihre Schultern unsanft zu Boden. Dann setzte er sich auf ihren Bauch und versuchte, sie zu küssen.

Kreischend drehte sie ihren Kopf in den Sand, um der hechelnden Zunge zu entgehen.

»Ja«, flüsterte er erregt, »wehr dich! Ich hab's gern, wenn die Frauen sich wehren!«

Linda stampfte und strampelte mit ihren gefesselten Beinen, zerrte an den Stricken und wand sich unter Athumans eisernem Griff. Seine triefende Zunge war überall, an ihrem Hals, in ihren Ohren.

»Du sollst dich richtig wehren!« schrie er. »Richtig, mit aller Kraft!«

Linda schrie auf. Hysterie und Angst klangen aus ihrer Stimme.

»Nein! Lass mich in Ruhe, du Schwein!«

Sie brüllte um Hilfe, rief nach Alan und Rob, schlug um sich, doch die Fesseln behinderten sie. Sie stöhnte auf und kämpfte gegen ihre Tränen. Ihre Kraft ließ nach, zu sehr drückte sie Athumans Gewicht.

Plötzlich hielt er ein kleines Messer in der Hand. Es war das Schweizermesser, das Alan ihm in den Mund gesteckt hatte. Langsam und bedrohlich fuhr er mit der Klinge über ihre Wange, über die Stirn, den Nasenrücken abwärts bis zu ihrem Mund. Linda verstummte, jähes Entsetzen erstickte die heißeren Schreie in ihrer Kehle. Blitze zuckten aus ihren schwarzen Augen, als Athuman sich erneut zu ihr herunter beugte. Und während das kalte Metall der Klinge ihren Hals berührte, spürte sie, wie seine Zunge schleimig in ihren Mund eindrang. Sie unterdrückte einen Brechreiz und fing zu husten an. Das Messer ritzte die Haut an ihrem Hals. Angstschweiß lag auf ihrer Stirn. Auch Athuman schwitzte und stank entsetzlich nach einer Mischung aus Schweiß und Alkohol. Er kostete den Kuss ergiebig aus. Dann stand er auf und öffnete seine Hose. Linda schloss die Augen.

»Du wirst ihn in dir spüren, jetzt gleich!«

Seine Hose glitt zu Boden, alles geschah jetzt blitzschnell. Mit seinem Messer trennte er die Fesseln an ihren Fußgelenken auf und kniete zwischen ihre Beine. Linda sah das Messer vor ihren Augen aufblitzen und war wie gelähmt. Ein zweiter Schnitt zertrennte die Schlingen an ihrer Hand, dann flog das Messer in hohem Bogen in den Dornbusch.

»Jetzt werde ich dich nehmen und ich will, dass du dich wehrst!« schrie Athuman und zerrte an ihrem Slip. Linda lag wie erstarrt, nur das Heben und Senken ihrer Brüste verriet, dass sie lebte. Athuman ohrfeigte sie und riss sie damit aus ihrer Lethargie. Sie schrie auf und trommelte mit ihren Fäusten auf ihn ein. Sie schlug ihn, biss um sich, trat ihn mit den Knien und zerkratzte ihm die nackten Arme. Wie im Blutrausch fiel er über sie her, packte ihre Handgelenke und drückte ihren Oberkörper zu Boden. Durch die fast geschlossenen Lider sah sie sein geiferndes Gesicht über sich.

Plötzlich ragte diese dunkle Gestalt neben Athuman auf und schlug zu. Linda spürte einen starken Druck und hörte das dumpfe Geräusch eines Schlags. Gleichzeitig erstarrte Athumans verschwitztes Gesicht, er kippte vornüber und sank neben Linda in den Sand. Im selben Moment erkannte sie in der dunklen Gestalt Lebosso, der das Doppelhorn eines Rhinos als Schlagwaffe in der Hand hielt.

»Los jetzt!« rief Lebosso und half Linda auf. »Du musst fliehen!«

»Ist er tot?« fragte sie und deutete auf Athuman.

»Nein. Er wird wieder –«´ im selben Augenblick stöhnte Athuman und stieß einen Hilferuf aus. Es gab keine Zeit zu verlieren.

»Finde Rob! Er muss Georgia Marsh retten! Schnell!«

»Und wie –?«

»Los, zum Boot!« unterbrach er sie.

»Und du?«

»Ich komme na – aah«

Ein Schuss unterbrach seinen Satz. Er schrie auf, fasste sich an den Bauch und ging zu Boden. Linda bückte sich zu ihm hinunter, doch er wehrte ab.

»Flieh!« flüsterte er stockend, »rette –«

Ein weiterer Schuss beendete sein Leben, ein dritter krachte und schlug neben Linda ins Gebüsch. Hippo schrie seine Befehle in die Nacht. Es war schon zu dunkel für einen sicheren Schuss, doch der Erste der Männer war nur noch wenige Meter von ihr entfernt. Weiter hinten legte der Chinese erneut das Gewehr an und zielte. Linda rannte zum Ufer und sah das Motorboot, riss das Seil vom Baum und hechtete an Bord. Mit aller Kraft zerrte sie am Anlasser, doch der Außenborder blieb stumm. Hippo lachte schallend und kam mit angelegter Waffe näher.

»Ich will die Frau!« schrie er, »Los, holt sie!«

Die Schwarzen stürmten auf das Boot zu. Linda versuchte noch einmal zu starten und blickte auf die Wasseroberfläche. Hoch schlugen die Wellen über ihr zusammen, als sie mit einem Hechtsprung im Wasser landete. Überrascht blieben die Verfolger stehen und blickten ihr nach.

»Los, hinterher, ihr Hunde! Holt sie zurück!« brüllte Hippo.

Doch keiner wagte den Sprung. Zu groß war die Angst vor Krokodilen. Die Nacht senkte sich schnell über die Insel herein, die Zeit der Panzerechsen war längst angebrochen. Hippo trat ans Ufer und spähte über das düstere Wasser. Keine Bewegung verriet die Schwimmerin.

»Bringt Fackeln und Lampen und macht das Boot klar!« befahl er mit heiserer Stimme. »Wir müssen sie finden und wenn wir die ganze Nacht nach ihr suchen!« Sein Blick schweifte über die glatte Wasseroberfläche, die sich kaum mehr vom dunklen Landstreifen abhob. In wenigen Minuten war es stockfinster geworden. Nur der niederstehende Mond beleuchtete gespenstisch die Szenerie. Auf der Insel rannten die Schwarzen aufgeregt durcheinander. Niemand kümmerte sich um den verletzten Athuman. Die Nacht hatte die Fliehende verschlungen. Unheimlich wie der tiefschwarze Schlund eines Höllenlochs leuchtete das Wasser. Am anderen Ende der Lagune flackerten kurz die Augen eines Krokodils auf. Es schien ein kleines Exemplar zu sein, doch die Entfernung konnte täuschen. Hippo fluchte. Die Frau hatte keine Chance, die Nacht im Wasser zu überleben.

Ihre Lungen zogen sich zusammen und sie spürte einen stechenden Schmerz in ihrem Brustkorb. Ihr Luftvorrat war verbraucht, doch Linda zwang sich, weiterzutauchen. Beim Training zu Hause hatte sie spielend eine Minute unter Wasser geschafft. Nach ihrem Gefühl hatte sie sich in gerader Linie von der Insel entfernt, wenn ihre Orientierung ihr keinen Streich gespielt hatte. Unter Wasser war es stockfinster, sie hätte ebenso gut mit geschlossenen Augen tauchen können.

Sie wusste, dass der Okavango nicht sehr tief war und tastete sich am Bodengrund entlang vorwärts. Der Boden war eben und sandig weich, es gab weder Steine noch Wurzeln, die sich ihr als Hindernisse in den Weg legten. Linda tauchte schnell und schwamm in gleichmäßigen Zügen. Zu Anfang hatte sie noch dumpf die Schreie Hippos von der Insel her gehört, jetzt waren das Rauschen des Wassers in ihren Ohrmuscheln und das Aufsteigen der Luftblasen die einzigen Geräusche, die sie wahrnahm. Sie hatte ihre Züge gezählt und schätzte, dass sie etwa dreißig Meter zurückgelegt hatte.

Sie durchquerte ganze Felder von Wasserpflanzen, von der Oberfläche griffen die Stiele der Seerosen tentakelartig nach ihr. Es war ein ekliges Gefühl, an den Gräsern und Halmen vorbeizustreifen, die sanften Berührungen der Blätter und Pflanzen zu spüren. Manche schienen regelrecht nach ihr zu greifen, um sie unter Wasser festzuhalten. Doch Linda kämpfte sich behutsam durch diese Krautwälder, strampelte sich vorsichtig frei und vermied Bewegungen, die sie an der Wasseroberfläche verraten konnten.

Erst als ihr die Sinne zu schwinden drohten, tauchte sie auf. Nur Nase, Mund und Augen ragten, einem Flusspferd gleich, aus dem Wasser. In vollen Zügen sogen ihre Lungen die warme Abendluft ein, der stechende Schmerz im Brustkorb ließ nach und sie schielte vorsichtig zu der Insel. Es war zu finster, um etwas zu erkennen und sie beschloss, ihren Vorsprung weiter auszubauen. Doch wohin sollte sie überhaupt fliehen? War es klüger, sich flussaufwärts zu wenden, wo man sie sicher am wenigsten suchen würde? Oder besser doch stromabwärts, wo sie schneller vorankam und sicher irgendwann auf Menschen stoßen würde?

Jetzt sah sie den Schein von Fackeln und Lampen auf der Insel, doch kein Strahl reichte bis zu ihr heran. Hippo brüllte seine Befehle in die Nacht. Sie hörte das Startgeräusch des Motorboots und unterdrückte eine Panik. Vom Boot aus würde man sie schnell aufspüren, im klaren Wasser des Okavango konnten auch die Bewegungen eines Tauchers im Schein der Lampen nicht unentdeckt bleiben.

Das Boot entfernte sich von der Insel und tuckerte auf sie zu. An Bord befanden sich vier Männer, zumindest erkannte sie so viele Lampen, die auf dem Wasser tanzend näher kamen. Das Boot behielt seinen Kurs bei. War sie schon entdeckt?

Sie holte tief Luft und tauchte ab. Deutlich hörte sie unter Wasser das Dröhnen des Außenborders, das in einem stetigen Crescendo anschwoll. Welche Chance hatte sie? Schwach und diffus erkannte sie den Strahl von nur einer Lampe, der, wo ihm die Schwimmpflanzendecke nicht den Weg versperrte, das Wasser zu zerschneiden schien. Er erreichte fast den Grund und einige Fische flohen vor dem Licht. Während sich der Lichtstrahl näherte, wurde ihr klar, dass sie sich nicht mehr länger reglos am Grund der Lagune halten konnte. Sie kämpfte gegen die leichte Strömung und spürte, wie ihr erneut die Luft ausging. Der starke Auftrieb ihres Körpers zog ihre Beine zur Oberfläche.

Vorsichtig tauchte sie auf und versteckte ihren Kopf zwischen den hochstehenden Blättern einer Seerose. Die Lichtkegel der Lampen an Bord hüpften in vier verschiedenen Richtungen weit draußen auf dem schwarzen Wasser. Niemand war auf die Idee gekommen, senkrecht nach unten ins Wasser zu leuchten. Das Boot war noch etwa zehn Meter von ihr entfernt, als sie ihren Entschluss fasste. Sie holte tief Luft, tauchte unter und schwamm mit kräftigen Zügen direkt auf das Boot zu. Der Teppich der breiten Seerosenblätter bot ihr Sichtschutz und das Boot näherte sich rasch.

Das Wasser war ihr zweites Element, das Tauchen ihre Leidenschaft. Das Dröhnen des Motors schwoll an, sie spürte die Bewegungen des Wassers und hielt sich krampfhaft an einigen dicken Seerosenstielen fest. Jetzt war das Boot genau über ihr und sie presste sich instinktiv mit aller Kraft an den Grund, um der rotierenden Schraube auszuweichen. Dann spürte sie das Gewirr von Halmen und Pflanzen, die das Boot im Schlepptau hatte, auf ihrem Rücken und schwamm weiter. Drei, vier, sieben, zehn Meter. Als sie erschöpft auftauchte, hörte sie aus der Richtung, in der das Boot verschwunden war klar und deutlich Hippos Stimme. Er gab Befehl, stromabwärts weiter zu suchen. Die anderen Leute, die sich in den Mokoros verteilt hatten, sollten die Ufer absuchen und die Insel im Auge behalten. Also gab es für Linda nur einen Ausweg: sie musste stromaufwärts tauchen!

Lautlos verschwand sie erneut unter der Wasseroberfläche, fühlte den Bodengrund und schwamm der leichten Strömung entgegen. Die blubbernden Geräusche des Motors wurden Zug um Zug leiser, und das war beruhigend. Hippos Männer suchten sie tatsächlich in der entgegengesetzten Richtung. Als die Lichter verschwunden waren, blieb sie an der Oberfläche und schwamm in gleichmäßigen Zügen.

Grandiose Idee, dachte sie, Rob in Afrika zu suchen. Wie hatte Babs zu ihr gesagt: du musst ja nicht gleich im tiefsten Busch 'rumkriechen, um ihn zu finden. Nun war das Abenteuer doch eine Nummer zu groß für sie geworden. Lebosso, Robs Freund war tot, erschossen von diesem Chinesen, Athuman verletzt, wie schwer, das wusste sie nicht. Lebossos Tat hatte sie gerettet. Warum hatte er das getan? Er hatte es mit seinem Leben bezahlt. Und was nun? Jede Chance, Rob noch zu finden, war vertan. Ihre einzige Hoffnung bestand in Alan. Er würde sie suchen. Er liebte sie und er würde mit Ben die Sümpfe abfliegen.

Die Nacht war kühl geworden und trotz der warmen Temperatur des Wassers, begann Linda zu frösteln. Sie erinnerte sich an Alans mahnende Worte, bei Nacht nie allein schwimmen zu gehen und überlegte, wo sie am sichersten den Rest der Nacht verbringen konnte. Es war nicht auszuschließen, dass die Suchtrupps doch noch stromaufwärts nach ihr Ausschau hielten und sie konnte unmöglich die ganze Nacht im Wasser bleiben. Sie wollte versuchen, wenigstens ein paar Stunden zu schlafen, um noch im Morgengrauen mit frischen Kräften den Abstand zu ihren Verfolgern zu vergrößern.

Das Wasser schimmerte tiefschwarz, der Himmel, inzwischen wolkenverhangen, ließ kaum mehr den Mond erkennen. Plötzlich ließ sie ein Geräusch zusammenzucken. Es klang wie ein leises Klacken und kam vom Uferstreifen direkt vor ihr. Dann sah sie die Silhouette eines Menschen, die sich nur undeutlich vor dem dunklen Firmament abhob. Freund oder Feind, diese Frage stellte sich zu spät, denn der Fremde hatte sie längst entdeckt. Langsam näherte sich die Gestalt dem Wasser und streckte ihr eine Hand entgegen. Das Schnalzen und Klicken in einer fremden Sprache verwirrte sie. Es war zu dunkel, um den Fremden erkennen zu können, doch sie fühlte, dass er ihr Hilfe anbot.

Die Hand griff nach ihrem Arm, doch sie war klein und sanft. Zärtliche Finger streichelten über ihre nackte Haut. Langsam stieg sie an Land und erkannte im fahlen Schein des wolkenverhangenen Mondes, dass sie den Mann um gut zwei Köpfe überragte. Vertrauensvoll folgte sie der schmächtigen Gestalt in die Nacht, er führte sie wie ein kleines Kind zu seinem Boot, das in einer Seitenlagune im Papyrus vertäut lag. Sie hatte Vertrauen zu dem seltsamen

Mann, dessen Namen sie nicht kannte und dessen Sprache sie nicht einmal verstand. Wo immer er sie hinbringen würde, sie würde zu essen und zu trinken bekommen und sie war in Sicherheit. Und während N'gaoi den Mokoro durch die Lagunen stakte, war sie schon bald auf dem weichen Moorantilopenfell eingeschlafen.

Robs Zustand hatte sich gebessert, das Fieber war langsam gesunken. Der Buschmann hatte ihm, mit den wenigen Brocken Englisch, die er von den Touristen in seinem Dorf aufgeschnappt hatte, erzählt, was ihn, den San aus der Kalahari hierher in die Sümpfe des großen Flusses verschlagen hatte. Dabei hatte er seine Geschichte durch Mimik und Zeichensprache so deutlich untermalt, dass Rob nun genauestens informiert war. Auch er berichtete dem San von seiner abenteuerlichen Flucht und von der Gefahr, vor der er Georgia Marsh so schnell wie möglich warnen musste. Sobald es sein Gesundheitszustand zuließ, wollten sie in N'gaois Mokoro aufbrechen, um ein Camp zu suchen, von wo aus sie Kontakt zur Außenwelt aufnehmen konnten.

Rob vertrieb sich die Zeit mit kleinen Spaziergängen und einem leichten Trainingsprogramm für seinen geschwächten Körper. Aus schwerem Wurzelholz hatte er sich kleine Hanteln gefertigt, mit denen er die Muskulatur seines gesunden Arms stärkte. Die Schwellung seiner kranken Hand ging allmählich zurück und die Taubheit in seinen Fingern ließ nach. Manchmal jedoch kamen die Krämpfe während er schlief zurück und zogen hinauf bis in die Schulter. Dann kostete es ihn große Mühe, nicht vor Schmerz laut aufzuschreien. N'gaois Kräutermedizin hatte wahre Wunder vollbracht, ohne seine Hilfe hätte Rob den Schlangenbiss nicht überlebt. Zudem hatte N'gaoi mit seinem Giftpfeil eine Moorantilope erlegt und das Fleisch war kräftige Nahrung.

An jenem Abend war der Buschmann bei Einbruch der Dämmerung zum Fischen aufgebrochen und noch immer nicht zurückgekehrt. Rob begann, sich Sorgen zu machen. Was, wenn dem San etwas zugestoßen war? Ohne den Einbaum und ohne die Hilfe N'gaois hatte Rob keine Chance, aus den Sümpfen herauszukommen. Plötzlich hörte er vom Ufer her das leise Plätschern des Paddels. Kurz darauf tauchte N'gaois Kopf im Schilf auf, doch seine Augen glänzten nicht wie sonst vor Freude, wenn er einen großen Barsch oder eine Ente von seinen Jagdzügen mitbrachte.

Heftig gestikulierend schritt er geduckt auf Rob zu, als ob er befürchtete, beobachtet zu werden. Nur mit Mühe gelang es ihm, seine Aufregung zu unterdrücken. In seiner Erregung vergaß er, englisch zu sprechen, und so verstand Rob kein Wort von dem, was er ihm mit seinen Klicklauten erzählte. Rob wartete, bis er seinen Redefluss unterbrach, um Luft zu holen, und fiel ihm ins Wort. Der kleine Jäger deutete mit ausgestrecktem Arm zum Fluss, faselte etwas von einem Boot, das »viel, viel Krach« machte und hielt die vier Finger seiner Hand in die Luft.

»Vier Männer in einem Motorboot?« fragte Rob und der San nickte. Er ahmte jetzt die Bewegungen eines schwimmenden Tieres nach und machte das Zeichen für »Frau«.

»Eine Frau schwimmt im Wasser?« N'gaoi nickte und Rob hörte aus den Sätzen in der Buschmannsprache das englische »white« heraus.

»Du meinst, sie ist eine weiße Frau? Allein?«

N'gaoi machte das Zeichen für »Gefahr« und »Hilfe« und zerrte Rob durch das hohe Schilf zum Ufer. Um seinen Mund spielte ein eigenartiges Lächeln.

Eine halbe Stunde später hatte Linda alles erzählt.

»Diese Schweine!« rief Rob, nachdem sie geendet hatte

und unterdrückte ein Schluchzen in seiner Stimme. »Hätte ich ihr nur diesen verdammten Brief nicht geschrieben, dann würde Claudia noch leben. Und Lebosso auch!«

»Und du weißt, wer dahinter steckt?«

»Natürlich. Seit wir in den Aberdares auf das tote Nashorn gestoßen sind. Wir haben eindeutige Spuren von Joe Looman gefunden.«

»Aber Looman war in deinem Team! Und Professor Kuhns hat ihn sogar beauftragt, mich in Nairobi abzuholen.«

»Das spielt keine Rolle. Joe ist ein Verräter. Er hat mich benutzt, um an die Nashörner zu kommen, bevor ich sie präparieren konnte. Ich bin mir sicher, dass er von meinem Verdacht Wind bekommen hat. Er muss mich und Lebosso belauscht haben.«

»Dann glaubst du auch, er hat Claudias Ermordung in Auftrag gegeben?«

»Wer sonst wusste von dem Brief an sie? Joe kam in den Aberdares in mein Zelt, während ich ihn schrieb.«

»Und was stand drin? Was konnte ihm gefährlich werden?«

»Er enthielt Beweise gegen Joe. Und ich habe ihn am Funkgerät mit jemandem reden hören, dessen Stimme ich erkannte. Ein Mann aus unserer Organisation. Sie haben sich über die gewilderten Rhinos und über einen Chinesen in Nairobi unterhalten. Heute weiß ich, dass damit Hippo gemeint war.«

»Und diese Stimme? Wem gehörte sie?«

Rob sah Linda in die Augen und senkte seine Stimme.

»Ich fürchte, dass genau diese Information Claudia das Leben gekostet hat. Und ich möchte dich nicht auch noch in Gefahr bringen. Es ist besser, ich behalte diesen Namen für mich. Es würde ohnehin nichts nützen, ich glaube kaum, dass du ihn kennst.«

Schweigend saßen sie am Feuer und starrten in die Glut.

»Wir müssen jetzt zusehen, dass wir von hier wegkommen«, meinte Rob schließlich. »Wenn es uns nicht wenigstens gelingt, Georgias Nashörner zu retten, ist Claudia ganz umsonst gestorben. Und dann knüpfe ich mir Looman und Hippo vor. Er wird mir büßen für das, was er Lebosso angetan hat. Wir haben zwar nur N'gaois Mokoro, doch es kann nicht mehr allzu weit sein, bis zu Will's Camp.«

13

Das Gelb der Savanne leuchtete in den letzten Minuten des Tages in einem intensiven Gold, wie reife Ähren standen die hohen Gräser am oberen Saum des Flussufers, in dessen dunklem Wasser sich das Licht der untergehenden Sonne spiegelte. Der Wind trieb ein paar dürre Palmwedel das steile Ufer hinunter und mit einigen munteren Überschlägen landeten sie im Wasser, hingen für ein, zwei Sekunden noch an der Ufervegetation fest und wurden schließlich fortgerissen mit der Strömung, die hier an der Biegung des Uaso Nyiro nicht allzu mächtig war.

Georgias Blick ruhte auf dem Spitzmaulnashorn, das oben am Ufer bei den Dornbüschen stand. Verspielt suchte die Greiflippe nach den letzten grünen Blättern zwischen den Zweigen und Dornen. Samson lebte seit vielen Jahren auf der Farm und trug eines der größten Doppelhörner, das Georgia je bei einem Nashorn gesehen hatte. Lebte er nicht hier unter ihrem Schutz, wäre er schon längst den skrupellosen Wilderern in die Hände gefallen. Auf der Shamba Kifaru waren die Tiere sicher, die wenigen Mitarbeiter Georgias waren zuverlässig und patrouillierten täglich mit einem Fahrzeug durch das Gelände. Touristen, die sie auf die Safaris mitnahmen, sorgten für eine sichere Einnahmequelle. Das über zweihundertfünfzig Quadratkilometer umfassende Gebiet der Farm war durch einen 5000-Volt-Zaun geschützt und hier im Norden bildete der Fluss die natürliche Grenze.

Georgia hatte den alten Bullen schon vor Monaten bei der Paarung beobachtet. Tagelang hatte der Prachtkerl sich vergebens um die Gunst von Diana, einer jungen Nashornkuh bemüht. Georgia war den beiden in gebührendem Abstand gefolgt, hatte ihre Aufzeichnungen gemacht und das Werben des grauen Kolosses mit der Kamera und auf dem Tonband festgehalten. Seine Geduld war lange Zeit strapaziert worden, denn Diana ließ den alten Einzelgänger nicht an sich heran. Dabei hatte er am Geruch ihres Harns eindeutig erkannt, dass sie brünstig war. Mit ihrem zwar nicht allzu großen, aber dennoch auch für Samson nicht ungefährlichen Horn, wies sie ihn immer wieder durch unsanfte Stöße in die Flanke zurück, schnaubte ärgerlich und schüttelte drohend den massigen Kopf. Fast glaubte Georgia schon, Samson würde aufgeben, doch da kannte sie den Bullen wohl schlecht.

Nach fast einer Woche vergeblicher Liebesmühe, hatte er es endlich geschafft. Zunächst hatten die beiden friedlich wie Milchkühe nebeneinander gegrast, wobei Samson immer wieder schnaufend den Kopf gehoben und seine Partnerin angesehen hatte. Schließlich verteilte er nervös seine Exkremente auf dem Boden und trieb Diana mit sanften Stößen und behaglichem Grunzen vor sich her. Dann erfolgte ein ausgiebiges Beschnuppern, Scharren und Schnauben. Als sie endlich auffordernd stehen blieb, stemmte er ungelenk seine fast zwei Tonnen Lebendgewicht auf ihren schmalen Rücken und senkte seine spitzen Lippen auf ihren Widerrist, während die röhrenförmigen Vorderfüße auf der rissigen Haut der Geliebten Halt suchten. Fast eine Stunde hielt er es in dieser unbequemen Position aus; kein Wunder schrieben die Chinesen den Tieren eine besondere Liebeskraft zu, die sich ausgerechnet im Horn konzentrieren sollte! Diese Legende hatte Tausenden den Tod gebracht.

Auch Samson, der sich jetzt wieder in das Dickicht des Akazienbuschs zurückzog, würde bald mit einem Sender ausgerüstet sein. Nachdenklich betrachtete Georgia die knopfgroße Metallscheibe in ihrer Hand. Es war Samsons Lebensversicherung. Noch war sie wertlos, doch wenn Rob sie dem Bullen erst eingepflanzt hatte, wäre es ein unabwägbares Risiko für jeden Wilderer, das Tier zu töten.

Georgia erhob sich von ihrem Platz, einer von Elefanten gefällten Akazie, von dem aus sie die ganze Biegung des braunen Flusses überblicken konnte und ging zu ihrem Wagen zurück. Die Nacht kam jetzt schnell und es war stockfinster, als sie die Farmgebäude erreichte. Die Dielen knarrten, als sie über die Veranda ins dunkle Haus trat. Sie hörte etwas, das wie das leise Atemgeräusch eines großen Tieres klang und spürte, dass außer ihr noch jemand im Raum war. Plötzlich griff eine Hand nach ihr und sie erschrak. Sie sah nur eine hünenhafte Gestalt mit breitkrempigem Safarihut, dann hörte sie das Geräusch eines Streichholzes und erkannte für zwei Sekunden ein bärtiges Gesicht. »Joe?« Das Streichholz erlosch.

»Joe Looman!« sagte sie, überzeugt, ihr Gegenüber erkannt zu haben.

»Was in aller Welt …?«

»Nicht so laut«, flüsterte Looman, »Es muss nicht jeder wissen, dass ich hier bin. Nett, dass du mich noch kennst, nach all den Jahren.«

»Ich habe fast damit gerechnet, dass du irgendwann hier auftauchst.«

»Hatte eben ein bisschen Sehnsucht nach dir. Du hast dich kaum verändert, Georgia. War doch eine schöne Zeit mit uns beiden!«

»Was soll das Joe?« unterbrach sie ihn rüde. »Du bist sicher nicht gekommen, um mit mir zu flirten. Du arbeitest für die Nashornwilderer – was willst du?«

»O.k. Lassen wir die Vergangenheit ruhen. Ja, ich arbeite für Hippo und verdiene gutes Geld dabei. Aber wir waren mal befreundet und ich möchte dich warnen.«

Georgia verzog ihr Gesicht zu einer höhnischen Grimasse. Wie hatte sich dieser Mann in den letzten Jahren verändert! Was war noch übriggeblieben von dem charmanten Safariführer, den sie einen Sommer lang geliebt hatte?

»Und wovor möchtest du mich warnen, Joe Looman?« fragte sie spitz.

»Du musst tun, was sie von dir verlangen. Diese Männer kennen keine Skrupel. Ich habe das zu spät gemerkt, Georgia, aber ich kann nicht mehr zurück, sonst legen sie mich um.«

»Armer Joe«, höhnte sie. »Und in deiner Todesangst kommst du jetzt zu mir?«

»Georgia, bitte! Es geht nicht nur um deine Nashörner. Es geht um Roloff und um seine Tochter.

»Rob Roloff!« fuhr Georgia auf. »Wo ist er, was soll das alles, was habt ihr vor?«

»Georgia – …«

»Ihr wollt die Shamba ruinieren! Ihr wollt' mein Lebenswerk zerstören!« Georgia war auf Looman zugesprungen und hämmerte schluchzend mit den Fäusten gegen seine Brust. »Das hatte ich dir nie zugetraut, Joe!«

Looman wehrte die Schläge mit einer Hand ab und stieß die Frau von sich.

»Hör' auf damit, verdammt«, schrie er. »Du weißt, dass ich das nicht geplant habe. Die Chinesen wollen ein Nashorn schießen. Das wird wohl nicht dein Untergang sein!«

»Eines?« höhnte Georgia. »Damit werden sie sich nicht zufrieden geben! Sie werden Rob zwingen, ihnen jedes nicht überwachte Tier zu zeigen und werden alle abknallen, die ihnen vor die Flinte kommen!«

Looman schwieg. Er wusste, dass Georgia Recht hatte, wenngleich er es nicht zugeben wollte. Wenn seine Auftraggeber das erste Tier geschossen hätten, würde sie das Nashornfieber nicht mehr loslassen.

»Und sie schrecken vor Mord nicht zurück, vergiss das nicht!« zischte Georgia.

»Ich habe mit keinem Mord zu tun.«

»Oh doch. Roloff hat seiner Schwester in Deutschland einen Brief geschrieben, nachdem er deine Spuren neben dem gewilderten Nashorn entdeckt hat. Daraufhin haben sie Claudia Roloff umgebracht. Mach mir nicht vor, dass du davon nichts weißt.« Looman zögerte, dann sagte er:

»Ich habe keine Zeit, jetzt mit dir darüber zu diskutieren. Hör mir bitte zu, es geht um Roloffs Tochter.«

Georgia starrte ihn an.

»Sie werden Roloff damit erpressen. Sie haben jetzt Sarah entführt, nachdem ihnen Rob entkommen ist«, und wie eine Entschuldigung fügte er hinzu: »Es war nicht meine Idee –«

»Was hat denn das Kind damit zu tun?«

»Frag' mich nicht. Ich weiß nur, dass sie es verdammt ernst meinen. Roloff ist dem Chinesen mitten in den Okavangosümpfen ausgebüchst, und ist seitdem verschwunden. Wir rechnen damit, dass er bald hier auftaucht.«

Georgia atmete erleichtert auf. Rob Roloff lebte.

»Wenn er hierher kommt, möchte ich, dass du ihm etwas von mir ausrichtest.«

»Was?«

»Sag' ihm, er soll keine Tricks versuchen. Hippo hat die Faxen dicke. Er wird das Kind töten, wenn Rob nicht auf alles eingeht. Ich möchte, dass du ihm das sagst. Hier, das ist für Rob.«

Er überreichte Georgia einen Zettel mit einer Notiz. Sie ging ans Fenster, um im Schein des fahlen Mondes die Schrift besser erkennen zu können und ihre Augen überflogen die Zeilen. Schließlich sagte Joe:

»Ich hätte das eigentlich nur hier deponieren sollen, damit Rob es findet. Aber ich wollte dich sehen und dir das sagen, was du jetzt weißt. Es tut mir Leid, Georgia, aber mehr kann ich nicht für dich tun.«

Georgia Marsh blickte ihn an.

»Das glaube ich dir nicht, Joe. Wir haben uns einmal geliebt, und du kannst dich nicht so sehr verändert haben! Bevor sie alles zerstören, müssen sie mich töten. Und bevor sie mich töten, wirst du mir helfen.«

»Hippo ist zu skrupellos. Gegen ihn habt ihr keine Chance, ob ich euch helfe oder nicht.«

»Wer weiß, was passiert«, unterbrach sie ihn. »Ich zähl auf dich, wenn's darauf ankommt. Ist das O.k.? Versprochen?«

Joe nickte fast unmerklich.

»Das genügt, Joe Looman. Du hast noch nie gern viele Worte gemacht.«

Dann ließ sie ihn stehen und ging in ihr Büro. Dort las sie noch einmal die Nachricht für Rob Roloff:

Dies ist eine wichtige Mitteilung für Rob Roloff. – Hallo Rob! Wir bieten dir gegen gutes Nashorn das Leben deiner Tochter. Denk' nicht zu lange darüber nach. Wir melden uns.

»Sie haben Sarah entführt!«

Linda starrte Rob an, der ihr gegenüber saß und aufgesprungen war, als er ihren Gesichtsausdruck bemerkte.

»Sa – rah«, stammelte sie. »Saraaah!« Ihre Stimme war in ein Kreischen übergegangen und sie hielt zitternd das Handy mit beiden Händen, während ihr die Tränen hemmungslos über die Wangen liefen. Obwohl die Verbindung äußerst schlecht war, hatte Linda schon am ersten Ton die aufgeregte Stimme von Babs erkannt: »Seit gestern telefoniere ich mir die Finger wund!«

Bevor ihr Linda erklären konnte, was in den vergangenen Tagen alles passiert war, und dass die Funkverbindung für ihr Handy erst seit wenigen Stunden hier auf der Shamba Kifaru überhaupt funktionierte, nahm ihr der Schock fast die Luft zum Atmen.

»Linda? Linda bist du noch da?« hörte man Babs aus der Handymuschel fragen.

»Babs?« Rob hatte ihr das Handy aus den Fingern genommen. »Babs? Hier ist Rob.«

»Rob, oh mein Gott! Sie hat dich gefunden! Warum hat sie mir das noch nicht –«

»Babs, das ist eine lange Geschichte. Wir rufen dich später zurück. Ich muss jetzt erst mit Linda –«

»Sie haben Sarah entführt, Rob –«

»Ich weiß. Ich habe schon eine Nachricht von ihnen bekommen. Bitte hör' mir gut zu, Babs: du unternimmst nichts, bis wir noch einmal miteinander gesprochen haben. Ich melde mich!«

Er drückte auf den roten Knopf und wandte sich Linda zu.

»Du hast es gewusst? Seit wann hast du es gewusst?« Linda schrie fast und trommelte mit ihren Fäusten gegen Robs Brust. Er stand da wie ein Fels und gab ihr die Zeit, sich zu beruhigen. Als ihr Schluchzen in ein leises Wimmern überging, suchten seine Lippen den Weg zu ihrem Ohr. Es war wie bei einem kleinen Kind, dessen Kreischen man nicht durch lautes Schreien, sondern durch leises Flüstern abstellt.

»Es wird Sarah nichts geschehen, glaube mir. Und was hätte es genützt, wenn ich es dir gesagt hätte? Du hättest dir furchtbare Sorgen gemacht und doch nichts unternehmen können.«

»Seit wann?«

»Erst seit heute, seit wir auf der Shamba angekommen sind. Georgia hat diese Nachricht gestern Abend für mich erhalten.«

Er reichte ihr den Zettel, den Georgia von Looman bekommen hatte. Linda überflog ihn mit Tränen überströmten Augen und blieb an den letzten Zeilen hängen: Wir bieten dir gegen gutes Nashorn das Leben deiner Tochter. Denk' nicht zu lange darüber nach. Wir melden uns. Das Leben deiner Tochter!

»Es ist Hippos Werk,« sagte Rob. Er nahm die Notiz wieder an sich und steckte sie ein. »Er ist sicher schon irgendwo hier auf dem Gelände der Shamba und wartet nur auf das Eintreffen seiner Auftraggeber.«

»Und jetzt? Was können wir tun?«

»Wir werden einen Weg finden, das verspreche ich dir.« Rob streichelte über ihr Haar, das sich anfühlte wie feuchtes Heu und den Geruch der Savanne angenommen hatte. Linda trocknete ihre Tränen und sah ihn mit geröteten Augen an.

»Entschuldige«, flüsterte sie. »Ich glaube, das alles war zu viel für mich.«

»Es ist spät geworden. Du solltest dich ein bisschen ausruhen. Dann werden wir überlegen, was zu tun ist. Es hat keinen Sinn, jetzt panisch zu reagieren.«

Linda zog sich in ihr Zimmer zurück. Die anderen waren schon früher zu Bett gegangen. Nur der San kauerte in seiner Hockstellung draußen bei den Büschen am Boden und beobachtete, wie der rote Ball der Sonne in die wellige Hügellandschaft der Samburu-Range eintauchte. Rob saß in Georgias Schaukelstuhl, starrte in die im Gegenlicht matt leuchtende Savanne und dachte an die Tage, die hinter ihnen lagen. Hier waren sie in Sicherheit, sie hatten Waffen und genug zu Essen und zu Trinken. Und er hatte Freunde, die ihm helfen würden, den Kampf gegen die Nashornwilderer aufzunehmen. Die Tage seiner Gefangenschaft auf der Insel im Okavango schienen ihm wie ein böser Traum, aus dem er endlich erwacht war. Nur der Verband an seinem Arm, den ihm Georgia fachmännisch angelegt hatte, erinnerte ihn noch an die Begegnung mit der Kobra.

Und der Buschmann. Sie hatten ihn mitgenommen, auf ihrer Flucht aus den Sümpfen, schweigend war er mitgegangen, als sie mit dem Mokoro die Landzunge von Mboma Island erreichten, wo sie anlegten und den Rauchfahnen eines Touristencamps am Ufer folgten. Über Funk hatten sie von dort aus Alan Scott in Will's Camp erreicht, der noch am selben Tag mit einem Motorboot zu ihnen stieß. Am anderen Abend war Ben Hunter mit der frisch aufgetankten Maschine aus Maun eingetroffen und nach einer weiteren Nacht in Xakanaxa waren sie zur Rettung der Shamba Kifaru nach Kenia gestartet.

Wortlos war N'gaoi mit den anderen in Bens Flugzeug gestiegen, hatte mit weit aufgerissenen Augen verfolgt, wie die Welt unter ihnen kleiner wurde, fast schien es, er würde seine ohnehin flache Nase an den milchigen Fenstern von Bens Piper noch restlos platt drücken. Seine Augen wurden groß und größer, als eine Zebraherde unter ihnen wie ein Muster aus schwarzen und weißen Linien dahingaloppierte und die Elefanten in Größe kleiner Käfer in den schützenden Mopanewald flohen. Rob und Alan hatten entschieden, später mit dem San nach Botswana zurückzufliegen und sich um die Rückkehr in seinen Kral zu kümmern. Das war Rob seinem Lebensretter schuldig.

Von Victoria Falls aus hatten sie versucht, Kontakt zu Georgia Marsh herzustellen, was ihnen jedoch nicht gelungen war. Rob hatte geahnt, dass die Bande alle Verbindungen unterbrochen hatte, um die Shamba von der Außenwelt abzuschneiden. Den langen Flug über hatten sie fast ausschließlich, mit Ausnahme der Zwischenlandungen, geschlafen, zu sehr steckten die Anstrengungen der Flucht in ihren Knochen.

Robs Gedanken wurden unterbrochen, als Georgia auf die Terrasse trat und sich zu ihm in einen der Korbsessel setzte.

»Ich muss immer an Sarah denken«, sagte sie. »Hast du es Linda schon erzählt?«

»Babs ist mir zuvorgekommen. Ich muss sie gleich noch zurückrufen. Wir müssen irgendwie rausfinden, wo diese Schweine Sarah versteckt haben.«

Georgia seufzte. »Alles passt jetzt zusammen: das, was ich von Joe weiß; das was du mir über die Pläne von Hippo erzählt hast; deine Verschleppung nach Botswana, die Entführung von Sarah … es hat alles nur mit meinen Nashörnern zu tun. Und ich dachte schon, der Nashornkrieg ist endlich vorbei.«

»Wir werden nie Ruhe haben, solange es Menschen wie Looman oder Hippo gibt«, sagte er. »Und die reichen Auftraggeber, die an das Wunder der Nashornmedizin glauben. Hippo riskiert Kopf und Kragen, um an gutes Rhinohorn zu gelangen. Dreißigtausend Dollar für ein Kilo auf dem Schwarzmarkt sind ein gutes Argument für Leute wie ihn. Dazu kommt, dass die Naturschützer sich nicht über die Schutzmaßnahmen einigen können. Jetzt hat man in Harare das absolute Handelsverbot für Elfenbein wieder aufgehoben. Das kommt zwar den afrikanischen Staaten zugute, die auf Tonnen von Elfenbein sitzen, öffnet aber den Wilderern wieder Tür und Tor. Wer soll denn kontrollieren, welcher Stoßzahn legal oder illegal zum Verkauf kommt?«

Auch Georgia kannte das Problem. Es ging hier nicht um übertriebene Tierliebe, sondern um die Zukunft Afrikas. Mit dem Geld, das die eingefrorenen Elfenbeinvorräte einbrachten, würde man bestehende Herden effizient schützen und neue Reservate einrichten können. Viele Menschen würden Arbeit finden und ihre Familien ernähren können. Solange jedoch Kontrollen über die Gesetze versagten, waren alle Bemühungen vergebens. Rob hatte für die Nashörner einen Kontrollmechanismus gefunden, der gut funktionierte. Nun stand alles auf dem Spiel, wenn er nicht das Leben seiner Tochter gefährden wollte.

»Erst haben sie Claudia umgebracht, und jetzt benützen sie Sarah als Geisel«, meinte Rob zerknirscht. »Sie brauchen meine Hilfe, um an die Nashörner der Shamba zu gelangen. Sicher werden wir bald von ihnen hören.« Er blickte hinüber zu N'gaoi, der sich mit einer Pavianfamilie zu unterhalten schien.

»Wenn es hart auf hart kommt, wird Joe uns helfen«, sagte Georgia.

»Bist du dir sicher?«

Sie nickte. »Er hat es mir versprochen.« »Ich habe eine

Idee«, sagte Rob. »Hol' die anderen. Es wird Zeit, dass wir etwas unternehmen.«

Zehn Minuten später saßen sie in Georgias Wohnraum um den großen runden Tisch, dessen flache, aus rotem Fels gehauene Platte auf vier unförmigen geschälten Fieber-Baumstämmen ruhte. Georgia hatte die Befürchtung gehegt, dass sie draußen auf der Veranda leichter belauscht werden konnten. Rob erklärte Alan, Ben und N'gaoi die neue Situation und fuhr fort:

»Ich habe Looman in den Aberdares belauscht, und kenne den Verräter in meiner Organisation. Die Bande weiß das, und wird deshalb keine Rücksicht nehmen. Es muss uns gelingen, Sarah zu finden und dann die Wilderer unschädlich zu machen, bevor alle Nashörner abgeschlachtet sind. Das heißt im Klartext, dass einer von uns so schnell wie möglich nach Deutschland fliegt, um Sarah zu suchen.«

»Du kennst den Verräter?« fragte Ben. »Und wer ist es?«

»Dieses Wissen hat Claudia das Leben gekostet. Deshalb behalte ich den Namen für mich. Sonst seid ihr alle gefährdet. Mich werden sie nicht töten, solange sie hinter den Rhinos her sind.«

»Und es wäre wichtig zu wissen, wo genau sich Hippo auf dem Gebiet der Shamba aufhält«, ergänzte Alan. »Sollte nicht Ben mit seiner alten Piper mal ein paar Runden drehen?«

»Nein«, sagte Rob. »Da habe ich eine bessere Idee. Es muss Spuren von Loomans nächtlichem Besuch geben, N'gaoi wird sie finden und sein Versteck auskundschaften.«

»Ich bin überzeugt, dass Joe uns helfen wird, wenn er kann«, stimmte Georgia zu, »er wird es für mich tun.«

»Gut. Ich werde N'gaoi eine Nachricht für ihn mitgeben. Wir sollten jede Chance nutzen. Und wenn Looman wirklich die Fronten wechselt, haben wir einen echten Trumpf, denn er kennt die Anführer. Und wie gehen wir weiter vor?«

»Du musst wohl auch auf dem Gebiet der Shamba bleiben«, meinte Ben Hunter. »Auf dich hat es Hippo abgesehen. Es wäre fatal, gerade für Sarah, wenn du verschwinden würdest.«

»Da hast du Recht.« Rob blickte in die Runde. »Ich muss hier für Hippo erreichbar sein, außer mir kennt niemand die markierten Nashörner und die Funktion der Sender. Übernimmst du Sarah?« Diese Frage war an Alan gerichtet und der nickte.

»Ben soll mich nach Nairobi bringen. In irgendeiner Maschine nach Europa wird schon noch ein Platz frei sein.«

»Darf ich mal fragen, welche Rolle die Helden dieses Abenteuers mir zugedacht haben? Immerhin ist Sarah auch noch meine Tochter.« Linda hatte bisher geschwiegen und ihre Stimme klang weinerlich und vorwurfsvoll. Es kam ihr vor, als säße sie als Sarahs Mutter gar nicht mit am Tisch. In der Tat hatte niemand an sie gedacht, soviel schloss sie aus dem Schweigen, das nach ihrem Einwand herrschte. Schließlich gab sie die Antwort auf ihre Frage selbst.

»Ich fliege mit Alan nach Deutschland. Babs ist meine beste Freundin, vielleicht weiß sie noch irgendetwas, was uns weiterhelfen kann. Außerdem könnten wir Daniel um Hilfe bitten.«

»Daniel?« fragte Rob, dem Linda noch nichts über sich und Daniel Feller erzählt hatte. Er hatte ja auch nie über sich und Georgia gesprochen. Jeder lebte sein Leben, seit sie geschieden waren.

»Wir waren zusammen, bis ich nach Afrika geflogen bin. Ich habe die Beziehung beendet, aber ich denke, er würde uns trotzdem helfen, wenn wir ihn brauchen. Sarah und er kamen ganz gut miteinander aus.«

»Wie lange kennt ihr euch?« fragte Rob und Linda war sich nicht sicher, ob es eine Spur von Eifersucht in dieser Frage gab.

»Noch nicht sehr lange. Ein knappes Jahr. Er ist auch Biologe.«

»Ein Kollege? Kenn' ich ihn vielleicht?

»Er ist ein paar Jahre jünger als du, ich glaube kaum, dass ihr zusammen studiert habt. Wir haben uns auf einer Pressekonferenz in Mainz kennen gelernt. Daniel Feller, schon mal gehört?«

Rob zögerte einen Augenblick, dann schüttelte er den Kopf. »Na ja, egal. Ihr solltet so schnell wie möglich los. Jede Stunde kann kostbar sein.«

Kurz darauf beluden Linda und Alan mit Ben Hunter draußen das Flugzeug, um am nächsten Morgen startklar zu sein. Rob zog sich in Georgias Arbeitszimmer zurück und verfasste eine ausführliche Notiz mit allen Informationen, die er über die Nashornwilderer hatte. Dann ging er nach draußen und nahm Alan bei Seite.

»Es gibt«, begann er zögernd, »ein paar Dinge, die du wissen solltest. Den Verdacht, den ich gegen Looman und einen Mitarbeiter unserer Organisation hege, kann ich zwar nach wie vor nicht beweisen, aber ich scheine doch richtig zu liegen, denn meine Schwester hat dafür mit ihrem Leben bezahlt. Ich habe Linda gegenüber ganz bewusst geschwiegen, denn je weniger sie weiß, desto besser für sie.«

»Kennt sie den Mann, den du verdächtigst?«

Rob nickte. »Wahrscheinlich werdet ihr ihm in Deutschland begegnen. Ich gehe davon aus, dass er die Entführung Sarahs geplant und durchgeführt hat. Aber ich warne dich: wenn sie herausbekommen, dass du Bescheid weißt, könnte dich Claudias Schicksal erwarten.«

»Wer ist es?« fragte Alan und pfiff leise durch die Zähne, als ihm Rob den Namen nannte.

Bei Sonnenaufgang hob Bens Piper Richtung Nairobi ab. Der San saß vor dem Haus unter einem kahlen Baum, Georgia war allein auf der Terrasse als Rob bei ihr mit einer Tasse Kaffee auftauchte.

»Was hast du vor?« fragte sie, während er zu den alten Akazien am Horizont starrte.

»Mir bleibt nur wenig Zeit, um Hippo eine Falle zu stellen. Ich brauche die Koordinaten, wo du Samson zuletzt beobachtet hast.«

»Rob –« begann Georgia – und ihre Stimme klang matt und ausdruckslos, »ich habe Angst. Angst vor diesen Menschen, die mein Leben zerstören werden.«

»Das werden sie nicht. Wir werden es verhindern, Georgia. Du wirst deine Arbeit fortsetzen und noch viele Nashörner auf der Shamba pflegen.«

»Warum sagst du mir nicht, was du vorhast?«

»Es ist besser, wenn nur ich davon weiß. Du solltest mir einfach vertrauen.«

»Ich kann nicht tatenlos rumsitzen. Wie kann ich dir helfen?«

»Du führst mich zu Samson.«

Georgia nickte und erhob sich, Rob sah sie nachdenklich an.

»Was hast du da draußen die ganze Zeit gesehen?«

»Da ist dieser alte Baum, der alle anderen um mehrere Meter überragt. Dort wo N'gaoi sitzt. Sein kahler Stamm ragt wie ein Skelett in den Himmel. Zwischen seinen Wurzeln habe ich das erste Nashornbaby begraben, das auf der Farm gestorben ist. Es war ein drei Wochen altes Kalb, das wir bei seiner gewilderten Mutter gefunden haben. Es war zu schwach, um durchzukommen. Der Baum, unter dem es liegt, ist das Wahrzeichen der Shamba Kifaru. Es gibt Nächte, da kommen andere Nashörner unter den Baum und scharren mit ihren Füßen den Boden auf.«

»Hast du heute Nacht ein Nashorn unter dem Baum entdeckt?«

»Nein. Heute Morgen habe ich zum ersten Mal Vögel auf ihm sitzen sehen. Es geht zu Ende, Rob. Die Geier sind schon da.«

Der alte Xiangsheng Zetiang stand nackt am Fenster seines Penthouse im achtundzwanzigsten Stock und starrte auf das funkelnde Lichtermeer zu seinen Füßen. Drüben am anderen Ufer ragten die Wolkenkratzer von Zhongshanlu in den dunstigen Nachthimmel, verspielt tanzten die Laternen der Dschunken und Kähne auf dem düsteren Wasser des Changjiang. Zetiang liebte das nächtliche Farbenspiel und den fahlen Schein, der wie eine gläserne Kuppel während der Nacht über Shanghai hing. Wie die Ameisen wuselten die Millionen von Menschen bei Tag durch die Straßenschluchten, doch bei Nacht waren nur noch Lichter zu sehen.

Licht bedeutete Leben, und Zetiang genoss sein Leben. Und das schon seit mehr als siebzig Jahren. Er hatte alles, was er brauchte, konnte sich besorgen, was er haben wollte. Zetiang war einer der reichsten Männer Shanghais. Seine Mitarbeiter waren über die ganze Welt verstreut, Niederlassungen seiner Firmen gab es von Sao Paulo bis Frankfurt, von Sydney bis Anchorage und von Kapstadt bis Bangkok. Überall warteten Menschen darauf, seine Befehle auszuführen und seine Wünsche zu erfüllen. Es war nicht übertrieben, wenn man sagte, dass es nichts gab, was er nicht bekommen konnte. Und wenn es nicht zu kaufen war, besorgte er es sich auf andere Weise. Das Wort »illegal« gab es nicht für Xiangsheng Zetiang. Und auch keine Moral. Nur den absoluten Gehorsam für seine Untergebenen. Wer seine Befehle nicht befolgte, konnte leicht ein toter Mann sein.

Er verfluchte seine Ärzte und all die Quacksalber, die ihm nicht helfen konnten und er verfluchte sein Alter, das ihm seine Männlichkeit genommen hatte. Mit verkrampften Händen streichelte er über seinen faltigen Bauch, der ihm die Sicht auf sein bestes Stück versperrte. Langsam glitten seine Hände nach unten, doch er fühlte nur Schlaffheit, Runzeln und ledrige Haut.

Was nützen ihm Reichtum, Macht und Ansehen, wenn es keinen gab, der all das einmal fortführte, wenn er nicht mehr war. Keine seiner Frauen hatte ihm Kinder geschenkt. Zuerst hatte er die Schuld nur bei ihnen gesucht, sie weggeworfen wie abgetragene Kleider, ausgetauscht gegen eine Jüngere, wenn sich nach einer gewissen Zeit keine Schwangerschaft einstellte. Jetzt, nachdem er es mit Frauen aller Rassen und jeden Alters erfolglos getrieben hatte, lief ihm die Zeit davon. Sollte sein Erbe in die Hände seines Neffen Wang Chen fallen, diesem Windhund?

Zetiang schlürfte hinaus ins Bad seiner Suite zu dem mattgrauen Koffer, der etwas beautycasehaftes hatte. Seine knöcherne Hand zog ein kleines Fläschchen aus dem tabernakel-ähnlichen Behälter. Das war sein kostbarster Schatz, die Medizin, die ihm eines Tages den Erben bescheren würde. Das Fläschchen war grün und trug ein blaues Etikett mit gelben und roten Schriftzeichen, über denen ein stilisiertes Nashorn abgebildet war. Wie feiner Staub bedeckte eine graue Schicht des wertvollen Pulvers gerade noch den Flaschenboden. Die Traditionelle Chinesische Medizin vertraute auf die Kraft des Nashorns und auch Zetiang glaubte daran.

Merkwürdigerweise hatte die Wirkung des Pulvers in den letzten Monaten nachgelassen. Der Apotheker, über den Zetiang seine Medizin bezog, hatte ihm altes Pulver verkauft. Er hatte sich damit entschuldigt, dass es ungeheuer schwer war, überhaupt noch Nashorn-Pulver zu bekommen. Die Jagd auf die Tiere war verboten und die westliche Welt glaubte nicht an die Kraft der Medizin. Die Kanäle, über die man an Nashorn gelangte, waren dunkel und verworren, die Transportwege, ob aus Asien oder Afrika lang und die Beschaffung überhaupt gefährlich. Doch alle Ausflüchte hatten dem Mann wenig genützt. Noch in derselben Nacht war sein Haus in Flammen aufgegangen.

Zetiang hatte wenig Lust, Geld für wertloses Pulver zu verschleudern und sich vor den Frauen zu blamieren. Wie aber konnte er sichergehen, dass er frisches Aphrodisiakum bekam, wie wissen, ob das Nasenhorn von einem potenten, jungen Bullen stammte? Er traute nicht einmal seinem Neffen Wang Chen, der den Nashornhandel in Afrika für ihn organisierte. Nein, der hatte sogar allen Grund, ihm Fusel zu liefern, um später allein an Zetiangs Vermögen zu gelangen. Doch nun hatte der Alte beschlossen, die Sache selbst in die Hand zu nehmen. Ein befreundeter Arzt aus der Provinz Hunan hatte ihn auf den Gedanken gebracht, nach Afrika zu fliegen und selbst ein Nashorn zu schießen. »Indem du es mit eigener Hand tötest«, hatte er gesagt, »wird die Kraft des Tieres auf dich direkt übergehen.«

Was er zunächst als Aberglaube abgetan hatte, schien ihm glaubhafter, je länger er sich mit dem Gedanken beschäftigte. In vielen Mythologien gab es diese Beziehungen zwischen Jäger und Beute, bei einigen schwarzen Völkern herrschte der Glaube, dass die Seele des getöteten Tieres sich mit der des Jägers vereine. Immerhin würde er das Tier mit eigenen Augen sehen und sichergehen können, dass er es mit einem jungen, kräftigen und gesunden Nashorn zu tun hatte. Überdies war eine Nashornjagd eine große Herausforderung, eine ausgezeichnete Gelegenheit, sich seine Männlichkeit zu beweisen.

Sein Neffe hatte eine letzte große Nashornjagd organisiert, eine einmalige Gelegenheit, gleich mehrere Tiere abzuschießen und einen immensen Gewinn zu erwirtschaften. Noch nie war Rhinohorn am Markt knapper gewesen als gerade jetzt. Doch dann war dieser deutsche Wissenschaftler auf den Plan getreten und hatte alles verdorben. Sie hatten ihn zwar außer Gefecht gesetzt, doch irgendetwas musste schief gegangen sein. Aber Wang Chen hatte ihn beruhigt und ihm von einem neuen todsicheren Plan erzählt. Der Weg schien frei zu sein, und trotzdem dauerte alles viel zu lange. Das Telefon unterbrach seine Gedanken.

Mürrisch stellte er das Fläschchen in den Schrein zurück und nahm den Hörer ab. Er erkannte die Stimme seines Geschäftspartners sofort. Früher war der Elfenbeinhandel ihre Haupteinnahmequelle gewesen und nach der gerade erfolgten Aufhebung des absoluten Handelsverbots auf der Artenschutzkonferenz der Vereinten Nationen in Harare stand neuen Geschäften nichts mehr im Weg. Fast sechzig Tonnen Elfenbein warteten in den nächsten achtzehn Monaten auf ihren Verkauf, kein Mensch würde kontrollieren können, woher das weiße Gold letzten Endes stammte. Man musste es nur geschickt einfädeln. Und auf diesem Gebiet hatte die Zusammenarbeit mit seinem Partner in Europa genug Früchte getragen. Zetiang brachte die Aufträge für den interessierten asiatischen Markt, sein Partner sorgte mit seinen Kontakten zu den Rangern und Naturschutzorganisationen dafür, dass ihnen die Tierschützer nicht in den Weg kamen und regelte zusammen mit Wang Chen die Ausfuhr aus Afrika.

»Sie werden in den nächsten Tagen nach Nairobi fliegen und auf die Jagd gehen«, sagte die Stimme am anderen Ende, »wir haben dafür gesorgt, dass alles wie am Schnürchen klappt.«

»Das ist auch gut so«, knurrte Zetiang. »Meine Geduld ist zu Ende! Ich werde nicht mehr länger warten.«

»Wir fangen Roloff direkt auf der Farm ab. Ihr Neffe selbst wird sich um ihn kümmern und wir haben Roloffs Tochter. Das wird ihn gefügig machen.«

Zetiang pfiff durch die Zähne und schwieg für einen Augenblick. Er bewunderte den Mann am anderen Ende der Leitung. Er bewunderte ihn, weil er bisher für alle Probleme eine Lösung gefunden hatte. Nicht zuletzt deshalb war die Zusammenarbeit so gut und fruchtbar gewesen. Doch es lag Zetiang fern, den anderen diese Bewunderung spüren zu lassen.

Der Schuss aus Robs Narkosegewehr riss Georgia aus ihren Gedanken. Wenige Minuten später fühlte Rob den Puls des betäubten Nashorns. Samson atmete regelmäßig und seine Nüstern schimmerten feucht, das Tier war in aufrecht sitzender Haltung in Trance gefallen; die Vorderfüße steif nach vorne gestreckt, den Kopf waagerecht, streckte es sein mächtiges Doppelhorn fast senkrecht zum wolkenlosen Himmel, was Rob die Arbeit ziemlich erleichterte. Obwohl er vorhatte vor, diesmal insgesamt drei Löcher, eines mehr als sonst, in die beiden Hörner zu bohren, hatte er dafür keine Minute länger Zeit. Das Mittel und die richtige Dosis für die Narkose von Nashörnern waren erst seit wenigen Jahren bekannt, und er hielt sich peinlich genau an seine Berechnungen. Außerdem überprüfte er mehrfach die Kreislaufstabilität, bevor er mit der Arbeit begann.

Nashörner galten als äußerst empfindliche Tiere, die Betäubungen schlecht vertrugen. Jetzt am Tag war es nötig, die weit geöffneten Augen Samons mit einem weichen Tuch gegen die unbarmherzigen Strahlen der Sonne zu schützen. In einem kleinen Metallkoffer, den Rob an einem Schulterriemen bei sich trug, befand sich seine Geheimwaffe. Er legte den Koffer vor Samsons breiten Hufen in den Sand und öffnete das Zahlenschloss. In weichem Schaumstoff gepolstert glänzte der in eine durchsichtige Folie eingeschweißte und nur taubeneigroße Minisender, ein Satellitennavigator, der es ihm ermöglichen würde, zu jeder Zeit Samsons Position bis auf die Genauigkeit von wenigen Metern zu ermitteln.

Rob ging zum Jeep und holte seine Tasche mit den Spezialwerkzeugen: Bestecke und Kleinstgeräte, die er sich aus medizinischen Laboratorien, Zahnarztpraxen, Uhrmacher-Werkstätten und aus selbst gebastelten Stücken zusammengestellt hatte, ein Sammelsurium aus Sägchen und Pinzetten, kleinen Zangen und akkubetriebenen Minibohrern, Feilen und Skalpellen, die ihm eine Millimeter genaue Arbeit ermöglichten, von der – und das war in Samsons Fall das Wichtigste – man später nichts mehr erkennen würde.

In der Hitze der Halbwüste des Samburulandes machte er sich daran, den Navigator des »Global Pilot Systems«, des GPS, in das größere der beiden Hörner Samsons einzupflanzen und über einen engen, von der Spitze her in das Horn gebohrten Kanal die Antenne einzuführen. Er kam sich vor wie ein Chirurg, der eine Magenspiegelung durchführen wollte und sich den Weg durch die Speiseröhre zuerst selbst bohren musste. Im Unterschied zu anderen Projekten, bei denen es darum ging, Rhinos zu beobachten und ihre Reviergrenzen zu erforschen, wurden Robs Sender nicht offen an einem Halsband getragen, sondern mühevoll in das Horn eingepflanzt, völlig schmerzlos für das Tier und unsichtbar von außen.

Rob setzte seinen Hohlbohrer, der einen Ring von etwa zwei Zentimetern Durchmesser in das Horn fräste, etwa eine Handbreit über der Hornwurzel an, eine Stelle, wo kein Wilderer das wertvolle Horn absägen würde und wo es dick genug war, um den Sender und die Lithiumbatterie, die das System mit Energie für einige Jahre versorgte, zu verbergen. Der Bohrer mit seiner scharfen Ringkante funktionierte wie der Apfelschneider, mit dem Robs Mutter zu Hause immer die Fruchtkörper entkernt hatte und hinterließ, als er ihn herauszog im Horn einen kreisrunden Kanal mit Öffnungen auf beiden Seiten. Rob verstaute den aus dem Nasenhorn gefrästen Pfropfen, der aussah wie ein in die Jahre gekommener überlanger Weinkorken, in seiner Jackentasche und befühlte mit seinem Zeigefinger den Durchschuss in Samsons Horn.

Dann berechnete er den Bohrwinkel und schraubte seinen selbst konstruierten Sondenbohrer auf das Futter der Akkubohrmaschine. Das Geräusch klang wie aus dem Behandlungszimmer eines Zahnarztes, als sich der Millimeter dünne Bohrstahl in das Kerotin der Hornspitze fraß und sich langsam und stetig den Weg zum Hornschaft bahnte. Nach Robs Berechnung musste er den Kanal des ersten Lochs genau in der Mitte erreichen. Nur so konnte er die Verbindung von Antenne und Sender im Inneren des Horns herstellen. Er durfte keinen Millimeter von der berechneten Linie abweichen, es war die Präzision eines Schweizer Uhrmachers, mit der er hier im afrikanischen Busch ans Werk ging. Rob unterbrach zweimal und lauschte in die Umgebung. Sobald der Bohrer verstummte lag eine niederdrückende Stille über der Dornbuschsavanne.

Der auf genau 10,28 Grad eingestellte elektronische Winkelmesser an seiner Maschine leuchtete grün, als der Widerstand nachgab und die Nadelspitze des Bohrers die Öffnung über dem Hornschaft ereicht hatte. Der Verbindungskanal, durch den die biegsame Peitschenantenne Kontakt mit dem Sender bekam, war hergestellt.

Rob überprüfte ein weiteres Mal den Kreislauf und die Atmung des betäubten Nashorns. Dann wischte er sich den Schweiß von der Stirn und suchte nach einer geeigneten Stelle für das dritte, das größte Loch. Samsons Hörner waren rissig und zerfurcht, von zahlreichen Kämpfen und Attacken gezeichnet. Doch durften die Risse und Furchen, die von Robs Arbeit am Ende übrig blieben, sich nicht von den natürlichen Narben und Zeichnungen unterscheiden. Deshalb entschloss er sich, das dritte Loch von Hand zu sägen und es am zweiten, kürzeren Horn anzubringen, das trotzdem immerhin fast zwei Drittel der Länge des Haupthorns erreichte. Durch seine gedrungene Masse bot es sich geradezu für Robs Vorhaben an, denn die Kapsel, die er Samson zusätzlich einpflanzen wollte, brauchte viel Platz. Mit der dünnen Handsäge schnitt er das Horn von zwei Seiten her ein und sägte schließlich ein pyramidenförmiges, fast acht Zentimeter tiefes Stück heraus.

Als er die Hornpyramide in den Händen hielt, blickte er nervös zur Uhr. Er hatte schon viel zu viel Zeit verloren und musste sich beeilen, um seine Arbeit zu beenden, bevor das Rhinozeros von allein wieder zu sich kam. Samsons Atem ging nach wie vor gleichmäßig, seine Ohren wackelten nervös, doch das waren nur Reflexionen, um die lästigen Moskitos zu verscheuchen, die sich in den ausgefransten Ohrmuscheln niedergelassen hatten.

Rob schlitzte mit einem Skalpell die Folie auf, die den Satellitensender vor Feuchtigkeit schützte, aktivierte ihn durch Drücken eines kleinen punktförmigen Knopfes und steckte den taubeneiförmigen Metallkörper in eine dünnwandige mit kleinen Löchern versehene Schaumstoffpatrone. Sie hatte denselben Durchmesser wie die Öffnung, die er als erste in Samsons Horn gefräst hatte, und in die er die Patrone mit dem Sender jetzt einschob. Als sie in der Mitte des Kanals lag, führte er durch die zweite, nur Millimeter dünne Röhre die Peitschenantenne ein, bis ihr unteres Ende auf die Schaumstoffpatrone im Quergang stieß. Jetzt war es Fingerspitzenarbeit, die Patrone mit dem Sender und die Antenne so lange zu drehen, bis die Kontaktstellen gefunden waren und die Antenne in der dafür vorgesehenen Öse des Senders einrastete. Rob atmete erleichtert auf, als er das leise Klicken hörte. Zu guter Letzt schob er die ausgefahrene Teleskopantenne so weit zusammen, dass nur noch ihre Spitze unmerklich wie ein Stecknadelkopf aus dem Horn herausragte. Er fischte den Nasenhornpfropfen aus seiner Jackentasche, zersägte ihn in drei kleine Teile, bestrich die zwei Äußeren mit etwas Harz und verschloss damit den Hornkanal, in dessen Mitte sich der Minisender nun befand.

Jetzt war es an der Zeit, die Funktion des GPS zu überprüfen und Rob ging zum Jeep, um den Monitor einzuschalten, der auf der Beifahrerseite über dem Handschuhfach montiert war. Seine Finger huschten über die Tastatur, als er die Buchstabenkombination von seinem Codewort eingab und die Funktion des Programms wählte. Nach wenigen Sekunden flackerte der Bildschirm und eine grau gerasterte topografische Landkarte erschien. Sie zeigte in einem Maßstab von 1:50.000 das Gelände der Shamba Kifaru mit allen Details. Dann tippte er die Daten von Samsons Sender ein und wartete. Der Computer suchte sich das Planquadrat, in dem sich Samson gerade befand, und ein schwarzes X markierte seine genaue Position, während in einer

Zeile am unteren Bildschirmrand die genauen Koordinaten erschienen. Rob überprüfte die Messungen und schaltete zufrieden den Computer aus. Das GPS funktionierte und würde ihm von nun an ständig die genaue Position des Nashorns übermitteln.

Es wartete noch der schwierigere Teil seiner Aufgabe auf ihn, denn alles bisher war reine Routine gewesen. Vorsichtig schabte er in die Öffnung, die er in das zweite Horn gesägt hatte eine halbkugelförmige Vertiefung, die genügend Platz für die walnussgroße Kapsel bot, deren Enden mit kleinen farbigen Drähten umwickelt waren. Nachdem er die Kapsel in der Hornmulde versenkt hatte, bestrich er die Innenseite der Öffnung und den pyramidenförmigen Pfropfen, den er ebenfalls ausgehöhlt hatte, mit einer dünnen Schicht Klebstoff und fügte ihn wieder in das Horn ein. Binnen Sekunden saß er fest und nur die hauchdünnen Ritzen verrieten, dass hier an dem Horn manipuliert worden war.

Nun machte er sich daran, die Spuren seiner Arbeit zu beseitigen. Mit flüssigem Harz kaschierte er die Risse an beiden Hörnern. Er weichte etwas von der roten Erde mit Wasser aus seiner Feldflasche auf und rieb die Hörner mit der lehmigen Mischung ein. Die verkrustete Erde würde die Ritzen gut tarnen, nur bei genauestem Hinsehen waren die verräterischen Risse von der natürlichen Maserung und den alten Kratzern an den Hörnern zu unterscheiden. Rob hatte seine Arbeit keine Sekunde zu früh beendet, denn das unruhige Schnauben Samsons und die leisen Fieptöne, die beim Atmen aus seiner Kehle kamen, kündigten an, dass die Wirkung der Narkose nachließ. Zur Sicherheit verabreichte ihm Rob ein rasch wirkendes Gegenmittel, suchte seine Ausrüstung zusammen und ging mit Georgia zum Jeep zurück. Jetzt konnte er Hippo zu Samson führen.

Die Falle war gestellt.

14

Das Thermometer in Babs Citroën zeigte nur sechs Grad und der Regen prasselte in dicken Tropfen gegen die Windschutzscheibe. Sie waren am frühen Morgen bei Nebel in Stuttgart gelandet, Linda hatte auf dem Nachtflug nach Frankfurt kein Auge zugemacht und auch Alan hatte neben der Kälte mit seiner Müdigkeit zu kämpfen als sie jetzt von Echterdingen über die zweispurige Bundesstraße nach Tübingen fuhren. Der Berufsverkehr Richtung Stuttgart kam ihnen kriechend entgegen, Auto an Auto und Linda registrierte verwundert, wie fremd ihr die Hektik und der Lärm nach den wenigen Tagen in Afrika vorkamen. Sie dachte an Rob, der den langsamen Pole-Pole-Rhythmus Kenias so sehr liebte, an Georgia Marsh und Ben Hunter und an den San, dann dachte sie an Sarah und wie es ihr wohl ergehen mochte. Wohin hatte man sie gebracht, bekam sie genug zu essen und zu trinken, fror sie und hatte sie Angst? Fragen über Fragen schossen ihr durch den Kopf, während Alan auf dem Rücksitz döste.

Babs brach das Schweigen, als die Straße in geschwungener Rechtskurve in das Neckartal einbog und die eisgraue Wasserfläche des Kirchentellinsfurter Baggersees linker Hand auftauchte. Der Badesee mit seinen natürlichen Ufern und kleinen Inseln war bei schönerem Wetter auch ein häufiges Ausflugsziel der beiden Freundinnen. Sie hatten sich am Flughafen nur kurz in die Arme genommen und Babs hatte vor Tränen kein Wort herausgebracht. Linda hatte vorgeschlagen, gleich nach Tübingen zu fahren und Babs angeboten so lange zu schweigen, bis ihr nach Reden zu Mute war.

»Ich mache mir ja solche Vorwürfe«, schluchzte sie jetzt und schniefte, weil sie kein Taschentuch mehr zur Hand hatte. »Ich hätte sie nur vom Kindergarten abholen müssen, dann wär' das alles nicht passiert.«

»Die Schweine hätten auch eine andere Möglichkeit gefunden, das kannst du mir glauben«, entgegnete Linda. »Wie hast du überhaupt von der Entführung erfahren?«

»Als Sarah nicht nach Hause kam, habe ich die Eltern von Lea angerufen, die beiden sind sonst gewöhnlich nach dem Kindergarten zusammen heimgelaufen. Aber Lea war zu Hause und wusste nur, dass Sarah von jemand anderem abgeholt worden war. Ich wollte sofort zum Kindergarten fahren, aber dann kam dieser Anruf.«

»Welcher Anruf?«

»Na ja, ein Mann, ich weiß nicht wer das war. Wahrscheinlich hat er seine Stimme verstellt. Er sagte nur, dass Rob ein großes Problem in Afrika hätte und Sarah in besten Händen sei. Ich solle mir keine Sorgen machen und –« sie schluchzte und brach erneut in Tränen aus »wenn mir Sarahs Leben lieb sei, die Polizei aus dem Spiel lassen.«

»Das war alles?«

Babs nickte. »Ich habe noch nachgefragt, was das soll, aber er hat aufgelegt. Dann habe ich versucht, dich zu erreichen, den Rest kennst du ja.«

»Und du hast nicht die Polizei …?«

»Nein. Ich hatte viel zu viel Angst um Sarah.«

»Warst du im Kindergarten, ich meine, hast du nachgefragt, ob die etwas geseh'n haben?«

Babs schüttelte den Kopf.

»Ich bin total durcheinander. Ich schlafe nur minutenweise und wenn ich schlafe, hab' ich Albträume. Ich sitze dauernd vor dem Telefon und hoffe, dass sich der Entführer noch mal meldet.«

»Und?«

»Gestern Abend. Es war gegen halb zwölf, da rief er wieder an. Ich sei ein braves Mädchen und Sarah ginge es gut. Mehr sagte er nicht.« Babs schüttelte den Kopf. »Irgendwie kam mir die Stimme bekannt vor, aber ich komm nicht drauf, wer es gewesen sein könnte.«

Linda atmete tief durch und sah nach hinten zu Alan. Gab es auch nur ein Fünkchen Hoffnung Sarah zu finden? Würde es ihr mit seiner Hilfe und ihrem journalistischen Spürsinn gelingen können, den Verbrechern auf die Spur zu kommen? Du hast auch Rob gefunden, mitten in Afrika, obwohl es fast unmöglich war, sagte sie sich. Doch wo sollten sie mit der Suche beginnen?

»Da ist noch etwas, was du wissen solltest«, meinte Babs. »Die Polizei hat noch eine weitere Spur entdeckt. Sie haben am Tatort lange Haare gefunden und festgestellt, dass sie nicht von Claudia stammen. Männerhaare. Sie gehörten aber auch nicht dem Triebtäter, der sich in der Zelle erhängt hat.«

»Also ist der Fall noch nicht abgeschlossen?«

»Nein. Der Mann, den sie verhaftet hatten, ist zumindest nicht der Vergewaltiger. Das hat die Genanalyse ergeben.«

»Wir fahren zuerst zum Kindergarten und dann zu mir nach Hause«, bestimmte Linda und Babs setzte den Blinker, um der ersten Tübinger Ausfahrt zu folgen. Das Neckartal lag breit im Morgendunst, sanft erhoben sich links und rechts die waldigen Hänge, von vorne grüßte der Österberg mit seinen wenigen Häusern, dann überquerten sie den Fluss, der sich hier träge und fast wie ein Lineal seinen Weg unter den ausladenden kahlen Ästen einer Baumallee bahnte. Ein einsamer Kajakfahrer paddelte verloren über das dunkle Wasser. Fast ein bisschen wie am Uaso Nyiro, dachte Linda.

Rob starrte hasserfüllt auf den Gelbhäutigen, der grinsend neben Georgia auf der Veranda saß, als habe er sich mit ihr zum Lunch verabredet. So früh hatte er Hippo nicht auf der Shamba erwartet.

»Nett, dass wir uns hier wieder sehen«, sagte Wang Chen.

»Du wagst es, hierher zu kommen, du verfluchtes Schwein!« schrie Rob und stürzte sich auf ihn. Hippo wich geschickt aus und versteckte sich hinter Georgia, die regungslos sitzen geblieben war. Ihre Gedanken schienen weit entfernt zu sein, ihr leerer Blick ging hinaus auf die Savannen-ebene, zu den breiten Dächern der Schirmakazien, hinaus auf das Land, das sie liebte und das sie für seine Urbewohner erhalten hatte. Nashornland.

»Das solltest du nicht noch einmal versuchen«, herrschte Wang Chen ihn an. »Denk' immer hübsch an deine Tochter.«

Rob hatte Mühe, sich zu beherrschen. Da stand er dem Mörder Lebossos gegenüber und konnte nichts tun. Er wusste, dass mit dem Chinesen nicht zu spaßen war, die Narben, die seine Flusspferdpeitsche auf seinem Rücken hinterlassen hatten, erinnerten ihn nur zu gut daran. Wortlos gehorchte er dem Befehl Hippos, sich zu setzen und hörte sich an, was er zu sagen hatte.

»Ich bin gekommen, um mit euch die Einzelheiten der Jagd zu besprechen. Mein Onkel legt den größten Wert darauf, einen potenten jungen Bullen zu erlegen. Du kannst dir sicher denken warum. Wenn er zum Schuss gekommen ist, werde auch ich mein Glück versuchen. Schließlich hat man nicht alle Tage Gelegenheit in solch charmanter Umgebung zu jagen.«

Georgia ignorierte sein Grinsen, das ihr galt und ließ es stumm geschehen, dass seine gelbe Hand ihre Wange streichelte.

»Und das Schöne ist«, fuhr er fort, »dass ihr uns dabei tatkräftig unterstützen werdet. Schließlich wollt ihr doch die Kleine bald gesund zurück haben. Wie viele Tiere habt ihr im Augenblick auf der Farm?«

»Etwa vierzig Stück«, antwortete Rob.

»Du weißt, dass wir nur die Sauberen wollen?«

»Es sind zehn Tiere mit Sendern versehen.«

»Bleiben uns dreißig für die Jagd!« höhnte Wang Chen, »das dürfte genügen.«

Er lehnte sich behäbig in seinem Stuhl zurück und schwärmte. »Wie einfach und schön doch das Leben sein kann. Ihr habt eure Patrouillen zurückgezogen?«

Rob nickte.

»Gut. Wenn wir die Hörner außer Landes geschafft haben, bekommst du deine Tochter zurück. Du solltest uns die Daumen drücken, dass es keine Schwierigkeiten gibt. Am Ende müsste die Kleine es büßen.«

»Und welche Garantie habe ich, dass Sarah noch lebt?«

»Garantie?« Hippo lachte schallend. »Man hat mir versichert, dass ein guter Freund auf sie aufpasst. Und du hast mein Wort, das muss dir genügen.«

»Dein Wort? Das ist mir keinen Pfifferling wert.«

»Das ist dein Problem. Ich hole heute Abend meinen Onkel in Nairobi am Flughafen ab. Morgen früh bei Sonnenaufgang sind wir hier.«

Rob schwieg. So wie die Dinge standen, hatte er keine andere Wahl, als auf Hippos Forderungen einzugehen. Am nächsten Morgen würde er den Chinesen zu Samson führen, zu der Falle, die er den Verbrechern gestellt hatte.

Die Erzieherin erinnerte sich sofort. »Sarah war schon mit Lea gegangen und ich hatte angefangen, ein wenig aufzuräumen. Dann habe ich Sarahs Teddy gefunden, an dem sie so hängt und bin ihr hinterhergelaufen. Ich habe gesehen, wie sie in einen dunklen Wagen stieg.«

»Wissen Sie, was es für ein Wagen war?«

»Nein. Mit Autos kenne ich mich überhaupt nicht aus. Eher ein Kleinwagen, Polo oder so. Ich habe Sarah noch den Teddy gegeben, dann sind sie losgefahren.«

»Und Sie haben sich nicht gewundert, dass sie zu einem Fremden in den Wagen steigt?«

»Nein, wieso fremd? Der Mann hat Sarah früher schon öfter abgeholt, allerdings hatte ich ihn schon lange nicht mehr gesehen. Ich dachte eigentlich –« sie sah Linda an, »Sie wären mit ihm befreundet?«

»Sie meinen Daniel?« Lindas Verwunderung war nicht zu überhören.

»Ich weiß nicht, wie er heißt.«

»Warten Sie«, Linda kramte in ihrer Tasche. Dann zeigte sie ihr ein Foto, auf dem neben Sarah und ihr auch Daniel Feller zu sehen war.

»Das war er. Er hatte zwar eine andere Frisur, aber das war er.«

»Was meinen Sie mit andere ›Frisur‹?«

»Dieser Pferdeschwanz … er hatte jedenfalls keine langen Haare mehr. Kurz geschoren, fast eine Glatze.«

»Und Sie sind sich da ganz sicher?«

Die junge Frau nickte. »Es gibt keinen Zweifel. Dieser Mann hat Sarah abgeholt.«

Der Helikopter schwebte in einem Halbkreis über dem Hauptgebäude der Shamba Kifaru ein und Rob beobachtete ihn misstrauisch. Der Lärm der vibrierenden Rotorblätter dröhnte in seinen Ohren, die Glaskuppel des Cockpits reflektierte die Strahlen der Sonne und Rob konnte nicht erkennen, wie viele Personen an Bord waren. Eine Staubwolke fegte auf sie zu, als der Helikopter zur Landung ansetzte, die Luft wurde durcheinander gewirbelt und Georgia klammerte sich bei den heftigen Windstößen an Rob. Sie versuchte etwas zu sagen, gab jedoch auf, als der Lärm und der Wind ihre Worte verschluckten. Tränen standen in ihren Augen und Rob wusste nicht, ob sie nur vom Wind herrührten.

Rote Erde wirbelte auf, als sich der Hubschrauber wie eine riesige Libelle zu Boden senkte und auf der ebenen Fläche, die den Besuchern als Parkplatz diente, aufsetzte. Zwei Personen kletterten heraus, dann hob der Helikopter wieder ab und verschwand. Rob sah zur Uhr.

»Verdammt. Alan müsste sich noch melden. Ich möchte zu gerne wissen, ob sie eine Chance haben«, sagte Rob.

»Was tun wir, wenn wir nichts von ihnen hören?«

»Ich versuche die Nashornjagd mit Hippo so lange wie möglich hinauszuzögern. Auf alle Fälle musst du mich informieren, sobald du irgendetwas von Alan erfährst. Bis dahin musst du unter allen Umständen beim Farmgelände bleiben, nur hier gibt es sicheren Netzempfang für das Handy.«

Georgia nickte und blickte zu den beiden Gestalten, die auf das Farmhaus zuschritten. Rob erkannte die Silhouette Hippos im scharfen Gegenlicht und hinter ihm, langsam gehend und auf einen Stock gestützt den Umriss eines gebeugten alten Mannes, der fast zwei Köpfe kleiner war als Hippo. Der hatte eine rücksichtslos schnelle Gangart eingeschlagen und schien sich nicht im Geringsten darum zu kümmern, ob der Alte ihm folgen konnte oder nicht. Beide Männer trugen schwere Rucksäcke und Hippo außerdem zwei Futterale, die eindeutig Waffen enthielten. Sie näherten sich der Farm wie Touristen, die gekommen waren, um auf einer Jagdfarm ein paar Impalas zu schießen.

Rob hasste dieses Grinsen, mit dem Hippo ihn begrüßte und er fuhr sich reflexartig mit der flachen Hand über die

Narben, die dessen Peitsche in seinem Gesicht hinterlassen hatte.

»Von uns aus kann's losgehen«, sagte Hippo süffisant und trat zu Rob und Georgia auf die Veranda. Rob versuchte, gleichgültig auszusehen und deutete jetzt auf Hippos Begleiter, der unter der Last seines Rucksacks fast zusammenzubrechen schien. Er war inzwischen näher gekommen und schob seinen Safarihut ins Genick. Das Licht fiel jetzt auf ein altes gelbes Gesicht mit platter breiter Nase und stechenden zornig blickenden Augen. Von einem einst schwarzen Oberlippenbart waren nur noch ein Dutzend grauer Haare übrig geblieben, die wie dürre Stacheln aus der Haut ragten. Tiefe Furchen zogen sich von den bleichen Schläfen zum spitzen Kinn und unter den schlitzigen Augen hingen dicke blaugrüne Tränensäcke, die kleine Schatten auf die hervorstehenden Backenknochen warfen.

»Ist das dein Onkel?« fragte Rob.

»Xiangsheng Zetiang. Dieser Mann wird heute ein Rhinozeros töten, einen jungen kräftigen Bullen, damit die Kraft seines Fleisches und seines Saftes auf ihn übergeht.«

Der alte Chinese nickte kaum merklich und murmelte etwas, das Rob nicht verstand.

»Das wäre das Offizielle«, meinte Hippo und sein Blick wanderte von Rob zu Georgia. »Wir sollten nun zum eigentlichen Vergnügen kommen. Worauf warten wir noch?«

»Darauf –« zischte Georgia so laut, dass auch der alte Zetiang es verstehen musste, »dass ich Ihnen sagen kann, was Sie in meinen Augen sind: das niederträchtigste und gemeinste Stück Dreck, das mir je unter die Augen gekommen ist!«

Sie war, während sie redete, zwei Schritte nach vorne getreten und sah ihrem Gegenüber starr in die Augen. Dann spuckte sie vor ihm aus, machte auf dem Absatz kehrt und verschwand im Haus. Die Tür fiel von innen ins Schloss und Rob hörte das Knirschen des Schlüssels und den heftigen Schlag, mit dem sie den Riegel vorschob.

Das Land, durch das der San lief, hatte die trockene Erde der Kalahari. Er hatte nur wenige Pfeilschüsse hinter dem Farmgebäude die Spur von Loomans Wagen gefunden, die sich wie die Fährte einer dicken Schlange vor ihm ausbreiteten und war ihr stundenlang gefolgt. Ganz vereinzelt nur tauchten schwarzbäuchige Trappen am Rand der Piste auf, an den ausgetrockneten Wasserlöchern standen regungslos kleine Trupps von Schwarzfersenantilopen, die erwartungsvoll den Elefanten zusahen, die mit ihren Stoßzähnen tiefe Löcher gruben, um an das letzte Wasser zu gelangen. Dort, wo sich zwischen den roten Termitenburgen Risse in der staubigen Erde bildeten und die Blätter der Akazien grau und dürr an den Ästen hingen, stets gefährdet, beim nächsten Windhauch herabgeweht zu werden, gab es außer den himmelwärts strebenden Sandhosen, die ebenso schnell wieder verschwanden, wie sie aufgetaucht waren, keine Bewegung. Nur dort, wo die riesigen Schirmäste der Akazien ein weitmaschiges Schattenmuster auf den heißen Boden warfen, standen, Kühlung suchend, die schlankhalsigen Gerenuks.

Alle Farben des lange nicht gesehenen Regenbogens wie eine Erinnerung in seinem Gefieder versammelnd, weigerte sich selbst die Gabelracke, aufzufliegen und die Ohrengeier mit ihren kahlen fleischigen Hälsen, die schon tagelang darauf warteten, in blutiges Aas getaucht zu werden, verdrehten kaum ihre Köpfe, als N'gaoi unter ihrem luftigen Hochsitz vorbeitrabte. Die Trockenheit lag wie ein engmaschiges Fischernetz über dem Land, durch dessen feines Gewebe kein Lebewesen seinem Schicksal entkommen konnte.

N'gaoi war auf eine felsige Anhöhe geklettert, um die Umgebung abzusuchen. Die Wagenspuren, die hier kreuz und quer durch den Busch führten, verrieten, dass er nicht mehr allzu weit von Loomans Camp entfernt war. Er entdeckte den Feuerrauch und lief darauf zu. Looman hantierte am Feuer mit einem Kessel, als der San unter den Bäumen hervortrat.

»Ein Buschmann!« rief Looman und erhob sich. »Was willst du?«

Statt einer Antwort hielt ihm N'gaoi Robs Botschaft entgegen. Looman überflog die Zeilen.

»Dieser Teufelskerl!« entfuhr es ihm. »Bei diesem Plan wird es in der Tat Zeit, dass Joe Looman zeigt, auf welcher Seite er steht. Los komm!« sagte er zu dem San und zog ihn mit sich fort zu seinem Wagen. »Ich kenne Hippos Plan. Der Helikopter soll bei den roten Klippen südlich des Uaso Nyiro auf ihn warten. Dann werden wir beide uns mal um den großen unbekannten Boss kümmern, während Rob mit Hippo Nashörner jagt.«

N'gaoi verstand kein Wort, aber er nickte. Looman verschwand für ein paar Minuten seinem Zelt, um einen Funkspruch abzusetzen. Dann schwang sich N'gaoi auf den Rücksitz und verkrallte sich in den Lederpolstern, während Looman den Jeep in halsbrecherischem Tempo über die Dornbuschsavanne jagte.

Das Schwarze Nashorn reckte seinen mächtigen Kopf zur Sonne, kniff die kleinen, in einem Kreis von Falten fast verschwindenden Augen zusammen und stülpte seine Oberlippe nach oben, sodass das fleischige rosige Innere seines Mauls zu sehen war. Spitz und beweglich wie ein Wurm schien die Lippe die warme Luft förmlich anzusaugen, um sie über das offene Maul zur Analyse über das Jakobsonsche Organ zu leiten. Diese Art der Wahrnehmung seiner Umgebung benützte Samson normalerweise nur im Zusammenhang mit der Witterung von Artgenossen, deren Uringerüche er wohl zu unterscheiden wusste. Mit Hilfe seiner Nase und des Jakobsonschen Organs war es ihm möglich, jedes Nashorn in seinem Revier zu entdecken und auch die Paarungsbereitschaft der Weibchen zu erkennen. Doch so sehr er auch flehmte und seine Lippe in der Luft tanzen ließ, nicht die Spur eines anderen Nashorns war zu wittern. Nur der beißende Geruch der menschlichen Ungetüme verstärkte sich und dann kam die Warnung der Madenhacker fast gleichzeitig mit dem Geräusch, das leise und noch aus großer Entfernung an seine Ohren drang.

Samson scharrte mit dem Fuß, er wusste nicht recht, was er von der Sache zu halten hatte, beschloss jedoch auf der Hut zu sein, und beim geringsten Zeichen von Gefahr sofort zu fliehen. Nachdem sich der fremde Geruch intensivierte und das Geräusch, das vor ihm aus der baumbestandenen Ebene kam, immer lauter wurde, machte er mit erhobenem Schwanz kehrt und preschte schnaubend in das Dornbuschdickicht, das ihm Schutz und Deckung bot. Doch er verlor den Geruch nicht aus seiner Nase und auch das lärmende Geräusch des Ungetüms nahm weiter zu. Es schien sich weder von Dornen noch von der Unwegsamkeit des Geländes abhalten zu lassen.

Das Nashorn wurde nervös. Das Gebiet, in dem es sich versteckt hielt, war nicht allzu groß. Sollte es nicht besser das Dickicht durchbrechen und auf der anderen Seite über die offene Ebene fliehen? Unschlüssig bewegte es seinen Kopf mit den beiden prächtigen Hörnern in alle Richtungen. Doch was war das? Der Lärm schien mit einem Mal von hinten zu kommen. Es irritierte das Tier gewaltig, das Geräusch aus einer Richtung zu hören, von wo es keine

Geruchsinformationen bekam. Konnte es ahnen, dass ihm seine Jäger eine Falle gestellt hatten, aus der es kein Entrinnen mehr gab?

Rob hatte es aufgegeben, die beiden Chinesen an der Nase herumzuführen, nachdem er sie zwei Stunden lang kreuz und quer durch den Busch gelotst hatte, ohne auf ein Nashorn zu stoßen und sie entnervt unter einem riesigen Feigenbaum Halt gemacht hatten.

»Du solltest uns nicht auf die Palme bringen!« hatte Hippo getobt, als Rob ausgestiegen und mit Achselzucken zum Wagen der Chinesen gekommen war. »Ich weiß nicht, wie viel dir das Leben deiner Tochter wert ist, aber wenn wir nicht in der nächsten halben Stunde auf ein Nashorn stoßen, kann ich für nichts mehr garantieren.«

»Ihr wollt ein Nashorn ohne Sender, damit man euch nicht verfolgen kann«, sagte Rob, »es ist nicht leicht, die Tiere aufzuspüren, nachdem der Wind heute Nacht alle Spuren verwischt hat.«

»Ob mit Sender oder ohne – was spielt das für eine Rolle! Der Alte braucht einen kapitalen Bullen, um seine Lebenssäfte aufzufrischen. Er glaubt an diesen Hokuspokus, und nur darauf kommt es an. Wenn er seinen Willen hat, können wir den Rest auch noch abknallen, und du wirst uns helfen, die Sender unschädlich zu machen. Was glaubst du, weshalb wir uns die Mühe machen, dich mitzuschleppen! Und wenn nur die geringste Kleinigkeit schief geht, dann –« Hippo machte mit seiner Hand die Geste des Halsabschneidens und lachte grimmig. Der Alte, der die ganze Zeit im Wagen sitzen geblieben war, krächzte ein paar chinesische Worte und fuchtelte nervös mit seinem Gewehr.

»Also gut«, meinte Rob und stieg wieder ein. »Er soll seinen Bullen haben.«

Längst hatte er Samsons Spuren entdeckt, allerdings ohne den Chinesen etwas davon zu verraten. Hätte er das Navigationssystem auf Empfang geschaltet, wäre es selbst dem alten Chinesen möglich gewesen, Samson aufzuspüren. Robs Problem war die Zeit. Die Zeit, bis er Georgias Leuchtrakete sehen würde, das Zeichen, dass Sarahs Befreiung geglückt war. Und es gab nur ein Nashorn auf der Shamba Kifaru, das erfahren und gerissen genug war, ihm diese Zeit zu geben.

Das Geräusch des Helikopters unterbrach seine Gedanken, noch war der Hubschrauber nirgends zu sehen, doch Rob deutete zum Himmel und sagte: »Du solltest den da oben zurückpfeifen, wenn uns das Rhino nicht durch die Lappen gehen soll!« Knurrend griff Hippo zu seinem Funkgerät und redete auf den Piloten ein, dessen Stimme am anderen Ende der Verbindung rauschte. »Er wird verschwinden«, meinte er zufrieden und fügte hinzu: »Und jetzt keine faulen Ausreden mehr.«

Rob beugte sich aus dem Wagen und folgte, während er langsam weiterfuhr, den flachgelegten Halmen, die Samsons Hufe niedergetreten hatten. Nach einer halben Stunde ging die Grassavanne in niedrigen Dornbusch über, ein undurchdringlicher Wirrwarr von grauen Ästen, Zweigen und Dornen. Kein Pfad führte hinein, und doch erkannten Robs geschulte Augen die Stelle, wo sich das Nashorn seinen Weg in den Schutzwall gebahnt hatte. Er stellte den Jeep in den Schatten und stieg aus. Der Toyota mit den Chinesen rollte heran und parkte daneben.

»Was für ein Spielchen hast du jetzt mit uns vor?« Hippo klang genervt und Rob sah, dass er seine Peitsche aus dem Lederfutteral gezogen hatte.

»Kein Spiel«, sagte er, möglichst gelassen. »Euer Bulle steckt da drin.« Er zeigte auf den Dornenwald und zuckte lässig die Schultern, als sei das von nun an nicht mehr sein Problem.

»O.k., wenn du meinst«, sagte Hippo und kam näher. »Du gehst voran, wir folgen dir.«

»Das wird nicht gehen«, entgegnete Rob. »Der Wind steht ungünstig. Der Kerl hat uns längst gerochen. Er wird uns angreifen, bevor wir eine Chance haben. Oder er flieht, ohne dass wir es bemerken.«

»Also – was schlägst du vor?«

»Wir lassen einen Wagen mit offener Motorhaube hier stehen. Vielleicht verschütten wir auch noch etwas Benzin. Das riecht er nicht besonders gerne. Mit dem anderen Wagen fahren wir um das Dickicht herum und pirschen uns gegen den Wind an. Der Geruch des offenen Wagens wird ihn uns in die Arme treiben.« … und er wird eine reizende Laune haben, wenn er uns begegnet, dachte Rob bei sich.

Er nahm seinen Rucksack mit dem Funkgerät, sein Narkosegewehr und stieg zu den Chinesen in den Toyota. Sie ließen ihn ans Steuer und der Wagen bahnte sich ächzend und knarrend einen Weg um das Dickicht herum. Rob wusste, dass die Geräusche das Nashorn zwar irritieren würden, konzentrieren würde es sich jedoch allein auf den fremden Geruch. Es musste Rob gelingen, das Tier vor den Chinesen aufzuspüren und zu einem Überraschungsangriff zu veranlassen. Wenn er es fertig brachte, Samson auf Hippo zu hetzen, hatte er gewonnen. Er kannte Samsons Temperament und wusste, dass der alte Bulle von seinem Opfer nicht viel übriglassen würde. Mit dem Alten fertig zu werden, würde ein Kinderspiel sein. Doch Rob wusste, dass die Angriffstaktik eines Nashorns unberechenbar war. Und Samson war ein besonders schlaues Exemplar.

Der Vormittag war verstrichen, ohne dass sie etwas erreicht hatten. Linda dachte angestrengt darüber nach, welche Rolle Daniel bei der Entführung Sarahs spielen konnte. Es lag auf der Hand, dass sie ihn mit einer ordentlichen Summe bestochen hatten, Sarah vom Kindergarten abzuholen und irgendwo abzuliefern. Daniel hatte auch während der Zeit, als er bei Linda wohnte, seine eigene kleine Altbauwohnung nicht aufgegeben und sie waren vom Kindergarten aus direkt dorthin gefahren. Doch die Studenten, die in einigen Zimmern des Hauses in einer Wohngemeinschaft lebten, konnten sich nicht einmal daran erinnern, wann sie ihn zuletzt gesehen hatten.

Entmutigt fuhren sie zu Linda nach Hause und setzten sich ratlos um den gläsernen Küchentisch.

»Und nun? Wie soll es weitergehen?« Linda blickte Babs und Alan verzweifelt an, doch es gab nichts als ein stummes Kopfschütteln als Antwort.

»Polizei?« fragte Babs zaghaft, und gab sich sofort selbst die Antwort: »Er hat deutlich gesagt, was passiert, wenn wir die Polizei einschalten.«

»Trotzdem werde ich dort anrufen«, sagte Linda und fischte ihr Handy aus der Tasche.

»Ich möchte wissen, ob es in den Ermittlungen zu Claudias Ermordung etwas Neues gibt.«

Der Beamte war derselbe, der damals ihre Aussage zu Protokoll genommen hatte. Er erzählte ihr von einigen neuen Hinweisen, von Ergebnissen einiger gentechnischer Untersuchungen, die aber zu keiner neuen Spur geführt hatten.

»Komisch«, sagte Babs, als sie aufgelegt hatte.

»Was?«

»Es geht mir einfach nicht aus dem Kopf, dass Daniel Sarah entführt haben soll. Ich meine, ob sich die Erzieherin nicht getäuscht hat? Sie hat ihn doch nur kurz gesehen als sie Sarah den Teddy –«

»Der Teddy!« unterbrach sie Linda. »Warum bin ich nicht gleich darauf gekommen!« Sie sprang auf und rannte zur Tür.

»Was ist los? Wo willst du hin?« fragte Alan, der bisher geschwiegen hatte. Es war ihr nicht entgangen, dass ihr Freund nachdenklich und in sich gekehrt war, seit sie nach Deutschland gekommen, nein eigentlich erst, seit sie im Kindergarten gewesen waren, doch sie machte sich keine Gedanken deswegen. Ganz andere Dinge schossen ihr jetzt durch den Kopf.

»Ich muss in den Keller. Rob's alter Arbeitsraum. Du weißt doch Babs, diese Sender, die er jetzt den Nashörnern einpflanzt, er hat hier damit experimentiert und seine komplette erste Anlage mit dem GPS steht noch so unten, wie er sie zurückgelassen hat.«

»Ich verstehe trotzdem nicht, wie uns das helfen soll?« murmelte Alan.

»Aber ich!« rief Babs und sprang ebenfalls auf. »Rob hatte einen der Sender in Sarahs Teddy eingenäht. Ihr habt dann den Teddy im Gelände versteckt und Rob hat ihn mit seinem Satellitensystem aufgespürt.«

»Genau. Und es hat jedes Mal geklappt.«

»Aber das ist doch schon eine Ewigkeit her.«

»Sarah war gerade drei Jahre alt. Es war das letzte Mal, dass Rob und wir eine richtige Familie waren.«

»Und du meinst, das funktioniert noch? Nach all der Zeit?«

»Es ist unsere einzige Chance. Wenn Sarah den Teddy bei sich hat, und der Sender noch ein Signal liefert, können wir sie finden!«

»Wow!« zischte Alan. »Geniale Idee. Los, was stehen wir noch hier herum?«

Drei Minuten später saßen sie einen Stock tiefer in Robs Arbeitskeller und Lindas Finger huschten über die Tastatur seines PCs.

»Verdammt, wenn ich ihm doch nur öfter zugesehen hätte!« fluchte sie und gab einen neuen Befehl ein.

»Gibt es keine Gebrauchsanweisung?« fragte Babs. Linda schüttelte den Kopf.

»Ich brauche vor allem den Peilcode für den Sender.«

»Los, denk schon nach. Waren es Zahlen oder Buchstaben, irgendetwas musst du doch wissen!«

»Rob hat es mir nie gesagt und ich habe mich zu wenig dafür interessiert.«

»Wartet!« unterbrach Alan, »ich habe auf der Shamba Kifaru zugesehen, wie Georgia Marsh dieses Nashorn aufgespürt hat. Du warst dabei, wie hieß es noch?«

»Tsavo!«

»Genau. Und was sagte Georgia über das achtstellige Codewort, das Rob seinen Nashörnern gab? Der Name mit den ersten vier Buchstaben und eine Ziffer. TSAV 0004, das hat die ganze Zeit geblinkt, während wir nach dem Nashorn gesucht haben. Und Tsavo war das vierte Nashorn, das Rob markiert hatte!«

Linda sah Alan für einen Augenblick erstaunt an. Dann huschten ihre Finger wieder über die Tastatur. SARA0001 – sie stockte bei den letzten beiden Zahlen, gab sie schließlich ein, doch der Bildschirm reagierte nicht.

»Mist. Das stimmt nicht.«

»Kann ja auch nicht. Wenn Tsavo die 0004 hatte und das vierte Nashorn war, ist die 0001 doch sicher auch ein Nashorn. Versuchs doch mal mit viermal null!«

»Wieder nichts.« Linda klang entmutigt.

»Halt!« rief Alan. »Denkfehler! Noch mal: der Code bestand aus den vier Anfangsbuchstaben des Namens der

Tiere. Du darfst nicht SARA eingeben, sondern – hat Sarahs Teddy einen Namen?«

»Sie nennt ihn immer nur Freund Bär.«

»O.k. Versuchen wir's.«

Linda bearbeitete erneut die Tastatur. FREUoooo blinkte für zwei Sekunden, dann erschien ein Kartenausschnitt mit einem blinkenden X und sie sprang jubelnd auf.

»Wir haben sie! Wir haben's geschafft! Das ist der Code von Sarahs Teddy! Und es funktioniert! Seht her, hier auf dem Schirm, das blinkende X! Da ist sie!«

»Kannst du erkennen wo das ist?«

»Noch nicht genau, aber das ist ein Kinderspiel.« Sie starrte auf das rote X, das regelmäßig wie ein Pulsschlag aufleuchtete und ihnen Sarahs Position verriet. Dann zeigte sie auf die topografische Landkarte, die an der Wand hing.

»Hier, das ist irgendwo im Neckartal, in den alten Weinbergen oben auf dem Spitzberg Richtung Wurmlingen. Los, wir fahren hin, wir haben keine Zeit zu verlieren.«

»Warte!« rief Alan und fasste sie fast ein bisschen zu fest am Handgelenk. »Es ist Zeit, dass du etwas erfährst.«

»Was ist? Warum so geheimnisvoll?«

»Linda. Ich habe die ganze Zeit darüber nachgedacht und ich glaube, ich weiß jetzt, wer Claudias Mörder ist.«

»Wer?«

»Der Mann, dessen Stimme Rob in den Aberdares mit Looman sprechen hörte. Der als Biologe für dieselbe Organisation arbeitet wie Rob. Derselbe Mann, der sich die Haare scheren ließ, nachdem man am Tatort lange Haare gefunden hat.«

Linda schrie auf: »Du meinst Daniel?« Alan nickte. »Und wie kommst du darauf?«

»Rob hat mir verraten, dass es Daniel war, der mit Looman über das gewilderte Nashorn geredet hat. Und dass es sein Name war, der im Brief an Claudia stand. Und jetzt sieht es so aus, als ob Daniel Sarah entführt hat. Es passt alles zusammen.«

»Aber Rob, warum hat er es mir nicht schon längst gesagt?«

»Zunächst wusste er nicht, dass du Daniel kennst. Und dann wollte er dich nicht unnötig gefährden.«

»Aber Daniel hat mir nie gesagt, dass er für Robs Organisation arbeitet!«

»Das war wahrscheinlich Teil seines Plans. Er hat sich nur an dich herangemacht, um alles über Rob auszukundschaften. Er wollte nicht dich, sondern Robs Nashörner, von Anfang an!«

»Aber warum sollte er Claudia –?«

»Weil sie seinen Namen in Robs Brief gelesen hat.«

»Natürlich! Und von mir hat er schließlich erfahren, dass sich Robs Schwester wegen des Briefes mit mir treffen wollte. Daniel wusste die Zeit und den Ort. Wahrscheinlich hat er sogar meinen Anrufbeantworter mit ihrer Nachricht abgehört!«

Linda setzte sich wieder und Alan beobachtete, wie ihre Hände zitterten und ihr die Farbe aus dem Gesicht wich. Wie in Trance starrte sie ins Leere.

»Mörder …« flüsterte sie.

15

Samson hatte bemerkt, wie die Madenhacker gerade in der Richtung davongeflogen waren, aus der ihm der verhasste Geruch in die Nase stieg. Unschlüssig schüttelte er den Kopf und scharrte schnaubend eine Kuhle in den Boden. Er zweifelte für einen Augenblick an seiner eigenen Wahrnehmungskraft. Kam die Gefahr nun von dort, woher die Geräusche an seine Ohren drangen, oder aus der Richtung des beißenden Geruchs? Doch warum sollten die Vögel der Gefahr entgegengeflogen sein? Sein Instinkt sagte dem Nashorn, dass etwas an der Geschichte nicht stimmte, doch er wagte es noch nicht, seiner Nase zu misstrauen. Seine Ohren lauschten in die andere Richtung und nahmen ein verändertes Geräusch war. Das Rattern des Ungetüms war verstummt, doch die Töne, die er hörte, brachte er ebenso mit Menschen in Zusammenhang. Es waren die Laute, mit denen sie sich untereinander verständigten, allerdings in einer Form und Melodie, die er bisher noch nicht kannte.

»Wenn ihr noch lauter schreit, können wir die Sache gleich abblasen!« Rob unterbrach zischend die Unterhaltung der beiden Chinesen, als sie den Wagen verlassen hatten.

»Der Alte will wissen, was du vorhast!« entgegnete Hippo.

»Dann schreib's ihm gefälligst auf, aber brüll hier nicht so rum! Wenn er so schlecht hört, sollte er es besser nicht mit einem Rhino aufnehmen!«

Rob dachte einen Augenblick lang über die Worte nach, die er gerade gesagt hatte. Vielleicht war das die Lösung! Bei einem Angriff im dichten Unterholz würden sie das

Rhino hören bevor sie es sahen. Nur für den alten Chinesen würde es wie aus dem Nichts auftauchen. Er wollte das Nashorn erlegen, also musste er an erster Stelle gehen. Rob beschloss, seinen Plan in einem Punkt zu ändern. Wenn das Nashorn angriff, musste es den Alten erwischen. Er würde den Tumult ausnützen, um Hippo zu überwältigen. Dann konnte er ihn gegen Sarah eintauschen, falls Alans Suche nach seiner Tochter ergebnislos verlief. Noch während er diesen Gedanken nachhing, spürte er einen harten Gegenstand in seinem Rücken.

»Damit wir auf keine dummen Gedanken kommen!« Hippo entsicherte das Gewehr und presste den Lauf in Robs Kreuz. »Das Ding macht ›bumm‹ wenn ich auch nur stolpere. Und wenn du einen Trick versuchst, bist du im selben Augenblick ein toter Mann. Los jetzt!«

Rob wagte keinen Widerspruch und ging voran, gefolgt von Hippo und dem keuchenden alten Zetiang, der mit seinem Stock und dem Gewehr, das er umständlich über der Schulter hängen hatte, einen Lärm machte wie eine Herde Elefanten. Nach ein paar Metern blieb Rob stehen und drehte sich langsam zu Hippo um.

»Das hat so keinen Sinn! Bei den Geräuschen haben wir keine Chance! Sag dem Alten, er soll sich zusammennehmen!«

Hippo redete eindringlich auf Zetiang ein, nahm ihm das Gewehr ab und nickte Rob zu. Sie bahnten sich einen Weg zwischen den dichtstehenden Akazienbüschen, harte Dornen verhakten sich in den Jacken und Hosen, zerrissen den Stoff und zerkratzten Gesicht und Hände. Hippo war jetzt zu sehr damit beschäftigt, dem Alten einen Weg zu bahnen, um Rob ständig mit dem Gewehr bedrohen zu können. Immer wieder blieb Rob lauschend stehen. Schon als sie aufgebrochen waren, hatten ihm die auffliegenden Madenhacker die Richtung verraten, in der Samson zu suchen war. Nach einigen Minuten deutete er mit bedeutungsvoller Miene in das Dickicht und nickte. Den alten Chinesen packte das Jagdfieber und er drängte sich neugierig neben Rob.

Die Ohren des Nashorns hatten das Knacken im Unterholz wahrgenommen und als untrügliches Zeichen dafür gedeutet, dass die Bedrohung aus dieser Richtung kam, auch wenn seine Nase nichts wahrnahm. Nur wenige Bewohner der Savanne bewegten sich so lärmend und unbeholfen, und Samsons Instinkt sagte ihm, dass nur Menschen oder Elefanten im Anmarsch sein konnten. Doch Elefanten würde er erkannt haben, an der Art, wie sie sich näherten und an den Lauten, die sie von sich gaben; Laute in einem Frequenzbereich, in dem sich auch Nashörner untereinander verständigten. Laute, die kein Mensch je zu hören bekommen hatte. Der Nashornbulle drehte sich um neunzig Grad und setzte zum Angriff an. Er wusste nicht mit welchen und mit wie vielen Feinden er es zu tun hatte, doch er würde nicht mehr länger warten. Seine Ohren konzentrierten sich auf das Ziel. Dann – plötzlich – war es still geworden.

Rob legte den Zeigefinger an den Mund und umklammerte mit der anderen Hand sein Narkosegewehr. Seine Augen starrten nach vorn, doch er war sich sicher, dass Samson sie nicht gesehen haben konnte. Auch der Wind stand immer noch günstig. Nur Geräusche konnten sie verraten. Hippo machte Anstalten, etwas zu sagen, doch ein scharfer Blick Robs ließ ihn verstummen. Er deutete in den undurchdringlichen Busch, absichtlich ein paar Meter neben die Stelle, wo er die Bewegung des Nashorns bemerkt hatte. So sehr sie sich auch anstrengten, sie konnten nichts entdecken. Nur Hippo hörte das leise Schnauben und nickte Rob aufmunternd zu.

Die Spannung vor der Begegnung zwischen Jäger und Gejagtem lag bleiern in der Luft. Auch der alte Zetiang schien etwas davon zu spüren, denn er griff mit zitternder Hand nach dem Gewehr, das sein Neffe für ihn getragen hatte. Rob trat, ohne ein Geräusch zu verursachen zwei Schritte zurück, um den Weg für die Chinesen frei zu machen. Es war in dem Dickicht unmöglich, einen sicheren Schuss abzugeben, doch der Alte spielte nervös mit dem Abzugbügel an seinem Gewehr. Er dachte an die Worte des greisen Medizinmanns und an die ungebändigte Manneskraft des Rhinozerosbullen, die auf ihn übergehen würde, wenn er ihn erlegte. Er spürte wie sich sein Penis zwischen den schweißnassen Schenkeln aufrichtete und mit jedem pochenden Pulsschlag härter wurde. Er sah sich schon wieder im Besitz seiner Männlichkeit, sah sich auf jungen geilen Nutten reiten, die vor Begierde aufstöhnten. Wie in Trance schlich er auf den Platz zu, den Rob ihm freigemacht hatte, in der irrigen Annahme, dass ihm dort sein Opfer wehrlos gegenüberstehen würde. Das Knacken der dürren Äste unter seinen unbeholfenen Schritten war das Signal. Der Nashornbulle griff an.

Er brach frontal durch das Unterholz und hielt blindlings auf die Stelle zu, von der das Geräusch kam. Er setzte auf die Überraschung und würde den Angriff wie immer abbrechen, bevor er auf seinen Gegner traf. Samson war wie alle Nashörner eigentlich ein friedfertiges Tier, das nichts von einem Ungeheuer und einem wütenden, alles niederwalzenden Koloss an sich hatte. Das waren die Erfindungen angeberischer Jäger und die Phantasien unbegabter Abenteuerschriftsteller. Seine Angriffe, zumindest den Ersten, trug er nur zum Schein vor, um den Gegner abzuschrecken, ihm eine Lektion zu erteilen, ihm eine Chance zur Flucht zu lassen. Mit wütendem Schnauben und stampfenden Hufen donnerte er auf die Bedrohung zu, die sich ihm in Form von drei Menschen entgegenstellte.

Es geschah innerhalb von Sekunden. Rob reagierte als Erster und warf sich flach auf den Boden. Äste krachten, Erde wirbelte auf, Büsche zerbarsten unter dem Gewicht des angreifenden Rhinos. Das Unterholz schien zu erbeben, der ganze Busch in Bewegung zu sein. Irgendwo erkannte er undeutlich einen grauen Umriss, der auf ihn zuraste, doch dichtes Gestrüpp versperrte die Sicht. Das tosende Schnauben schien überall zu sein, eine Walze aus splitterndem Holz, brechenden Ästen und zerfetzten Blättern wälzte sich auf ihn zu. Er sah den Kopf des wutschnaubenden Nashorns vor Zetiang auftauchen, erkannte die triefenden Nüstern und die weit aufgerissenen schwarzen Augen, dazwischen das dolchgleiche Horn, das dem Giganten den Weg durch die Dornen bahnte. Im selben Moment krachte der Schuss, er hörte den Alten schreien, sah, wie er die Arme in die Luft riss, Blut spritzte aus seinem Rücken, seine Füße knickten ein, er drehte sich im Fallen um die eigene Achse und landete mit dem Gesicht auf dem von spitzen Dornbuschsprösslingen übersäten Boden. Das Nashorn brach den Angriff ab, Rob registrierte den Schwall von Dreck und Staub, die Hufe direkt vor seinen Augen, den Geruch von Kot und Urin, das erneute Bersten und Splittern von Holz, dann Stille.

Lange und unheimliche Stille. Rob sah, wie der Chinese sich über den Alten beugte und ihn unsanft auf den Rücken drehte. Der alte Mann war tot, Hippos Gesicht strahlte Zufriedenheit aus und Rob war klar: das war kein Jagdunfall. Der Chinese hatte den Alten kaltblütig von hinten niedergeknallt, feige in den Rücken geschossen.

»Steh' auf«, zischte Hippo und deutete in den Busch. »Du

holst mir das Rhino da raus! Ich will das Horn, nur dieses wunderbare Horn. Sonst leg' ich dich um wie den Alten.«

Es ist der Wahnsinn, dachte Rob, der Wahnsinn, der aus seinem Blick leuchtet. Er stemmte sich mühevoll hoch, merkte, wie ihm übel wurde und wie es in seinem Mund nach Galle schmeckte. Ihm wurde schwarz vor Augen und es begann sich alles zu drehen. Dann griff das Nashorn zum zweiten Mal an. Mein Gott, dachte Rob, das ist diesmal kein Scheinangriff.

Mit der ganzen Kraft seiner tonnenschweren Masse und einer erstaunlicher Geschwindigkeit brach das Schwarze Nashorn erneut aus dem Dickicht und jagte auf sie zu.

Robs Blick fiel auf Hippo, der das Nashorn mit versteinerter Miene beobachtete. Jetzt hob er langsam seine 458 Winchester an die Schulter – Rob schrie »Nein!« – erregte dadurch Samsons Aufmerksamkeit, der sich jetzt ihm zuwandte und entschlossen den Kopf senkte –, Hippo visierte kurz und drückte ab. Die Kugel fuhr genau hinter dem Ohr in Samsons Gehirn, Rob sah Hautfetzen, Fleisch und Blut spritzen, als das Nashorn mit letzter Lebenskraft auf ihn zustürmte. Im selben Moment erhielt er einen Stoß von Hippo, taumelte und verlor den Halt. Einen halben Meter vor ihm knickte das Nashorn ein, überschlug sich und riss ihn mit sich zu Boden. Rob schrie auf und versuchte auszuweichen, doch die graue, fast zwei Tonnen schwere Körpermasse wälzte ihn nieder und begrub seine Beine unter sich. Rob landete auf dem Rücken, hörte seine Knochen splittern und der Schmerz ließ ihm die Sinne schwinden.

Hippos hysterisches Lachen holte ihn in die Wirklichkeit zurück. Er kam jetzt vom Wagen, zog die Motorsäge aus dem Futteral, drückte auf die Gashebelsperre die Kette begann zu rotieren. Das Dröhnen des Motors zerriss die unheimliche Stille, die seit dem Schuss um sie herum geherrscht hatte. Hippo stand breitbeinig vor Samsons kantigem Kopf, dessen grau zerfurchte Haut nur hinter dem linken Ohr zerfetzt und blutbefleckt war. Auch aus den Nüstern, die sich fast in den hellgrauen Boden gegraben hatten, rann Blut und hinterließ im Sand einen fast schwarzen Fleck.

Mit einem ohrenbetäubenden Kreischen fraß sich die Sägeschiene an der Wurzel des Nasenhorns durch die faltige Haut der Oberlippe, Blut spritzte kreisförmig heraus und bildete auf Hippos Hosenbein das Muster einer roten Perlenkette. Er keuchte vor Anstrengung und Rob fühlte, wie sich seine Kehle vor Ekel zuschnürte. Die Säge beschrieb einen flachen Bogen und fuhr knapp über den toten Augen in die Schädeldecke, die sich nach außen wölbte, bevor die Kette sie zerriss. Dann kippte das Doppelhorn seitlich in den Sand, aus dem offenen Schädel glänzte eine blutige Breimasse aus Fleisch, Knochen und Gehirn.

»Beste Ware!« kicherte Hippo, als er die Säge abgeschaltet und auf den Boden geworfen hatte. »Pech, dass es dich erwischt hat. Schätze ich werde mich wegen der anderen Hörner direkt mit deiner Herzdame in Verbindung setzen.« Er hob Samsons Doppelhorn auf und lachte, als er die schwere Trophäe in den Händen wog und sich damit entfernte.

Es war dieses Lachen, das Rob in den Ohren dröhnte, auch noch als kurz darauf das Geräusch des abfahrenden Toyotas verstummt war. Erst allmählich registrierte er, dass es jetzt das meckernde Lachen einer Hyäne war, was er hörte.

Grau hingen die Wolken über dem Neckartal, nur selten gelang es der Sonne, sich für ein paar Strahlen einen Weg zu bahnen. Das trübe Wetter und die Kälte passten zu Lindas

Stimmung. Das alte Laub des letzten Herbstes raschelte bei jedem Schritt unter ihren Füßen, als sie durch den Hohlweg, der auf beiden Seiten von kahlen Felsplatten gesäumt war, bergan stiegen. Noch vor einer Stunde hatten sie zusammen am Ufer des Neckars gestanden und mit dem Fernglas den Höhenzug abgesucht, der sich vom Tübinger Schloss im Osten bis zur Wurmlinger Kapelle im äußersten Westen erstreckt. Linda kannte die Spazierwege, die auf dem Bergrücken im schattigen Wald vom Schloss zu der kleinen Kirche führten, die der schwäbische Dichter Ludwig Uhland in einem romantischen Gedicht besungen hatte. Immer wieder boten sich den Wanderern herrliche Ausblicke zum Neckar oder auch auf der anderen Seite des Höhenzugs ins Ammertal und hinüber zu den Hängen des Schönbuchs. Vom Neckar aus gesehen erschien der Spitzberg als schmaler Hügel, doch sein Rücken war breit und von einem großen zusammenhängenden Wald bedeckt. Wie Flicken in einem grüngrauen Teppich blinkten die kleinen Häuschen und Hütten in den Weingärten und Rebhängen, manche mit frisch gestrichenen Fensterläden, kleinen Fachwerkbalken und frisch gedeckten Dächern, andere halb verfallen und kaum als Gebäude zu erkennen.

Schließlich hatten sie sich auf den Weg gemacht, um die Stelle aufzusuchen, die Robs GPS als Sarahs Versteck kennzeichnete. Von Hirschau hatten sie die halb verwilderten alten Rebhänge erklommen, bis sie ein unwegsamer Waldpfad, dessen festgetretener Boden von zahlreichen flachen Kiefernwurzeln zerteilt wurde, auf eine Lichtung führte. Vereinzelt standen die gelben Köpfe des Löwenzahns auf der Wiese, zwei alte Birnbäume leuchteten in weißer Blütenpracht, während die Laubbäume am Waldrand noch kahl in den Himmel ragten.

»Da vorne, am Hang, siehst du das?« fragte Alan.

»Du meinst diesen braunen Fleck unter den Bäumen?«

»Eine alte Hütte, fast nicht zu erkennen. Das wäre kein schlechtes Versteck.«

Alan setzte das Fernglas ab.

»Kannst du sonst etwas erkennen?« fragte Linda.

Er verneinte. »Alles ruhig, kein Mensch zu sehen. Wen wundert das bei den Temperaturen. Ich glaub auch nicht, dass er sich bei Tag nach draußen wagt.«

»Aber er kann doch Sarah nicht den ganzen Tag einsperren?«

»Wir haben nur eine Möglichkeit, das heraus zu finden. Wir müssen hinauf.«

Linda nickte. Mit Hilfe des GPS und der Signale, die Sarahs Teddy nach wie vor aussandte, war es keine Schwierigkeit gewesen, das Versteck ausfindig zu machen. Jetzt kam der entscheidende Augenblick und Linda fühlte die Angst in sich aufsteigen. Luftlinie waren sie noch einige hundert Meter von der Hütte entfernt, doch in wenigen Minuten würden sie vielleicht Daniel gegenüber stehen. Noch war ihr nicht klar, wie sie sich verhalten würde, aber es machte keinen Sinn, die Begegnung weiter hinaus zu zögern. Das GPS-Signal war eindeutig. Dort oben befand sich zumindest Sarahs Teddy.

Sie schlichen den Waldrand entlang bis zum Fuße des Hangs. Das hohe Gras mit den alten Obstbäumen ging hier in Weinbergterrassen über, die von mehreren halbzerfallenen Mauern gestützt wurden. Ein grünes Dreiecksschild wies auf das Naturschutzgebiet hin und darauf, dass das Verlassen der Wege verboten war. Nur eine schmale Steintreppe führte, rechts und links von Mauerwerk eingefasst, wie in einem offenen Schacht nach oben. Alan hatte nach Spuren gesucht, jedoch nichts Verdächtiges entdeckt und so stiegen sie über die übereinander gestürzten Stufen hinauf. Doch schon nach wenigen Metern war kein Durchkommen mehr. Ein meterhoher Wall aus Schlehen- und Weißdornhecken versperrte den Weg. Von der Hütte war nichts zu erkennen.

»Mist!« fluchte Alan. »Hier kommen wir nicht weiter.«

»Und was nun?«

»Wieder zurück und unten um den Hügel herum. Es muss einen Weg nach oben geben!«

Zehn Minuten später fanden sie ihn. Ein schmaler Weg, dessen Zugang durch eine Holzschranke versperrt war. Alan hechtete oben drüber, Linda kletterte unten hindurch. Nach einer Biegung hing ein gelbes Schild schief an einem Baum: Privatweg. Durchgang verboten! Alan zuckte mit der Schulter und lief weiter. Linda folgte ihm. Der Pfad wurde schmaler und verlief bergan. Rechter Hand lag jetzt eine Streuobstwiese mit altem Baumbestand, dessen Kronen die Sicht ins Tal versperrten. »Vorsicht Bienen!« warnte ein weiteres Schild. Der Weg führte durch den Wald in eine wilde Schlucht, in der vom Sturm gefällte Baumriesen mit Efeu überwuchert über ein wasserloses Bachbett ragten. Der Pfad schien hier zu enden, doch zwischen zwei morschen Baumstämmen führten moosbewachsene Steinstufen steil nach oben. Und wieder gebot ein Schild Einhalt, handgemalt und verwittert überbrachte es die Botschaft, dass dieser Weg hier endete.

»Wem immer hier oben die Hütte gehört, er hat dafür gesorgt, dass ihm niemand zu nahe kommt«, meinte Alan und stieg die Stufen empor. Nach wenigen Schritten duckte er sich und hielt Linda zurück.

»Die Hütte!« flüsterte er. Linda konnte zunächst nichts erkennen, doch dann sah sie den dunkelblauen Schimmer im Dickicht. »Wasserfässer«, zischte Alan. Leise und langsam schlichen sie näher. Das GPS lieferte deutlich das Signal aus der Hütte, die versteckt vor ihnen lag. Jetzt erkannte man den grauen Putz, der von den schiefen Mauern bröckelte und die mit einigen Ziegelsteinen beschwerte Teichfolie, die das Dach abdeckte. Die Rückseite der Hütte war in den Hang gebaut und ihre Größe war schwer abzuschätzen. Die Frontseite der seltsamen Konstruktion war fast ganz von Efeu überwuchert und dicke Brombeerranken tarnten das Versteck nahezu perfekt. Das einzige Fenster, das zu erkennen war, wurde von grünen Holzfensterläden verschlossen, blaue Plastikfässer standen an den beiden Hausecken und ein verrosteter, an mehreren Stellen eingeknickter Maschendrahtzaun umgab das verwilderte Grundstück.

»Ich schleiche mich ran, du wartest hier«, flüsterte Alan. »Wenn ich dir ein Zeichen gebe, kommst du nach.«

Alan tat möglichst unbefangen und spielte den harmlosen Wanderer. Langsam schlenderte er auf die Hütte zu und spitzte die Ohren. Kein Geräusch drang nach draußen. Wie groß mochte der Bau sein, wie tief führte das Innere in den Hang? Alan pfiff vor sich hin und ging näher. Vielleicht konnte er Daniel herauslocken und überrumpeln. Doch nichts geschah. Hatte Daniel Sarah allein zurückgelassen? Oder wartete er im Innern einfach ab, bis sich der neugierige Wanderer wieder entfernte? Plötzlich horchte er auf. Es war Musik zu hören, leise und verzerrt, aber eindeutig Musik. Kam das Geräusch aus der Hütte? Er legte den Kopf an die Tür und vernahm eine Melodie. Ein Radio? Ein Fernseher? Und das? War das nicht eine menschliche Stimme, die dazu sang? Die Stimme eines Kindes?

Alan hielt den Atem an. Erst jetzt fielen ihm die Spuren auf, die sich im Erdreich vor der Tür abzeichneten. Seinem geübten Auge genügte ein Blick und er wusste, dass das Kind nicht allein in der Hütte war. Die männlichen Stiefel hatten erst vor kurzem die Hütte betreten. Er blickte zu Linda hinunter, um ihr wie verabredet ein Zeichen zu geben, doch sie war nicht zu sehen.

»Suchst du sie?« zischte plötzlich eine Stimme und Alan fuhr herum. Seitlich der Hütte stand ein unrasierter fast kahlköpfiger Kerl, der Linda mit festem Griff an sich gepresst hatte. Der Lauf seiner Waffe zeigte auf ihre Schläfe.

»Rühr dich nicht, sonst ist sie tot!« zischte Daniel und Alan blickte in sein bärtiges Gesicht. Linda brachte kein Wort heraus und starrte Alan mit vor Entsetzen geweiteten Augen an.

»Los, rein mit euch«, befahl er und öffnete die Tür so weit, dass sie eintreten konnten. Von der niedrigen Decke baumelte eine matt leuchtende Glühbirne und Daniel ließ die Tür einen Spalt geöffnet, während er Linda krampfhaft festhielt und Alan mit seinem Blick fixierte.

»Ihr habt es also tatsächlich geschafft mich zu finden, aber das tut jetzt ohnehin nichts mehr zur Sache. Der Coup auf der Nashornfarm wird gelaufen sein und ich glaube nicht, dass man eure Leichen hier oben überhaupt einmal finden wird.«

»Mörder!« fauchte Linda und schrie auf, als er ihren Arm verdrehte.

»Da kannst du schreien, so laut du willst. Es gibt hier niemand, der uns hören kann.«

»Wo ist Sarah, was hast du mit ihr gemacht?«

»Gleich nebenan. Ist ganz zufrieden mit einem eigenen Fernseher und anderen Kleinigkeiten. Ein bisschen Wildnisurlaub mit Onkel Daniel, sie hat keine Probleme damit.«

»Kann ich sie sehen?« Lindas Stimme erstarb in einem Schluchzen.

»Der letzte Wunsch der Mami, was?« höhnte Daniel. »Mal sehen. Kommt darauf an, wie du dich benimmst. Und natürlich dein Begleiter, Mister Tarzan, stimmts? Frischimport aus dem Urwald, hahaha. Hab' dich ganz schön reingelegt, Bürschchen, was? Aber ich habe lange genug in Afrika gelebt, um zu wissen, wie man falsche Fährten legt. Einfach rückwärts aus Hütte gehen und schon glaubt Tarzan, man ist vorwärts 'reingegangen.«

»Du in Afrika?« röchelte Linda. Alan stand regungslos und suchte mit seinen Augen nach einer Möglichkeit, Linda zu befreien.

»Hat dir Rob denn nicht alles über mich erzählt, der dumme Junge?« Daniel schüttelte verächtlich den Kopf. »Ich habe lange genug mit ihm gearbeitet, um ihn einen Kollegen nennen zu können. Wir haben sogar zusammen Biologie studiert, wenn du's genau wissen willst. Bis ich dann irgendwann vom Pfad der Tugend abgekommen bin …«

»Du hast Claudia umgebracht, du warst es!« sagte Linda leise und stockte erneut, als sie den kalten Lauf auf ihrer Wange fühlte.

»Ganz recht. Und nicht nur das, ich hatte sogar noch ein bisschen Vergnügen mit ihr. Bin dir übrigens zu großem Dank verpflichtet, dass du mir verraten hast, wo ich sie treffen konnte. Sie war allerdings ein bisschen überrascht, als ich plötzlich vor ihr stand. Wenn sie mir diesen Brief von Rob einfach an der Uni gegeben hätte, ohne ihn vorher zu lesen, wäre ihr kein Haar gekrümmt worden! Zu dumm aber auch, dass Rob in den Aberdares mein Funkgespräch mit Looman, diesem Versager belauscht und meine Stimme erkannt hat.«

»Dann warst du in Kenia zu dieser Zeit?«

»Ganz genau. In Nairobi. Aber du hast dich ja nie für meinen Job interessiert. Das hat mir die Sache natürlich leicht gemacht.«

Linda setzte alles auf eine Karte. Wenn es ihr gelang, Daniel zu provozieren würde er vielleicht unvorsichtig werden und Alan konnte ihn überwältigen. Also sagte sie:

»Du wirst nicht entkommen! Sie sind dir schon auf der Spur. Die Polizei hat fremde Haare bei Claudia gefunden, lange braune Haare! Und es wird gar nichts nützen, dass du sie dir abrasiert hast, sie kriegen dich, verlass dich drauf!«

Daniel blieb ruhig.

»Ich sehe du bist auf dem Laufenden, mein Schatz. Und trotzdem sehe ich keine Gefahr. Wenn das hier gelaufen ist, verdrücke ich mich ins Ausland und mache mir ein schönes Leben auf irgendeiner südlichen Insel. Französisch Polynesien vielleicht. Den möchte ich mal sehen, der mich daran hindern sollte.«

»Ich! Sieh' her«, sagte in diesem Augenblick eine sonore Stimme und der Eingang der Hütte verdunkelte sich. Daniel fuhr herum, und Alan nützte die Schrecksekunde geistesgegenwärtig, um ihm die Waffe aus der Hand zu schlagen. Linda starrte die Gestalt an, die mit gezückter Pistole in der Tür stand. Sie strömte einen intensiven Knoblauchgeruch aus und Linda schrie auf.

»Kuhns!« stöhnte sie und sein rollendes »R« fuhr ihr durch Mark und Bein, als er sagte: »Ganz recht, Frau Roloff.«

Die Hyäne hielt ihren kantigen Kopf zum Boden gesenkt, und stieß einen grunzenden, tiefen Ruf aus. Mit triefenden Lefzen näherte sie sich hinkend der Beute, angelockt durch die Scharen von Geiern, die am Himmel ihre Kreise zogen und sich teilweise schon auf den wenigen hohen Akazien in der Umgebung niedergelassen hatten. Vorsichtig witternd schob sie ihren struppigen Körper durch den Dornbusch, stets nach ungewöhnlichen Geräuschen lauschend. Noch war sie allein, doch ihre knurrenden Rufe, die sie immer wieder und ständig etwas lauter von sich gab, würden bald ihren Clan herbeilocken. Die schwarze Schnauze gekräuselt und das kräftige Maul leicht geöffnet, schnürte sie hechelnd durchs Unterholz. Sie hatte Hunger, doch irgendetwas hielt sie davon ab, sich über den Kadaver herzumachen.

Unsicher blieb sie stehen. Wieder ertönte ihr Grunzen, diesmal laut und bestimmt, dann gleich noch einmal, jetzt fast ein grollendes Jaulen, das in einem kichernden Gemecker ausklang. Die Antwort ihres Rudels blieb nicht aus. Sie mussten schon ganz in der Nähe sein. Ein Schatten schob sich über sie hinweg und sie sah, wie der weißhalsige Geier sich mit unbeholfenem Flügelschlag auf einen kahlen Ast schwang. Auch seine Genossen zögerten noch, sich auf die Beute zu stürzen, immer mehr der kahlköpfigen Vögel schwebten ein und suchten sich einen guten Ausgangspunkt für den Beginn des Gemetzels. Wieder lauschte die rundbucklige Hyäne auf die Antwortrufe ihrer Artgenossen, blieb dabei wie erstarrt stehen und bewegte nur die löchrigen und zerfetzten Ohrmuscheln. Der Geruch von frischem Blut hatte sich verlockend in ihrer Nase festgesetzt, doch da war auch noch dieses Ungewisse, Unbekannte, was sie zögern ließ.

Jetzt sah sie es wieder, diese Bewegung von etwas Lebendigem unter dem toten Fleischberg und sie erkannte die Stimme des Menschen. Schon einmal, als sie sich dem Kadaver bis auf wenige Meter genähert hatte, wurde sie von dem Schreien vertrieben. Doch sie war klug genug, um zu merken, dass von diesem Menschen keine unmittelbare Gefahr ausging. Besser war es jedoch, auf die Ankunft ihres Rudels zu warten, sich gemeinsam auf die fette Beute zu stürzen und dabei den vermeintlichen Feind, dessen Laute sie verunsichert hatten, zu vertreiben.

Rob Roloff starrte mit weit aufgerissenen Augen auf die geifernde Hyäne, die sich von seinen Schreien nicht mehr beeindrucken zu lassen schien. Wehrlos, ohne Waffe lag er da, bis zu den Oberschenkeln unter dem Leib des toten Nashorns begraben. Mit vorsichtig trippelnden Schritten kam sie näher, den Kopf witternd am Boden, wie einer unsichtbaren Spur folgend. Rob war zwar in der Lage, seinen Oberkörper und die Arme zu bewegen, doch gelang es ihm trotz ständiger Versuche nicht, sich zu befreien. Die leblose tonnenschwere Masse gab keinen Zentimeter nach. Mit seiner rechten Schulter lag er in einer schwarzen Blutlache, keine zwei Meter neben seinem Kopf saßen hunderte von grün- schillernden Fliegen auf dem breiigen Loch, das die Säge im Schädel des Nashorns hinterlassen hatte. Auf der anderen Seite des Fleischbergs lag die Leiche Zetiangs.

Rob fuhr hoch, als er das dutzendstimmige Antwortgeheul des Rudels hörte. Das gackernde Lachen, das er als eines der charakteristischsten Geräusche des afrikanischen Buschs schon tausendmal gehört hatte, ließ ihm einen Schauer über den Rücken laufen. Mit Entsetzen sah er die Bilder vor sich, wie ein achtundzwanzigköpfiges Hyänenrudel in der Serengeti vor seinen Augen einem Zebrahengst bei lebendigem Leib den Bauch aufgeschlitzt, zuerst die Eingeweide gefressen und den Kadaver innerhalb von einer Viertelstunde bis auf das blutige Skelett verschlungen hatte. Er schloss die Augen und versuchte ein Gebet. Guter Gott, Herr im Himmel – doch er kam nicht weiter. Wofür sollte er beten? Für einen schnellen Tod? Für ein Wunder? Für das Ende eines Albtraums? Guter Gott, lass mich aufwachen, lass mich all das nur träumen, lass es ein Traum sein, ein böser Traum, aber lass ihn zu Ende gehen. O mein Gott, wie lange hatte er nicht mehr gebetet. Rob Roloff, dachte er, würden sie in seinem Nachruf schreiben, Rob Roloff, der nach Afrika gezogen war, um das Schwarze Nashorn vor dem Aussterben zu bewahren, fand seine letzte Ruhe im Magen eines Hyänenrudels. Was von ihm gefunden wurde, waren die Knochen, Beine, die auf eigenartige Weise unter dem Skelett eines gewilderten Nashorns vergraben waren. Er starb in aufopferungsvoller Ausübung seiner Arbeit. Wir werden ihm ein ehrendes Andenken bewahren. Welch ein Grab!

Die Waffe des Professors war noch immer auf Daniel gerichtet und das irritierte Linda. Was für eine Rolle spielten die beiden? Oder sollte Kuhns doch nicht der gesuchte Hintermann der Wildererorganisation sein, für den sie ihn hielt?

»Überrascht?« fragte Kuhns unvermittelt und ließ Daniel nicht aus den Augen, doch der schnaubte nur und schwieg.

»Gut gemacht«, sagte der Professor jetzt zu Alan, der Daniels Waffe in Gewahrsam genommen hatte. »Und jetzt kümmern Sie sich um Ihre Tochter!«

Linda eilte in den nächsten Raum, wo Sarah vor einem kleinen Bildschirm saß, ihren Freund Bär im Arm. Sie flog ihrer Mutter in die Arme und Linda weinte vor Glück. Dann gingen sie zusammen zurück zu Alan und Kuhns. Der Professor wirkte auf Linda größer und selbstbewusster als bei ihrer ersten Begegnung im Büro der SAFE WILD-LIFE SOCIETY.

»Bin ich Ihnen eine Erklärung schuldig?« fragte er, als er sie zurückkommen sah.

»Allerdings. Ich dachte … –«

»Ich weiß, was Sie dachten«, sagte Kuhns und schmunzelte. »Sie halten mich für den Mann hinter dem Rob her ist, für den Mann, der die Fäden im Hintergrund zieht. Leider ist auch Rob genau diesem Irrtum aufgesessen.«

»Aber – wie kommen Sie hierher, woher konnten Sie wissen, dass Daniel …?«

»Ganz einfach: ich bin Ihnen gefolgt, seit Sie am Flughafen in Stuttgart angekommen sind. Looman hat nach Nairobi gefunkt und man hat mich informiert, dass Sie kommen würden, um Ihre Tochter zu befreien. Rob selbst hat Joe seinen Plan durch den Buschmann mitteilen lassen.«

»Joe Looman? Aber er war doch auch –«

»Auf der anderen Seite?«, unterbrach sie Kuhns. »Nein. Joe Looman war unser Mann, von Anfang an. Wir haben ihn bei Hippo eingeschleust und er hat ihn für uns ausspioniert. Dabei sollte er auf Rob aufpassen.«

»Und wir dachten die ganze Zeit – ich meine, da waren die Fotos von Looman und das tote Nashorn in den Aberdares.« Linda sah Alan an und blickte dann wieder zu Kuhns.

»Unser Plan war, den Wilderern in den Aberdares oder in der Masai Mara eine Falle zu stellen. Looman sollte Hippo auf ein Nashorn ansetzen, das von Rob präpariert war. Dazu musste er allerdings sein Vertrauen gewinnen und erst mal sauberes Rhinohorn liefern. Als Rob dann Loomans Spuren bei dem gewilderten Nashorn fand und Daniel Fellers Stimme erkannte, ging alles schief.«

»Und Daniel?«

»Als er von Robs Brief erfuhr, flog er sofort nach Deutschland, den Rest kennen Sie. Um Rob auszuschalten, ließ Hippo ihn entführen und wir mussten unseren ursprünglichen Plan aufgeben.«

»Und warum haben Sie Rob nicht eingeweiht?«

»Wir hatten keine Chance. Er suchte den Hintermann in der SAFE WILDLIFE SOCIETY, womit er an sich richtig lag. Doch hatte er statt Feller mich im Visier und hätte mir kein Wort geglaubt. Außerdem wäre Rob nie bereit gewesen, auch nur ein Nashorn für unseren Plan zu opfern. Er hatte ja gerade eigenmächtig damit begonnen, den Nashörnern der Shamba Kifaru Sender einzusetzen. Rob war das einzige unberechenbare Element an unserem Plan.«

»Und dann kam auch noch seine Exfrau …« murmelte Linda. Kuhns nickte.

»Sie wollten zum denkbar ungünstigsten Zeitpunkt nach Afrika.«

»Deshalb reagierten Sie so abweisend?«

»Wenn Sie wie geplant im Hotel auf Looman gewartet hätten, dann wäre vieles anders gelaufen.«

»Er hätte mir Afrika gründlich verdorben und ich wäre unverrichteter Dinge zurückgeflogen?«

»So ähnlich hatten wir uns das gedacht«, gab Kuhns zu. »Während Rob im Okavango festsaß, organisierte Joe Looman für Hippo die Nashornjagd auf der Shamba Kifaru. Wir hatten schon alles geplant, um ihn auf frischer Tat festzunehmen, da befreite sich Rob. Dann kam die Entführung Ihrer Tochter dazwischen. Ich habe Looman sofort zurückgepfiffen, um das Leben Ihrer Tochter nicht zu gefährden. Jetzt aber«, sagte er mit zufriedenem Blick auf Sarah, »können wir Hippo und seinen Boss auffliegen lassen.«

»Ohne mich!« schrie Daniel und versuchte an dem überraschten Professor vorbei nach draußen zu entkommen. Doch Alan war schneller und rammte ihm die Faust in die Magengrube. Daniel sackte zusammen und ging zu Boden.

»Die Polizei wird gleich da sein«, murmelte der Professor und steckte seine Pistole ein. »Lebenslang wegen Vergewaltigung, Entführung und Mord, würde ich mal sagen.«

»Eines verstehe ich immer noch nicht«, murmelte Linda. »Wenn nicht Sie – wer ist dann der geheimnisvolle Boss?«

»Das, liebe Frau Roloff«, hauchte Professor Kuhns und sein rollendes »R« war nicht zu überhören, »hat Joe Looman inzwischen herausgefunden.«

Georgia strauchelte und stürzte. Der harte Griff, mit dem Hippo sie am Oberarm gepackt hatte und vor sich herschob,

schmerzte und ihre Waden bluteten von den vielen Begeg-
nungen mit Dornen und Stacheln. Den Wagen hatte der
Chinese an den Klippen stehen lassen, gelangte man doch
nur zu Fuß auf das Plateau. Da sie zu zweit nebeneinander
gingen, war es schwer, den Akazienästen auszuweichen, die
von allen Seiten in den schmalen Pfad hereinragten. Georgia gab sich Mühe, sich auf den Weg zu konzentrieren, um
nicht bei jedem zweiten Schritt zu stolpern.

Sie ärgerte sich über den plumpen Trick, mit dem Hippo
sie überlistet und in seine Gewalt gebracht hatte. Nie hätte
sie ihm, als er auf die Shamba gerast kam, die Geschichte
mit dem Jagdunfall glauben und blindlings in seinen Wagen
steigen dürfen. Doch sie hatte sich Sorgen um Rob gemacht,
sah ihn mit aufgerissener Vene verblutend im Busch liegen,
verletzt von einem tödlich verwundeten Nashorn.

Seit Hippo sie dann mit dem Gewehr bedroht und ihr
höhnisch lachend erzählt hatte, dass der alte Chinese tot
war und Rob wirklich unter dem Kadaver Samsons auf die
Hyänen wartete, erschien ihr alles wie ein böser Traum. Die
Welt um sie herum schien so unwirklich, so weit entfernt,
fast alles sah sie wie durch einen nebelartigen Schleier und
es waren allein Hippos Atemstöße, die sie immer wieder
aus ihrer Trance herausrissen. Teilnahmslos ließ sie sich von
dem Mörder führen, ließ jede ihrer Bewegungen von ihm
lenken wie eine Marionette, die ohne den Puppenspieler
zusammenklappt und reglos liegen bleibt. Sie spürte Hippos Atem neben sich und roch seinen Schweiß, sie fühlte
sein nasses Hemd an ihrem nackten Arm und sah den kalten Stahl seines Gewehrlaufs im Licht der Sonne blinken.

Plötzlich schreckte ein Geräusch sie hoch. Hippo blieb
stehen und lauschte. Auch Georgia hatte das Rascheln im
Unterholz gehört. Was es Tier oder Mensch, was sich dort
bewegte? Eine Schlange? Ein Leopard? Oder nur ein Dik-

Dik? Hippos Griff wurde fester und Georgia unterdrückte einen Schrei. Da war es wieder! Lauter und näher. Doch es war nichts zu sehen. Kein Ast, der schwankte, kein Grashalm, der sich bewegte. Und jetzt, direkt neben dem Weg: das deutliche Knacken eines dürren Zweigs. Oder das Splittern von Knochen? Oder war es doch nur das merkwürdige Krächzen irgendeines Savannenvogels? Hippo hatte seine Schlitzaugen weit aufgerissen, seine Lippen waren vor Anspannung fest aufeinander gepresst und sein Zeigefinger krümmte sich nervös um den Abzugsbügel des Gewehrs. Dann sahen sie den dunklen Schatten neben sich und hörten das markerschütternde Brüllen des Löwen. Hippo riss die Waffe herum und drückte ab.

Georgia spürte, wie der Boden unter ihren Füßen wankte und ihre Knie wurden weich, ihre Augen hatten sich mit Tränen gefüllt und wie durch einen verschwommenen Schleier – oder war es nur eine Traumfigur? – erkannte sie für den Bruchteil einer Sekunde das herzförmige Gesicht des Buschmanns im Gras. Sie wischte sich mit dem Handrücken die Augen trocken und sah noch einmal zu der Stelle. Doch das Gesicht war verschwunden.

Der Chinese packte sie an den Schultern und rüttelte sie.

»Scheiße! Wir müssen weiter! Los, komm!«

Er zerrte sie mit sich, getrieben von der Angst vor einer unbekannten Gefahr. Seine Augen waren vor Panik geweitet, als er das Gewehr hastig schulterte und den langen Dolch aus dem Halfter zog.

»Das war kein Löwe, das war niemals ein Löwe! Weiß der Teufel, was das war! Los, beweg dich! Weg von hier!« Er presste sich von hinten gegen Georgia und legte ihr den Dolch an den Hals. Dann schob er sie vor sich her auf die roten Klippen zu.

16

Der Lärm der Rotoren war ohrenbetäubend, Sandstaub wirbelte auf und die Grashalme der fahlgelb leuchtenden Savanne beugten sich waagerecht unter dem Druck der Luftböen. Georgia kämpfte gegen den Wind und spürte, wie scharfe Sandkörner und heißer Staub unter ihre zerschlissene Kleidung drangen. Reflexartig schlossen sich ihre Augenlider zu schmalen Sehschlitzen, durch die sie schemenhaft die Umrisse des Helikopters erkannte. Wie eine unsichtbare Wand schien die wirbelnde Luft sich ihren Schritten entgegenzustellen, bis das Rotorengeräusch langsam erstarb und schließlich in einem stotternden Rattern endete.

Der Chinese klopfte sich mit einer Hand den Sand von Ärmeln und Hosenbeinen, während er seine Gefangene auf die gläserne Kuppel des Helikopters zuschob. Das gleißende Licht der hochstehenden Sonne spiegelte sich in der halbkugelförmigen verglasten Oberfläche des Cockpits und Georgia konnte zunächst nicht erkennen wie viele Männer in der Maschine saßen. Jetzt öffnete sich seitlich eine Tür und Georgia erkannte auf dem Sitz des Piloten eine Gestalt, die fast mit dem Innenleben des Helikopters zu verschmelzen schien. Doch im Nachhall der ersterbenden Rotorengeräusche vernahm sie eine Stimme und das Blut stockte ihr in den Adern. »Guten Tag, Mylady, willkommen zu Ihrem Flug über die herrliche Shamba Kifaru!« Nur diese wenigen Worte hörte sie, doch sie reichten aus, um ihn zu verraten.

»Ben Hunter!« entfuhr es ihr und sie trat vor Schreck einen Schritt zurück, ohne dass Hippo sie daran hindern konnte. Der Mann, dem sie alle blind vertraut hatten, der Alan und Linda nach Botswana geflogen hatte, der rotbärtige Ben, der sich in den Aberdares so liebevoll um die Nashörner kümmerte! Jetzt bewegte sich die Gestalt, das Gesicht schob sich aus dem Schatten des Cockpits und sie erkannte den urwaldähnlich wuchernden Vollbart, der fast das ganze Gesicht verbarg. Ben Hunter war aus dem Helikopter geklettert und stand jetzt grinsend vor ihr.

»Ben – du? –« sie stockte und brach den angefangenen Satz ab. Auf einmal wurden ihr die Zusammenhänge klar. Ben Hunter war der Kopf der Wildererbande, der Mann, der den Nashornhandel organisierte und den Schmuggel der Hörner nach Fernost leitete. Getarnt durch seine Tätigkeit in den Aberdares hatte er freie Hand gehabt, bis zu dem Zeitpunkt als Rob die Zusammenhänge zu erkennen drohte. Daraufhin hatte er Rob beseitigen und ihn in den Okavangosümpfen gefangensetzen lassen. Er hatte den Mord an Robs Schwester Claudia auf dem Gewissen und er hatte Sarah in Deutschland entführen lassen, um Rob doch noch zu zwingen, sein Geheimnis um die präparierten Nashörner der Shamba Kifaru preiszugeben. Vor ihr stand, der Mann, nach dessen Identität Rob seit Wochen suchte, der Drahtzieher und Auftraggeber der Nashornwilderer. Und noch etwas wurde ihr in diesem Augenblick klar: sie hatte keine Chance, diese Begegnung zu überleben. Hunter würde sie töten und ihre Leiche verschwinden lassen, um sich selbst zu schützen.

Seine zusammengekniffenen Augen fixierten sie drohend, als er auf sie zukam und nur einen Schritt von ihr entfernt stehen blieb. Als er sie höhnisch aber formvollendet, wie er es immer getan hatte, begrüßte, wehte ihr mit seinem Atem intensiver Geruch kalten Rauches entgegen.

»Es freut mich außerordentlich, Mama Nashorn, dich hier so unerwartet und unter so angenehmen Umständen wieder zu sehen.«

Er deutete eine Verbeugung an und weidete sich an dem Schrecken, der aus Georgias Augen sprach. »Nun, so sprachlos auf einmal?«

»Schwein!« zischte sie und versuchte sich vergebens aus Hippos eisernem Griff zu befreien.

»Sachte, sachte«, säuselte Ben Hunter, »du solltest dir gut überlegen, ob du mich wirklich verärgern willst!«

»Wir haben dir vertraut, du warst Robs Freund!«

»So ändern sich die Zeiten«, meinte er gleichgültig.

»Verstehe. Alles nur Theater. Du bist nicht als Robs Freund mit Alan nach Botswana geflogen, sondern um ihn nicht aus den Augen zu verlieren.«

»Richtig erkannt, Madame. Musste doch aufpassen, dass er keinen Unsinn macht. Hab ihn dann ja auch wie geplant wieder auf die Shamba zurückgeflogen.«

Dann wandte er sich Hippo zu: »Alles erledigt, mein Freund? Hast du die Hörner?«

Hippo hob das Bündel mit dem blutverschmierten Doppelhorn Samsons in die Höhe und wog es schwer in der Hand.

»Schwarzes Nashorn?«

Hippo nickte. »Ein Bulle, wie wir noch keinen hatten. Und Roloff hat mir dabei geholfen.«

»Nicht schlecht. Und was ist mit dem Rest?«

»Rob Roloff wird gerade von den Hyänen gefressen. Aber deine Freundin hier wird sich leicht dazu bewegen lassen, uns die restlichen Rhinos auszuliefern. Wir haben ja immerhin noch die Kleine in Deutschland. Wir vernichten Roloffs komplette GPS-Sendeeinheit und setzen uns mit den Hörnern zunächst in den Jemen ab wie geplant. In den Dolchgriffen unserer Kunden fallen die Minisender dann ohnehin nicht mehr auf.«

»Sehr schöne Idee«, lobte Hunter. »Jemenitische Nashorndolche mit eingebautem Peilsender! Könnte sogar ein

Verkaufsschlager werden. Das gefällt mir.« Er lachte knurrend und fragte dann weiter:

»Was ist mit dem Alten?«

»Nun, mein Onkel hatte einen … tragischen Jagdunfall«, murmelte Hippo mit gespielt traurigem Unterton, doch die listigen Fältchen um seine Augen zeugten von seinen wahren Gefühlen. »Der Nashornbulle hat ihn platt gemacht.«

»Und du hast nachgeholfen«, entfuhr es Hunter.

Hippo umklammerte das Nasenhorn wie einen Dolch. »Aber nein. Welch unschöner Gedanke. Das solltest du –«

»Schluss jetzt mit dem Geplänkel«, zischte Hunter und hielt plötzlich einen Revolver in der Hand. »Los, Messer weg! Gib' der Frau das Horn, und keine dummen Einfälle! Sonst könnte es sein, dass wir noch einen tragischen Unfall melden müssen!«

»Was soll das«, fragte Hippo, »ich dachte, wir sind Partner!«

»Sind wir auch. Aber einem Kerl, der seinen Onkel auf dem Gewissen hat, kann ich einfach nicht so recht trauen. Wer sagt mir, dass du mit mir nicht dasselbe vorhast, wenn du mich nicht mehr brauchst?«

»Dein Verstand sollte dir das sagen. Wir sind aufeinander angewiesen. Ich kann dir noch zwanzigmal so viele Hörner besorgen und du bringst sie außer Landes. Was dabei rausspringt, reicht locker für uns beide.«

»Im Prinzip einverstanden. Trotzdem will ich erst dieses Prachtshorn und die Frau bei mir haben, als kleine Sicherheit sozusagen. Dann können wir weiterverhandeln.«

Hippo hatte Georgia während des Gesprächs mit dem Dolch in Schach gehalten. Jetzt fuhr er langsam mit dem scharfen Stahl über ihr Schulterblatt bis zum Genick und ließ das blanke Metall für Hunter sichtbar an ihrem Hals aufblitzen.

»Diese Frau ist der einzige Schlüssel, um an die anderen Rhinos zu kommen, nachdem unser Freund Roloff sich mit den Hyänen herumschlagen muss«, er hatte seine Stimme fast zu einem Flüstern gesenkt, »du glaubst doch nicht im Ernst, dass ich sie dir überlasse!« Hippos Messer berührte Georgias Kehlkopf und sie wagte nicht, zu schlucken. »Lass' die Waffe fallen, oder ich schlitz' sie auf!« befahl er und Georgia stöhnte vor Schmerz, als sie spürte, wie die Klinge ihre Haut ritzte. Hunter senkte langsam seinen Arm. »So ist's brav. Und jetzt wird geteilt. Du bekommst das Horn, als Pfand meiner Loyalität, und die Frau bleibt bei mir. Wir steigen jetzt beide in deinen Vogel und fliegen rüber zur Shamba. Dort werden wir gemütlich bei einer Tasse Tee mit Georgia Marsh verhandeln. Es gibt niemand, der uns daran hindern könnte.«

Hippo schleuderte Hunter das Bündel mit Samsons Horn vor die Füße und vernachlässigte dabei für eine Sekunde den Druck auf Georgias Hals. Georgia erkannte ihre Chance und duckte sich reflexartig, im selben Augenblick stieß Hippo einen grässlichen Schrei aus, wirbelte herum und sank in die Knie. Georgia starrte auf den Pfeilschaft, der aus seiner Schulter ragte. Sie setzte zur Flucht an, als der Schuss krachte, und sich die Kugel zischend vor ihr in den Sand bohrte. Dann fühlte sie den Lauf des Revolvers an ihrer Schläfe und den eisernen Griff, mit dem Hunter ihren Oberkörper umfasste. Er starrte in die Richtung, aus der der Pfeil abgeschossen worden war und auch Georgias Augen suchten nach der kleinen Gestalt des Buschmanns. Die Frau als lebenden Schutzschild benutzend tastete sich Hunter rückwärts zum Helikopter, verstaute das Bündel mit der wertvollen Beute unter seinem Sitz, und drängte Georgia, in das Cockpit zu klettern.

Da zischte ein Pfeil knapp an seinem Ohr vorbei und prallte am Helikopter ab, genau an der Stelle, wo sich vor einer Sekunde noch seine Hand befunden hatte. Wie ein Geist war der Buschmann aus dem Gras gewachsen und stand in gebückter Haltung neben Hippo, der winselnd am Boden lag. Schneller als sie mit den Augen folgen konnten, lag ein neuer Pfeil auf der Sehne des Bogens. Hunter hob den Revolver und schoss, Georgias Ellbogen traf ihn in die Magengrube und er stöhnte auf. Der Schuss ging fehl und N'gaoi zielte genau. Hunter richtete sich auf und verschanzte sich hinter Georgia.

Es war für den San unmöglich, einen sicheren Schuss auf den Feind abzugeben, ohne dabei Georgia zu gefährden. Hunter hievte sich, von Georgia gedeckt, auf den Pilotensitz und zerrte dann mit aller Kraft ihren Oberkörper ins Cockpit. Erneut wirbelte Staub auf, als sich die Rotoren in Bewegung setzten und der Lärm das Trommelfell zu zerreißen drohte. Georgia strampelte wild, als der Boden unter ihren Füßen nachgab, doch Hunter hielt sie mit einer Hand eisern fest, während er mit der anderen versuchte, den Hubschrauber waagerecht in die Luft zu bekommen. Hilfe suchend schlug Georgia um sich und fand mit einem Bein auf der Kufe Halt. Jetzt hob der Helikopter ab und sie spürte die Finger von Hunters Hand, die sich in den Stoff ihres Shirts krallten. Hunter setzte alle Kraft ein und zog Georgia einen halben Meter zu sich herauf. Ihr Kinn berührte jetzt sein äußeres Knie und es war nur noch eine Frage der Zeit, bis sie quer über seinem Schoß liegen würde.

»Nein! schrie eine verzweifelte Stimme und Georgia blickte über ihre Schulter hinweg nach hinten. Im aufgewirbelten Staub erkannte sie Joe Looman, der wie ein Impala in weiten Sätzen über die Savanne jagte und gestikulierend mit den Armen kreiste.

»Nicht hinein! Spring! Georgiaaa! Du musst springen! Bitte! Du musst –« Mehr hörte sie nicht, da in diesem

Moment der Hubschrauber schwenkte und der Lärm die Worte schluckte. Noch immer kämpfte Hunter mit dem Gleichgewicht der Maschine, doch er gewann langsam an Höhe. Einen Meter, zwei, drei Meter schwebte er über dem Boden und Georgia fühlte, wie ihr schwindelig wurde. Da hörte sie noch einen letzten Wortfetzen von Joe: »Spriiiiiiing!«

Sie spürte, wie Hunter versuchte seinen Griff nachzusetzen, um sie besser fassen zu können, stieß im selben Augenblick ihr freies Bein mit aller Kraft nach unten und drückte sich mit dem anderen Fuß von der Kufe ab. Der Stoff ihres T-Shirts riss, Hunter schrie auf und fluchte. Der Helikopter schwankte bedrohlich, als Georgia wie eine Raubkatze ihre Zähne in Hunters entblößten Unterarm schlug. Im selben Augenblick als sie seinen Aufschrei hörte, entglitt sie seiner Umklammerung und stürzte ins Leere.

Der Aufprall drückte ihr die Luft ab und der Schmerz fuhr wie mit einem Speer in ihr rechtes Bein. Sie schlug die Augen auf und sah den schwankenden Helikopter über sich. Hunter zielte mit dem Revolver auf sie, doch es war zu turbulent für einen sicheren Schuss. Hinter ihr spannte N'gaoi seinen Bogen und ließ den Pfeil zischend von der Sehne schnellen. Das Geschoss prallte an der Cockpitscheibe ab und Hunter schien zu fluchen, als er sich herausbeugte und die gläserne Tür an seiner Seite schloss.

Plötzlich stand Looman neben Georgia und bückte sich zu ihr herunter.

»Bist du verletzt?« Sie versuchte zu lächeln und unterdrückte den Schmerz in ihrem Bein, Über ihnen hielt sich immer noch der Helikopter unentschlossen in der Luft. Der Buschmann folgte mit seinem Bogen jeder Bewegung und wartete nur darauf, dass der Pilot es wagen würde, noch einmal das Cockpit zu öffnen.

Looman versuchte, Georgia aufzuhelfen, doch diese schrie auf, als sie auf ihr verletztes Bein stand. »Ich glaube, die Bänder sind gerissen«, sagte sie und Joe tastete Oberschenkel, Knie und Schienbein hastig ab. Als seine Hand den Knöchel erreichte, schrie sie vor Schmerz auf.

»Nichts gebrochen. Aber ich werde dich tragen.« Er bückte sich, um sie aufzunehmen, als N'gaois Rufen ihn warnte. Der Helikopter hatte seine Schnauze nach unten gesenkt, die gläserne Front zielte genau auf die beiden Menschen am Boden, die Rotoren wirbelten und wie ein Meteorit raste die Maschine auf sie zu.

»Er will uns ummähen! Los, nach unten!« Joe riss Georgia zu Boden, drückte ihr Gesicht in den Staub und warf sich schützend auf sie. Der Windstoß fegte über ihre Körper, drei Schüsse zerrissen die Luft und die Kugeln klatschten nur wenige Zentimeter neben ihnen in den Sand.

Der aufgewirbelte Staub versperrte die Sicht, als sich Joe vorsichtig aufrichtete. Er sah den Buschmann mit dem Gesicht nach unten leblos am Boden liegen. War er getroffen worden? Er hatte keine Zeit, sich um N'gaoi zu kümmern, den das dröhnende Rattern der Rotoren signalisierte ihm dass der Helikopter kehrt gemacht hatte und sich mit rasender Geschwindigkeit auf sie zubewegte.

»Hier hinein zwischen die Felsen! Dort sind wir vor seinen Kugeln sicher!« schrie Looman und zerrte Georgia mit sich fort. Er sah nicht mehr, wie der Helikopter über den leblos am Boden liegenden Buschmann hinweg glitt, auch nicht, wie N'gaoi sich plötzlich aufrichtete und seinen Bogen spannte.

Im selben Augenblick hörte auch Rob Roloff den Hubschrauber. Verdammt, Hippo hatte es also geschafft und machte sich mit seiner Beute aus dem Staub! Sollte der

Mörder Lebossos wirklich entkommen? Rob dachte an seinen Plan, an all die Vorbereitungen, die er bei der Präparation von Samson getroffen hatte und an die Überraschung, die für Hippo in dem Rhinohorn versteckt war. Der Rotorenlärm des Helikopters wurde lauter und Rob reckte den Hals, um besser sehen zu können. Da, oberhalb der Klippen war eine Staubwolke zu erkennen, dort musste der Hubschrauber auftauchen. Es gab jetzt nur noch eine Chance, Hippos Flucht zu stoppen. Rob tastete nach dem kleinen Metallkästchen in seiner Jackentasche, zog es heraus, überprüfte mit einem raschen Blick das Signal und drückte mit seinem Daumen auf den kleinen roten Knopf. Jäh jaulten die Hyänen auf und suchten das Weite, als die Detonation die Erde beben ließ.

Der grelle Blitz schien aus einer unsichtbaren Wolke in die gläserne Kanzel des Helikopters einzuschlagen. Hunter hatte gerade seinen Mund zu einem Schrei geöffnet, als der Helikopter explodierte. Funken sprühten, das Cockpit glühte und mit einem ohrenbetäubenden Knall wurde der Sitz, auf dem Hunter saß gegen die berstende Frontscheibe geschleudert. Die Rotoren zersägten in sprühenden Blitzungen die Luft und der Helikopter krachte mit einer ungeheuren Wucht, sich einmal um die eigene Achse drehend, zu Boden. Jaulend fraßen sich die Drehflügel in den heißen Sand und zerbarsten, während sich der Rotorkopf ungebremst weiterdrehte und sich eine grelle gelbrot glühende Wolke aus Feuer und Gas in einer alles vernichtenden Explosion um die Überreste des Hubschraubers schloss. Schwarzer Rauch wälzte sich in den Himmel und nach einer letzten dumpfen Detonation herrschte unheimliche Stille.

Looman fühlte heiße Metallpartikel auf seinem Rücken verglühen und wartete darauf, jeden Augenblick neue

Explosionen zu hören und von einem umherfliegenden Rotorblatt erschlagen zu werden. Doch die Stille hielt an, nur unterbrochen von brodelndem Zischen und kurzen Verpuffungen, die aus dem verkohlten Geripppe des Helikopters an seine Ohren drangen. Schwerfällig richtete er sich auf und erst als die Rauchschwaden sich lichteten und die Sicht sich allmählich verbesserte, sah er nur wenige Meter hinter sich die Überreste des Helikopters qualmend am Boden liegen.

»Bist du O. k.?« fragte er Georgia, die sich langsam aufrichtete und nickte. Dann blickte er zu N'gaoi, der mit einem Mal wieder quicklebendig war und ungläubig seinen Bogen untersuchte. Kopfschüttelnd trat er zu ihm. Welche Zauberkraft hatte sein letzter Pfeil gehabt, mit welch ungeheurer Vernichtungskraft hatte sein gezielter Schuss die Riesenlibelle ausgelöscht!

»Ich habe geglaubt, du bist tot!«

N'gaoi grinste. »N'gaoi wie Natter«, sagte er, »stellt sich tot, und beißt erst dann, wenn Biss tödlich. Aber Pfeilgift war zu scharf«, schüttelte er ratlos den Kopf.

»Ben Hunter, wer hätte das gedacht«, stammelte Georgia mit schwacher Stimme.

»Auch Rob hat fast bis zuletzt eine falsche Fährte verfolgt«, ergänzte Looman. »Und ich konnte nichts unternehmen, weil er mir ohnehin nicht geglaubt hätte.«

»Auf welcher Seite stehst du denn nun eigentlich?«

»Das ist eine lange Geschichte.«

»Die wirst du mir später erzählen denn wir müssen Rob finden, bevor es zu spät ist. Hippo hat ihn unter Samsons Kadaver im Busch zurückgelassen. Wir beginnen dort mit der Suche, wo wir Samson betäubt haben.«

»Du sagtest Hippo – weißt du, was aus ihm geworden ist?«

»Oh mein Gott«, stöhnte Georgia. Keiner von ihnen hatte mehr auf den Chinesen geachtet.

»N'gaoi hat ihn angeschossen«, erinnerte sich Looman, »dann muss er sich in dem Tumult aus dem Staub gemacht haben. Mit dem Giftpfeil in der Schulter kommt er nicht weit.«

Looman ging auf den San zu. »Du bist ein großer Jäger, N'gaoi«, meinte er anerkennend. »Weißt du, was aus dem Gelbgesicht geworden ist?«

Der San schüttelte den Kopf. Auch der hatte den Chinesen nicht mehr gesehen, nachdem er auf ihn geschossen hatte.

»Das heißt im Klartext«, meinte Looman, »dass Hippo uns noch immer Schwierigkeiten machen kann.«

Sie warfen einen letzten Blick auf die verglühenden Überreste des Helikopters, aus dessen geschmolzener Frontscheibe ein schwarz verkohlter Körper hing, entstellt wie eine halbfertige schwarze Steinskulptur. Da fischte N'gaoi einen neuen Pfeil aus seinem Köcher, prüfte genau, ob der mit Sehnen umwickelte Teil unterhalb der Metallspitze mit Gift eingestrichen war und verschwand wortlos im Unterholz.

»Er empfindet es als seine Aufgabe, Hippo zu jagen, denn er hat ihn angeschossen. Er wird ihn verfolgen wie ein verwundetes Wild und nicht ruhen, ehe er ihn eingeholt hat«, sagte Looman zu Georgia. »Los, wir suchen Rob, dann können wir immer noch dem Buschmann folgen!«

Georgia kletterte in Loomans Jeep, während er die Luft aus den Reifen des anderen Wagens abließ. Hippo sollte keine Chance zur Flucht bekommen.

Dank Georgias guter Orientierung auf dem Gelände der Farm hatten sie die Stelle bald gefunden, wo Rob Samson betäubt hatte. Kurz darauf stießen sie auf seinen Wagen und folgten den Spuren ins Dickicht. Zwei Hyänen hatten sich dem Kadaver bis auf wenige Meter genähert, doch Looman verjagte sie mit einem Schuss in die Luft.

Der Schuss riss Rob Roloff aus seinen Gedanken, doch er wusste nichts damit anzufangen. Minuten, die ihm wie Stunden vorkamen, vergingen, ohne dass etwas geschah. Die Hyänen waren verschwunden, und die Geier wie auf ein geheimes Kommando schwerfällig aufgeflattert. Plötzlich registrierte Rob ein leises, fast nicht vernehmbares Geräusch, wie von schleichenden Schritten, die rasch näher kamen. Er drehte den Hals, um in die Richtung sehen zu können und erblickte Looman, der mit dem Gewehr im Anschlag auf die kleine Lichtung trat, gefolgt von Georgia.

Mit einem Lächeln kniete sie bei ihm nieder und küsste ihn. Rob war durch die Schmerzen und die Anstrengungen, sich unter dem toten Nashorn befreien zu wollen stark geschwächt. Looman ging wortlos zurück zum Jeep, um die Seilwinde zu aktivieren.

»Was ist mit Hippo?« fragte Rob mit leiser Stimme.

»Er ist entkommen. Aber N'gaoi ist ihm auf den Fersen.«

»Und Joe? Hat er –?«

»Du lagst falsch mit deinem Verdacht gegen Joe. Er hat mir alles erzählt.«

»Ich weiß. Ich hatte Zeit, um nachzudenken. Ich war immer fixiert auf Joe, dabei gab es in den Aberdares noch jemand, der von meinem Brief an Claudia wusste. Ich habe mir auch lange überlegt, woher dieser Theba wusste, dass ich mit Linda in Will's Camp war. Einer war immer dabei, und ich habe ihn für einen Freund gehalten.«

»Du meinst Ben Hunter, stimmts?«

Rob nickte. »Nur Ben Hunter konnte von meinem Brief an Claudia wissen. Er hat Feller beauftragt, die Post abzufangen. Als ihm das nicht rechtzeitig gelungen ist, hat er Claudia ermordet.«

»Und warum musste deine Schwester sterben?«

»Weil sie zu viel wusste. Ich hatte ihr nicht nur von Looman geschrieben, sondern auch dass Daniel Feller mit den Wilderern gemeinsame Sache macht. Feller ist der Verräter in meiner Organisation, und durch meine Entdeckung stand für Hunter zu viel auf dem Spiel.«

»Du hast richtig kombiniert. Aber Ben Hunter ist tot.« Georgia berichtete, was sich bei den roten Klippen ereignet hatte. »Was ich allerdings nicht verstehe, diese Explosion gerade –« Georgia schüttelte den Kopf, »hast du das gesehen? Ich kann mir einfach nicht erklären, warum –«

»Das war eine Vorsichtsmaßnahme meinerseits«, erklärte Rob. »Eine Sprengkapsel in Samsons Horn. Habe ich zusammen mit dem Sender eingepflanzt, für alle Fälle.«

Looman kam mit dem Seil und band es an einem Fuß Samsons fest. Minuten später war Rob Roloff befreit.

Die Sonne hatte den Zenit schon weit überschritten und der San legte ein flottes Tempo vor, um den Verfolgten noch vor Einbruch der Dämmerung einzuholen. Die Spuren, die Hippo hinterlassen hatte, konnten dem geübten Blick N'gaois nicht entgehen, doch sein Vorsprung war recht groß. N'gaoi hatte oben auf dem Plateau mit der Suche begonnen, dort wo er den Chinesen angeschossen hatte. Der Verletzte hatte sich keine Mühe gegeben, seine Spur zu verwischen. Die Pfeilspitze, die zentimetertief in seiner Schulter steckte, musste ihm große Schmerzen bereiten und der Gedanke, dass sich das tödliche Buschmanngift in seinem Körper ausbreitete, würde ihn in Panik versetzen. N'gaoi las aus den Spuren, dass Hippo häufig strauchelte und stolperte, aufgewühlter Sand zeigte die Stellen, wo er gestürzt war, abgebrochene Dornen und geknickte Akazienäste verrieten, wo er sich im Unterholz verfangen hatte. Bald schon roch N'gaoi das Wasser und wusste, dass der Chinese den Weg zum Braunen Fluss eingeschlagen hatte, um seine Wunde zu kühlen. Der Giftpfeil, der bei jedem Schritt in der Wunde wühlte, musste wie Feuer brennen.

Eine halbe Stunde später fand der San die Pfeilspitze am Fuße eines Faserrindenbaums. Unter welcher Qual musste es Hippo gelungen sein, den vergifteten Widerhaken aus seiner Schulter zu reißen. N'gaoi entdeckte Blut an der groben Rinde des Baums und unweit der Stelle lag ein Holzstück mit kleinen, unförmigen Einkerbungen am Boden. Er hob es auf und steckte es sich zwischen die Zähne. Hippo musste es als Beißholz verwendet haben, um nicht laut zu schreien, als er den Pfeil aus seiner Wunde scheuerte.

Der San erkannte an den Spuren, dass der Chinese nur noch einen geringen Vorsprung hatte. Die Entfernung des Pfeils hatte ihn Kraft gekostet, außerdem hatte er keine Möglichkeit ohne fremde Hilfe die blutende Wunde zu verbinden. Die Blutspur war deutlicher als bisher und machte es dem San leichter, der Fährte schnell zu folgen. Der Fluss war jetzt nicht mehr weit entfernt, N'gaoi erkannte die grünen Wipfel der Dumpalmen, die den Lauf des Uaso Nyiro markierten. Sollte es Hippo gelungen sein, das Flussbett zu erreichen, hatte er die besten Chancen, dem San zu entkommen, indem er den Fluss überquerte. Aber würde er es mit seiner Verletzung wagen? Das Blut würde die Krokodile anlocken und der Uaso Nyiro war tief.

N'gaoi blieb stehen, als er das Rauschen des Wassers vernahm. War da nicht noch ein anderes Geräusch? Hatte er das Stöhnen eines Menschen vernommen oder hatte ihn ein Vogel genarrt? Der San wusste, dass Hippo noch immer bewaffnet war und schlich vorsichtig weiter. Jede Akazie, jeder Busch diente ihm als Deckung, jeder auffliegende Vogel, jeder kreischende Affe ließ ihn in seiner Bewegung erstarren, um mit scharfem Blick den Busch zu durchdringen. Hippos Spur führte zur steilen Böschung am Flussufer, die Bluttropfen im Gras waren noch feucht und N'gaoi wusste, dass er den Mörder Lebossos noch vor Einbruch der Nacht ereichen würde. Doch Hippo war gefährlicher als ein angeschossener Büffel. Er konnte überall im Hinterhalt liegen und auf N'gaoi zielen. Der San beschloss daher, noch vorsichtiger zu sein und versteckte den Lederkaross mit seinen Vorräten und den Köcher unter einem Busch. Nur mit dem Bogen und zwei Pfeilen bewaffnet, kroch er weiter, alle Sinne aufs Äußerste gespannt, als er plötzlich einen lauten Schrei vernahm. Gleichzeitig hörte er das Geräusch von polterndem Gestein und berstendem Holz. Dann war es still.

Der Lärm kam vom Fluss, aus der Richtung, in die Hippos Spur führte. N'gaoi schlich näher, jetzt drang ein lautes Stöhnen an sein Ohr. Er erreichte die steile Uferböschung und wusste, dass die Stimme vom Ufer unter ihm kam. Auf allen Vieren robbte er zur Kante und blickte getarnt durch die Felsblöcke am Abbruch der Böschung hinunter. Unter ihm strömten die braunen Wasser des Uaso Nyiro gleichmäßig dahin, am anderen Ufer dösten ein paar Krokodile. Sonst war nichts Auffälliges zu erkennen. Doch dann, noch einmal, lauter als zuvor und fast nicht einer menschlichen Kehle zuzuschreiben, ein lautes Aufstöhnen, das in einem grässlichen Wimmern endete.

N'gaoi teile die Graspolster und blickte über den Rand der Böschung senkrecht in die Tiefe. Dort, etwa acht, zehn Meter unter ihm, lag auf einem schmalen Sandstreifen Hippo. Eine breite Spur führte hinter ihm die Böschung hinauf, dort musste er ausgeglitten und den Hang hinabgestürzt sein. Das war der Schrei, den N'gaoi gehört hatte. Jetzt lag er reglos neben einem toten Baum, der aus dem Wasser ragte und starrte in den Fluss. Plötzlich wanderten seine Augen nach oben und er sah in das Gesicht N'gaois. Der San rechnete mit einem ungeheuren Fluch, oder auch damit, dass Hippo das Gewehr auf ihn anlegen und schießen würde. Blitzschnell zog er seinen Kopf zurück und wartete.

»Hey!« schrie es krächzend von unten. »He-e-ey Buschmann!«

N'gaoi rührte sich nicht.

»Du musst mir helfen Buschmann! Das – Gegengift, Buschmann!«

N'gaoi schwieg. Was hätte er ihm zurufen sollen? Dass es kein Gegengift gab? Dass er ein Todgeweihter war und ihm selbst ein mächtiger Medizinmann wie M'gasho nicht würde helfen können? Doch Hippo ließ nicht locker. Immer erbärmlicher wurden seine Hilferufe, immer dringender seine Bitten.

»Wasser!« schrie er jetzt. »Gib mir wenigstens Wasser!«

N'gaoi dachte nach. Als San hatte er gelernt, alles Leben als etwas Heiliges zu betrachten. Selbst das angeschossene Wild, das sie jagten, hatte ein Recht auf eine Erlösung. Musste er nicht selbst einem Todfeind einen letzten Wunsch erfüllen? Wieder blickte er zu Hippo hinunter. Er lag nur zwei Armlängen vom Wasser entfernt, wieso robbte er nicht einfach zum Fluss, um zu trinken. Hippo hatte ihn erblickt und winkte mit seiner leeren Feldflasche.

»Hallo, Buschmann! Ich will nur Wasser! Ich hänge hier fest, ich komm' nicht allein ran!«

Jetzt erkannte N'gaoi, dass sich der quer geschulterte Riemen an dem er seinen Dolch befestigt hatte, beim Sturz in einem der Äste des toten Baumes verfangen hatte. Mit der verletzten Schulter war es Hippo unmöglich, sich aus eigener Kraft zu befreien. Zweifel nagten an ihm. Wie sollte er sich verhalten? Hippo war ein toter Mann. Er würde sterben, noch in dieser Nacht. Was konnte es schaden, wenn er ihm noch etwas Wasser gab?

»Bitte! Wasser!«

N'gaoi sah sich um. Seitlich von ihm war die Böschung nicht ganz so steil und einige niedrige Büsche boten Halt. Hier konnte er zu Hippo hinunterklettern und ihm seine Feldflasche füllen. Mehr würde er nicht für ihn tun.

Der San begann mit dem Abstieg. Es war leichter, als er geglaubt hatte. Gräser und Büsche bildeten willkommene Kletterhilfen und schon nach wenigen Schritten hatte er einen kleinen Vorsprung in der Mitte des Abhangs erreicht. Hippo lag immer noch reglos am Ufer und starrte vor sich hin. N'gaoi wandte ihm den Rücken zu, um den Felsvorsprung zu überklettern, als der erste Schuss krachte. Dann klang es wie die kurze Salve eines Maschinengewehrs, als Hippo sein Magazin leer feuerte.

»Fahr zur Hölle, du Zwerg des Teufels!« schrie er und seine Stimme überschlug sich. Verschwommen nahm er wahr, wie der Buschmann zusammenbrach, dann verlor er die Besinnung.

Es war schon fast dunkel, als Hippo aus seiner Ohnmacht erwachte. Was ihn zunächst irritierte, war das laute Schmatzen und Grunzen zu seinen Füßen. Als er die Augen aufschlug stieß er einen grässlichen Schrei aus und tastete hastig nach seinem Gewehr. Er zielte nur ungenau und zog den Abzug durch, doch außer einem leisen Klick war nichts zu hören. Panisch suchte er in seinen Hemdtaschen nach Patronen und versuchte dabei die Schmerzen in seiner Schulter zu ignorieren. Nichts. Er hatte seine letzte Munition auf den Buschmann abgefeuert. Verzweifelt zerrte er an seinem Gurt, mit dem er an den toten Baum gefesselt war, seine Hand suchte nach dem Dolch, doch den hatte er auf dem Plateau verloren. Hilflos hing er in der Falle und sah mit vor Angst weit aufgerissenen Augen, wie die Krokodile die Reste des leblosen Körpers von N'gaoi in den Braunen Fluss zogen. Das Blut des Buschmanns hatte sie angelockt.

Doch was war das? War es eine Sinnestäuschung, eine Halluzination, hervorgerufen durch das verteufelte Gift, das seinen Körper von innen heraus zu verbrennen schien? Dort oben, auf dem Vorsprung auf halbem Weg zur Oberkante der Böschung, dort wo er den Buschmann abgeknallt hatte, kauerte eine kleine braune Gestalt und sah zu ihm herunter. Konnte es sein, dass der Buschmann noch lebte? Aber wessen Fleisch zum Teufel fraßen dann die Krokodile? Noch einmal sah er nach oben, doch die Gestalt war verschwunden. Hatte er sich doch getäuscht? Er hatte Mühe, klar zu denken. Wieder blickte er angewidert zu den Krokodilen und zog entsetzt seine Füße zurück. Jäh entfuhr ihm ein gellender Schrei, als er sich der Gefahr bewusst wurde, in der er sich befand. Hilflos hing er durch den Riemen gefesselt an dem toten Baum, die Schmerzen in der Pfeilwunde wurden immer unerträglicher, die Krokodile kamen näher. Eine der größten Panzerechsen war nur noch einen Meter von seinen Beinen entfernt. Er wollte sie zurückziehen, doch sie gehorchten ihm nicht mehr. Das musste eine Wirkung des Pfeilgifts sein.

Hippos Blick hing an dem leblosen Körper, den die Krokodile vor seinen Augen zerrissen. Das war kein Mensch gewesen, das war nicht die Leiche des Buschmanns, wie er zunächst geglaubt hatte. Und jetzt, im letzten Schimmer des Tageslichts erkannte er die weißen, sichelförmig gekrümmten Hauer des Warzenschweins, das die Reptilien langsam ins Wasser zogen. Und das letzte, was noch aus den Fluten ragte, als der zerfetzte Fleischklumpen langsam versank, war ein schlanker, kerzengerader Pfeil.

N'gaoi war gerade dabei gewesen, weiter nach unten zu klettern, als ihn eine Bewegung Hippos innehalten ließ. Die gelbe Hand tastete nach etwas, das wie ein Stock unter dem toten Baum lag. N'gaoi behielt Hippo scharf im Auge, als er ihm zum Schein den Rücken zuwandte, um über den Vorsprung nach unten zu rutschen. Da bemerkte er im Augenwinkel Hippos raschen Griff nach dem Stock, sah die Mündung des Gewehrs auf sich zielen und warf sich im selben Augenblick zu Boden. Er hörte die Schüsse und Hippos Fluch, dann war es still. Minutenlang regte er sich nicht. Dann hob er den Kopf und blickte zunächst zu Hippo hinunter und dann hinüber zum anderen Ufer. Die Krokodile waren verschwunden, von den Schüssen aufgeschreckt und abgetaucht. N'gaoi sah eines von ihnen in der Mitte des Flusses. Da fasste er seinen Entschluss.

Kurz vor Einbruch der Dämmerung kam er mit seiner Beute zurück. Er kletterte mit dem toten Warzenschwein bis zu dem Vorsprung, schlitzte ihm den Bauch auf und warf den Kadaver die Böschung hinunter, wo er vor Hippos Füßen liegen blieb. Bald sickerte das warme Blut in den Fluss und trieb in dünnen Fäden flussabwärts. N'gaoi kauerte sich auf dem Vorsprung nieder und wartete auf die Krokodile. Es dauerte nicht lange, bis sie kamen. Die Geräusche, die er bald darauf zwischen Hippos gellenden Hilferufen vernahm, klangen wie aus einer anderen Welt. Das Reißen und Raufen der futterneidischen Reptilien mischte sich in das Tosen und Aufpeitschen des Wassers, wenn wieder einer der gepanzerten Körper mit einem Stück Beute in den Fluten versank. Noch zweimal hallte Hippos Brüllen durch die Nacht, dann waren das Mampfen der furchter-

regenden Mäuler und das Zusammenklappen der zahnbe-
wehrten Kiefer neben dem Gurgeln des Wassers die einzigen Geräusche. Als kurz darauf hinter den Palmen der
Mond aufging, beleuchtete er für kurze Zeit die Szenerie,
doch außer den glänzenden Leibern der Krokodile und
einer dunklen Lache, neben der ein Gewehr lag, konnte
N'gaoi nichts erkennen.

Allein machte er sich auf den weiten Weg nach Hause.

EPILOG

Die Zweige der alten Eichen zeigten schon ihr Maiengrün, saftig und satt, das monotone Flöten des Zilpzalp und das schnarrende Schmettern der Kohlmeisen übertönten den gleichmäßigen Lärmpegel, der von der Straße zu ihr herauf drang. Linda saß mit weit auseinander gestreckten Armen auf der verwitterten Holzbank, die auch schon bessere Tage gesehen hatte und lehnte ihren Kopf an den rissigen Stamm der alten knorrigen Kiefer. Große schwarze Ameisen patrouillierten zu ihren Füßen im braunroten Sand, am sonnigen Hang spitzte frech das junge Gras zwischen braunen Moospolstern und ergrauten Kiefernzapfen hervor. Sie genoss den Anblick des blauen wolkenfreien Himmels und dachte an Afrika.

Der Brief, den Georgia Marsh ihr geschrieben hatte, und der geöffnet auf ihrem Schoß lag, hatte sie dorthin zurück gebracht. Zu den Nashörnern der Shamba Kifaru, zu den Sonnenuntergängen am Uaso Nyiro und zu Alan Scott. Sie nahm den Brief und begann, ihn noch einmal zu lesen.

Liebe Linda,

wie viele Wochen sind vergangen, seit den schrecklichen Erlebnissen auf der Shamba Kifaru – hast du die Tage gezählt? Ich hoffe, Sarah hat alles gut verarbeitet. Ich wache noch jede Nacht auf und kann für einige Stunden nicht schlafen. Dann denke ich immer an Ben Hunter und den Chinesen und daran wie übel die Geschichte hätte ausgehen können. Aber lassen wir die Vergangenheit ruhen. Ich habe dir eigentlich geschrieben, um dir zu erzählen, wie es allen hier geht.

Ich denke, ich fange mit Rob an. Er hat noch immer beide Beine im Gips, aber der Arzt in Nairobi meint, dass er bald wieder gehen kann. Ich bin so froh, ihn hier zu haben. Er ist ein wunderbarer Mensch, aber das weißt du ja selbst. Sobald er wieder gesund ist, will er weiter an seinem Projekt arbeiten. Mit Leuten wie ihm haben Afrikas Nashörner eine echte Chance zu überleben.

Joe hat noch tagelang die Gegend nach N'gaoi abgekämmt, aber der San ist nicht mehr aufgetaucht. Vor ein paar Tagen haben Freunde von uns einen Buschmannpfeil gefunden, weit im Süden, in der Gegend von Nakuru. Rob meint, dass N'gaoi zu Fuß nach Hause läuft und er ist der festen Überzeugung, dass er es schafft.

Von Hippo haben wir nichts mehr gesehen. Meine Leute haben sein Gewehr am Uaso Nyiro gefunden, daneben die Spuren von Krokodilen und jede Menge Blut.

Joe hat von Kuhns schon einen neuen Auftrag für die SAFE WILDLIFE SOCIETY bekommen, ein Waldelefantenprojekt im Kongo. Er ist heute Morgen abgeflogen. Ich bin so froh, dass ich mich nicht in ihm getäuscht habe.

Alan Scott hat uns kurz besucht, nachdem er wieder aus Deutschland zurück war. Ich habe ihm einen Job als Safarifahrer für unsere Farmgäste angeboten, aber er hat abgelehnt. Ich glaube, er ist immer noch nicht über die Sache mit dem Mädchen hinweg. Komisch, ich hatte fast das Gefühl, es wäre etwas zwischen euch beiden. Falls es dich interessiert, er arbeitet wieder an der Küste in diesem Hotel und fährt mit den Touristen zum Hochseefischen.

Was du unbedingt wissen musst: wir haben Nachwuchs auf der Shamba. Diana hat ein kerngesundes Junges bekommen und die beiden treiben sich oft ganz in der Nähe des

Farmhauses herum So ist Samson noch nach seinem Tod
Vater geworden. Wir haben seinen Sohn Sammy genannt.
Ich sitze, während ich dir schreibe, auf der Terrasse, wo
wir auch schon zusammen gesessen haben. Du kennst ja
den Blick, den man von hier aus hat. Die gelbe Landschaft
des Uaso Nyiro, die Dumpalmen in der Savanne und die-
ser alte Baum, dessen kahler Stamm wie ein Skelett in den
Himmel ragt. Und die Geier sind wieder verschwunden …

Linda unterbrach die Lektüre des Briefes und ihr Blick glitt
über die Landschaft jenseits des Flusstals, die wie aus einem
Zeichentrickfilm der Walt-Disney-Studios vor ihr lag: die
bewaldeten Hänge der Schwäbischen Alb, von denen sich
einer vor den anderen zu schieben schien, im Vordergrund
fast schwarz und dann bis zu den hauchdünnen Blautönen
am Horizont in der Farbe verblassend, davor die gelb blü-
henden Rapsfelder und die verblühten Bäume der Streuobst-
hänge am Rande des Rammert. Wie eine träge Python glitt
der Neckar durch sein Tal, verborgen und getarnt zwischen
den Weiden und Pappeln an seinen Ufern.

Sie schloss die Augen.

Und aus den waldigen Hängen der Schwäbischen Alb
wurden die sattgrünen Hügel der Masai Mara, aus dem
Neckar der Uaso Nyiro und aus dem Raps die gelben Flo-
cken der Akazien im Okavangodelta. Rote Elefanten überquerten die sandige Piste in Tsavo und die ewig schönen
Impalas mit ihren sanften schwarzen Knopfaugen grasten
friedlich in der Savanne. Ganz weit entfernt hörte sie das
Lachen einer Hyäne. Und dann die Stimme Georgias: Dein
Leben ist wie dieser Opal. Es kann in allen Farben leuchten, oder matt und verstaubt sein. Siehst Du die Kristalle,
wie sie funkeln und blitzen? Bei jeder kleinen Bewegung,
bei jeder Drehung leuchten sie anders. Und es ist doch ein

und derselbe Stein. Nimm dein Leben selbst in die Hand! Lass es in allen Farben leuchten. Es ist dein Leben.

Sie holte den Opal aus ihrer Jackentasche und betrachtete die leuchtenden Adern auf der braunen Oberfläche.

Sie würde zurückkehren. Irgendwann. Nach Afrika.

ENDE

Weitere Titel finden Sie auf den folgenden Seiten und im Internet:

WWW.GMEINER-SPANNUNG.DE

Journalistin Linda Roloff ermittelt:

1. Fall: Nashornfieber
ISBN 978-3-89977-634-8

2. Fall: Löwenriss
ISBN 978-3-89977-645-4

3. Fall: Elefantengold
ISBN 978-3-89977-691-1

4. Fall: Leopardenjagd
ISBN 978-3-89977-778-9

5. Fall: Bombenspiel
ISBN 978-3-8392-1035-2

6. Fall: Verschleppt
ISBN 978-3-8392-1310-0

7. Fall: Bombenlauf
ISBN 978-3-8392-1843-3

8. Fall: Wolfsgebiet
ISBN 978-3-8392-2480-9

**auch als Hörbuch
(Autorenlesung) erhältlich,
digital oder auf 6 CDs**

9. Fall: Wolfssonne
ISBN 978-3-8392-0213-5

**Privatdetektiv Rainer
Tsuval ermittelt:**
1. Fall: Kriminalpolka
ISBN 978-3-8392-1424-4

2. Fall: Russlandcup
ISBN 978-3-8392-2253-9

**außerdem von Edi Graf
erhältlich:**
Fasnet
ISBN 978-3-8392-2547-9

**Lieblingsplätze
Schwarzwald**
ISBN 978-3-8392-2628-5

GMEINER SPANNUNG

WWW.GMEINER-VERLAG.DE
Wir machen's spannend

Daniel Verano
Canaria Criminal
Kriminalroman
256 Seiten, 12,5 x 20,5 cm,
Paperback
ISBN 978-3-8392-0459-7

Im Wahlkampf springt der polarisierende Politiker
Francisco Fraude mit dem Fallschirm über Gran
Canaria ab. Felix Faber, deutscher Auswanderer und
Journalist auf der Insel, beobachtet den Sprung von
seinem Bungalow aus. Es geschieht das Unvorstell-
bare, vor laufender Kamera schlägt Fraude auf einem
Felsen auf und ist tot. Faber beginnt zu recherchieren
und kreuzt dabei den Weg der taffen Ermittlerin Ana
Montero. Zusammen decken sie nach und nach eine
Verschwörung auf.

SPANNUNG

GMEINER

WWW.GMEINER-VERLAG.DE
Wir machen's spannend

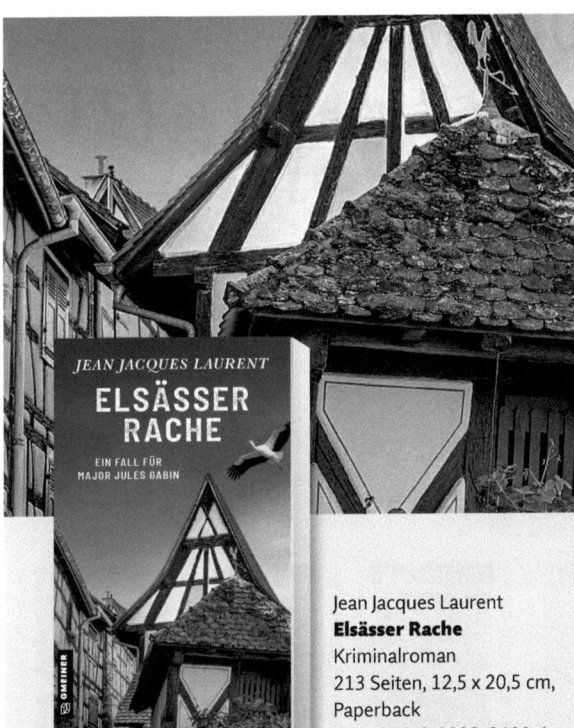

Jean Jacques Laurent
Elsässer Rache
Kriminalroman
213 Seiten, 12,5 x 20,5 cm,
Paperback
ISBN 978-3-8392-0480-1

Jules Gabin und seine Verlobte Joanna stecken mitten
in den Hochzeitsvorbereitungen, als die Skelette von
zwei Vermissten entdeckt werden: Das junge Paar
war vor neun Jahren kurz nach ihrer Trauung spurlos
verschwunden. Sein neuer Fall führt Major Gabin in
die feine Gesellschaft des beschaulichen Colmar – und
deckt menschliche Abgründe auf. Nebenbei dürfen sich
Jules und Joanna durch die elsässische Küche schlem-
men, denn sie müssen das Hochzeitsmenü zusammen-
zustellen …

GMEINER SPANNUNG

WWW.GMEINER-VERLAG.DE
Wir machen's spannend

DIE NEUEN
Lieblingsplätze

ISBN 978-3-8392-0370-5
Lieblingsplätze im BAYERISCHEN WALD

ISBN 978-3-8392-0373-6
Lieblingsplätze im EMSLAND

ISBN 978-3-8392-0371-2
Lieblingsplätze im BERCHTESGADENER LAND

ISBN 978-3-8392-0158-9
Lieblingsplätze im HARZ

ISBN 978-3-8392-0372-9
Lieblingsplätze BODENSEE

ISBN 978-3-8392-0376-7
Lieblingsplätze HOHENLOHE

ISBN 978-3-8392-0378-1
Lieblingsplätze in KÄRNTEN

ISBN 978-3-8392-0386-6
Lieblingsplätze SALZBURGER LAND

ISBN 978-3-8392-0375-0
Lieblingsplätze für Wanderer SCHWÄBISCHE ALB

ISBN 978-3-8392-0380-4
Lieblingsplätze NORDSEE NIEDERSACHSEN

ISBN 978-3-8392-0381-1
Lieblingsplätze NORDSEE SCHLESWIG-HOLSTEIN

ISBN 978-3-8392-0382-8
Lieblingsplätze OBERÖSTERREICH

ISBN 978-3-8392-0383-5
Lieblingsplätze OSNABRÜCKER LAND

ISBN 978-3-8392-0374-3
Lieblingsplätze in FRANKEN

ISBN 978-3-8392-0377-4
Lieblingsplätze in und um MÜNCHEN NACHHALTIG

ISBN 978-3-8392-0385-9
Lieblingsplätze rund um BERLIN

GMEINER KULTUR

WWW.GMEINER-VERLAG.DE
Mensch, Kultur, Region